KB147191

여전히 향기로운 **계화나무**

여전히 향기로운 계화나무

초판 1쇄 인쇄 · 2021년 4월 7일
초판 1쇄 발행 · 2021년 4월 17일

지은이 · 링딩녠
옮긴이 · 음보라, 좌유강
펴낸이 · 한봉숙
펴낸곳 · 푸른사상사

주간 · 맹문재 | 편집 · 지순이 | 교정 · 김수란
등록 · 1999년 7월 8일 제2-2876호
주소 · 경기도 파주시 회동길 337-16 푸른사상사
대표전화 · 031) 955-9111(2) | 팩시밀리 · 031) 955-9114
이메일 · prun21c@hanmail.net
홈페이지 · http://www.prun21c.com

ISBN 979-11-308-1780-4   03820
값 25,000원

링딩녠 콩트집

여전히 향기로운 계화나무

—

음보라 · 좌유강 옮김

*Relive childhood attractions*_ *Dingnian Ling*

푸른사상
PRUNSASANG

진정한 혜안

최근 몇 년, 러우청의 골동품시장이 활기를 띠기 시작했다. 주말마다 그 문묘 옆 골동품시장에는 노점상들이 줄줄이 펼쳐졌고 많은 사람들로 붐볐다.

초가을 어느 날, 외지 말투가 섞인 '깜쟁이'라 불리는 남자가 골동품시장에 나왔다. 이 남자는 대략 서른 살 정도로 보였고 도시 사람 같지도 않았지만 그렇다고 시골 사람 같지도 않았다. 순진함 속에 교활함을 지니고 있었으며, 영리함 속에 고지식함이 투영되어 보여서 그가 어떤 사람인지 짐작하기 어려웠다. 그는 선덕로(宣德爐), 먹통, 붓, 필세(筆洗) 등 몇 가지 골동품들을 내놓았다. 꽤 저렴한 가격에 팔고 있어 아주 빨리 팔렸다. 유일하게 하나 남은 것은 8만 8천 위안에 내놓은 뚜껑 있는 연꽃무늬 채색 도자기였다.

"더 이상 깎을 수 없소. 깎을 생각은 일체 하지도 마쇼."

그는 이를 악물고 말했다.

지싼위안은 골동품시장의 큰손이다. 그가 봐놓은 물건이 다른 사람의 손에 들어가면 그는 몇 날 며칠 잠도 못 잔다. 그는 요 몇 년 골동품시장에서 이미 여러 번 실패를 겪었고 아직도 지속적으로 수업료를 치르고 있는 중이다. 그러나 그는 본 것도 많은 데다가 안목을 키우기 위해 부단한 노력을 했다. 그래서 최근 몇 년 사이 확실히 좋은 물건을 많이 사들였고 수집계 사람들의 부러움을 한 몸에 샀다.

지싼위안은 그날 그 뚜껑 있는 연꽃무늬 채색도자기를 주시하다가 순간 눈이 번쩍 뜨였다. 도자기의 모양, 무늬, 색깔은 명대 성화(成化) 연간 관요(官窯, 궁중에서 쓸 도자기를 굽는, 관아에서 운영하던 가마)에서 생산된 것으로 보였다. 분명 아주 좋은 물건이었다. 만약 정말로 조정에 납품되었던 도자기라면 8만 8천 위안은 너무나 싼 가격이었다. 다시 보니 깜쟁이는 좀 어리숙해 보였다. 아까도 선덕로와 먹통, 필세 등이 모두 반값부터 20~30퍼센트까지 할인되어 팔렸다. 지싼위안이 추측하기로는 오래된 모조품이거나 깜쟁이가 어쩌면 물건의 값어치를 못 알아보았을 것 같았다. 만약 물건의 값어치를 못 알아보는 사람이라면 그는 당연히 땡잡은 것이다.

지싼위안은 다가가 그 뚜껑 있는 도자기를 보았다. 아래에는 '대명성화년제(大明成化年制)' 여섯 글자가 두 줄로 나뉘어 세로로 쓰여 있었고 글자 위에 동그라미 두 개가 포개져 있었다. 분명히 성화 연간의 낙관이었다. 연꽃무늬를 보니 솜씨가 서투른 듯했다. 색깔은 빨간색, 초록색, 남색, 노란색이 섞여 있었다. 아무리 봐도 조금 촌스러웠다. 그러나 지싼위안은 성화 연간의 채색자기 풍격이 바로 이렇다는 것을 알고 있었다. 청화자기와는 비교도 할 수 없었다. 지싼위안은 손대중으로 무게를 재고 손가락으로 살짝 쳐서 울림 소리를 들어보았다. 도자기의 바깥쪽과 안쪽 모두 살펴보았고 항아리 바닥과 뚜껑도 살펴보았다. 손으로 어루만져보기도 했다. 다시 꼼꼼히 살펴보았지만 지싼위안은 확실히 단정 지을 수 없었다. 진품이라고 하기에는 유약이 너무 새것 같았고 손으로 만졌을 때 항아리만의 그 부드러운 느낌이 없었다. 또 모조품이라고 하기에는 너무 진짜 같기도 했다.

지싼위안은 8만 8천 위안이라도 흔쾌히 살 수 있었다. 그러나 이 금액

이 작은 금액은 아니었다. 또다시 수업료를 낼 수는 없지 않은가. 그는 러우청 골동품 감상가 추스루가 생각났다. 그는 혜안을 갖고 있었다. 지싼위안은 추스루에게 전화를 걸었다. 마음이 통했는지 그는 성화 연간의 자기라는 것을 듣고 바로 택시를 타고 달려왔다.

추스루는 일단 말없이 먼저 손으로 항아리 안과 밖을 시계 방향으로 한 바퀴 돌려가며 만져보았고 또다시 시계 반대 방향으로 돌려가며 만져보았다. 그 다음 특수 제작한 돋보기를 꺼내어 자세하게 살펴보았다.

"아주 좋은 자기군. 아주 잘 흉내 냈는걸? 분명 전문가의 솜씨야. 이 정도면 분명히 진품이라고 봐도 무방해. 마땅히 만 위안, 이만 위안은 쳐줘야지. 그런데 솔직히 내 손의 감촉으로는 말이야, 이 항아리가 만들어진 지 십 년은 안 넘은 것 같아."

추스루는 지싼위안이 믿지 않을까 봐 그에게 돋보기로 보라고 했다. 역시나 그 거칢은 그대로 있었다.

추스루가 말했다.

"명대 성화 시기와 지금은 오백 년이나 차이 난다구. 오백 년간 사람 손때가 묻었다면 말이야, 손으로 만졌을 때 절대 이런 거친 촉감이 있을 리가 없어. 이것만 봐도 모조품이라는 것을 충분히 증명할 수 있지!"

추스루는 러우청 골동품계에서 아주 권위 있는 사람이다. 어느 누구도 그의 말을 의심해본 적이 없다. 그가 이렇게 말하는데 어느 누가 이 가짜를 사겠는가.

지싼위안은 거듭 반복하여 말했다.

"고맙네, 정말 고마워. 안 그랬으면 오늘 또 수업료를 치를 뻔했네그려."

깜쟁이는 추스루의 말을 듣고 약간 위축되었다. 그는 혼잣말로 중얼거렸다.

"우리 아버지가 임종하실 때 나한테 말씀하셨는데…… 정말로 성화 연간 자기라고…….”

그는 그 도자기를 하루 종일 지켜보고 있었으나 더 이상 물어보는 사람도 없었다. 시장도 문 닫을 때가 되자 깜쟁이는 더 이상 제값에 팔 수 없음을 느끼고 이를 악물고 4만 8천 위안을 불렀다.

이때 지팡이를 든 노인이 천천히 골동품시장으로 걸어 들어왔다. 그는 한 번 훑어본 후 깜쟁이의 난전 앞에 다가갔다. 그 노인은 그 남자에게 자신이 전문적으로 성화 연간 자기를 수집하는 사람이라고 말했다. 노인은 가격 흥정도 하지 않고 아주 시원하게 4만 8천 위안을 현금으로 주고는 기쁜 발걸음으로 가버렸다.

지싼위안은 ‘물건 살 때 사기당하는 일은 언제나 있을 수 있지. 고희가 넘어 보이는 전문가조차도 눈이 삐었구만. 집에 돌아가 피를 토하며 후회할지도 몰라’라고 생각했다. 그는 안타까움을 참을 수 없어 노인에게 다가가 말했다.

“어르신, 이건 모조품이에요. 사기 당한 거라고요.”

노인은 지싼위안의 진심이 느껴졌는지 아주 열정적으로 말했다.

“갑시다. 우리 차 마시러 갑시다. 마시면서 얘기합시다.”

노인은 끝까지 본인의 성이 무엇인지, 이름이 무엇인지, 무슨 일을 하던 사람인지 얘기하지 않았다. 그러나 노인이 들려준 뚜껑 있는 연꽃무늬 채색 도자기에 관한 이야기 때문에 지싼위안은 반나절 동안 정신이 나가게 되었다.

“자네 역시 골동품 애호가인 것 같아서 이런 이야기를 해주는 걸세. 이 도자기는 확실히 진품일세. 그러나 왜 사람들이 모조품이라고 말하는가 하면 바로 창고에 있던 물건이기 때문이지.”

즉시 지싼위안은 어리둥절한 얼굴이 되었다. 노인은 그가 아직도 창고에 박혀 있던 물건이라는 것이 무슨 뜻인지 모르는 것 같아 바로 설명해주었다.

"원래 이 도자기는 당시 조정에 공급되는 도자기였다네. 그중 어떤 건 보국사(報國寺)로 보내졌지. 그 도자기는 황제가 하사한 것이기 때문에, 일부 사용된 것을 제외하고 남은 것들은 모두 사당의 지하실에 봉해져 보관되었어. 나중에는 전란이 많이 일어나 혼란스러운 관계로, 이런 지하실의 기밀이 사람들에게 알려지지 않았지. 1966년이 되어 '사구타파 운동(破四舊, 문화대혁명 초기 구사상·구문화·구풍속·구습관을 타파하자는 운동)이 시작된 후 홍위병이 이 사당의 땅을 파헤칠 때 우연히 지하실이 발견되었다네. 그 결과 개봉되지 않은 상자가 여러 개 나온 거지. 귀가 두 개에 다리가 세 개 달린 화로, 승려의 모자를 닮은 주전자, 청화대야, 청화그릇, 채색병, 도자기 등이 출토됐다네. 당시 홍위병들은 이런 가치 있는 귀중한 물건들을 대부분 부숴버렸다지 뭔가. 이런 혼란스러운 틈을 타 몇 점 들고 간 녀석들도 있다더군. 나는 골동품을 수집할 때 우연히 당시 홍위병에게 이런 이야기를 들었다네. 그래서 그날 이후로 줄곧 창고에 있던 골동품들이 또 어딘가에 있진 않은지 찾았는데 바로 오늘 이곳에서 이렇게 발견하게 될 줄은 생각지도 못했네. 정말 하늘의 뜻이야."

노인은 이 자기가 1966년 지하실에서 발견된 이후 한 번도 사용한 적 없으며 아마 계속 상자에 넣어놓았을 것이라고 했다. 다시 말하면 이 자기는 500여 년 동안 딱 한 번 햇빛을 봤으니 당연히 막 가마에서 구워져 나온 거친 새 자기와 같다는 것이다.

"그럼 이걸로 말할 것 같으면 정말 확실히 의심할 것도 없이 진품이네요. 이게 가치가 얼마나 되는 거죠?"

지싼위안은 묻지 말아야 할 것을 물었다.

"좋아. 내가 보니 자네도 나쁜 사람은 아닌 것 같고, 사람을 앞에 두고 거짓말할 사람은 아닌 것 같으니 말해주겠네. 현재 시가로 백만 위안 정도

할걸세.”

노인은 말하면서도 얼굴에 기쁨을 감출 수 없는 기색이 만연했다.

이 이야기는 반드시 추스루를 불러 듣게 해야 했다. 추스루를 불러 노인과 만나서 대화를 하게 해야 했다. 그러나 노인은 말했다.

“그만두게, 그만둬.”

차를 다 마신 후 노인은 유유히 떠났다.

지싼위안은 노인의 뒷모습을 향해 탄복하며 말했다.

“혜안이야. 진정한 혜안!”

약선음식의 대가

　러우청 요식업계에는 그들만의 보이지 않는 규칙 같은 것이 있다. 식당이 개업을 하면 당신은 시의 지도자나 간부들, 돈 많은 갑부나 사모님들을 초청하지 않아도 된다. 그러나 만약 치멍샤오를 초대하지 않고, 그에게 몇마디 개업 인사말을 부탁하지 않으면 어느 곳에 식당을 열더라도 장사를 잘 해나갈 수 없을 것이라고 감히 말할 수 있다.

　왜냐고? 설마 치멍샤오가 러우청 시장보다 더 시장 같아서? 당서기보다 더 서기 같아서? 하하, 반은 맞았다. 치멍샤오는 요식업계에서 알 만한 사람은 다 안다. 그의 별명은 '미식도사'다. 소문에 그의 할아버지는 청대 황궁 조리사였고 그의 아버지는 일찍이 상하이 국제호텔의 특별초빙 주방장이었다고 한다. 치멍샤오는 비록 유명한 요리사는 아니지만 『러우청 역대유명 요리책』을 출판한 적이 있고, 『미식가』 잡지사에 특별초빙되어 출판 고문을 맡은 적이 있다. 성 방송국조차도 전문인력을 러우청에 보내어 〈러우청 미식가〉라는 제목으로 치멍샤오와 함께 특집 프로그램을 촬영했다.

　그의 이런 지명도 때문에 러우청 미식가들은 자연스럽게 그의 동향을 매우 주시했다. 치멍샤오가 방문하길 꺼려하는 식당엔 그들의 발걸음 역시 자연스럽게 줄었다. 만약 치멍샤오가 어느 식당의 어느 요리사가 요리를 잘하고 어떤 요리가 맛있는지 애기하면 많은 사람들이 그 소문을 듣고 너도나도 할 것 없이 찾아가 맛을 봤다. 치밍샤오의 영향력을 높일 수 있는 방법은 그가 아무 일 없이 쉬고 있을 때 전통요리나 특색 있는 유명식당을 소개하는 글을 쓰는 것이다. 또 어느 식당의 요리가 맛있어지고 있는지 칭찬하는 글을 쓰거나 혹은 내리막길을 걷고 있는지에 대해 비평하는 글을 쓴다. 바로 이러한 치밍샤오의 말 한마디, 행동 하나하나가 러우청 요식업계에 일정한 영향을 미친다. 그래서 호텔, 식당, 술집 사장들은 너나 할 것 없이 그에게 아첨하는 것이다. 치밍샤오가 오기만 하면 '치 선생님', '도사님', '미식가님'이라는 호칭이 끊임없이 들린다. 그다음에는 반드시 가장 좋은 요리와 가장 보기 좋은 탕을 내놓고 그에게 품평하게 하고 그의 의견을 듣는다. 그들은 그저 그를 소홀히 대접했다가 장사를 그르칠까 걱정한다.

눈치 없게 이런 분위기를 모르는 사람도 있었다. 대학사 골목에 막 개업한 약선요리 전문점 '왕기약선식당'은 치밍샤오를 초청하지 않았다.

누군가가 개업하기 전에 다른 사람들은 초대하지 않아도 되지만 치밍샤오를 초대하지 않으면 안 된다고 식당 주인에게 말했다고 한다. 그러나 이 식당 주인 왕이마이는 예상외로 당당하고 자신 있게 얘기했다.

"술의 맛과 향이 좋으면 주점이 깊은 골목에 자리해도 두려울 것 없다고 했습니다."

마치 치밍샤오를 거들떠보지도 않는 듯했다.

이러한 왕기약선식당의 비정상적인 언행은 매체의 호기심을 불러일으켰다. 그들은 이 식당이 손님들을 불러모으는 비결이 어디에 있는지 알고 싶어 바로 왕이마이를 인터뷰했다.

왕이마이는 기자들에게 알려주었다.

"사백 년 전 이시진(李時珍, 1518~1593, 명나라 때의 의학자)이 러우청에 있는 제 선조 왕세정(王世貞, 1526~1590, 명나라 때의 문학가, 역사가)에게 인사를 드리러 왔을 때 왕세정에게『본초강목(本草綱目)』의 서문을 부탁했다고 합니다. 왕세정은『본초강목』을 십 년 동안 묵혀놓았다가 1590년 죽기 직전에서야 전권을 다 보았고 그때서야 서문을 썼죠. 사실 한 가지 자세한 이야기가 있는데 다른 사람들은 몰라요. 왕세정이 서문 중 일부, 약선 부분을 베껴 썼다는 것인데요, 총 사백여 자 정도 되는 식이요법 처방에 관한 내용이죠. 이 식이요법 처방은 왕씨 집안에서 전해내려오는 가보가 되었어요. 현재 그 처방은 제 대까지 전해져 내려오게 되었고, 저는 이 식이요법 처방에 따라 약선식당을 차린 것입니다."

"와, 내력이 꽤 있군요."

기자들은 모두 흥미를 보였다. 왕 사장에게 약선에 관한 상세한 지식을 더 이야기 해달라고 했다. 이 분야는 바로 왕이마이의 전문 분야였다. 그는 자신감 있고 차분하게 설명했다.

"허한 것은 채워주고 실한 것은 빼줘야 합니다. 차가운 사람은 따뜻한 것으로 보충해주고 열이 많은 사람은 열을 내려주어야 합니다. 폐에는 매운 맛이 나는 약초가 어울리고, 심장에는 쓴 맛이 나는 약초가, 비장에는 단 맛이 나는 약초, 간에는 신 맛이 나는 약초, 신장에는 짠 맛이 나는 약초가 어울립니다. 봄에는 간 요리를 피하고, 여름에는 심장 요리를 피하며, 가을에는 허파 요리를 피하고, 겨울에는 콩팥 요리를 피해야 합니다."

그의 박식함에 기자들 모두 넋이 나갔다. 왕이마이는 이때가 기회다 싶어 기자들에게 간단한 식사 대접을 하기로 했다. 그는 혹여나 기자들이 말솜씨만 화려하지 실제로는 별 볼 일 없다고 생각할까 봐 직접 대접하기로 한 것이다.

기자들은 이미 그의 말에 매료되어 침까지 흘릴 뻔했다. 기자들은 모두 한입으로 얘기했다.

"우리에게 그 맛 좀 보여주시죠. 그렇지 않으면 우리 안 갑니다."

왕이마이는 요리사를 시켜 여러 가지 요리들을 내놓았다. 옥수수 수염과 함께 거북이를 삶은 요리, 생강즙에 소라를 버무린 요리, 미꾸라지가 두부 속으로 파고 들어간 요리, 백합잉어, 천문동에 삶은 닭 요리, 말린 귤 껍질에 오리발을 삶은 요리, 두충나무 엑기스에 콩팥을 볶은 요리, 올방개를 넣은 돼지고기 완자 요리, 구기자즙 참새 훈연 요리, 호박연밥탕, 입춘전에 딴 표고버섯과 무가 들어간 완자 요리, 양송이와 청경채를 산초기름에 볶은 요리, 청고추 안에 다진 돼지고기를 넣어 쪄낸 요리, 부추호두볶음, 해바라기 모양의 두부 요리, 죽순부용탕, 복령을 넣어 구운 전병이 상에 올라왔고, 마지막으로 가시연밥분말죽과 마죽이 각각 올라왔다.

맛을 본 기자들 한 명 한 명 모두 한 목소리로 말했다.

"아주 끝내줍니다!"

왕이마이는 어떻게 재료를 선택하고 사용하고 조합하는지, 어떻게 칼과 요리기구를 다루고 불을 조절하는지, 어떻게 모양, 색깔, 향, 맛을 모두 갖출 수 있는지를 단숨에 소개했다.

"맛이 한쪽으로 치우치면 안 되고, 어느 한 양념을 지나치게 많이 넣어도 안 됩니다. 너무 질겨도 오래 삶아도 안 되고, 너무 연하거나 오래 익혀도 안 됩니다. 너무 단단하거나 물컹해도 안 되고, 너무 건조하거나 차가워도 안 됩니다. 떫거나 느끼하면 안 되고, 짜거나 싱거우면 안 됩니다. 마지막으로 요리가 너무 화려하거나 어두워도 안 되고 너무 크거나 작아도 안 됩니다."

기자들은 듣고 모두 넋이 나갔다. 그중에 음식 전문 기자가 달려와 존경의 마음을 담아 말했다.

"왕 사장님이야말로 진정한 미식가십니다. 오늘 우리는 새로운 세계를 본 것 같군요. 먹을 복들을 복 다 누렸네요."

그다음 날 시보(市報)에 「약선음식의 대가 왕이마이를 만나다」라는 제목으로 사진까지 첨부된 기사가 대문짝만 하게 실렸다.

텔레비전에서도 〈특별한 약선요리〉라는 제목으로 방영이 되었고, 라디오국에서는 〈진정한 미식가 왕이마이〉라는 제목으로 인터뷰도 했다. 인터넷에는 오래 말린 귤껍질을 넣은 토끼 요리, 닭모래집과 붕어에 전칠삼을 넣어 삶은 요리, 동파 자라새끼 요리, 속을 파낸 수박에 녹두탕을 담아낸 요리, 건두부와 당근, 오리알을 이용해 게살 샥스핀처럼 만든 요리, 당귀와 구기자를 넣고 닭을 삶은 요리, 양기를 돋우는 거북이탕 등의 여러 음식 사진들이 실렸다.

이런 홍보 효과로 인해 왕기약선음식 전문식당은 한동안 명성을 크게 떨쳤고 식객들로 넘쳐났다.

이렇게 되자 치멍샤오는 이 식당이 조만간 자신을 초대할 것이라고 생각했다. 그러나 지금 보니 초대받을 가능성은 희박한 것 같았다. 그는 가만히 앉아 있을 수 없었다. 그는 러우청에 있는 음식은 거의 먹어본, 러우청에서는 아주 대접받는 미식가이다. 지금처럼 맛있는 음식을 맛보지 못하면 그는 아주 괴로웠다. 솔직히 말하면 치멍샤오 역시 그 식당에 가서 눈으로 직접 음식도 보고 맛도 보고 싶었다. 명성만큼 맛도 실제로 그러한지 확인도 하고 싶었다. 그러나 그는 또 한편으로 자기 발로 직접 찾아가서 먹는 게 체면 떨어지는 일 같았다. 결국에는 어떤 사람이 그에게 약선요리를 대접했다.

치멍샤오는 그 식당에 가기 전에 일부러 당나라 때 맹선(孟詵)이 쓴 『식료본초(食療本草)』, 남당 시대 진사량(陳士良)의 『식성본초(食性本草)』, 명나라 시기 왕영(汪穎)의 『식물본초(食物本草)』 등을 살펴보았다. 만일의 경우를 대비하여 미리 찾아본 것이다.

어찌 됐든 치멍샤오는 음식점 손님이고, 그의 입맛은 원래부터 굉장히 까다로웠다. 그러나 그는 돼지 위 요리 위에 여러 종류의 꽃잎이 올려져 나오는 요리, 튀긴 꿩 요리, 새끼 양을 찐 후 버들잎 모양으로 자른 요리, 나비 모양을 한 해삼 요리, 간장 소스에 졸인 원숭이 머리 버섯 요리, 제비집 인삼 수프 등의 약선요리를 먹고 난 후 아무런 말도 하지 않았다. 식사를 마치고 자리에서 일어나 그는 갑자기 큰 소리로 말했다.

"당신네 사장 좀 나오라고 해봐요!"

밥을 사준 사람은 순간 너무 놀랐다. 치멍샤오가 해서는 안 될 말을 할까 겁나서 서둘러 말했다.

"치 선생, 오늘 좀 많이 마신 것 같네요. 갑시다 가요."

치멍샤오는 끝까지 버티며 말했다.

"왕이마이가 나오지 않으면 안 갈 거요."

왕이마이가 치멍샤오를 보고 말했다.

"실례합니다. 미처 예의를 갖추지 못했네요."

치멍샤오는 단도직입적으로 얘기했다.

"다른 말 할 것도 없소. 붓과 먹을 가져오시오!"

붓와 먹을 가져오자 치멍샤오는 붓을 들고 정신을 집중하여 단번에 써 내려갔다.

"훌륭한 요리사는 훌륭한 의사와 같으니 이는 분명 약선대사임이 틀림없도다."

그는 이어서 낙관을 찍고는 붓을 내던지며 고개도 돌아보지 않고 식당을 나가버렸다.

천하제일 향장목

러우청의 서화계에는 정유장이라는 이상한 사람이 있다. 그는 서화나 옥 같은 값어치 있는 것을 수집하지 않고 자기 같은 것을 좋아하지 않는다. 오직 돌 같기도 하고 나무 같기도 한 규화석(硅化石)에만 관심을 두었다. 그의 집에는 원형의 울퉁불퉁한 석대(石台)가 있다. 사실은 이것도 오래된 그루터기로 만들어진 것이다. 단지 이 그루터기는 수천만 년 동안 변화하여 나무줄기의 어떤 성분들이 이미 규산염에 의해 딱딱하게 변했고, 그 모습이 돌도 나무도 아닌 바로 규화석이 된 것이다. 나무의 나이테도 선명하게 분별할 수 있었다. 두드리면 금석성(金石聲, 편종에서 나는 소리) 소리가 났고 만지면 시원한 느낌이 났다. 설령 저가 규화석이라 하더라도 묵직하고 절대로 가벼운 느낌이 들지 않았다.

정유장의 취미가 특이하기도 하지만 러우청은 규화석이 나는 곳이 아니기도 해서 사람들은 규화석에 대해 잘 모른다. 게다가 정유장이 러우청 수집계에 얼굴을 보이는 일이 드물어서, 그의 지명도가 얼마나 되는지 설명하기는 어렵다.

우연히 정유장은 수집가 친구로부터 이런 말을 들었다.

"한림농(翰林弄, 한림원에 소속된 관리들이 모여 사는 곳)에 사는 롼다터우가 최근 안후이성에서 좋은 물건을 하나 수집해왔대. 천하제일의 그루터기라고 하던데."

정유장은 그루터기에는 흥미가 없어서 관심이 가질 않았다. 이런 모습을 본 수집가 친구는 일부러 말했다.

"이 보물은 말이야, 최소한 육칠천 년의 역사를 갖고 있는 거야. 이미 반은 화석이나 마찬가지라고."

이 말은 마치 살아 있는 나비처럼 한 방에 정유장의 귀까지 날아들었다. 그는 친구의 손을 붙잡으며 말했다.

"가자, 가서 보자! 얼른 가자구!"

롼다터우는 러우청 수집계에서 또 한 명의 이상한 사람이다. 어떤 물건이 그의 마음에 들기만 하면 전 재산을 털어서라도 자신의 것으로 만들어야 했다. 그래서 골동품시장에서 위안다터우(宛大頭, 얼간이. 롼다터우(阮大頭)와 음이 비슷함)라 불린다. 이후에도 그의 실명을 부르는 사람은 드물었다. 롼다터우는 이미 골동품시장에서 배울 만큼 배웠다. 지금 그는 머리가 아주 잘 돌아간다.

정유장은 그 그루터기를 보자마자 너무 놀라서 넋이 나갔다. '세상에 이런 귀한 것이 다 있다니.'

그루터기의 높이는 1.8미터, 폭이 1.6미터였다. 천 년 동안 계곡물에 깎여서 두꺼운 나뭇가지와 뿌리에는 이미 수많은 구멍이 생겼다. 정말로 큰 동굴 안에 작은 동굴이 보이는 듯했다. 동굴 안에 동굴이 있는 것 같은 모습이 하늘의 도움으로 대자연의 신비한 솜씨를 빌려 섬세하고 심오하게 만들어진 것 같았다. 게다가 세월의 변화 속에 이미 화석이 된 부분도 있었다. 그러나 규화석처럼 투박하고 거칠지 않았다. 아마도 물살의 작용 때문일 것이다. 큰 구멍이든 작은 구멍이든, 어느 한 곳도 윤이 나지 않거나 매끄럽지 않은 부분이 없었다. 손으로 만지면 느낌이 아주 좋았다.

정유장은 앞뒤 좌우 모두 샅샅이 살펴보았는데 어느 각도로 보든 너무 아름다웠다. 더 희귀한 것은 향장목 향기가 코를 찌른다는 것이다. 게다가 그 향은 연하고 부드러우며 고상하기까지 했다. 정유장은 아무런 말도 없이 이 '천하제일 향장목'을 뚫어지게 바라보았다. 그는 한동안 그 자리를 떠나지도 않았다.

란다터우는 이미 정유장이 이 그루터기에 빠진 것을 알아차렸다. 그는 조금 의기양양한 듯 말했다.

"내가 수집만 몇십 년째요 이건 내가 가장 자랑스러워하는 소장품이지요. 앞으로 바로 나의 부적과 같은 보물이 될 겁니다!"

정유장의 팔자에 나무가 부족하다 하여 일부러 이름에 나무 목(木) 변을 넣었다. 그래서 나무 목 변이 들어간 '장(樟, 향장목)' 자를 쓰지 않았는가. 자신이 수집한 규화석 중 소나무와 전나무, 은행나무로 된 규화석은 있는데 하필이면 바로 이 향장목 규화석만 없다. 지금 눈앞에 향장목 규화석이 나타났으니 이것이 인연이 아니면 무엇이란 말인가? 정유장은 이 천하제일 향장목을 반드시 자기 것으로 만들겠다고 결심했다.

그는 진심으로 란다터우에게 말했다.

"진정한 군자는 타인이 좋아하는 것을 빼앗아가면 안 된다고 하지 않습니까? 그러나 나 정유장이 이렇게 된 이상 생에 향장목과 인연이 있다고 생각합니다, 어찌 이 기회를 놓칠 수 있겠습니까. 당신은 항상 나를 도와주지 않았습니까. 이번에 딱 한 번만 마음을 접어주십시오. 원하는 가격을 얘기해보세요. 절대 당신이 손해 보는 일은 없을 겁니다."

란다터우는 듣자마자 웃으면서 말했다.

"보고 싶으면 얼마든지 보시죠. 산다는 말은 일체 하지 마시고요. 더 이상 얘기하면 불쾌할 것 같군요."

란다터우는 완강하게 거절했다.

정유장은 달갑지 않았다. 그러나 솔직히 그 역시 천하제일 향장목이 너무 마음에 들었다. 이후 한동안 정유장은 자나깨나 밥 먹을 때나 온통 향장목 생각뿐이었다. 그가 알아본 바에 의하면 롼다터우는 물건을 모을 때 수집품의 가치를 크게 마음에 두지 않는다. 오직 자신이 좋아하는지 아닌지만 생각한다. 그는 갑자기 이전에 저장성 둥양에서 만났던 예인이 나무로 수호지 등장인물 조각품을 만들고 있는 것을 보았던 기억이 났다. 그의 기억에는 분명 향장목이었다. 108명의 인물 조각품들은 모두 생동감이 넘쳐 마치 진짜 살아 있는 것 같았다. 이 조각품들은 이 몇 년 전에 만들어진 것이라고 했다.

'그래, 저걸 사는 거야. 사서 롼다터우에게 선물하는 거지. 그가 분명히 좋아할 거야.'

기회는 놓치거나 질질 끌어서는 안 된다. 정유장은 이때다 싶어 다음 날 차를 끌고 저장성 둥양의 그 예인에게로 달려가 큰돈을 들여 그 조각품을 사들였고 큰 차를 한 대를 빌려 러우칭으로 운반해왔다.

과연 정유장이 예상한 대로였다. 롼다터우는 조각품들을 보자마자 한눈에 반했다. 그는 정유장에게 아주 시원시원하게 금액을 얘기해보라고 말했다.

정유장은 솔직하게 말했다.

"정직한 사람은 떳떳하지 못한 말을 하지 않는다 했습니다. 사실은 저는 이 조각품들과 향장목을 바꾸고 싶습니다."

롼다터우는 정유장이 이렇게까지 나올 줄은 생각지도 못했다. 그는 조금 언짢아하며 말했다.

"팔 거면 가격을 이야기하고, 안 팔 거면 모두 들고 돌아가시오"

정유장도 롼다터우가 이렇게 고집 세게 나올 줄은 생각지도 못했다. 그는 씩씩거리며 돌아갔다.

수집가 친구들은 정유장의 근심 가득한 얼굴을 보고는 그가 아직도 천하제일 향장목을 생각하고 있다는 것을 눈치챘다. 그는 정유장에게 몇 가지 방법을 얘기해주었다.

"란다터우의 외동딸이 올해 스물여섯 살이라던데 아직 시집을 안 갔대요. 그냥 형님이 그녀에게 장가를 가버리면 되는 거 아니겠소? 조건은 천하제일 향장목을 예물로 가져오는 거예요. 그렇게 못 하겠다면 결혼을 안 하겠다고……." 친구 갑이 말했다.

"너무 비열하잖아. 결혼이 무슨 어린애들 장난인가?"

정유장은 거절했다.

"그럼 사람을 시켜서 점술가인 척을 하는 거야. 말솜씨로 그의 마음을 움직여서 팔도록 하게 하는 것은 어때?" 친구 을이 말했다.

"말도 안 돼. 그 늙은이를 속이면 절대 가만히 있지 않을 거야."

정유장은 여전히 동의하지 않았다.

"그럼 자네가 아예 그에게 직접 찾아가서 부탁하게. 그의 단호함과 무정함에 겁먹지 말고." 친구 병이 말했다.

"자네들 모두 어떻게 하나같이 유치한 생각들만 하고 있나?"

정유장은 너무 화가 났다.

정유장은 실종된 듯 한동안 보이지 않았다. 나중에 수집가 친구들은 그가 안후이에 가서 이 천하제일 향장목의 유래를 조사하며 지방지(地方志, 지역의 자연·사회·정치·경제·문화 등을 기록한 문헌)를 뒤져보았고 돌아와서 「천하제일 향장목의 유래」라는 글을 한 편 썼다는 사실을 알았다.

정유장의 고증에 따르면 이 향장목은 남송 말기에 크게 홍수가 났을 때 물에 떠밀려 산 밑으로 내려왔다고 한다. 먼저 이 향장목은 안후이의 박고재(博古齋)에 보관되었고, 나중에 화가 민쌍성(閔雙城)에 의해 보존되었다. 원대에는 왕손 철목이(鐵木耳)에 의해 보존되었으며 명나라 안후이 포정사이자 대수집가 화백구(華佰裘) 등 여러 사람들의 손에 맡겨졌다. 청 대에 들어서는 통청시에서 모습을 드러냈었고, 그 후 이 향장목의 행방을 전혀 알 수가 없었다.

정유장은 명나라 때 누군가가 이 향장목을 주제로 쓴 시문을 수집했다. 정유장은 이를 토대로 고증문을 썼고, 그 글을 출력하여 롼다터우에게 첨삭을 부탁했다. 롼다터우는 정유장이 천하제일 향장목에 이렇게나 마음을 두고 있는지 미처 생각하지 못했다. 정유장의 세심함에 롼다터우는 아주 큰 감동을 받았다. 그는 정유장을 붙잡고 말했다.

"이쪽으로 와보시오. 우리 둘이 천하제일 향장목 앞에서 사진 한 장 찍읍시다."

사흘 후 롼다터우는 정유장에게 전화를 걸었다.

"다른 말 할 것 없고, 얼른 와서 천하제일 향장목을 가져가시오."

정유장이 '천하제일 향장목'을 가지러 갈 때 그는 특별히 목욕을 하고 향을 태웠다. 집 문을 나서고 들어오기 전에 경건한 마음으로 연발식 땅폭죽과 불꽃폭죽까지 터뜨렸다.

당시 사람들은 "아주 별 짓을 다하는구만", "정신나갔네", "쇼를 하는구만", "괴이한 버릇일세……"라고 얘기하기도 했다. 그러나 정유장은 조금도 개의치 않았다. 그는 기분 좋게 말했다.

"이런 말들은 그냥 보약 먹은 셈 치죠 뭐."

풀싸움

음력 5월을 민간에서는 악월(惡月)이라고 부른다. 왜냐하면 여름 무더위가 기습해오고 파리나 모기 등이 들끓어 전염병이 자주 유행하기 때문이다. 이 때문에 백성들은 이 시기를 두려워한다. 그래서 2천여 년 전에는 야산에 가서 약초를 캐다가 질병을 쫓아내는 풍습도 있었다. 이러한 풍습이 나중에는 '답백초(踏百草, 청명절을 전후하여 교외로 나가 산보하며 즐기는 것)'나 '투백초(鬪百草, 풀싸움)' 등으로 진화했다. 풀싸움은 비교적 온화하고 우아한 싸움이었다. 그래서 남방에서 북방까지 널리 유행하였고 점점 오나라의 민속놀이가 되었다.

지방지 기록에 의하면 풀싸움은 예전부터 러우청에서 이미 성행하였고 단오절 민속놀이 중 하나였다고 한다.

구먀오진(古廟鎭, '진'은 중국 행정단위 중 현[縣] 급 아래에 있는 행정단위)에 골목대장 출신인 아다이라는 소년이 있었다. 그는 어렸을 때부터 풀싸움을 아주 좋아했다. 그가 먼저 나서서 풀싸움에 출전하면 백전백승은 아니었지만 최소한 열 번 싸워 아홉 번은 이겼다. 그의 비결은 남에게 말해줄 수는 있어도 남이 배울 수는 없는 것이었다. 옛말에 "어떤 일을 잘하고 싶을 때는 반드시 먼저 장비를 잘 준비해야 한다"라고 했다. 아다이가 풀싸움할 때 쓰는 질경이 줄기는 천산의 깎아지른 듯한 절벽에서 꺾어온 것이다.

이런 풀을 감히 딸 수 있겠는가? 굉장히 위험한 일이지만 아다이는 해냈다.

아다이는 스무 살이 넘어도 여전히 풀싸움을 손에서 놓지 못했다. 그래서 그는 매년 5월 5일이 되면 항상 구먀오진 외곽의 러우 강변에서 사람들과 풀싸움을 했다. 마치 대결하듯 실컷 풀싸움을 즐겼다.

"내게 진 사람은 내 이름을 널리 알려주고 나를 이긴 사람은 나에게 무엇이든 시키세요." 아다이는 분명히 말해두었다.

그날이 되었다. 러우청의 부녀자들도 오랜만에 외곽에 있는 러우 강변으로 나들이를 갔다. 그 무리 속에는 란원이라는 젊은 처자가 있었는데 아다이가 풀싸움하는 것을 보고는 흥미가 생겨 아다이에게 재미 삼아 한판 하자고 했다.

아다이는 도시에서 온 이 처자를 보고 당연히 그녀의 실력을 조금도 기대하지 않았다. 이런 아리땁고 가냘픈 처자가 많은 경험을 가진 자신과 풀싸움을 하니 반드시 그녀를 이겨야겠다고 생각했다.

그러나 란원은 조금도 약하지 않았다. 예상 외로 그녀는 굵고 실한 풀줄기를 꺾어왔다. 준비하는 자세에서 반드시 이기겠다는 의지가 보였다. 이 처자가 풀싸움왕 아다이와 겨루는 것을 보고 순식간에 주위에 많은 사람들이 모여들었다. 모두들 란원 손안의 줄기를 보고는 혀를 내둘렀다. 그 줄기는 그야말로 줄기왕이라고 불릴 만했다. 그녀가 어디서 어떻게 꺾어온 것인지는 아무도 몰랐다.

아다이는 란원의 손에 들린 그 특대 사이즈 줄기를 쳐다보았으나 대수롭지 않게 생각했다. 그는 일부러 얇고 짧은 줄기를 골랐다. 마치 권투경기에서 중량급과 경량급 선수를 보는 것처럼 감히 비교할 수가 없었다.

'란원이 이길 거고, 아다이가 질 거야.'

많은 사람들은 마음속으로 란원이 아다이의 상승 기세를 꺾어주었으면 좋겠다고 생각했다. 그들은 아다이가 비참하게 지는 모습은 아니더라도 최소한 웃고 즐길 수 있도록 아다이가 그 처자 앞에서 얼굴이 빨갛게 달아오르는 모습을 보고 싶었다.

게임은 속전속결로 진행해야 제맛이다. 대결이 시작되었고 풀줄기를 들고 당당히 자세를 잡은 아다이는 어떠한 도전도 다 받아들이겠다는 모습이었다. 두 사람의 줄기가 십자로 교차되었다. 란원은 힘을 주어 몇 번 당겼으나 아다이의 풀줄기를 끊을 방법이 없었다.

이렇게 세 번을 시도했다. 이때까지만 해도 아다이는 마치 신사 같은 태도였다. 그러나 그가 반격을 가하기 시작했다. 그는 아주 빠른 속도로 힘을 주어 당겼다. 란원이 쥐고 있던 굵고 긴 풀줄기는 날카로운 칼날 위에 놓인 것같이 깔끔하게 끊어졌다.

이 장면을 지켜본 사람들 중 실망하지 않은 자가 없었다. 어떤 사람은 아다이의 줄기를 가져다가 계속해서 쳐다보았다. 이렇게 가는 줄기가 어떻게 소 힘줄 같은 줄기를 끊을 수 있단 말인가.

사실 여행객들은 아다이의 질경이 줄기가 직접 천산에 가서 캐온 것임은 알고 있었다. 천산은 돌로 이루어진 산이다. 이런 천산에서 자라야 하는 질경이는 강인한 생명력이 있지 않으면 안 된다. 특히 절벽에서 자라난 질경이는 더욱 그러하다. 바람과 비를 견디고 천지의 정수를 받아들인 질경이인데 어떻게 러우 강변의 비옥한 땅에서 자란 질경이 줄기와 비교가 가능하단 말인가. 하나는 부잣집 외동딸 같고 하나는 빈곤한 시골집 오남매의 맏이 같은데 어느 풀이 더 고생을 맛보고 더 인내했는지는 굳이 따로 말할 필요도 없다.

풀싸움은 아다이가 이겼다. 그곳에 있는 많은 사람들도 모두 아다이의 승리를 목격했다. 그는 당연히 조금 득의양양했다.

"인정할 수 없어요!"

란원이 말했다.

"불복하겠다고?"

아다이는 순간 어이가 없었다. '좋다, 불복한다면 다시 한판 붙어주지.'

"손으로 하는 풀싸움은 내가 졌어요. 그런데 당신이 감히 나와 말로 하는 풀싸움이 가능하겠어요?

란원은 조금 기세등등한 모습으로 말했다.

말로 하는 풀싸움이라는 것은 서로 각종 꽃이나 풀의 명칭을 말하는 것으로, 대구(對句)를 만드는 것과 같다. 대구를 짓는 것이 첫 번째 요소이고 꽃과 풀의 질은 두 번째 요소이다.

말싸움은 아다이도 이전에 친구들과 해본 적이 있다. 그러나 아다이는 말싸움이 자신에게 취약한 종목이라는 것을 알고 있어서 도전에 응할 용기가 없었다. 그러나 체면이 떨어져도 어쩌겠는가. 하면 하는 거지. 도시 처자가 많은 야생화와 야생초를 알고 있을 것 같지 않았다.

아다이는 자신이 도전을 받아들이는 입장이라고 생각하여 란원에게 먼저 공격하라고 했다.

란원은 먼저 쉬운 걸 말하고 나중에 어려운 걸 말하기로 결정했다.

"홍매화."

"청부평초." 아다이는 란원의 말이 끝나자마자 바로 받아쳤다.

"미인초."

"군자란." 아다이는 잠시 생각한 후 말했다.

"차전자(車前子, 질경이 씨)."

"마후포(馬后炮, 장기 용어. '차전자'에 대응되는 단어를 대려다가 차전자와 비슷한 장기 용어 '차전주'를 떠올리고 장기 용어로 대답한 것이다)." 아다이는 생각나는 대로 그냥 뱉었다.

사람들은 떠들썩하게 웃어댔다. 아다이는 창피하여 몸을 바를 몰랐다.

란원은 마음이 여렸다. 아주 흔한 것을 말했다.

"봄바람 속 복숭아나무와 배나무."

아다이는 머리를 좀 굴려 "가을비 속 파초"라고 받아쳤다.

란원은 아다이가 다시 되살아나는 것을 보고 '상사자'로 받아쳤다. 그녀는 아다이가 더 이상 역공할 수 없을 것이라고 생각했다.

아다이는 잠시 멍해졌다. '상사자, 상사자……'라고 계속 중얼거렸고, 대응되는 것이 생각나지 않았다.

"집에 가서 천천히 생각해봐요 생각나면 다시 나에게 알려주고요."

란원은 웃으며 유유히 가버렸다.

이후 아다이는 조금 변한 것 같았다. 정신을 집중하여 하루 빨리 상사자와 대응되는 것을 찾기 위해 그는 자신이 알고 있는 꽃과 풀들의 각각 이름을 거르고 선별했다. 그러던 어느 날, 그는 구먀오에 사는 한 사람의 집 후원에서 합환수(合歡樹, 자귀나무. 부부의 금실을 상징함)를 보았다. 그는 순간 깨달았다.

"합환수! 맞다. 분명히 합환수다."

상사자에 대응하는 것은 합환수이다. 아주 재미있지 않은가?

'란원에게 알려주러 가야겠어. 이 아다이가 생각해냈다고! 아, 아니야. 란원에게 물어보자. 이게 무슨 뜻인지 아냐고.' 그는 터무니 없는 생각을 했다.

'란원은 어느 집 처자일까? 집집마다 문 두드리며 물어봐야 하는 건 아니겠지?'

아다이는 아주 좋은 생각을 떠올렸다. 심혈을 기울여 1년을 공부하여 내년 단오절에 정식으로 그녀에게 도전장을 내밀어 그녀를 반드시 이기겠다는 것이었다.

란원이 떠난 지 2년째 되는 단오절, 아다이는 일찍이 러우 강변에 와서 봄바람을 쐬며 연하고 싱싱한 풀들을 밟으며 산책을 했다. 손싸움은 러우청에서 이미 자신의 적수로 불릴 만한 사람이 없다고 자신했다. 그러나 그는 말싸움에 자신이 없어서 1년 동안 집 안에 박혀 열심히 독서를 했다. 그래서 그는 지금 말싸움을 두려워하지 않게 되었다. 그는 란윈이 다시 자신을 찾아와 풀싸움을 하기를 바랐다. 그러나 란윈은 나타나지 않았다.

3년째에도 란윈은 나타나지 않았다.

어쩌면 란윈은 다시는 오지 않을 것이다. 영원한 상사자와 영원한 추억만이 남았다.

이후 매년 단오절이 되면 아다이는 늘 자기도 모르게 러우 강변에 온다. 그도 이 가망 없는 기다림이 유혹하는 힘이 어떻게 이렇게나 큰지 말로 설명할 수 없었다.

차 대결

금침석(金枕石)은 "취하지 않으면 집에 돌아가지 않는다"라는 한마디 때문에, 새벽까지 코가 비뚤어지도록 마시고 나서야 집에 돌아갔다.

금침석의 정신은 아직 또렷한 편이었다.

그는 혼잣말로 중얼거렸다.

"술은 성격을 어지럽히고 차는 마음을 맑게 한다는 옛말은 틀린 게 없어요. 다음번에는 내 칠아원(七雅園)에 가서 차 맛을 보시죠."

"아니, 차 대결 어떤가요?"

전의농(田依農)이 도전을 제의했다.

"좋아요. 번복하기 없습니다. 새로운 차가 시장에 나오면 칠아원에서 차 대결을 하기로 하죠."

3월의 따뜻한 봄날, 전의농, 곡정황(谷正黃), 사금어(謝琴語), 유불운(柳拂雲), 전몽촌(錢夢村) 등 몇몇 사람들은 금침석의 칠아원에 모였다.

이 칠아원은 러우청의 동남쪽에 있는데 꽃, 돌, 나무, 물, 누각, 서화, 주인과 손님의 고아함 등 일곱 가지 아름다운 것이 있어서 칠아원이라고 불렀다.

금침석은 물을 끼고 있는 오동나무 한 쌍과 누각이 있는 곳에 자단나무로 만든 상과 관모처럼 생긴 다리가 짧은 중국식 의자를 놓았다. 의자에 앉은 후 금침석은 모두에게 알렸다.

"오늘도 저는 심판을 맡겠습니다. 차의 색, 향, 맛, 모양 등 다방면에서 심사를 할 것이니 나머지 다섯 분들은 각자 준비한 찻잎과 찻잔을 꺼내세요. 지금부터 차 대결의 시작을 선포하겠습니다!"

모두들 철저히 준비해왔다. 전의농은 의흥(宜興) 정촉진(丁蜀鎭)의 자사제량호(紫砂提梁壺)를, 곡정황은 명대 덕화요(德化窯)의 삼족백자배(三足白瓷杯)를, 사금어는 가정(嘉定)시의 대나무 조각공예 장인이 만든 죽근(竹根) 차그릇을, 유불운은 청대 광서(光緒) 연간의 분채백화(粉彩百花) 찻잔을 준비해왔다. 전몽촌이 가져온 것은 탈태기다구(脫胎器茶具), 찻주전자, 쌍룡희주(雙龍戲珠) 문양이 있는 찻잔이었다. 딱 봐도 일반 사람들이 가질 수 없는 것임을 알 수 있었다.

옛말에 "보기 좋은 음식이 예쁜 그릇만 못하다"라는 말이 있다. 몇 명이 자신의 다기가 얼마나 고아하고 품위가 있는지 자랑하며 경쟁할 때 금침석은 옥 같지만 옥이 아닌, 매우 윤기가 나고 투명한 찻잔을 꺼내며 말했다.

"경쟁은 무슨 경쟁, 나의 이 서양 유리잔을 이길 수 있겠습니까?"

이 유리잔을 본 사람들은 마치 새로운 세계를 접한 듯했다. 세상에 이런 희귀한 물건이 있었다니.

"이 잔은 서양에서 만든 겁니다. 돈이 아무리 많아도 구하기가 어렵지요. 그래서 다들 이 잔을 좋다고만 할 뿐 더 이상 이 잔과 경쟁할 상대가 없을 것입니다." 금침석이 말했다.

찻잔 비교가 끝났다. 두 번째 평가 대상은 간후(干嗅, 마른 향)이다. 물에 우려내지 않은 말린 찻잎 그대로의 향을 맡는 것이다.

전의농이 가져온 것은 군산은침차(君山銀針茶), 몽정차(蒙頂茶), 황아차(黃芽茶) 등의 황차였다. 곡정황이 가져온 것은 서호용정차(西湖龍井茶), 동산

벽라춘(東山碧螺春) 등의 녹차였다. 사금어가 가져온 것은 기문홍차(祁門紅茶)이고, 유불운이 가져온 것은 운남(雲南)의 난귀인(蘭貴人)과 보이차였으며, 전몽촌이 가져온 것은 무이산(武夷山)의 철관음차, 대홍포차 등이었다. 금침석은 모든 찻잎의 향을 맡고 단 향, 볶은 향, 맑은 향의 정도를 기록했다.

그는 향을 모두 맡아본 후 세 번째 단계인 관형(觀型) 평가를 시작했다. 바로 찻잎의 모양을 평가하는 것이다.

금침석이 자세히 살펴보니 어린 찻잎, 잎눈이 창처럼 뾰족하고 잎이 깃발처럼 펴진 찻잎, 가느다란 눈썹 같은 찻잎, 꿀벌의 날개같이 생긴 찻잎, 돌돌 말려 있는 찻잎, 서리같이 하얀 찻잎, 벽돌을 닮은 찻잎 등이 있었고, 모두 제각기 모양과 향을 가지고 있었다.

금침석은 앞서 진행한 세 가지 평가는 시작에 불과하다고 생각했다. 이 세 가지만 평가하면 승패를 가리기 쉽지 않았다. 이제 관건은 네 번째 평가인 충포(沖泡, 차 우리기)에 달려 있다.

차를 우려낸 후 금침석은 하나하나 향을 맡았다. 이것을 열후(熱嗅, 뜨거운 향)라고 한다. 금침석은 품차(品茶) 베테랑이었다. 그는 유불운의 넓은 찻잔을 가져와 잔 뚜껑을 집어들어 냄새를 맡은 후 다시 찻잔을 들어 코에 대고 냄새를 맡았다. 그 다음 찻잔을 귀로 가져갔다가, 다시 코로 가져왔다가를 여러 차례 반복하며 냄새를 맡았다. 이 방법이야말로 제대로 차향을 맡는 법이다. 그는 이렇게 해야만 차의 진정한 향을 맡고, 차향의 지속 시간을 알아낼 수 있다고 했다.

"전몽촌이 우린 차는 날카로운 향이 있어서 코를 찌르는 듯하고, 곡정황이 우린 차는 향이 은은하게 마음속으로 스며들어 편안하게 만들어주는군요. 전의농의 차는 달달한 향이 나는데 달면서도 깔끔하여 향을 맡으면 기분이 상쾌해지는 느낌이 들어요."

뜨거운 향을 맡은 후 우려낸 차의 색을 감상했다. 재밌는 것은 어떤 차는 황금색이고 어떤 차는 청록색, 또 어떤 차는 백옥색으로 한시라도 빨리 맛보고 싶은 마음이 들게 했다.

찻물의 색을 본 후 다섯 번째 품미(品味) 평가를 시작했다. 차의 맛은 가장 중요하다. 아무리 명성이 높은 차든, 찻잎의 모양이 예쁘든, 우려낸 차의 색이 어떻든, 어쨌든 마지막에는 차의 맛으로 승패를 확정지어야 한다.

금침석은 전몽촌의 철관음을 맛본 후 물었다.

"이거 혹시 동산(東山) 막리봉(莫厘峰)의 산천수로 우린 건가요?"

전몽촌은 너무 놀라 그가 점쟁이라도 된 줄 알았다. 금침석은 다시 한번 매우 자신 있는 어조로 유불운에게 말했다.

"이 물은 장강(長江)과 바다가 맞닿는 곳에서 흐르는 물이죠? 게다가 맑은 날 해가 뜰 때 떠온 물 같은데. 그래서 신선하고 살아 있는 듯한 기운을 내뿜는 거예요."

유불운은 어안이 벙벙했다. 전의농의 차를 맛본 후 금침석은 한참을 생각한 뒤 말했다.

"이 물은 땅에서 나는 물이 아니에요. 여름 빗물이군요."

"맞아요, 맞아. 이 물은 작년 여름 두 번째 비가 내릴 때 받아둔 빗물이지요." 전의농이 말했다.

"안타깝네, 안타까워." 금침석은 곡정황의 벽라춘을 마신 후 말했다.

"무엇이 안타깝다는 건지요?" 곡정황은 바로 물었다.

"이 차의 원래 이름은 하살인향(吓煞人香, 사람이 놀라 죽을 만한 향)이지요. 벽라춘이라고도 불리고요. 차 중에서도 최상품에 속하지요. 그러나 당신이 사용한 물은 융복사(隆福寺) 안에 있는 통해천(通海泉) 우물물이에요. 맞죠? 이 물은 러우청에서는 쳐주는 물이지만 벽라춘을 우려내려면 내가 가진 물 정도는 돼야 천하제일 소리를 들을 수 있을 겁니다."

'뭐라고? 설마 금침석이 선수(仙水)라도 숨기고 있는 거야?'

금침석은 사람들이 믿지 않는 것 같아 사람을 시켜 물을 가져와 차를 끓이라고 했다. 차를 우려내니 역시 특이한 향기가 코를 찔렀다. 또 달달하고 상쾌했다. 게다가 차향이 이 사이사이와 입속에 계속 남이 있는 듯했다. 모두들 그에게 물었다.

"이 물은 어디서 난 물이지요?"

이 물은 원래 격년으로 피는 매화에 내려앉은 눈이 녹은 물이었다. 금침석의 칠아원에는 백 년 된 매화나무가 여러 그루 심어져 있다. 작년 겨울 폭설이 내린 후 금침석은 매화 가지와 꽃잎, 꽃봉오리 위에 내려앉은 눈을 흔들어 항아리 안에 떨어뜨려 가득 담았다. 그 다음 비단천으로 덮은 후 묶어서 뚜껑을 덮었다. 마지막으로 오래된 매화나무 밑에 묻었다. 한 번 꺼낸 물은 반드시 한 번에 다 사용해야 한다. 그렇지 않고 물을 며칠 동안 사용하면 물맛이 크게 변한다. 이 점만 봐도 이 물이 얼마나 귀중한 물인지 짐작이 갈 것이다.

모두들 금침석의 얘기를 듣고 매우 감탄했다. 전의농이 말했다.

"나를 포함해서 우리끼리 서로 이렇게 경쟁해봐야 번데기 앞에서 주름 잡는 꼴 아니겠습니까? 웃음거리만 될 뿐이죠."

유불운이 이어서 말했다.

"맞아요, 맞아. 보아하니 품차왕이라 불리려면 금침석 정도는 돼야 하는군요. 우리 모두 승복합니다. 인정해요. 인정해."

사금어는 차로 술을 대신하여 금침석에게 한잔 올렸다.

구황정은 원래 1등을 하고 싶었지만 그러지 못했다. 그러나 이 결과를 받아들이지 않을 수 없었다. 그는 조금 달갑지 않았지만 차를 한 모금 마신 후 말했다.

"오늘 이 대결은 차 대결이지요. 분위기가 무르익었으니 계속할까요?"

그는 모두들 놀라는 모습을 보고 이어서 말했다.

"다음 대결 역시 차가 주제입니다. 차와 관련된 시를 읊어보는 게 어떻겠습니까?"

자리에 있는 사람들은 모두 찬성했다. 규칙까지 정했다. 최소한 두 구절은 읊어야 하고, 출처를 말해야 한다.

"제가 먼저 해보지요." 곡정황이 말했다.

그는 이미 다 생각해놓은 것이 있는 듯 시를 읊었다.

북원(北苑)의 찻잎을 천자에게 바칠 때가 다가오고,
숲 아래 농민들은 누구의 찻잎이 더 아름다운지 차 대결을 하고 있네.
대결을 해보니 그 맛이 가볍고 깨달음을 얻은 듯하며,
차는 아주 향기롭고 그 향기가 난초보다 더 향기롭네.
차를 마시니 사람들의 정신이 맑아지는 듯하고,
천 일 동안 술에 취해 있는 듯하였으나 차를 마시니 바로 정신이 드네.

곡정황은 단숨에 시를 읊은 후 조금은 거만한 어조로 말했다.

"이 시는 북송 때 유명한 산문가 범중엄(范仲淹)의 「투차가(鬪茶歌)」입니다."

금침석은 곡정황이 일부러 자신을 겨냥하고 읊은 시라는 것을 알았다. 금침석은 침착하게 시를 읊었다.

강남의 산들을 모두 돌아보니 산을 마주할 때마다 필시 아름다운 경치를 감상하게 될 것이네.

내 직접 천상의 둥근 달을 챙겨 인간세계 제이천(第二泉) 왔네.

"출처를 알려줄 수 있나요?" 곡정황이 무섭게 몰아붙였다.

"이 시는 소동파(蘇東坡)의 「혜산(惠山)에서 전도인(錢道人)을 만났는데 소룡단(小龍團)차로 나를 대접하고, 나는 가장 높은 봉우리에 올라 저 멀리 태호(太湖)를 바라보네」라는 시입니다. 믿지 못하겠다면 소동파 시집을 찾아보면 될 겁니다." 금침석은 웃으면서 말했다.

사전에 준비가 없었기 때문에, 시 원문을 그대로 읊고 출처를 명확히 말하는 것은 조금 어려운 일이다. 곡정황의 재촉에 유불운은 일단 한 소절 읊었다.

위나라 황제가 다른 어떤 약이 필요하리오.
노동(盧仝)의 칠완차(七碗茶) 한잔이면 족하네.

확실히 시의 내용도 좋았고 문장도 좋았다. 유불운은 소동파의 시라는 것만 기억할 뿐 시의 제목은 생각나지 않았다.

전의농은 유불운에게 생각할 시간을 주기 위해 그의 뒤를 이어 시를 읊었다.

말린 대나무 껍질로 우린 차는 그 향이 매우 좋고,
안화병(眼花病)을 낫게 할 수 있네.

그는 곡정황이 물을 때까지 기다리지 않고, 자연스럽게 말을 이었다.

"이 시는 황정견(黃庭堅)의 「새 차를 남선사에게 보내며」라는 시의 한 구절이에요."

이어서 사금어가 읊었다.

　　술은 영웅을 더욱 용감하게 하고,
　　차는 문인들이 더욱 훌륭한 문장을 써낼 수 있도록 도와주네.

그러나 그는 출처를 생각해내지 못했다. 그는 잠시 후 또 한 구절을 읊었다.

　　시는 매화가 필 때 써야 제맛이고
　　찻잎은 곡우 때 딴 것이 가장 향기롭구나.

차와 관련된 시는 분명한데 역시 출처가 생각이 나지 않았다. 그는 스스로 매우 부끄럽다고 생각했다. 그는 금침석이 자신을 바라보며 "노동의 칠완차"라고 말하는 것을 듣고는 갑자기 노동의 「사맹(謝孟) 간의(諫議)가 보내준 새 차를 받은 후 씀」이라는 시 중 한 구절이 떠올랐다.

　　천자는 반드시 양선차(陽羨茶)를 맛보아야 하고,
　　그 어느 차도 감히 양선차보다 일찍 잎을 피우지 못하네.

금침석은 이런 모임이 바로 다 함께 고상한 정취를 느끼고 즐기기 위함이라고 생각했다. 그래서 그는 곡정황이 심판을 보고, 모두가 시를 이어서 읊되 출처는 생략하자고 했다. 대신 시를 읊지 못하면 차를 소처럼 들이켜 마시는 것을 벌칙으로 하자고 했다.
"아주 좋은 제안입니다."
"근심은 술의 능력을 알 수 있고 잠을 내쫓는 것으로 차의 효능을 알 수 있네.” 금침석이 읊었다.

"혼자 남아 조용히 차를 끓이고 달을 의지하며 창산(蒼山) 위에 앉아 있네.” 곡정황이 그 뒤를 이었다.

"차를 마시는 기쁨이 시를 짓고자 하는 마음을 배로 만들고, 차 한 잔에 시 한 구절을 읊네.” 전의농이 읊었다.

"차는 시를 짓는 데 도움을 주고 술은 약의 효과를 더욱 높이네.” 사금어가 그 뒤를 이어 읊었다.

그다음 유불운은 사금어의 시를 이어 받아 읊었다.

"좋은 차는 시를 떠올리게 하고, 날씨가 청명한 날에는 그 마음 또한 밝아지네.”

이렇게 서로 한 구절 한 구절 이어서 읊다 보니 석양이 서쪽에서 질 때쯤에도 끝날 기미가 보이지 않았다.

마지막으로 금침석은 문방사보를 꺼내어 일필휘지로 써내려갔다. '다도(茶道)', '청심(淸心)', '이정(怡情)', '화(和)·경(敬)·청(淸)·적(寂)', '다오종생우(茶吾終生友)' 등을 족자에 써서 모두에게 한 개씩 선물했다.

곡정황은 헤어지면서 말했다.

"내가 「칠아원에서의 차 대결」이라는 문장을 한 편 쓰겠습니다.”

안타까운 것은 곡정황의 「칠아원에서의 차 대결」이 후손의 손에 들어간 후 문화대혁명 시기에 조반파(造反派)에 의해 불에 타서 없어진 것이다. 금침석이 쓴 러우칭 지방지에만 이 차 대결에 대한 이야기가 언급되어 있다.

분재의 왕

러예허는 어떤 사람인가?

러우청의 젊은 세대는 아마도 잘 모를 것이다. 그러나 정치협상회의 문화역사위원회에서 발간한 『러우청문사자료집존(婁城文史資料輯存)』에는 러예허를 기념하는 세 편의 문장이 실려 있다. 그는 꽃을 가꾸는 고수라 불리기도 하고, 분경 전문가라고 불리기도 한다. 안타까운 것은 러예허가 문화대혁명 시기에 꽃을 키우는 것 때문에 자산계급의 정서를 갖고 있고 실증주의에 편향되어 있으며 꽃이나 가꾸는 쓸데없는 것에 본심을 잃어버렸다고 공개적으로 비판을 받은 것이다.

그날, 홍위병들에 의해 유약 바른 화분, 자기 화분, 자사(紫砂) 화분이 산산조각이 났고, 그들은 아무렇지도 않은 듯 돌아가버렸다.

사구타파 운동은 러예허의 가슴속 살을 도려내는 것보다 더 아팠다. 그는 눈앞이 깜깜해지면서 피를 토해내며 힘없이 쓰러졌다. 그는 그렇게 얼마 지나지 않아 구천으로 갔다.

임종 전, 그는 아들 러성톈(樂腥天)을 자신의 침대 앞으로 불렀다.

"분재 말이야. 그, 그 화분들이랑, 분경들……"

말도 다 끝나기 전에 숨을 거두었다. 아들에게 하고 싶었던 말이 그 분재들을 버리지 말라는 것인지 아니면 아들에게 이후 다시는 자신처럼 분경에는 손도 대지 말라는 경고를 하려던 것인지 알 수가 없었다.

어쨌든 아버지의 죽음, 그리고 아버지의 그 분재와 분경들은 소년 러성톈의 마음속에 깊은 인상으로 남았다.

러성톈은 어려서부터 굉장히 영리했다. 그날 홍위병들이 화분들을 깨뜨린 후 그들이 다 갈 때까지 기다렸다가 남은 분재들을 뒷마당에 심었고, 남은 화분은 뒷마당에 구덩이를 파서 몽땅 묻어버렸다.

아버지가 돌아가신 후 러성톈은 다시는 뒷마당에 꽃 한 송이도 심지 않았고 풀 한 줄기도 뽑지 않았다. 그 풀과 꽃들이 자생자멸하도록 내버려두었다. 뒷마당은 여러 해 동안 황폐하지도 않았으나 그렇다고 매력적이지도 못했다. 잡초들이 무성하여 마치 사람에게 잊혀진 곳 같았다. 유일하게 러성톈만이 가끔 뒷마당에 가 한참 동안 아무 생각 없이 멍청하게 바라보고, 또 깊은 생각에 잠기기도 했다.

1980년대에 들어서 문화대혁명의 그림자는 점점 희미해졌다.

어쩌면 그의 뼛속 깊이까지 꽃과 나무에 대한 애정이 있기 때문일지도 모른다. 그는 결국 뒷마당으로 성큼성큼 걸어갔다. 그 옛날 그가 심은 나무 분재 중 어떤 것은 시들어 죽었고, 어떤 것은 너무 많이 자라 나무 모양이 말이 아니었다. 또 어떤 것은 모습이 변함없이 그대로였다. 어렴풋이나마 예전의 모습을 분별해낼 수 있었다. 러성톈은 그때 묻었던 화분들을 일일이 파내었고, 살아남은 나무들은 모두 일일이 전지한 후 크기와 모양에 따라 일일이 화분을 골라 심어주었다.

이 모든 것은 은밀히 진행되었다. 러성톈은 사람들에게 알리지 않았고 외부인이 알게 하고 싶지도 않았다. 그저 아버지에게만 알려드리고 싶었다.

10년에 걸친 노력으로, 러성톈은 남에게 내보일 만할 정도로 꽤 많은 분재들을 소생시키고 길러내었다.

1991년에 그는 아예 화목 분재 사업을 시작했다. 아마도 그가 꽃과 나무를 너무 사랑하고 분경을 너무 사랑했기 때문일 것이다.

사업을 시작한 그는 아버지가 생전에 경제 관념이 좀 부족했다고 생각했다. 아버지가 꽃과 나무를 심고 기른 것은 단지 마음을 수양하기 위함이었고, 또 옛 문인들의 취미일 뿐이라고 생각했다. 그래서 그는 아버지처럼 화목 가꾸는 일만 하지 않았다. 러성톈은 화목 사업을 시작한 후 꽃과 나무 사진, 분재와 분경 사진을 찍어 자주 신문사에 보냈다. 사진 값은 받지 않는다고 분명히 말해두었다. 단지 사진을 실을 때 밑에다가 '러성톈 촬영'이라고 주를 달아주기만 하면 된다고 했다.

그는 시나 성 단위의 지역신문 기자들을 알게 되었다. 러우청에서 붓을 잡는 사람들도 자주 러성톈의 화목원에 초청되어 모임을 가졌다. 러성톈은 그들이 돌아갈 때 반드시 각각에게 화목 한 그루를 선물했다. 그 시대는 사람들이 욕심이 없어서 비모란(緋牡丹)이나 백설광(白雪光) 같은 종류의 선인장을 선물해도 매우 좋아했다. 이후 점점 사람들의 욕심이 커졌으나 그래도 게발선인장, 동산호(冬珊瑚) 등 정도면 만족해했다. 특별한 상황에만 난초나 담화(曇花)를 선물해주었고, 이것만으로도 그들은 하루 종일 기뻐했다. 이런 노력의 결과로 러성톈과 러성톈화목원의 이름을 며칠에 한 번씩 신문에서 볼 수 있었다.

이렇게 러우청 사람들과 러우청 근처 현급 도시의 사람들도 러우청에서 화목을 키우고 분경을 가꾸는 러성톈의 기술이 대단하여 분경왕이라고 불리는 것을 알게 되었다.

명성을 조금 얻은 후에도 러성톈은 정신과 체력을 분경에 쏟았다. 그가 제작한 분경은 그루터기 분경 위주였고 겸업으로 산수분경도 했다. 그의 분경 정가는 기가 막힐 정도로 높았고 가격 흥정은 거의 하지 않았다. 러성톈 본인도 자신의 분경을 두고 품질도 좋고 가격도 공정하며 진짜 믿을

만한 분경이라고 말하기 때문에, 살 거면 흥정 없이 흔쾌히 사고 안 살 거면 말아라, 라는 식이었다

사실 어떤 부분은 좀 이해가 가지 않았다. 러성톈이 이런 식으로 나올수록 장사는 더 잘됐다.

그는 친구들과 손님들에게 돈이나 다른 물건을 선물하느니 자신의 분재를 선물하는 게 낫다고 자주 말한다. 이 말도 일리가 있다. 돈을 선물하자니 뇌물로 걸릴까 두렵고, 물건을 선물하자니 너무 티가 나기 때문이다. 이 분재는 가격도 꽤 나가고 보기에도 고급스러워서 선물하는 사람도 좋고 받는 사람도 좋아서 선물로는 전혀 손색이 없다. 비록 윗사람들이 와서 조사하더라도 이것은 나무나 꽃에 불과하기 때문에 설령 그들이 뇌물수수로 몰아가더라도 크게 걱정이 없을 것이다.

러성톈화목원의 사업이 날로 좋아지는 이유 역시 말하지 않아도 모두들 다 알 것이다. 그의 수완이 좋아서 러우청 상류층들은 모두 그를 알고 있고 그와 왕래하고 있다.

어느 날은 그가 왕 국장 집에 갔는데 그곳에서 구기자나무 분재를 봤다. 길이는 약 1척이고 너비는 한손으로 잡을 수 있을 정도였다. 가지는 화분 밖으로까지 뻗어 자라고 있었고, 몇 개의 길고 짧은 가지들은 들쭉날쭉 아래를 향해 처져 있었는데 그 자태가 아주 멋있었다. 러성톈은 아마 이 나무가 최소 40~50년은 됐으며 800~900위안 푼돈으로는 절대 살 수 없을 것이라고 생각했다. 잘 키우면 가지에 열린 구기자 열매가 마치 피가 뚝뚝 떨어지는 모양으로 아주 붉고 눈부실 것이다. 또 가지와 열매 사이사이로 금빛찬란한 잎사귀가 열리면 반드시 사람들은 감탄하게 될 것이다. 그러나 안타깝게도 이 국장 양반은 이 사실을 모르는 것 같았다. 그 구기자는 이미 말라버렸다. 일찍이 그 광택이 사라졌고 적막하고 쓸쓸한 느낌을 주었다. 서둘러 구하지 않으면 말라죽을 것이 분명했다.

러성톈은 이 구기자나무의 가치를 잘 알기 때문에 조심스럽게 말을 꺼냈다.

"왕 국장님, 이 분재는 아마 보름도 되지 않아 장작으로 쓰이게 될지 모릅니다. 정말로 너무 안타까워요……. 이렇게 하는 게 어떤가요? 제가 산수 분재를 선물할 테니 이 구기자를 저에게 주세요. 제가 이걸 가져가서 살려보겠습니다. 살려내면 내 운이라고 생각하고, 살리지 못하더라도 저같이 꽃을 사랑하는 사람이 이 죽어가는 나무에 정성을 표현했다고 치면 어떤가요?"

이 말이 나름 일리가 있다고 생각한 왕 국장은 흔쾌히 동의했다.

러성톈은 집에 돌아간 후 '은쟁반 위에 푸른 우렁이 한 마리'라는 이름의 산수분재를 왕 국장에게 보냈다. 이것은 직사각형 한백옥(漢白玉, 흰 대리석) 받침에, 주 배경은 산둥성 칭저우 산간 지역의 석회암을 사용하였다. 그 석회암은 퇴적암처럼 한 층 한 층 무늬가 굉장히 뚜렷하고 그 모양이 굉장히 다양했다. 다른 돌은 크기가 작았는데 주 배경이 되는 돌과 서로 호응하는 느낌을 주었다. 이 산수분재는 물이 있어도 되고, 물이 없어도 된다. 특별히 따로 신경 쓸 필요가 없으며 말라죽을 일도 없을 것이다.

왕 국장은 이 산수분재를 보자 아주 기뻐했다. 그는 구기자나무 분재를 러성톈에게 주었으나 이렇게 좋은 분경을 받으니 오히려 러성톈에게 마음의 빚을 진 듯한 느낌이 들었다.

러성톈이 그 후 1년 동안 열심히 보살핀 결과 뜻밖에도 구기자나무는 살아났다. 이듬해 구기자나무가 열매를 맺자 그는 타 도시에 가서 비싸게 팔았다.

단 맛을 맛본 러성톈은 그 후 자주 상류층의 집에 가서 분재들을 살펴보았다. 일단 가치 있는 분재를 발견하면 절대로 놓치지 않았다. 그는 국장, 주임, 사장들 중 진정으로 분재를 아는 사람이 몇 안 된다는 것을 잘 알고 있다. 이런 분재들은 언젠가는 말라죽는 운명을 피할 수 없을 것이다. 그래서 그는 남의 비위를 맞춰가면서 몬스테라나 동백나무, 군자란이나 예술 가치가 있는 화분을 선물했다. 아무튼 아름다운 것을 시든 것과 바꾸고, 생기 있는 것을 말라죽어가는 것과 바꿨다. 이 결과 뜻밖에도 백 년 된 산앵도나무 분재와 향나무 분재 등을 얻었다. 그중 '문계기무(聞鷄起舞, 한밤중에 닭 우는 소리를 듣고 일어나 춤을 추다)'라고 불리는 용수나무가 있었는데, 이미 200여 년이 되었다고 했다. 또 하나는 '춘풍불면(春風拂面, 봄바람이 얼굴을 스치다)'이라고 불리는 위성류나무였다. 이 나무는 웅건하고 고박한 나무줄기에 작은 가지들이 자라 있는데 바람에 흔들리는 자태가 아주 아름답고, 강해 보이지만 부드러웠다. 진정으로 강함과 부드러움이 서로 조화를 이루었다. 이 두 나무는 정말로 아주 구하기 어려운 귀한 분재였다. 러성톈은 이 분재들을 모두 살려내었다.

이렇게 교환하는 과정에서 러성톈은 아주 큰 돈을 벌었을 뿐만 아니라 사람 사이의 정까지도 얻게 되었다.

러성톈은 늘 자신의 아버지가 때를 잘못 타고 태어난 것을 안타까워했다.

연꽃 향기가 나는 차

저우씨 가문은 몇 대째 계속 구먀오진에 살고 있다. 조상 대에는 구먀오에서 꽤 부잣집에 속했으나 저우한빙 부친의 대부터는 몰락하기 시작했다. 그나마 다행인 것은 저우한빙의 부친이 그에게 단층집을 남겨준 것이다. 오래되고 보잘것없는 집이었으나 정원은 꽤 컸다. 정원 가운데에는 작은 연못이 있었다. 그 집에서는 옛 가옥 정원의 윤곽을 희미하게나마 볼수 있었다.

저우한빙이 가장 좋아하는 책은 주돈이(周敦頤, 1017~1073, 북송의 유학자)의 『애련설(愛蓮說)』이다. 그는 주돈이가 쓴 이 책이 저우(周)씨 가문의 자랑거리라고 생각했다. 몇 번이나 찾아봤지만 자신이 주돈이의 후예라는 문헌 기록을 찾을 수 없었다. 그러나 그는 본인 스스로가 최소한 주돈이의 정신적 후예라고 생각했다.

저우한빙은 이런 생각이 든 후 여가시간을 모두 연꽃 심는 데 사용했다. 그는 연못에 가득한 진흙을 파낸 후 연못가에 진흙을 쌓아 올렸다. 진흙더미 위에는 매화를 심었고 연못 속에는 연꽃을 심었다. 봄이 되면 그는 "작은 연이 이제 막 새순을 내밀었는데 어느새 잠자리가 그 끝에 앉았네"라는 시구와 같은 경치를 감상했고, 여름에 들어서는 "햇빛이 내려앉은 연꽃은 유난히 붉게 빛나네"라는 시구가 생각나는 예술적 분위기에 취했다.

늦가을에는 "시들어진 연잎만 남았고 빗소리만 들리네"라는 시구를 떠올리게 만드는 다양한 정취를 느낄 수 있었다.

저우한빙은 점점 평범한 연꽃을 심는 것만으로는 만족하지 못했다. 그는 여기저기 최상급 연꽃들을 찾으러 다녔다. 역시 노력은 뜻이 있는 사람을 저버리지 않는다. 그는 대쇄금(大灑錦), 중태련(重台蓮), 병체련(并蒂蓮), 홍천엽(紅千葉), 수성도(壽星桃), 천판련(千瓣蓮), 대벽련(大碧蓮), 중일우의련(中日友誼蓮) 등 유명하고 진귀한 품종을 찾아냈다. 이 중 대세금은 꽃이 크고 향기가 진하며 색깔도 독특하고 꽃의 아랫부분은 하얀색이고 꽃잎의 테두리는 붉은색이며 파란색 무늬가 있었다. 마치 연꽃 중의 여왕과도 같다. 저우한빙은 맑고 그윽한 향이 멀리 퍼지고 곧게 서 있는 바로 이 화중군자(花中君子)를 점점 더 깊이 사랑하게 되었다.

그는 완련(碗蓮)에 푹 빠지게 되었다. 그는 심고 또 심었다. 그중 '백설공주', '교객(嬌客)', '와와련(娃娃蓮)', '취배(醉杯)' 등은 모두 유명한 품종들이었다. 몇 년이 지나자 그의 집 마당에도 연꽃, 연못에도 연꽃, 창턱에도 연꽃, 책상 위에도 연꽃, 크고 작은 연꽃 화분들이 대략 100여 개로 늘어났다. 매번 여름과 가을이 되면 저우한빙은 연잎도 보고 연꽃도 보고 연방(蓮房)도 보고 정말로 즐거움이 무궁무진했다.

그가 거실에 걸어놓은 그림은 〈묵하도(墨荷圖)〉와 〈함담도(菡萏圖)〉 〈무성한 푸른 연잎은 하늘과 닿아 있네〉라는 작품이었고 책상 위 유리 사이에 끼워놓은 것은 그가 직접 찍은 연꽃 사진이었다.

그는 같은 구먀오 출신인 쑤런왕이라는 대서예가에게 '국향헌(國香軒)'이라고 재명(齋名)을 써달라고 부탁했다. 이 이름만 딱 봐도 진정으로 연꽃을 사랑하는 사람이라는 것을 알 수 있었다.

속담에 "물건은 종류별로 모으고 사람은 무리로 나뉜다"라는 말이 있다. 저우한빙은 연꽃을 좋아하는 친구를 사귀었고, 연꽃이 만개할 시기에 사나흘마다 한 번씩 모여 연꽃을 감상했다. 가끔은 타 도시의 문인들이 연꽃의 명성을 듣고 이 작은 곳까지 찾아와 연꽃을 감상했다.

손님이 오면 저우한빙은 반드시 벽라춘을 대접했다. 귀한 손님이나 그와 잘 맞는 손님이 온다는 것을 그들이 오기 3일 전에 알게 되면 저우한빙은 연향차(荷香茶)로 손님 맞이할 준비를 했다. 소문에 의하면 연향차는 원나라 대화가 예운림(倪雲林)에 의해 만들어졌다고 한다.

어둠이 점점 내려앉고 더위가 가시자 저우한빙은 용정차 한 줌을 꺼내 깨끗한 면보로 감싼 후 이른 아침에 막 핀 연꽃을 골라 그 연방 위에 놓았다. 연꽃의 특징은 아침에 폈다가 저녁에 다시 오므라드는 것이다. 밤에 연꽃이 오므라들기 전 용정차를 연방 위에 올려놓으면 밤에 연꽃잎이 오므라들면서 그 찻잎을 감쌌다. 그는 이른 아침에 연꽃이 활짝 필 때를 기다렸다가 차를 꺼냈다. 독특한 향을 흡수하는 것은 보통 찻잎의 특징이라 할 수 있는데 특히 용정차는 더욱 잘 흡수한다. 하룻밤이 지나면 면보에 감싸진 용정찻잎에는 연꽃 향기가 모두 흡수되었고, 꽃물도 전부 용정차에 흡수되었다. 그는 이 찻잎을 서늘한 음지에 걸어서 말렸다. 저녁이 되면 다시 이 찻잎을 연꽃 안에 놓아두었고 아침에 다시 꺼냈다가 또 말렸다. 이렇게 3일 저녁을 반복하면 찻잎에서 연꽃의 향도 느낄 수 있고 또 천지의 정수를 얻을 수 있다. 그다음 정화된 물로 찻잎을 우리면 곧바로 맑은 연꽃 향기가 코를 찔렀고 그 향이 끊이지 않았다. 이 차를 한번 마시면 그 향이 가슴속까지 파고들었다. 설령 가장 까다로운 노다객(老茶客)이 오더라도 절대 칭찬을 아끼지 않을 것이다.

연향차는 계절을 탄다. 그래서 저우한빙의 집에서 연향차를 마실 수 있는 사람은 많지 않다.

어느 날 러우청의 사진작가 추이밍이 저우한빙에게 전화를 걸어 연꽃 사진을 좀 찍고 싶다고 말했다.

추이밍은 꽃과 새, 물고기와 곤충 사진에 뛰어났다. 특히 정물 사진에 탁월한데 확실히 자신만의 독특한 노하우가 있었다.

국내외 많은 기관단체가 연합으로 주최한 '1997년 국제 연꽃 사진 대전'은 국제적인 큰 대회이다. 추이밍도 당연히 이 대회를 아주 중요하게 여기고 있었다. 꽃과 나무를 찍는 것은 그의 주특기이므로 반드시 이번 대회에서 상을 얻으리라는 마음으로 임했다. 많은 참가자들이 좋은 사진을 찍기 위해서 쑤저우의 졸정원(拙政園), 난쉰(南潯)의 소연장(小蓮莊)을 출사지로 선택했다. 추이밍은 곰곰이 생각해보았다.

'이곳 정원의 연꽃은 너무 대중적이고 평범해. 다른 사람도 찍을 수 있고 나도 찍을 수 있잖아? 그렇게 되면 차별화가 없어. 경쟁력이 떨어질 거야.'

추이밍은 저우한빙 집에 있는 연꽃이 떠올랐다. 그와는 얼굴만 아는 정도라 친분이 깊은 사이도 아니다. 그러나 상관없었다. 심지어 어떤 일은 깊은 사이보다 가벼운 사이가 좋다고 하지 않았는가. 군자의 사귐은 물처럼 담백하다고 했다.

추이밍은 러우청 문예계에서 지명도가 조금 있는 편이었다. 저우한빙은 문예계 동지의 방문에 매우 기뻐 이미 연향차를 준비해놓았다.

최근 구먀오진도 수돗물을 사용하기 시작했다. 아마도 수질오염 때문인지 수돗물을 끓여 연향차를 우려내면 그 맛이 좀 떨어졌다. 그래서 저우한빙은 계속 우물물을 사용해왔다. 옛 어른들의 말에 의하면 당연히 가장 좋은 것은 무근지수(無根之水)라고 했다. 즉, 하늘에서 떨어진 물이다. 공교롭게도 그저께 비가 와서 저우한빙은 여름 빗물을 한 독이나 받아두었다.

손님 접대를 좋아하는 저우한빙은 추이밍이 도착하자마자 연향차를 우려내어 대접하려고 했다. 그러나 추이밍은 손을 내저으며 말했다.

"차는 나중에 하지요. 이른 아침의 빛이 가장 부드러워서 이슬 맺힌 연꽃을 찍기에 아주 적합하거든요. 먼저 사진 찍고 차를 마시는 게 어떻겠습니까?"

이런 예술가의 투철한 직업의식은 바로 저우한빙의 호감을 샀다. 그래서 두 사람은 함께 정원으로 갔다. 저우한빙은 속속들이 알고 있는 듯이 하나하나 설명해주었다. 이 꽃은 무슨 꽃인지 저 꽃은 무슨 꽃인지, 이 꽃은 꽃잎이 커서 유명하고 저 꽃은 향기로 유명하고…….

추이밍은 정신을 딴 데 팔고 듣는 척 마는 척했으나 그의 눈은 이미 매처럼 날카롭게 각각의 꽃과 꽃잎을 둘러보고 있었다. 그는 바로 각도를 잡아 남다른 구도를 포착했다.

"좋은 꽃이네요. 너무 좋아요."

머지않아 그는 자신이 발견한 것들에 심취되어 저우한빙의 존재조차 잊을 뻔했다.

저우한빙은 그의 이런 태도를 신경 쓰지 않았다. 그는 오히려 예술쟁이라면 이 정도 열정은 있어야 한다고 생각했다.

추이밍은 몇 장 찍은 후 저우한빙이 계속 자신을 따라다니자 저우한빙에게 말했다.

"일단 할 일 하시고 저는 혼자서 사진을 좀 찍겠습니다. 그래야 좀 집중할 수 있을 것 같아요."

저우한빙이 생각해보니 또 그 말이 맞았다. 촬영에 지장을 줄까 봐 조용히 방으로 돌아갔다. 그는 연향차를 우려내었고 추이밍이 사진을 잘 찍고 돌아올 때까지 기다렸다가 함께 연향차를 음미하면서 이야기를 나눌 생각이었다.

추이밍은 꼬박 두 시간을 찍고서도 그곳을 떠나기를 아쉬워하며 방으로 돌아왔다. 그 얼굴에는 흥분을 감출 수 없음이 역력했다. 그는 정원에 가득 찬 연꽃을 바라보며 말했다.

"우리 집에도 이렇게 많은 연꽃이 있다면 매일 아침마다 하나씩 골라서 사진을 찍을 거예요. 이런데도 만약 내가 상을 타지 못하면 내 성을 갈아야……."

"언제든지 와서 사진 찍어도 좋습니다." 저우한빙은 진심을 담아 말했다.

"네, 저는 가보겠습니다. 연향차는 다음에 와서 마시겠습니다. 얼른 가서 사진을 뽑아야 하거든요. 빨리 가서 그 기쁨을 좀 느끼고 싶네요."

저우한빙은 아쉬웠지만 그래도 그의 마음을 이해했다. 문앞까지 추이밍을 배웅해주었다.

저우한빙은 추이밍을 보내고 난 후에야 그가 만족스러운 연꽃 사진을 찍기 위해 소위 '예술 가공'을 한 흔적을 발견했다. 화분에 있는 연꽃잎은 뜯겨 있었다. 추이밍은 이 화분의 연꽃을 잘라서 저 화분에 갖다 꽂았다. 또 여러 화분에 있는 연방을 잘라서 화분 한 개에 몰아 심어버렸다.

저우한빙은 연꽃에 대한 애정이 아주 깊었다. 마치 자신의 생명을 다루는 듯했다. 그래서 그는 심지어 흠이 있는 연꽃조차 함부로 잘라내거나 손질하지 않았다. 그러나 추이밍이 신성한 연꽃을 이렇게 대할 줄은 정말로 생각지도 못했다. 저우한빙은 추이밍에 대한 좋은 인상이 한 번에 싹 사라졌다. 저우한빙은 씩씩거리며 방으로 돌아온 후 추이밍을 위해 우려낸 연향차를 바닥에 뿌려버렸다.

"저 인간이 차를 안 마셔서 정말 다행이야! 그런 인간은 이런 차를 마실 자격도 없어!"

난초에 관한 모든 것

그날은 날씨도 흐리고 어두침침했다. 열흘째 태양도 보이지 않았다. 사람 마음까지도 침울하게 만들었다. 가장 짜증났던 것은 불시에 내리치는 장맛비였다. 장맛비는 온 땅을 축축하게 적셨으나. 한가로이 시간을 보내던 사람들의 기분을 망쳐놓았다.

아버지가 돌아가신 후 집에 있던 화초들은 병들거나 죽어서 보기에 아주 을씨년스러웠다. 아샤오(阿孝)도 이런 화초들을 정리하기가 귀찮았다. 아무튼 아주 귀한 난초들이었다. 녹운(綠雲), 송매(宋梅), 서신(西神), 노문단소(老文團素), 정매(程梅), 대일품(大一品) 등이었다.

아버지가 돌아가시기 전, 이미 열 개 중 여덟아홉 개는 위탁할 것들은 위탁하고, 선물할 것들은 다 선물했다. 남은 것들은 대부귀(大富貴), 태소(泰素) 등 희귀한 것들이었다. 그러나 이 화초들도 사인두(四人頭, 1987년에 출시된 100위안 지폐. 마오쩌둥, 저우언라이, 주더, 류샤오치 4인의 상반신 사진이 있음) 몇 장에 모두 팔려버렸다.

아샤오는 집에 있는 모든 물건을 다 뒤져보았다. 여러 해 묵은 낡아빠진 책 몇 권들을 제외하고 아버지의 유물은 아무것도 찾을 수 없었다.

"참 바보 같군, 바보 같아."

아샤오는 생각할수록 아버지가 바보 같다고 느껴졌다. '한평생 이렇게

책만 읽다가 멍청해진 거지……. 화초만 키우다가 바보가 되어버린 거야.'

돌아가시기 직전까지도 아버지는 낡은 책 몇 권들을 보물 대하듯이 하셨다. 할 일이 없을 때는 책을 들춰보며 표시를 하거나 평을 적기도 했다. 옛사람들이 쓴 책들이 그가 쓴 것만 못할 정도였다. 아버지는 한평생 책과 난초를 사랑했다. 그러나 돌아가신 후에는 일생이 궁상맞고 초라해 보였다.

이런저런 생각을 하던 찰나 흩날리는 가랑비 속에 낯선 손님이 찾아왔다.

"아버님을 뵈러 왔습니다."

"우리 아버지는 돌아가셨어요. 염라대왕한테나 가서 찾으세요."

아샤오는 아버지가 생전에 친했던 이 '화초친구'를 상대하고 싶지 않았다. 말이 통하지 않는 사람과는 한마디도 말하고 싶지 않았던 것이다.

그 손님은 아샤오의 아버지가 이미 돌아가셨다는 말을 듣고 크게 탄식하며 곧바로 물었다.

"그 난초들은 다 어디로 갔습니까?"

그는 난초들이 이미 다른 사람의 것이 되어버렸다는 얘기를 들었을 때 발을 동동 구르며 말했다.

"내가 늦게 왔네, 한 발 늦게 왔어! 아버님께서 생전에 화초 관련 서적이나 난초에 대해 메모해둔 것을 남겨놓은 자료 같은 것 없소?"

아샤오는 머릿속에 갑자기 아이디어가 번쩍였다. '노인네랑 똑같이 바보 같은 사람이 왔군!' 아샤오는 일부러 뜸을 들이며 말했다.

"있지요. 아버지께서 생전에 자손에게 물려주라고 말씀하셨어요."

말이 끝나자 더 이상 입을 열지 않고 손님의 반응을 기다렸다.

낯선 손님은 어리둥절해하며 말했다.

"모든 물건은 제각기 쓰임새에 맞게 쓰이는 게 좋지 않겠소? 옛말에 이런 말이 있잖소. 당신이 어차피 이제 난초를 심지 않기로 한 이상, '난초에 관한 모든 것'이 담긴 책은 그냥 둬도 크게 쓸모는 없을 테니 나에게 주는 게 낫지 않겠소? 가격은 잘 상의하면 되잖소."

사실 여러 해 전, 낯선 손님은 일찍이 구먀오에 온 적이 있었다. 아샤오의 아버지 손에 오래된 '난초에 관한 모든 것'이 담긴 『난혜비결(蘭惠秘訣)』이라는 책이 있다는 것을 알게 되었다. 그는 일찍이 이 보물을 찾으러 그를 찾아갔으나 당시 800위안으로도 뜻을 이룰 수 없었다. 단지 아샤오는 이런 사실을 모를 뿐이었다. 이번에 그는 넉넉히 돈을 챙겨 반드시 이 뜻을 이루겠다고 생각했다.

아샤오는 가격을 상의하자는 얘기를 듣자마자 마치 그의 몸속에 재물신이 강림한 것 같았다. 전신의 모든 세포들이 살아 움직이는 것 같았고 우울한 마음이 한방에 사라지는 것 같았다. 그는 흥분을 감출 수 없었다.

아샤오는 간신히 자신의 흥분된 마음을 가라앉히고 일부러 담담한 척 말했다.

"지난번에 샤오싱에서 온 손님이 500위안을 얘기했으나 나는 팔지 않았어요."

아샤오는 낯선 손님이 반응이 없자, 500위안부터 시작하니 손님이 놀란 것이 아닌지 생각했다. 그러나 다시 생각해보니 이런 사람의 주머니를 털지 않으면 누구 주머니를 털겠는가? '그가 만약 좀 똑똑하다면 오히려 내가 당할지도 몰라.' 아샤오는 손님의 반응을 살핀 후 또 말했다.

"책이 좀 낡긴 했습니다. 그러나 어쨌든 우리 아버지 유물이라 참 아쉽긴 하군요!"

낯선 손님은 마침내 너그러운 목소리로 말했다.

"그럼 내가 600위안에 사겠소. 어르신은 나의 스승이자 친구와도 같은 사이오. 이 책을 기념으로 남기고 싶소."

아샤오는 생각만 해도 신났다. 모든 땀구멍에서 웃음이 새어 나오는 것 같았다. '어휴, 이런 책을 고물장수한테 팔았다면 얼마나 아까울 뻔했어? 아마 담배 한 갑 값도 안 나왔을 거야. 솔직히 오늘 이런 사람을 만날 줄 누가 생각이나 했겠어? 대충 속여도 600위안이나 받아냈잖아. 천하에 이런 바보 같은 사람이 또 있네.'

낯선 손님은 그 책을 손에 쥔 후 아샤오의 아버지 영정사진 앞에서 땅에 머리를 세 번 부딪히며 정중히 인사를 했다. 뭐라고 몇 마디 중얼거렸으나 그가 뭐라고 하는지는 알 수 없었다.

아샤오는 그가 이 결정을 번복할까 걱정되어 그저 그가 빨리 돌아가기만을 기다렸다.

낯선 손님이 드디어 문을 나섰다. 아샤오는 긴 숨을 내쉬며 돌아가는 손님의 등에 대고 통쾌하게 한마디 뱉었다.

"바보 같은 인간!"

문장가 장 선생

장 선생은 사람들에게 장철취(蔣鐵嘴)라고 불리고, 장 선생의 붓은 장철필(蔣鐵筆)이라고 불린다. 소문에는 장 선생의 말솜씨가 죽은 것을 산 것처럼 말할 수 있고 산 것을 죽은 것처럼 말할 수 있다고 하여 그렇게 불린다고 한다.

장 선생 스스로도 자신의 말솜씨에 자부심을 느낀다. 어느 날은 그가 친구들과 술 한잔을 마시고 입이 뚫린 듯 말을 하기 시작했다.

"강호에 이런 우스갯소리가 있습니다. 천하의 모든 문장 중에 샤오싱 사람들이 써낸 문장이 최고라구요. 그런데 샤오싱의 문장 중에서도 내 사촌형님의 문장이 가장 좋지요. 사촌형님의 문장은 말입니다. 바로 내가 고쳐드린 거예요." 그는 허풍을 떨듯 말했다.

사실 우스갯소리는 아닌 듯했다. 마누라는 외간남자의 마누라가 좋아 보이는 법이고, 문장은 자신의 것이 좋아 보이는 법이다. 옛날부터 쭉 그래왔다. 감히 이런 말을 할 수 있는 사람이면 분명히 보통이 아닌 사람임에 틀림없다.

"여기 있는 사람들 중 누가 감히 내 사촌형님의 문장이 천하제일이라고 말할 수 있겠어요?"

그의 말에 대꾸하는 이가 한 명도 없었다. 친구들은 그가 술김에 하는 말이라고 생각했다. 장 선생은 아무도 자신의 말에 대꾸하지 않는 것을 보고 다시 한번 매우 자신 있는 어조로 말했다.

"인형(仁兄)들께서는 말하지 못해도 나는 할 수 있지요. 천하의 문장 중 러우청에서 나온 문장이 가장 훌륭하고 러우청의 문장 중에서는 내 선친의 문장이 최고지요. 그런데 말이죠, 선친의 문장은 바로 내가 정리한 거예요. 내가 정리하고 수정하고 윤문한 것이죠."

사람들은 모두 쥐 죽은 듯이 조용했다. 모두들 너무 어이가 없어 할말을 잃은 듯했다.

'청출어람 승어람'이라는 말이 있다. 이 말은 보통 다른 사람을 칭찬할 때 쓰는 말이다. 보통 제자가 그 스승의 실력을 뛰어넘었을 때 칭찬하며 쓰는 말이다. 그런데 자기 스스로가 자신의 아버지보다 낫다고 말하는 사람이 있다니 너무 거만한 것 아닌가? 다행인 것은 친구들은 그가 술김에 한 말이라고 생각하여 크게 개의치 않았다는 점이다. 그러나 '취중진담'이라는 말도 있지 않은가. 그가 이렇게 허풍 떨면서도 조금도 부끄럽게 여기지 않는 것을 보면 대충 이 사람의 성정을 알 듯했다.

이 사건이 밖에 알려진 후 러우청 안팎의 붓쟁이들, 입으로 먹고 사람들은 모두 불쾌해했다. 그러나 불쾌하면 불쾌한 거지 그렇다고 뭐 그를 어떻게 할 수 있겠는가? 솔직히 글솜씨로 말하면 그를 뛰어넘을 자가 없고, 말솜씨로도 그를 뛰어넘을 자가 없었다. 그저 우리는 멍하니 눈뜨고 그가 허풍 떨게 둘 수밖에 없었다.

장 선생은 취기에 한 말 때문에 문인 친구들의 노여움을 샀다. '같은 업종끼리는 서로 반드시 질투해야 하는 법'이라는 말도 있다. 장 선생이 이렇게나 오만하다니. 그래서 마음이 좁은 몇몇 친구들은 그의 오만함을 꺾을 기회만 찾아 노렸다.

드디어 기회가 왔다. 러우청에 사건이 하나 터졌다. 러우청의 대부호 유씨의 딸과 가난한 수재 천화가 사귀었다. 유씨는 천화가 관직에 오르지 못해 자신의 딸과 교제하는 것을 반대했다. 두 사람은 결국 몰래 만남을 가질 수밖에 없었다. 그러나 바람이 새어들지 않는 벽은 없다고 하지 않았는가. 유씨는 이 사실을 안 후 직접 하인을 데리고 몰래 숨어 있다가 천화 앞에 나타나 그의 다리 한쪽을 부러뜨려 병신을 만들어서 딸이 천화에 대한 마음을 접도록 할 속셈이었다.

천화는 어둠 속에서 그들에게 습격을 당했다. 그는 반사적으로 저항했다. 유씨의 딸은 사랑하는 그를 구하기 위해 목숨도 아끼지 않고 달려갔다. 그러나 하인이 잘못 공격할지 누가 알았겠는가. 딸은 하인의 몽둥이에 머리를 가격당해 의사가 도착하기도 전에 이미 저세상으로 갔다.

유씨는 매우 가슴이 아팠다. 정말 이루 말할 수 없을 정도 상심이 컸다. 그는 즉시 천화를 고발했다. 천화가 불법으로 주거를 침입해 유씨의 딸에게 나쁜 짓을 하려 하자, 딸이 반항하여 그 증거를 없애기 위해 살인했다고 거짓을 꾸민 것이다.

천화는 큰 소리로 억울함을 호소했다.

결국 올해 가을 끝 무렵 천화의 사형을 집행하기로 판결 내렸다. 그러나 현감은 민중들의 비난을 피하기 위해 판결문에 "정상참작할 만한 사건이지만 그 죄는 용서할 수 없을 만큼 무겁다"라고 적어 넣었다.

이 사건의 억울한 내막이 밖으로 알려졌고 소문에는 이 판결로 인해 민심이 안 좋아졌다고 한다. 그러나 현감이 이미 판결을 내렸으니 고칠 수 있겠는가? 솔직히 이 사건은 굉장히 까다로운 사건임에는 틀림없다.

장 선생의 오만을 꺾을 기회만 노리던 사람들은 일부러 쑥덕쑥덕거렸다.

"일단 장 선생이 나서면 못 이기는 소송이 없다니까."

여론은 장 선생에게 그 사건에 발을 들이라고 재촉하는 분위기였다.

장 선생은 체면 때문에 거절을 할 수 없어 이 사건에 발을 들였다. 장 선생이 무슨 방법을 생각해냈는지 모르겠지만 청산유수 같은 말솜씨로 다시 한번 판결을 내리도록 현감을 설득했다.

　"정상참작할 만한 사건이지만 그 죄는 용서할 수 없을 만큼 무겁다."라는 말의 순서를 바꿨다. "그의 죄는 용서할 수 없을 만큼 무겁지만 정상참작이 가능하다."

　이렇게 정상참작이 인정되어 처형 집행은 가을 이후로 미루어졌다.

　역시 장 선생이다. 이 사건 이후 장 선생의 명성은 점점 빛이 났다. 장 선생의 오만함을 꺾을 기회만 노리던 친구들은, 오히려 이 일이 그를 더 유명하게 만들 줄은 생각지도 못하여 굉장히 불쾌했다.

　"장 선생 머릿속에 잔꾀만 가득해. 진짜 제대로 된 무대에서는 얼굴도 내밀지 못할걸."

　몇몇 친구들은 너무나도 그의 오만함을 꺾고 싶었다. 그래서 몇 사람끼리 모여 머리를 맞대고 계략을 꾸몄다. 그들은 상의 끝에『금추아집(金秋雅集)』을 편찬하기로 하고 장 선생도 초청했다.

　장 선생의 뱃속에 반딧불이가 들어앉은 것 같았다. 그는 이미 그들의 속을 뚫어보고 있었다. '비교하려면 하라지. 정금은 불로 달구는 것을 두려워하는 법이 없지. 당나귀인지 말인지는 뛰는 모습을 직접 봐야 아는 법이라구. 도대체 누가 러우청의 문장 고수인지 한번 보자고.'

　주최 측은 장소를 러우청의 토산으로 정했다. 이 토산으로 말할 것 같으면 산은 산인데 사실상 그저 흙이 쌓인 언덕일 뿐이었다. 정자나 탑도 없었다. 물도 한 줄기 흐르지 않았다. 나무도 꽃도 없었다. 아무런 역사적 유래도 없고 경치도 별볼일 없었다. 이런 허허벌판 같은 곳에서 아름답고 화려하며 그럴듯한 문장을 써내려면 재능이 출중하게 뛰어나지 않는 한 아주 어려울 것이다.

사람들이 모두 도착했고 몇 사람은 마치 짠 듯이 서로 한마디씩 장 선생을 치켜세우는 말을 했다.

"장 선생님의 문장은 어떻게 봐도 천하에 적수가 없지요."

"장 선생님의 명성은 여전히 대단해요."

그래서 사람들은 장 선생에게 먼저 주위 풍경을 보고 이 자리에서 솜씨를 보여줄 것을 요청했다. 어떤 사람은 이미 그를 놀리려는 듯 종이와 붓을 들고 말했다.

"장 선생님이 쓰시는 글을 적어두어야겠어요. 잘 소장해두어 앞으로도 계속 보고 배울 겁니다."

어떤 사람은 더한 말도 했다.

"장 선생님이 쓴 문장을 팔면 반드시 불티나게 팔릴 거예요."

장 선생은 그들이 이렇게 경치도 역사도 없는 곳을 고를 줄은 몰랐다. '이 흙무더기에서 아름다운 문장을 써내라니. 이것은 까마귀의 아름다움을 써내라는 것이나 다를 바가 없지 않은가? 어렵다. 참으로 어려워.'

장 선생은 미간을 찌푸리며 깊은 생각에 빠져 아무 말도 하지 않았다.

몇몇 사람들은 그의 이런 모습을 아주 즐기는 듯했다. 인상을 찌푸린 모습을 보며 그들은 오늘에서야 드디어 장 선생을 난처하게 만들었다고 생각했다.

장 선생은 동쪽을 향해 일곱 걸음을 내딛고 다시 서쪽으로 일곱 걸음을 딛었다가 천천히 자신의 자리로 돌아왔다. 그는 붓을 들고 종이를 펼친 후 글을 써내려갔다.

"……토산아, 토산이라는 이름을 가졌으나 내포된 뜻이 없구나. 너는 진정한 산이 아니구나.

토산아, 무명한 것이 바로 역사다. 유명함은 장래의 일이니. 금추아집을 편찬하기 위해 러우칭의 문인들이 이곳에 왔으니 토산의 문장, 토산의 이름은 이제부터 알려질 것이다.

토산아, 계단도 없고 조각상도 없으며 정자도 없구나.

토산아, 소나무가 만들어낸 그늘 하나 없고, 아름답고 푸르른 버드나무 하나 없구나. 일곱 빛깔로 단장한 꽃 하나 없고 비범하게 흐르는 폭포 하나 없구나……."

문장이 완성되자 사람들은 조용했다. 내심 탄복하지 않을 수 없었다. 이런 황폐하고 볼품없는 곳에서 장 선생은 어떻게 이렇게 의미 있는 훌륭한 문장을 써낼수 있는지 사람들은 아무리 생각해도 이해가 되질 않았다.

'됐다 됐어. 여기까지 해야겠어, 만약 장 선생이 나한테 쓰라고 하면 내 무덤을 내가 파는 꼴밖에 더 되겠어? 그냥 빨리 발을 빼는 게 낫겠어.'

장 선생이 문장을 다 완성하자, 사람들은 하나하나 이유를 대며 줄행랑을 쳤다.

장 선생은 이마의 땀을 닦으며 생각했다.

'휴, 다행이야.'

사실 그의 머릿속에도 그 몇 구절뿐이었다. 더 쓰라고 하면 머리를 쥐어짜내야만 쓸 수 있었다. 설령 더 쓰더라도 제대로 된 문장이 나오기는 힘들었을 것이다.

이날 이후로 장 선생은 스스로 더욱 대단하다고 여겨서 더욱 교만한 모습을 보였다. 사람들이 어떤 말을 해도 장 선생의 명성은 더욱 높아졌고 사람들도 그를 인정할 수밖에 없었다.

오로지 장 선생 스스로만이 다시 이 대결에 참가하면 언젠가는 밑바닥이 드러날 것임을 알았다. 그 후 이런 글 짓기 대결에는 일부러 얼굴을 내밀지 않았다. 차라리 사람들 마음대로 생각하는 것이 낫다고 판단했다.

마작 노법사

우타이위는 러우청에서 나고 자란 러우청 토박이로 옛것을 좋아하는 사람이다. 러우청의 전고(典故)나 일사(逸事)에는 그의 뱃속에 백과사전이 들어 있는 것 같아서 노법사(老法師, 특정한 방면에 풍부한 경험을 지닌 연장자)라고 불린다고 기록되어 있다.

우타이위는 근래 마작에 푹 빠졌다. 그가 찾아본 바에 의하면 러우청은 마작의 발원지이다.

그는 사람이 많이 모인 곳에만 가면 허풍을 떨었다. 러우청이 마작의 발원지인 이유를 하나씩 대는데 듣는 사람들이 믿지 않을 수 없었다. 이후 많은 마작 친구들은 그를 '마작왕', '마작 전문가', '마작 노법사'라고 높여 불렀다.

그가 무슨 생각을 하는지는 모르겠지만 그에게 '국제 러우청 마작대회' 개최에 대한 생각이 싹트기 시작했다.

그의 생각은 아주 좋았다. 마작 친구들 중 공장장이나 국장 주임들도 있었는데 그들에게 마작문화의 발전을 위해 찬조를 부탁하면 될 것이라고 생각했다. 그러나 이런 큰 마작무대는 후하고 통 큰 사람들이 큰돈을 찬조해야 한다는 얘기를 들더니 마치 가을의 매미처럼 입을 다물었다. 이런 상황 때문에 우타이위 노법사는 마작대회 개최에 대한 흥미가 좀 사라졌다.

며칠이 지나고 친한 마작 친구가 우타이위에게 말했다.

"우리가 관심없는 것도 아니고 찬조하기 싫은 것도 아니야. 단지 윗선에서 뭐라고 할까 봐……."

노법사는 역시 노법사다. 그는 이미 말 속의 다른 의미를 알아차렸다.

그래서 우타이위는「국제 러우청 마작대회 구상에 관하여」라는 보고서 초안을 작성하여 노동조합, 문화연합회, 문화국, 광고부 등 많은 부서에 보냈다. 그러나 안타깝게도 한 통의 답장도 받지 못했다.

이런 방법으로는 안 된다고 생각한 그는 직접 관계자를 찾아가 설득하기로 했다. 우타이위는 고위간부 몇 명을 만났다. 입에 침이 마르도록 얘기했지만 대부분 고위간부들의 의견은 일치했다. 장려지도 않고 홍보해주지도 않을뿐더러 반대하지도 않았다. 어떤 관계자는 마작을 극도로 싫어했는데 그는 마작을 언젠가는 금지해야 하며, 국제 마작대회를 개최하는 것은 너무나 터무니 없고 황당한 일이라고 말했다. 당연히 마작에 상당한 흥미를 갖고 있는 관계자도 있었다. 그러나 단지 이런 국제대회를 개최하는 것이 잘못했다가는 여론의 비난을 받을 수 있다고 했다.

우타이위는 '여론'이라는 두 글자를 생각하니 뭔가 깨달은 듯했다.

'그래! 나도 여론을 부추겨서, 그들의 지지를 얻어야겠어!'

그래서 우타이위는 집 밖도 나가지 않고「마작 기원지 러우청 초고」「마작문화에 대한 견해」「마작의 전래 과정과 전래 범위」「해외에서의 마작」등 마작과 관련된 논문과 수필을 썼다. 역시나 이러한 문장은 각종 오락성 간행물의 대환영을 받았다. 표지에 대문짝만 하게 게재되었고 원고료도 아주 높았다.

우타이위의 이런 문장 중 영향이 가장 컸던 내용은 러우청이 마작의 발원지라는 것이었다. 러우청의 많은 사람들이 마작이 왜 마작이라 불리는지에 대해서, 또 마작의 발명 과정에 대해서 알게 되었고, 이 내용들은 러우청 사람들의 마작에 대한 흥미를 더욱 자극했다. 마작이 유행되면 타지 손님들이 러우청에 왔을 때 집주인들은 손님과 함께 마작을 할 것이고, 그 손님에게 진짜 마작을 발명한 사람이 양식 저장고를 지키는 병사라는 것을 알려줄 것이다.

원명 시기, 러우청은 황실 양식 저장고로 쓰이는 곳이었다. 많은 병사들이 양식을 지켰다. 저장고의 가장 두려운 대상은 참새였다. 벼슬 맡은 사람들은 병사들에게 참새를 잡도록 격려했다. 참새를 잡은 수에 따라 연말에 한꺼번에 포상을 했다. 참새 열 마리를 잡으면 나라에서 패를 하나씩 주었는데 이 패는 시장에 유통되지 않았고 연말에 상금과 교환했다. 옛날 농촌에서 실시했었던 기공분(記工分, 1960~70년대 인민공사가 실시되고 생산대 대원들이 생산 노동에 참가한 양을 계산하여 기록함)과 같았다.

저장고를 지키는 것은 외롭고 지루한 일이다. 병사들은 심심하고 할 일이 없어 땅 위에 격자 무늬를 그렸다. 그 선 위에 작은 돌을 올려놓고 도박을 했는데 참새 잡고 받은 패들이 도박 돈을 대신했다. 이 도박이 마작이 된 것은 나중의 일이다. 그러나 마작패는 분명 참새잡기와 큰 관련이 있다. 예를 들어 참새를 못 맞추면 백판(白板, 마작패 가운데 무늬나 글자가 새겨 있지 않은 패)이라 부르고, 참새를 맞춰 피를 흘리게 하면 홍중(紅中, 마작패의 일종으로 패에 빨간색으로 중[中] 자가 쓰여 있음)이라고 한다.

고대에는 엽총만 있었는데 이런 총을 일통(一筒)이라고 했다. 그래서 마작에서 일통(一筒), 이통(二筒)이라는 말이 생겨났다. 고대의 엽총은 정확성이 떨어진다. 참새 잡는 것은 더욱이 풍향과 관련이 있는데 그래서 마작에 동풍, 서풍, 남풍, 북풍이라는 말이 생겨났다. 그때 참새 열 마리를 잡으면 다리를 꼬치처럼 꿰었다. 이런 작업은 마치 오늘날 쥐 열 마리를 잡아서 일렬로 놓는 것과 같다. 참새 열 마리의 다리를 꿰어놓은 것을 당시에는 '한 묶음'이라고 불렀다.

마작에는 승패가 있기 때문에 일만(一万), 이만(二万), 삼만(三万) 등이 생겨났다. 이기면 자연스럽게 파(發)라고 말한다. 러우청 사투리로 마작(麻雀, 참새)을 마장(麻將, 현재 사용하는 마작이라는 뜻의 중국어)이라고 부르기 때문에 참새잡기를 마장으로 불러 전해져 내려온 것이다.

우타이위의 문장은 발표된 후 몇몇 타지의 문화인이나 기자들의 관심을 끌었다. 그들은 러우청에 와서 마작문화를 탐방했다. 사람들의 격려로 자신감을 얻은 우타이위는 더 크게 마작대회를 열 준비를 했다. 그는 사비를 털어 민간 성격을 띤 '마작왕배' 마작대회를 은밀히 개최했다.

우타이위는 마작을 일종의 지능놀이라고 생각한다. 그래서 투포환처럼 바보같이 힘만 쓰는 그런 종류의 운동보다 더 의미가 있다고 생각했다.

그는 현재 지구상에 중국인이 있는 곳이면 어디든지 마작이 있다고 말했다. 마작을 왜 떨쳐버리지 못하는걸까? 헤겔이 대답하였다. 존재하는 모든 것에는 다 이유가 있다고.

이론은 단지 이론일 뿐이다. 진정한 경쟁은 마작판에서 이루어지는 것이다. 우타이위는 이미 하루라도 마작이 없으면 안 되는 지경에 이르렀고, 이미 점점 마작의 경지에 이르러 마작 노법사라는 이름에 걸맞게 역시나 명불허전이었다.

그러나 가끔은 일반적인 상식으로는 설명할 수 없는 일이 일어나기도 한다. 마작대회가 시작된 후 우타이위의 운은 날로 나빠졌다. 아무리 패를 잡아도 꼭 자신이 필요한 패만 뽑지 못했다. 그의 머리가 아무리 좋아도 사람의 머리는 자연의 이치를 따라갈 수 없는 법이다. 화가 난 그는 얼굴색까지 시퍼래졌다.

'설마 누가 일부러 날 괴롭히는 것은 아니겠지? 아니야. 그럴 리가 없어.'

고생 끝에 낙이 온다고 했다. 행운은 틀림없이 가까이 있을 것이라고 그는 믿었다. 쓸데없는 패들이 계속 되다가 순식간에 청일색(淸一色, 마작에서 한 무늬로 열네 개의 패를 이룬 것)이 되었다! 마작 노법사가 드디어 기를 펴게 된 것이다. 그는 마작패들을 넘어뜨리며 큰 소리로 외쳤다.

"청일색이오!"

드디어 그가 그토록 원하던 것이 이루어졌다!

어쩌면 흥분이 과했을지도 모른다. 즐거움 끝에는 슬픔이 온다고 했던 가. 우타이위는 뇌출혈로 갑자기 세상을 떠났다.

우타이위의 장례식은 몇몇 마작 친구들이 치러주었다. 묘비는 마작패 형태의 석비로 세웠고, 석비는 마작의 백판과 똑같이 생겼다.

아래는 바로 우타이위의 유서에 쓰여 있는 내용이다.

"나는 생전에 '마작왕', '마작 전문가', '마작 노법사'라는 평판을 받은 것만으로도 이미 충분하다. 죽은 후에는 백판 묘비만 남길 것이다. 내가 어떤 사람인지는 세상 사람들이 알아서 평가하도록 하면 좋겠다."

광인 정우지

가을바람이 불기 시작하고 가을비가 내렸다.

바람이 대나무 잎을 흔들고 비가 파초를 때렸다. 바람과 빗소리 때문에 항심헌(巷深軒)은 한층 더 고요하고 잠잠해졌다. 이럴 때 정우지는 정신이 가장 또렷해진다. 입술을 오므려 황주 몇 모금을 마신 후 옛 시인들의 시구를 읊었다. 그다음 종이를 깔고 붓을 들어 산수나 새와 꽃을 붓 가는 대로 그리거나 마음 내키는 대로 붓을 움직였다. 그 산과 물, 그 꽃과 새는 바라보고만 있어도 마음이 편해졌다. 영감이 올 때면 다시 그림 위에 시를 쓰거나 사(詞)를 썼다. 다 쓴 후 그 위에 도장을 찍으면 누구나 다 칭찬하고 좋아하게 될 것이라고 감히 말할 수 있다.

정우지의 별명은 '정삼절(鄭三絶)'이다. 서화, 서예, 시문 바로 세 가지가 아주 뛰어나기 때문이다. 그는 스스로도 러우청에서 자신이 아주 독보적이며 자신을 따라올 이가 없다고 생각했다. 그는 겸손하지도 않지만 겸손할 필요도 없다고 생각했다.

그의 화실에는 "자만은 사람을 발전시키고, 겸손은 사람을 퇴보하게 한다"라고 자신이 직접 짓고 쓴 족자가 걸려 있다. 그래서 정우지의 또다른 별명은 '광인'이다. 단지 사람들이 그 앞에서 부르지 않는 것뿐이다.

이날은 바람이 살살 불고 비가 흩날렸다. 정우지의 말을 빌리면 이날은 바로 그림 그리기 적합한 날, 글씨 쓰기에 적합한 날, 시를 짓기에, 술 한 잔 걸치기에 적합한 날이다. 그는 약간 취기가 올라왔을 때 큰 붓을 들고 6척이나 되는 선지에 단숨에 〈만학천봉도(万壑千峰圖)〉를 그렸다. 그림에는 겹겹이 둘러싸인 산봉우리와 쏟아져내리는 폭포가 있었고, 푸르른 산이 펼쳐져 있으며 연기 같은 안개가 깔려 있었다. 그 그림은 기세가 대범하고 예사롭지 않다는 평가를 받아야 마땅했다. 정우지는 자신의 그림에 아주 만족했다. 붓을 들어 시를 쓰려 할 때 갑자기 누군가가 문을 두드리는 소리가 들렸다. 나가보니 시문련(시 문학예술계연합회) 주석과 시 미술협회 비서장이었다. 그들은 러우청시가 최근 몇 년간 이 서예계 창작업적을 전시하기 위해 '러우청 서화전'을 개최할 것이라고 말했다. 그들은 정우지에게 작품 전시를 부탁했는데 정우지는 러우청 서화계의 모든 사람마다 두세 작품을 전시해야 한다는 얘기를 듣자마자 바로 거절했다. 그는 아예 개최를 하지 말든지 아니면 개인전시회를 하든지 하는 것이 좋다고 생각했다. 사실 이류, 삼류 서화가들과 공동 전시를 하게 되면 그가 그중에서 가장 뛰어날 것이 분명하여 쾌감을 느낄 수 있었다. 그러나 그는 자신의 작품 값어치를 못 알아보는 것은 두렵지 않았지만 다른 사람의 그림과 비교되는 것은 두려웠다. 설령 찬사를 듣지 못하더라도 자신의 가치를 떨어뜨리고 싶지 않았다.

문련 주석은 정우지가 스스로에 대한 자부심이 상당하다는 것을 알게 되었다. 그는 정우지의 잘난 척하는 말투에 신경 쓰지 않았고 '정우지 산수화 개인전'을 개최하는 것에 동의했다.

정우지는 이 전시회가 자신의 능력과 재능으로만 개최하는 것이기 때문에 유명한 화가들이 와서 도와줄 필요가 없다고 생각했다. 그래서 모든 축하 화분과 축하 그림, 축화 글씨 모두 사절했고 심지어 전시회의 주제조차도 그가 직접 썼다.

아마 그가 이미 바깥까지 명성을 날렸기 때문일까? 정우지가 이렇게 행동할수록 그의 작품을 보러 오는 사람들은 더욱 많았다. 이 전시회는 정우지가 러우청 사람들 앞에서 처음 선보이는 정식 무대이기 때문에 모두들 그의 진짜 실력이 어느 정도인지 그 정삼절의 작품이 도대체 어디가 그렇게 좋은지 그의 작품의 무게가 어느 정도인지 저울질해보고 싶었다. 또 그가 자신의 실력에 이렇게나 광분할 자격이 있는지 확인하고 싶어했다.

정우지의 서화전은 러우청에 큰 파문을 일으켰다. 108점의 그림에는 발묵기법으로 그린 산수화, 두방(斗方), 선면(扇面) 그리고 황산(黃山), 태산(泰山), 여산(廬山), 형산(衡山), 숭산(嵩山), 화산(華山), 아미산(峨眉山) 등의 유명 산들과 춘하추동 사계절이 모두 담겨 있었다.

큰 그림은 기백이 넘치고, 작은 그림은 정교했다. 산수화 중에는 즉흥적으로 그린 것도 있었고 모사한 것도 있었다. 창작화는 개성이 돋보였고 풍격은 모두 표현되었으며 모사화는 범관(范寬, 950?~1032?, 북송 때 화가), 동원(董源, 934~962, 5대와 남당 때의 화가), 예운림(倪雲林, 1301~1374, 본명은 예찬(倪瓚)으로 호가 운림. 원말 명초의 산수화가), 왕원기(王原祁, 1642~1715, 청초의 문인화가)의 그림들을 모사했는데 모두 정교하고 생동적이어서 진짜와 가짜를 구별하기가 어려웠다.

비록 서화계 사람들은 정우지가 그들을 눈에 두지도 않는 오만함을 비난했지만 언론과 매체는 모두 그에게 갈채를 보냈다. TV 방송이나 신문에도 나올 만큼 굉장히 열광했다.

정우지는 이러한 극찬에 그다지 크게 기뻐하지 않았다. 그에게는 이미 예상된 일이었기 때문이다.

일주일 후 서화전은 막바지에 다다르고 관람객들은 크게 감소했다. 그러나 명성을 듣고 찾아온 사람들이 적지 않았는데 그중에는 외지에서 온 사람들도 있었다.

서화전이 끝나기 하루 전 고아한 기질을 풍기는 사람이 급하게 걸어 들어왔다. 그는 전시장을 대충 훑어본 후 방명록을 살펴보았다. 그는 하나같이 칭찬하는 말들만 있는 것을 보고는 웃으며 펜을 내려놓고는 그대로 가버렸다.

정우지는 이 사람의 행동과 표정을 보고 무의식적으로 그를 따라가 말을 건넸다.

"잠깐만요. 잠깐 멈춰보세요."

그 사람은 자신의 눈앞에 있는 사람이 정우지라는 것을 알고는 딱 한마디 했다.

"당신의 내공은 깊으나 그림 안에 진정한 산수는 별로 보이지 않는군요."

이 말은 마치 정우지의 급소를 찌른 것 같았다. 정우지는 잠시 정신이 멍했다가 돌아왔다.

정우지는 폐관 시간이 되기 전 허둥지둥 서화전을 마무리했다. 다음 날 그는 짐을 꾸려 황산으로 갔다. 소문에 그가 명산대천을 두루 다니며 자신이 본 것을 모두 그릴 것이라고 맹세했다고 한다.

어떤 사람이 정우지가 항심헌이라는 현판을 누실재(陋室齋, 소박한 집)로 바꾸었고, 그 화실에 걸린 족자도 "삼산(三山, 봉래산 · 방장산 · 영주산)과 오악(五嶽, 동악태산 · 서악화산 · 남악형산 · 중악숭산 · 북악항산)을 두루 다닌 후에야 붓을 들어 진정한 산수를 그리겠노라"로 바꾼 것을 발견했다고 한다.

고운익의 정원

청대 건륭 연간에 서화가 고운익(高雲翼)은 〈중추도(中秋圖)〉 위에 쓴 "명월을 바라보며 생각에 잠기다"라는 화제 때문에 사람들에게 고발당해 스스로 화를 자초했다. 다행히 고운익은 유명하고 인맥이 좋아서 친구들이 몰래 도와주어 겨우 죽음을 면했다. 친구들은 그에게 속히 베이징을 떠나 고향에 돌아가 은둔하여 있으라고 권했다. 이렇게 해야 화를 피할 수 있을 것이라고 생각했다.

사실 고운익은 아첨하는 소인배 무리들과는 동료가 되고 싶지 않았다. 그래서 짐을 싸서 신속히 러우청으로 돌아왔다.

그는 오랫동안 시골집을 비워두었는데, 집은 이미 무참히 파손된 상태였다. 이 광경을 본 그는 흐느껴 울기 시작했다.

다행히 고운익은 어떤 상황에서도 잘 적응하는 사람이었다. 몸 누일 곳과 문방사보를 놓을 곳이 있고 밤낮으로 그림 그리고 글을 쓸 수 있다면 다른 요구는 없었다.

고향에 돌아간 후 고운익은 마치 은둔자 같았다. 대문 밖도 나가지 않고 매일 그림을 그리며 자신만의 시간을 보냈다. 그림을 그리고 찢고, 찢고 그리고, 글을 쓰고 태우고, 태우고 쓰고를 반복했다. 자신의 그림과 글이 다른 사람을 감탄시키지 못한다면 죽더라도 글 쓰고 그림 그리는 것을 포기하지 않겠다는 신념이 있었다.

이듬해, 세상이 붉게 물든 가을 10월에 한창 같이 그림 그리던 친구 세 명이 고운익에게 편지를 보내왔다. 고운익의 집에 방문하여 다시 만나 명월을 감상하고 시를 읊고 그림을 그리며 즐거운 시간을 보내고 싶다는 내용이었다.

고운익은 이 세 명의 친구들이 큰 욕심 없는 평범한 사람들이라고 생각했다. 먹는 게 좀 부족해도, 잠자리가 좀 불편해도 크게 상관없고, 그저 아름다운 풍경이 눈앞에 펼쳐져 있다면 그림 그리고 시를 짓고자 하는 욕구가 넘칠 것이라고 생각했다.

고운익은 이웃집 의원(宜園)의 경치가 아름다워 그 당시 이 정원을 위해 〈의원사조병(宜園四條屛)〉이라는 병풍을 그린 것이 갑자기 생각났다. 사계절 풍경을 모두 한 점씩 그렸고, "의원의 봄꽃, 의원의 가을달, 의원의 시원한 여름바람, 의원의 하얀 겨울눈, 이 아름다운 풍경은 흥과 만났고 좋은 감정은 적절한 때를 만났으니 모든 것이 적절히 조화를 이루었네. 그러므로 의원이라 불러도 무방하네"라고 쓴 것이 기억났다.

사실 고운익와 이웃집 관계는 꽤 좋았다고 할 수 있다. 그러나 이번에 고향에 돌아온 후 아직 이웃집에 방문하지 못했다. 고운익은 이웃집에 인사하러 가는 김에 이웃집 정원을 빌려 사용하는 것을 상의하고 싶었다. 고운익은 의원 물가에 있는 한벽방(寒碧舫)에서 차를 음미하고 술 한잔 걸치며 그림을 그리고 시를 읊으면 반드시 아취가 넘칠 것이라고 생각했다. 게다가 북방에서 올 세 친구들에게 강남 정원의 부드러운 아름다움을 느끼게 해주고 싶었다.

뜻밖에도 고운익이 입을 떼자마자 의원 주인이 난색을 표했다.

"개인 정원은 가족들만 감상하고 놀기에 좋을 듯합니다. 외부인이 들어오면 조금 불편할까 걱정되어서요. 제가 마음이 좁아서 이러는 것은 아니니 양해 부탁드립니다."

고운익은 이웃 문인이 자신의 일에 연루될까 두려워서 거절한 것임을 알고 있었다.

'여태껏 한 번도 다른 사람에게 부탁해본 적이 없었던 나인데 이번에 왜 이리도 경솔하게 부탁을 했을까?' 집에 돌아온 고운익은 후회하며 자신의 뺨을 세차게 때렸다. 이렇게 단칼에 거절당하니 그는 매우 부끄럽고 난처하여 얼굴을 들 수 없었다.

화도 내보고 원망도 해봤지만 결국 고운익은 자신이 직접 정원을 만드는 것밖에는 방법이 없다고 생각했다. 그러나 땅과 돈이 없는데 정원 만드는 일이 쉽겠는가. 산에서는 산속에서 먹을 것을 구하고, 물가에서는 물속에서 먹을 것을 구하라는 말이 있다. 고운익은 산도 물도 권력도 없었다. 그저 그림 그리는 기술만 가지고 있을 뿐이었다.

'그래, 그림으로 먹고 살고, 그림으로 정원을 만드는 수밖에 없어.'

고운익은 이런 생각이 들자마자 바로 행동에 나섰다. 그는 공고문을 하나 작성했다. 그림으로 돈을 벌어서 정원을 만들겠다는 내용이었다.

"물건으로 교환하는 것이 가장 좋습니다. 나 고운익의 그림을 원하는 사람이 있다면 돌과 나무, 꽃, 혹은 방 한 칸을 그림과 맞바꿀 수 있습니다. 돌 그림 한 폭과 진짜 돌 하나를, 나무 그림 한 폭과 진짜 나무를, 꽃그림 한 폭과 꽃들을, 가옥 그림 한 폭에 집 한 채를 바꾸는 방식입니다. 바꿀 사람은 일찍 오셔야 합니다. 늦게 오더라도 기다리지 않겠습니다."

소문에 "고운익 그림 한 폭은 청대 금 열 냥과 맞먹는다"라는 말이 있었다. 많은 사람들이 그의 그림을 사고 싶어 했으나 비싼 가격을 불러도 사지 못했다. 그리하여 이런 희소식은 며칠 지나지 않아 러우청에 다 퍼졌다. 심지어 이웃 도시까지 퍼졌다.

이후 고운익은 다시는 쉽게 문장이나 그림을 찢지 않았다. 매일 한 점씩 산수나 꽃, 새를 그렸고, 그리는 것을 하루도 멈추지 않고, 중도에 그만두지도 않았다.

고운익의 첫 번째 그림은 〈누강춘효도(婁江春曉圖)〉였고 러우청 외곽의 독룡만(獨龍灣)에 버려진 땅과 바꾸었다. 그 땅은 대나무가 숲을 이루었고, 잡초들이 무성했으며 여우와 오소리가 출몰하는 곳이었다. 게다가 마을 사람들이 쓰레기를 버리는 곳이기도 했다. 여러 해 동안 어느 누구도 제대로 그 땅을 눈여겨본 적이 없었다. 그러나 고운익은 매우 만족스러웠다. 왜냐하면 비탈지고 울퉁불퉁한 경사, 구불구불한 개울, 크고 작은 나무들, 들쭉날쭉한 돌들이 있었고, 더구나 주위에 인가가 드문 아주 조용한 곳이었기 때문이다. 고운익의 기준으로 보면 이곳은 정원 만들기에 아주 좋은 곳이었다.

러우청의 갑부 전인소(錢寅嘯)는 고운익에게 돈을 기부해서 그 정원 안에 원향각(遠香閣), 탐매소축(探梅小筑), 정수당(靜修堂)을 건축하고 싶어 했다. 러우청의 원로 왕백유(王百瑜) 선생은 크고 작은 태호석(太湖石) 두 개를 운반해 왔는데 한 개는 서운봉(瑞雲峰)이라고 하고, 또 하나는 옥영롱(玉玲瓏)이라고 했다. 소금장수의 후손 장천리(蔣千里)도 사람을 보내 낙양(洛陽)의 마른 목란나무 가지와 연꽃과에 속하는 대쇄금(大灑錦), 천판홍(千瓣紅) 등을 가져왔다.

고운익은 한두 달 만에 약속을 모두 지켰고, 정원 조성에 필요한 기본 자재들을 모두 준비했다.

그는 흥분하여 다시 그 버려진 땅을 살펴보았다. 그 땅의 원형을 해치지 않도록 최대한 자연스럽게 설계했다. 사람을 불러다가 잡초도 제거하고, 가지치기도 했으며 수로도 정비했고 쓰레기도 매장했다. 그리고 그곳에 새롭게 잔디를 깔고 화목을 심었다. 그의 기본 목표는 나무를 많이 심고 건축물을 적게 짓는 것이다. 그는 자연에 가까운 것일수록 아름답다고 생각했다. 정원 오솔길의 바닥은 작은 벽돌과 깨진 돌로 깔았다. 벽돌로 정원의 기초를 다지고 깨진 돌로 빈 부분을 섬세하게 메꾸어 시멘트를 사용하지 않았다. 바닥에 꾸며진 문양은 얼음조각 혹은 팔각형이나 해당화 모양이었고, 깨진 자기 조각을 모아서 물고기 비늘이나 연꽃을 만들었다. 모두 쓸모 없다고 생각했던 물건으로 만든 것이다. 고운익은 이립옹(李笠翁, 1611~1680, 명말 문학가)의 말을 인용해 장인들에게 말했다.

"소의 오줌과 말의 똥도 약에 넣어 잘 활용하면 그 가치는 인삼이나 영지버섯보다 더 높을 수 있습니다."

아마도 고운익이 정원을 만드는 것이 러우청 사람들에게 엄청난 화젯거리가 된 모양이었다. 그래서 남보다 먼저 그 정원을 보게 될 것이라는 생각에 기뻐하는 사람들이 매우 많았다. 그러나 뜻밖에 고운익은 사람들의 방문을 거절했다.

고운익은 이 정원 조성에 세 가지 규칙을 내세웠다.

첫 번째, 정교함과 호화스러움을 추구하지 않고 자연 그대로의 아름다움을 추구한다.

두 번째, 반드시 정해진 시간에 끝내는 것을 목표로 하지 않고, 다른 정원과는 다른 나만의 정원을 만드는 것을 목표로 한다.

세 번째, 다 만들기 전에는 사람들의 방문 및 참관을 사절한다.

문밖에서 사람들을 거절하는 이런 규칙에 대해 사람들의 의견이 분분했고, 더욱더 사람들의 궁금증을 불러일으켰다. 모두들 고운익이 설계한 정원의 특징이 도대체 무엇인지 보고 싶어 했다.

고운익은 남들이 뭐라고 하든 자신의 규칙대로 다른 사람들이 참관하지 못하게 했다.

"초목은 사람의 명절과 같아서, 오랜 시간이 지나야만 이루어지는 것입니다. 다 이루어지기 전에 보게 되면 이 후 어떻게 좋은 인상을 남길 수 있겠습니까? 지금 정원의 돌길에는 아직 이끼가 자라지 않았고 정자에 칠한 청소(靑素)가 아직 눈을 자극하기 때문에 지금은 볼 수 없습니다."

2년 후 드디어 정원이 성공적으로 완공되었다. 고운익은 '박원(朴園)'이라고 편액을 썼다. 수수하고 질박하며 평민들과 누리는 정원이라는 뜻을 가지고 있었다. 정원이 완공된 그날, 고운익은 공고문을 붙여 널리 알렸다.

"러우청 백성들과 도처의 사람들 모두 환영합니다. 정원에 놀러 와 감상하십시오. 그러나 감상하고 평가는 할 수 있지만 정원을 훼손하는 행위, 즉 나뭇가지를 꺾거나 꽃을 꺾는 행위는 삼가주시길 바랍니다."

러우청 전체가 이 정원 때문에 떠들썩해졌다. 참관하려는 사람들이 끊임없이 몰려들었다. 당시 사람들은 러우청 최고의 정원이라고 손꼽았다.

사람들이 흥분된 모습으로 와서 만족한 모습으로 가는 것을 보고는 고운익의 기쁘고 안심된 모습이 말과 표정 속에 드러났다.

"내가 바라던 것을 이루다니 너무 만족스럽군!"

덧붙임

최근 이곳에서 바닥 공사를 할 때 정원에서 깨진 돌비석을 캐내었는데 그 비석에 새겨진 글은 여전히 또렷해서 알아볼 수 있었다. 오늘날 이 돌비석은 시 박물관에 소장되었다. 한때 유명했던 이 정원은 이미 흔적도 없이 사라졌다. 옛 러우청 사람들의 말에 의하면 박원은 태평천국군에 의해 훼손되었고, 이후 또 일본인들의 폭탄에 훼손되었다고 한다. 1950년대에 이르러 평원 조성으로 인하여 완전히 소실되었다.

먀오먀오의 희망

　루먀오먀오는 다른 어떤 직업보다 화가를 높이 평가한다. 그녀도 그리고 칠하는 것을 좋아해서 화가가 되고 싶어 했다. 그러나 이것은 그저 막연한 생각일 뿐이다. 왜냐하면 그녀 스스로 자신이 화가가 되기에는 조금 거리가 있다고 느끼기 때문이다.

　루먀오먀오가 청년 화가 러우먀오비를 알게 된 후 그녀는 자신이 화가가 되는 꿈이 남의 일만은 아니라고 생각하게 되었다.

　"주사(朱砂)에 가까이 있는 사람은 붉어지고, 먹에 가까이 있는 사람은 검어진다"는 속담처럼, 루먀오먀오는 러우먀오비에게 시집 간 후 그 이름처럼 정말 '묘필(妙筆, 먀오비)'에게 시집간 느낌이었다. 그녀의 그림은 확실히 장족의 발전이 있었다.

　루먀오먀오와 러우먀오비는 일반적인 신혼가정에 비하면 '가난한 농민'에 속했다. 집안의 가구도 더 이상 초라할 수 없을정도 였다. 이 부부는 수입의 대부분을 그림 그리는 것에 투자했다. 러우먀오비는 유화 전문이라 유화용 천과 유화용 액자, 유화 물감 등을 사야 해서 굉장히 돈이 많이 들었다. 그러나 루먀오먀오는 원망하거나 후회하지 않았다. 그녀는 남편이 언젠가는 완전히 자신의 재능을 끌어올려줄 것이라고 믿었기 때문이다. 심지어 그녀는 러우먀오비가 화가가 되기 위해 태어났고, 자신들의 미래는 굉장히 희망적이라고 생각했다.

루먀오먀오와 러우먀오비는 그야말로 전형적인 부창부수(夫唱妻隨) 부부였다. 어떤 사람은 이렇게 예언했다.

"몇 년이 지나면 러우청 서화계에 괄목할 만한 화가 부부가 나타날 것이야."

유감인 것은 이 아름다운 예언이 그다지 아름답지 못했다는 것이다. 러우먀오비에게 프랑스에서 공부할 기회가 주어졌는데 프랑스에 가기 며칠 전, 그는 예상치 못한 교통사고를 당해 사망했다.

하늘이 무너지고 땅이 꺼지는 것 같았다. 루먀오먀오는 매우 비통해했다. 이런 갑작스러운 충격은 그녀의 생명의 반을 앗아가는 것 같았다. 심지어 이 세상에서 사는 것조차 의미가 없다는 생각이 들었다. "하늘에서는 비익조(比翼鳥)가 되고 땅에서는 연리지(連理枝)가 되리라"는 이 시구는 시인의 과장되고 낭만적인 묘사지만 루먀오먀오는 정말로 그렇게 느꼈다. 그녀는 진심으로 러우먀오비를 따라가고 싶었다. 그러나 그녀는 그렇게 할 수 없었다. 뱃속에 3개월 된 아기가 있었기 때문이다.

'이 아기는 먀오비의 혈육이야. 바로 우리 사랑의 결실이란 말이야! 아무리 어렵고 힘들어도 나는 이 아이를 낳아야만 해. 러우먀오비의 하나뿐인 혈육을 잘 키우고 말 거야.' 이것이 루먀오먀오의 유일한 생각이었다.

루먀오먀오 혼자 자식을 돌보는 것은 굉장히 고생스러운 일이었다. 게다가 러우먀오비가 생전에 사생화를 그리러 나갔을 때 필요한 재료를 사느라 산더미 같은 빚을 졌다. 루먀오먀오는 아주 강인한 여인이었다. 독촉하러 오는 사람은 없었지만 그녀는 이를 악물고 빚을 갚아나갔다.

먀오비가 살아 있을 때 생활이 어렵긴 했지만 그 어려움 속에서도 기쁨이 있었고, 희망도 있었다. 그러나 지금은 무슨 희망이 있겠는가. 루먀오먀오는 그림을 보면 바로 지난날의 기억이 떠오르고, 지난날의 감정이 느껴져서 굉장히 슬펐다. 그래서 먀오비가 떠난 후 그녀는 다시는 붓을 들지 않았다.

루먀오먀오는 아직 젊고 아름다운 미모를 가졌으며 기질도 고아했다. 그래서 많은 사람들이 그녀에게 다리를 놔주었고, 그녀에게 새로운 가정을 꾸리라고 권했다. 남은 생도 좋은 배필을 만나 살 수 있도록 말이다.

루먀오먀오는 처음에는 거들떠보지도 않았다. 그녀의 마음에 이런 생각이 있었다. '내가 이미 먀오비 같은 뛰어난 사람과 결혼을 했었는데 어떻게 평범한 사람과 결혼을 할 수 있단 말이야?' 단지 그녀는 사람들에게 명확하게 말하지 않을 뿐이었다.

루먀오먀오의 이런 경계심은 친척과 친구들의 반복된 권유 끝에 조금씩 풀어지기 시작했다.

'그래, 지금이 어느 때야? 바로 20세기, 90년대라고. 설마 내가 일부종사해야 하는 거야? 아니, 나는 정절을 지키기 위해서 재혼을 하지 않은 게 아니라고……'

'그럼 뭘 위해서지?'

아마 지난날의 순진하고 아름다운 사랑 때문이리라.

"만약 네가 먀오비를 사랑한다면 정말로 좋은 조건을 가진 남자랑 결혼해. 먀오비의 자식이 편하게 생활할 수 있도록 말이야. 조건이 좋아야 네 자식을 잘 키울 수 있잖아. 너처럼 고생하고 가난하면 자식의 미래가 어떻게 되겠어? 이렇게 되면 네가 먀오비에게 무슨 면목이 있겠냔 말이야. 나중에 먀오비에게 어떻게 설명할 거야?"

이 말은 루먀오먀오의 허를 찔렀고, 그녀는 통곡하며 울기 시작했다.

그녀는 다 울고 난 후 결심했다.

'그래, 하자! 결혼!'

이번엔 향진기업의 공장장과 결혼했다.

이 공장장도 재혼이었다. 그는 경제력이 뛰어났고, 먀오먀오보다 더 아리따운 젊은 아가씨를 아내로 맞을 수도 있었다. 그러나 그는 그렇게 하지 않았다. 그는 그런 여자들은 그저 즐기기에 적합할 뿐 진짜 사랑의 감정이 생기지 않는다고 생각했기 때문이다. 게다가 그가 필요한 여자는 바깥 활동에 데리고 다닐 만한 그런 여자였다. 그래서 화가 부인이라면 수준이 괜찮다고 생각했다.

공장장은 루먀오먀오에게 잘해주었다.

루먀오먀오는 평생 처음으로 금목걸이, 금반지, 금귀걸이를 차봤고, 프랑스제 향수와 이태리 구두도 생겼다. 태어나 처음으로 사우나도 해봤고, 전신 미용 서비스도 받아봤다. 볼링과 골프도 배웠다. 태어나 처음으로 비행기도 타봤고, 고급호텔에서도 묵어봤다. 태어나 처음으로 새끼돼지구이와 복어찜도 먹어봤다. 어떤 사람은 그녀를 보고 "마치 쥐가 쌀독에 빠진 것 같다"고 표현하기도 했고, 또 어떤 사람은 "인생이 순식간에 뒤바뀌었다"고 말했다. 또 어떤 사람은 "한걸음 만에 공산주의에 도달했다"라고 말했다.

루먀오먀오도 마치 꿈꾸는 것 같았다. 예전의 러우먀오비와의 결혼생활을 생각해보면 정말로 하늘과 땅 차이였다. 지나온 시간들이 마치 헛살아온 듯한 느낌이었다.

루먀오먀오는 잠시 옛날 생각에 잠겼다.

'옛날에는 왜 그렇게 바보 같았을까? 왜 돈을 벌지 않고, 즐기면서 살지 않은 걸까? 왜 그렇게 고생스럽게 살았을까? 왜 헛된 것들을 쫓았을까?'

여태껏 그녀는 먀오비가 고상하고 존경받을 만한 가치가 있는 사람이라고 생각했다. 그러나 이런 바보 같은 사람들은 시대의 흐름과 맞지 않았다. 그녀는 자신이 더 이상 바보가 아닌 것을 다행히 여겼다.

루먀오먀오는 과거의 온갖 풍파를 상자 안에 봉하여 마음속 깊이 숨겨두고는 다시는 꺼낼 생각도 하지 않았다. 그녀는 한 여자로서의 책임을 지기 위해 현모양처가 되어 남편을 잘 보살피고 자식을 잘 교육시켜 남은 생을 잘 보내기로 했다.

중국에 "배부르고 따뜻하면 음탕한 욕구가 생긴다"라는 속담이 있다. 공장장의 사업이 더 커진 후 집 밖에 또 다른 '여비서'가 생겼다. 이 '여비서'는 명분은 필요 없고 돈만 원했다. '여비서'는 어떻게든 공장장을 기쁘게 하려고 노력했고, 어떻게 하면 공장장 주머니를 털 수 있을지만 생각했다. 그러나 공장장은 그녀에게 푹 빠졌고 내심 그녀를 굉장히 만족스러워했다.

공장장은 루먀오먀오의 주름이 더 깊어지는 것을 보았고 '여비서'보다 사랑스럽지 못하다고 생각했다. 공장장은 집에 와서 밥 먹고 자는 일이 줄어들었다. 사실 공장장의 마음에 가장 안 드는 것은 루먀오먀오의 '덤받이'가 점점 크고 있다는 것이었다. 다른 사람의 자식이 자신의 집에서 자신의 돈으로 입고 자고 먹는 것은 좋은 내색을 할 수 없을 뿐 아니라 굉장히 불만스러웠다.

루먀오먀오는 부부 사이의 이런 불화를 멸식시키려 온 힘을 다했다. 멀쩡히 살아 있는 아들을 없애버릴 순 없지 않은가. 그녀는 중간에서 어찌할 바를 몰랐다. 어디부터 손을 대야 할지를 몰랐다.

언제부터인지 공장장은 마작에 빠졌다. 시간만 나면 마작을 했다. 심지어 항상 집에 다른 사람을 데리고 와서 마작을 했다. 사람들이 마작하러 오면 공장장은 루먀오먀오에게 차를 끓이고 간식거리를 준비하게 했는데 마치 머슴 부리듯 했다. 여기까지는 괜찮았다. 그녀가 가장 참을 수 없었던 것은 어느 날부터인가 '여비서'를 집에 데리고 와서 마작을 하는 것이었다.

루먀오먀오는 다시 한번 생각해보았다. 자신이 공장장 남편과 다른 노선에 서 있는 것 같다는 생각이 들었다. 애초부터 내 것이 아닌 것은 아무리 노력해도 내 것이 될 수 없다. 억지를 부린다고 되는 것도 아니고, 그녀도 억지로 하고 싶지 않았다.

누군가 루먀오먀오에게 말했다.

"모르는 척해버려. 남자가 돈이 있으면 원래 그런 법이야. 어쩔 수 없는 일이라구. 너무 집착하면 네 몫도 없어질 거야. 굳이 그렇게 할 필요가 있어?"

루먀오먀오는 이미 며칠 밤 잠도 제대로 못 이루었다. 어느 깊은 밤, 아들이 갑자기 꿈을 꾸는 듯 자다가 소리를 지르며 말했다.

"당신은 우리 아빠가 아니에요! 당신은 우리 아빠가 될 자격이 없다고요! 나는 이런 아빠 필요없어! 우리 아빠는 화가예요! 우리 아빠는! 화가라구요!"

이 사건은 루먀오먀오에게 굉장히 충격적인 일이었다. 그녀는 자신이 어떻게 해야 할지를 알아차렸다.

공장장도 언젠가는 이런 일이 일어날 것임을 알았다. 그는 돈으로 이 사건을 아무런 뒤탈 없이 해결하고 싶었다.

"얼마를 원하는 거야, 얘기해보지 그래?"

공장장은 이미 마음의 준비가 되어 있었다.

루먀오먀오는 자신의 인생을 돌아보니 아들에게 자립 자강 정신을 물려주는 것이 금과 은을 남겨주는 것보다 더 낫다고 생각했다.

아마 피는 못 속이는 듯하다. 아들도 그림에 천부적인 재능이 있었다. 그가 그린 그림들 모두 아동만의 특별한 정취가 묻어났다.

'내 아들은 반드시 성공할 거야!' 그녀는 믿어 의심치 않았다.

루먀오먀오의 삶에 또다시 새로운 희망이 생겼다.

두 화가

러우청에는 매우 유명한 화가 두 명이 있다. 한 명은 보정롱이고 또 한 명은 류린펑이다. 보정롱 명성의 반은 그의 그림 때문이고 나머지 반은 그의 특이한 성격 때문이다. 또 류린펑 명성의 반 이상은 사교성 때문이고 나머지는 그의 특이한 그림 풍격 때문이다.

누군가 "보정롱은 실제로 명성보다 더 대단하고, 류린펑은 실제로 명성만 못해"라고 말한 적이 있다. 말은 이렇게 해도 솔직히 둘 다 러우청의 유명인물이라는 것은 의심할 여지가 없다.

보정롱은 난치기를 잘해서 '보난초'라고 불린다. 그는 일생 동안 난을 좋아했다. 정원에는 난초 화분이 즐비했고, 매일 정성스레 보살피고 섬세하게 관찰했다. 난초의 자태와 모양이 그의 가슴속에 새겨져 있었다. 마음속에 난이 있다면 난을 그리는 것은 어렵지 않았다. 보정롱이 난을 칠 때 몇 번의 움직임만으로 난의 자태를 다 담아낼 수 있었다. 그러나 그는 그림을 함부로 그리지 않았고 더 좋은 가격에 팔려고 하지도 않았다. 더 많은 돈을 준다고 해도 그는 눈 하나 꿈쩍하지 않았다. 만약 그가 상대방과 마음이 통해 상대를 절친으로 삼는다면 마음에 드는 작품을 골라 가져갈 수 있었다. 이것이 바로 그의 첫 번째 특이한 성격이다.

그는 협회 활동에 자주 참가하지 않는다. 또 어느 기관에서 주관하는 서화전이든 모두 참가하지 않는다. 어느 잡지나 신문에도 작품을 투고하지 않았다. 그는 스스로 난을 치고 그림 그리는 것을 즐기는 것에 만족했다. 이것이 바로 그의 두 번째 특이한 성격이다.

어느 날 베이징 미술간행물 기자가 우연히 보정롱의 〈국향도(國香圖)〉라는 그림을 보게 되었다. 그는 붓 끝에 펼쳐진 난초의 생동력을 보았다. 마치 잎에는 감정이 묻어 있는 듯하고, 꽃은 말을 하고 있는 것 같았다. 그는 난초에 도취되어 빠져나올 수가 없었다. 베이징에 돌아온 후 보정롱을 "중국 제일의 난화(蘭畵) 고수"라고 표현한 문장을 실었다.

보정롱은 이 글을 본 후 살며시 미소를 지을 뿐 아무런 표현을 하지 않았다.

누군가 보정롱에게 〈묵란도〉를 그 기자에게 선물하라고 권했으나 보정롱은 들은 체 만 체했다.

보정롱을 잘 아는 사람이 말했다.

"보정롱의 난화도가 갖고 싶다면 돈이든 선물이든 다 소용없어요. 그에게 어디서도 구하기 힘든 희귀한 난꽃 품종을 그에게 선물하면 당신이 아무 말 하지 않아도 그는 반드시 자신의 그림으로 보답할 거예요."

이것이 바로 그의 세 번째 특이한 성격이다.

보정롱의 이런 특이한 성격 때문에 그를 찾아와 그림을 부탁하는 사람은 거의 없었다. 옛말에 이런 말이 있다. 흔치 않은 물건일수록 귀한 법이다. 그래서 그의 난화도 값어치는 천정부지로 뛰었다.

류린펑은 자신이 산수화에 뛰어나다고 말한다. 그의 그림은 산과 나무의 형태를 변화시켜서 그리는데 비뚤비뚤한 것이 이상한 형태를 띤다. 그러나 류린펑에게는 자신을 알리는 나름의 방법이 있었다. 그에게는 언론계 친구들이 있는데 그의 이름이 자주 신문에 등장한다. 협회의 모임에도 참가하고, 상도 받고 인기가 꽤 많다. 서화계 사람들은 류린펑이 전부 정식적인 방법으로 명성을 얻은 것이 아니라고 말하지만 사람들은 오히려 류린펑이야말로 러우청의 대화가라며 그를 인정한다.

황금빛 물결이 만발한 가을 어느 날, 러우청에는 '제1회 예술제'가 열렸다. 개막식 당일, 남녀노소 불문하고 모두 다 개막식을 보러 왔다. 보정롱도 초청을 거절하기 어려워 참가했다.

세상에는 내 마음대로 되지 않는 일들이 꽤나 많이 일어난다. 시문련 주석이 보정롱에게 개막식을 축하하는 의미로 화가들이 합작하여 〈백화쟁염도(百花爭艶圖)〉를 그려보라고 제안했다. 화가들은 모두 보정롱에게 첫 번째로 붓을 들 것을 권했다. 보정롱은 거절하자니 체면이 떨어지고 또 흥을 깨는 것 같았다. 또 진짜로 거절하면 다른 사람이 내가 내 재능으로 잘난 척한다고 생각할 것이 분명했다. 그래서 그는 공공장소에서 합작 그림을 그리지 않는 습관을 깨고 붓을 들어 무성히 우거지고 찬란하게 핀 난을 치기 시작했다. 아직 다 그리지 않았는데 사방에서는 탄성과 박수 소리가 가득했다.

두 번째 화가가 붓을 들 차례가 되었을 때 어느 누구도 감히 붓을 들려고 하지 않았다. 그중 한 사람이 말했다.

"보 선생님의 난 위에 우리가 붓을 대면 우리의 부족함이 드러날까 걱정됩니다……"

화가들 중 누가 붓을 먼저 들지 눈치만 보고 있던 그때 류린펑이 막 도착했다. 그는 언뜻 살펴보고 단번에 상황을 파악했다. 그는 보정롱을 향해 공수(拱手)한 후 말했다.

"보 선생님께서 이미 오셨군요. 실례합니다. 제가 좀 늦었습니다."

그는 또 다른 화가들을 향해 공수한 후 말했다.

"이런 성대한 행사에 제가 늦었으니 제가 벌을 받지요."

그는 붓을 들고 이어서 말했다.

"그 벌로 제가 먼저 하찮은 솜씨를 보이겠습니다."

몇몇 화가들은 그를 막고 싶었으나 안타깝게도 때는 이미 늦었다. 류린펑은 화가들을 조금도 의식하지 않고 붓을 들어 난 옆에 돌 하나를 그렸다. 그는 그림을 자세히 살핀 후 뭔가 모자란 듯한 느낌이 있었는지 다시 돌 옆에 국화를 한 송이 그렸다. 다 그린 후 그는 손바닥을 비비며 말했다.

"참 부끄럽군요……."

류린펑의 갑작스런 등장은 현장의 분위기를 굉장히 껄끄럽게 만들었다. 다른 몇몇 화가들은 자신이 보정롱과 합작하는 것이 어울리지 않는다고 생각하는 것인지 아니면 자신들이 류린펑은 상대할 가치가 없다고 생각하는 것인지 알 수 없었다. 어쨌든 다시 그림을 그리려는 화가가 없었다.

어떻게 이 상황을 마무리해야 할지 다들 망설이던 찰나에, 보정롱을 취재한 베이징 미술잡지 기자가 개막식 소식을 듣고 서둘러 찾아왔다. 그의 그림 감상력은 아주 뛰어났다. 그가 책상 위에 놓여진 그 미완성 그림을 보았다.

"못쓰게 됐네, 못쓰게 됐어!"

말이 끝나자마자, 그는 자신이 실수했다는 것을 깨달았다. 이런 장소에서 이런 말을 하는 것은 분명히 예의가 아니었다. 그는 황급히 자신의 말을 바꾸어 말했다.

"이 두 화가님들의 풍격이 아주 다릅니다. 합작하는 것보다 각각 그림을 한 폭씩 그리는 게 낫겠습니다. 각자의 개성을 살려 그리는 것도 러우청 그림계에 아주 괄목할 만한 일이 될 것입니다. 여러분 의견은 어떠신지요?"

보정롱은 모두의 성원에 못 이겨 결국 숨을 가다듬고는, 다시 붓을 들어 단숨에 〈백란도(百蘭圖)〉를 완성했다. 그가 그린 난꽃 중 가장 눈에 띄는 한

송이는 아주 수려하고, 자태가 우아하며 매력적이었다. 다른 난꽃들은 아름다움을 다투는 듯하고 고결하며 속되어 보이지 않았다.

다 그린 후 보정룽은 모든 힘을 다 쏟아내어 허탈한 느낌이 들었다.

모두들 말없이 뚫어져라 〈백란도〉를 바라보았다. 아무도 말하는 사람이 없었다. 마치 이 아름다운 분위기를 깰까 봐 겁내는 것 같았다.

그때 기자가 먼저 박수를 치기 시작했다. 다른 사람들도 덩달아 박수를 치기 시작했고, 오랫동안 박수 소리가 끊이지 않았다.

류린펑은 보정룽의 〈백란도〉를 보고 진심으로 승복하지 않을 수 없었다. 그는 자조하며 말했다.

"이백이 황학루에 도착한 그해에, 이백은 최호가 써놓은 시를 보고는 이렇게 말했습니다. '눈앞의 경치가 너무 아름다우나 어떤 시로도 이 아름다움을 형용할 수 없는 것은, 최호의 시가 저 황학루 위에 있기 때문이니…….' 오늘 보 선생님의 〈백란도〉는 난화 중 가장 뛰어난 작품이라 할 수 있어요. 내가 아무리 그려도 보 선생님의 〈백란도〉를 따라갈 순 없지요. 저 같은 사람은 못 합니다. 못 해요."

이유를 알 수 없지만 보정룽은 그날 이후 병으로 세상을 떠났다. 뜻밖에도 〈백란도〉가 그의 최후의 작품이 되었다.

춘운출수

일본군이 창강 연안에 도달한 후 빠른 속도로 창성(倉城)을 점령했다. 지휘부는 오매원(烏梅園) 내에 세워졌다.

일본군을 이끄는 스즈키 소령은 중국통이었다. 그는 지방지를 뒤져 오매원의 본래 이름이 오미원(五美園)이라는 것을 알아냈다. 역사 기록에 의하면 이 정원은 돌, 물, 나무, 꽃, 건축, 이 다섯 가지가 아름다워 오미원이라 불렸으며 시간이 지나면서 사람들이 오매원이라고 부르게 되었다고 한다.

스즈키 소령은 오매원은 돌이 가장 아름답기로 유명해서 분명히 기괴하고 특이한 돌들이 있을 것이라고 생각했다. 그런데 공원 안 인공산에 있는 화단에는 태호석이 많았지만 마음에 드는 것이 몇 개 없어 그는 매우 실망했다.

이후 그는 청나라 사람이 쓴 『창성원림지(倉城園林志)』를 보고 오매원에 두 개의 기석(奇石)이 있음을 알게 되었다. 이 돌들의 이름은 '추의난산(秋意闌珊)'과 '춘운출수(春雲出岫)'였다. 이 두 개의 돌은 모두 태호석에 속했다. 높이가 몇십 척이나 됐고 마치 자매석 같았다. 『창성원림지』에 이 두 개의 유명한 돌은 화석강(花石綱)이 남긴 유물이라는 내용이 있었다.

스즈키 소령은 매우 흥분했다. 원래 그의 장인어른은 평생 돌을 아주 좋아하여 스스로를 '돌광'이라고 불렀다. 그래서 스즈키 소령은 장인어른을 위해 가는 곳마다 반드시 구석구석 기석을 찾아다녔다.

스즈키 소령은 태호석이 너무 커서 탁자 위 화분처럼 쉽게 옮길 수 없을 것이라고 생각했다. 그래서 그는 그 돌들이 아직 오매원 안에 있을 것이라고 판단하여 부하들에게 두 돌을 찾아내라고 명령했다.

공원 안을 3척 정도 파내고, 공원 안에 있는 연못 물을 다 빼내니 정말로 그곳에서 태호석 한 개를 발견했다. 돌을 물에 씻은 후 확인해보니 '추의난산'이 분명했다. 그러나 '춘운출수'는 아무리 찾아도 찾을 수 없었다.

어느 책에 이 두 개의 돌 중 '춘운출수'가 더욱 귀하다고 쓰여 있었다. 왜 이렇게 표현하는 것일까? 그 책에 따르면 이 돌은 수추누투(瘦皺漏透, 마르고, 주름이 있으며, 구멍이 있고, 투명함)의 네 가지 특징을 갖고 있는 것뿐만 아니라 돌에 81개의 구멍이 있다고 한다. 돌 아래에 향을 피우면 연기가 구멍마다 모락모락 피어오르는데 그 모습이 마치 구름이 산봉우리에 걸려 있는 것 같다고 하여 '춘운출수'라 부른다고 한다.

스즈키 소령이 알아본 결과 '춘운출수'는 분명히 창성에 있었다. 그는 가능한 모든 방법을 동원해 '춘운출수'를 찾아내기로 결심했다. 기필코 이 자매석을 일본으로 가져가 장인어른께 선물로 바칠 생각이었다.

스즈키 소령은 "노력은 뜻이 있는 사람을 배신하지 않는다"라는 말을 믿었다. 그러나 창성의 백성들은 마치 약속이라도 한 듯 손발이 잘 맞았다. 남녀노소 불문하고 모두 잘 모른다고 말했다. "큰 포상 아래 반드시 용감한 사나이가 있고 중한 형 아래 반드시 비겁한 사람이 있을 것이다"라는 말을 믿은 그는 공지문을 하나 붙였다.

'춘운출수'가 어디에 있는지 알리는 사람은 큰 상이 있을 것이다.
그러나 알고도 모르는 척하거나 일부러 숨기는 사람이 발각되면 가

차 없이 총살한다.

결국 상금을 탐내는 못돼먹은 자가 스즈키 소령에게 그 돌의 위치를 밀고했다.

스즈키 소령은 부하를 시켜 종 선생을 불러왔다.

스즈키 소령은 종 선생을 귀빈 대접하듯 했다. 그는 중국의 돌 애호가 미불(米芾, 북송 시대의 서예가·화가)부터 시작하여 일본의 돌광까지, 자신의 장인이 돌 애호가가 되기까지의 이야기를 모두 해주었다. 스즈키 소령은 말했다.

"보검은 영웅과, 명화(名花)는 미인과 어울리는 법이지요. 이렇게 해야만 비로소 자신과 어울리는 자리를 찾는 법입니다."

이 말은 바로 '춘운출수'와 '추의난산', 이 두 개의 돌을 그의 장인이 소장하는 것이 가장 적합하다는 뜻이었다.

종 선생은 조금도 기뻐하거나 싫어하는 기색도 없고 아무 말도 하지 않았다.

스즈키 소령은 화내지 않고 차분한 어조로 종 선생에게 말했다.

"그 돌들을 나에게 건네주면 우리가 친구 맺는 것과 다름없지요. 만약 계속 고집하며 나에게 주지 않는다면 그 돌을 목숨과 바꿀 수밖에 없습니다. 유일한 방법은 창성 백성들의 생명과 맞바꾸는 것이라는 것을 명심하시길. 3일 동안 생각할 시간을 주겠습니다……"

3일 후 스즈키 소령은 직접 종 선생의 집을 방문했다. 여전히 차분한 어조로 그를 설득하려 했다.

"사람이 중요합니까, 아니면 돌이 중요합니까? 돌은 인간의 몸 이외의 것이지요. 돌을 숨기기 위해 사람의 목숨을 내놓는다는 것이 아깝지 않소? 그럴 필요가 있습니까? 목숨이 끊어지면 돌이 무슨 소용이 있단 말이오? 겨우 이까짓 돌 때문에 무고한 백성들의 목숨까지 걸려 하다니! 어찌 이리도 무자비하게 굴 수 있는 겁니까?"

종 선생은 손에 든 유리 찻잔을 힘주어 깨뜨렸다. 손에서는 붉은 피가 흘러내렸다. 그는 주먹을 불끈 쥐고 말했다.

"이런 말은 내가 할 말이 아니오? 돌을 얻기 위해 사람을 죽이려 하다니. 당신의 심장이 돌보다 더 딱딱하군. 도대체 당신의 인성은 어디에 둔 것이오?"

"아주 방자하군!"

스즈키 소령은 머리끝까지 화가 났다.

종 선생은 담담히 말했다.

"뭘 화까지 내십니까. '춘운출수'는 줄 수 있어요. 그러나 반드시 세 가지 조건에 응해야 합니다. 첫 번째, '춘운출수'는 역사서에 명석(名石)이라 기록되어 있어요. 반드시 잘 보관해주셔야 합니다. 두 번째, 돌을 드리면 다시는 우리 창성 백성들을 해쳐서는 안 됩니다. 세 번째, 반드시 정식적인 전달식을 거행해야 합니다. 창성의 정계 및 군계의 유명 인사들을 모셔와 증인으로 삼아야 합니다. 그날 현장에서 '춘운출수'가 보여주는 기묘한 광경을 모두가 볼 수 있도록 준비하겠습니다."

그날, 종 선생은 청색 적삼을 입었다. 아주 깔끔하고 단정한 차림이었다. 사람들이 모두 도착한 후 종 선생은 사람을 시켜 '춘운출수'를 마당 가운데 놓으라고 했다. 그는 향 한 줌을 집어 들어 불을 붙인 후 돌의 가장 아랫부분 구멍 안에 놓았다. 얼마 지나지 않아 연기가 돌의 가장 아래쪽 구멍에서부터 피어났다. 연기는 천천히 위로 올라와 마지막에는 81개의 구멍에서 모두 피어나오기 시작했다. 그 모습은 굉장히 훌륭했다. 게다가 그 향기는 다른 향과는 비교할 수 없어서 도대체 무엇으로 만들어진 향인지 궁금할 정도였다.

스즈키 소령이 먼저 박수를 치기 시작하자 동시에 다른 사람들도 박수를 치기 시작했다. 그는 박수를 몇 번 치지도 않았는데 갑자기 질식감이 느껴졌다. 그는 힘이 빠지며 쓰러졌다. 그날 '춘운출수' 전달식을 보러 온 일본인들은 모두 그 돌 앞에서 목숨을 잃었다.

훗날, 그 현장을 정리하던 사람의 말에 따르면 종 선생은 '춘운출수'를 꽉 끌어안고 있었고, 돌을 품에 안고 꽉 깍지를 낀 두 손은 아무리 떨어트리려고 해도 떨어지지 않았다고 한다.

원숭이 그림

　러우청의 왕씨 가문은 대대로 원숭이를 그려왔다. 아들들이 가업을 물려받은 것이다. 더욱 확실히 말하면 조상 대대로 물려 내려왔다. 왕전스의 대까지 전해져 내려왔으며 이미 6대째이다.

　왕전스는 집안의 영향을 받아 어렸을 때부터 그리고 칠하는 것을 좋아했다. 다섯 살에는 집에 있는 그림을 모사했고, 이미 어렸을 때부터 왕전스의 그림은 아동의 정취가 물씬 풍기는 것으로 사람들의 입에 오르내렸다. 장성할수록 그의 그림 실력은 점점 정밀하고 심오해졌다. 꽃, 새, 물고기, 곤충 등 대충 끄적거렸을 뿐인데 아주 생생하게 그려내었다.

　왕씨 가문은 원숭이 그림으로 굉장히 유명하다. 왕전스도 자연스럽게 원숭이 그림으로 비범한 솜씨를 선보였다. 왕씨 조상들의 원숭이 그림 솜씨는 상당히 노련했다. 만약 왕전스가 모사만 할 줄 안다면 절대로 조상들의 솜씨를 뛰어넘을 수 없을 것이다. 왕전스는 부친의 그림을 평가할 순 없었지만 내심 항상 부친의 〈후희도(猴戱圖)〉는 활기가 좀 부족한 것 같다는 생각을 했다.

　왕전스는 거금을 들여 원숭이 한 쌍을 샀다. 그는 원숭이들을 영후(靈猴, 영리한 원숭이)라고 불렀다. 과연 영리하기는 정말로 매우 영리했다. 두 원숭이 중 큰 원숭이는 왕전스가 그림을 그리는 것을 보고는 주인이 더 그림에 집중할 수 있도록 집에 손님이 찾아오면 주동적으로 막아 세웠다. 작은 원숭이는 먹을 가는 법을 배웠고 그 옆에서 시중을 들었다. 붓을 건네주는 둥 왕전스의 표정을 살펴 필요한 것을 알아차렸다.

왕전스는 매일 이 두 마리의 영후들과 함께했다. 그러다 보니 원숭이들의 행동 하나하나, 표정, 안색만 봐도 모두 무슨 의미인지 알게 되었다. 그는 원숭이의 뛰는 모습, 불평하는 모습, 화내는 모습을 그렸다. 아주 생동감 넘치는 모습이었다. 이렇게 러우청 왕씨 가문의 원숭이 그림은 중흥 단계에 접어들었다. 당시 사람들은 왕전스를 보고 청출어람이라고 칭찬했다.

왕전스의 원숭이 그림 작품 중 가장 유명한 그림은 〈백자후도(百子猴圖)〉와 〈대백후도(大白猴圖)〉이다. 특히 〈백자후도〉는 어미 원숭이가 가운데에 있는데 어미는 아주 따뜻한 눈빛으로 품에 안겨 있는 새끼 원숭이를 쳐다보고 있었다. 아주 건장한 수컷 원숭이는 높은 곳에 있는 인공산 위의 돌바위에 앉아 먼 곳을 바라보며 원숭이들을 보호하는 자세로 앉아 있었다. 어미 원숭이 주위에는 열 마리 정도의 새끼 원숭이가 있었다. 바위 위를 기어다니는 원숭이, 나뭇가지에 거꾸로 매달려 있는 원숭이, 서로 뒤엉켜 놀고 있는 원숭이들 등 모든 원숭이마다 제각기 다른 자세를 취하고 있었다. 누군가 고가에 그림을 사고 싶어 했지만 왕전스는 이 그림을 너무 좋아하기도 했고 또 워낙에 자신의 작품을 아끼는 사람이어서 다른 사람에게 팔지 못했다.

항전 시기가 되자 경제위기가 닥치고 모든 업종 사람들은 불안에 떨었다. 그러니 어느 누가 무슨 아취(雅趣)가 있고 여윳돈이 있어서 이런 서화를 감상하겠는가. 왕전스의 서화점 역시 겨우겨우 유지되고 있었고 생활도 점점 힘들어지기 시작했다. 가족들조차 밥줄이 끊길 판이 되니 원숭이를 키울 여력이 되지 않았다. 가족들은 몇 번이나 그에게 원숭이를 팔아

생활비로 쓰자고 권했다.

왕전스가 영후 한 쌍을 키운 지는 이미 여러 해가 되었다. 게다가 늘 함께 생활하여 이미 정이 돈독해졌는데 그가 어떻게 원숭이들을 팔아버릴 수 있겠는가.

원숭이들은 날로 헬쑥해졌고 왕전스도 점점 수척해졌다.

가족들은 왕전스가 분명히 원숭이를 팔지 않을 것임을 알았다. 그저 한발 양보해서 원숭이들을 방생하여 스스로 살길을 찾도록 하는 수밖에 없었다.

왕전스도 별다른 방법이 없어서 원숭이들을 데리고 외곽의 산으로 데리고 가서, 눈물을 흘리며 원숭이들에게 말했다.

"가거라, 어서. 가서 잘 살거라. 나중에 집 사정이 좋아지면 내가 반드시 데리러 오마."

원숭이들은 애처롭고 처량한 목소리로 하늘을 향해 부르짖었다.

사실 원숭이를 산으로 돌려보낸 것은 그저 밥 한 끼 더 먹고자 한 것뿐이었다. 이듬해 식량마저 미리 앞당겨 먹어야 할 판인 왕전스의 가족들에게는 원숭이 한 쌍 없다고 해서 상황이 크게 나아지지는 않았다.

어느 날 러우청에 주둔하고 있는 일본군 선무반(宣撫班) 반장의 수양아들 매국노 무용밍은 왕전스를 찾아와 〈마상봉후도(馬上封侯圖)〉를 그려달라고 했다.

"그림만 만족스러우면 보수는 배로 쳐드리겠소."

왕전스에게 이런 거래는 아주 오랜만이었다. 당연히 돈을 벌 아주 좋은 기회였다. 기회를 놓치면 다시 그 기회를 잡기는 어려운 법이다. 그러나 왕전스는 그가 매국노 무용밍인 것을 알고는 그에게 그림을 팔기는커녕 그를 상대도 하고 싶지 않아 했다. 가족들은 이 이야기를 듣고 황급히 달려 나와 무용밍의 그림 청탁을 수락했다.

무용밍이 돌아간 후 왕전스는 분노가 치밀어 손에 있던 자사호(紫砂壺)를 던져버렸다.

　　결국 〈마상봉후도〉는 완성되었다. 그림 속 모든 원숭이들은 아주 신난 모습이었다. 몇몇 원숭이들은 관모를 쓰고 있었고 큰 원숭이는 작은 원숭이를 업고 있었다. 머리가 크고 튼실한 큰 말도 한 마리 있었다. 그 말의 등에는 원숭이가 쭈그려 앉아 있었고, 말의 엉덩이 위에는 꿀벌 한 마리가 있었다. 그중 한 마리 원숭이는 관모를 흔들어 먼지를 터는 것 같은 모습이었다.

　　무용밍은 그림을 보자마자 아주 만족했다. '큰 원숭이가 작은 원숭이를 업고 있다? 바로 대대로 관직에 오른다는 뜻이잖아?(역자 주 : 업대[背, 베이]와 대대로[輩, 베이]의 중국어 발음이 같고, 관직[侯, 허우]과 원숭이[猴, 허우]의 중국어 발음이 같기 때문에 큰 원숭이가 작은 원숭이를 업고 있는 그림은 '대대로 관직에 오른다'는 뜻으로 연상할 수 있음) 게다가 말, 원숭이, 꿀벌 이것들이 전부 곧 관직에 오른다는 뜻이 아닌가?(역자 주 : 꿀벌[蜂, 펑]과 원숭이[猴, 허우]의 중국어 발음과 관직에 오르다[封侯, 펑허우]의 중국어 발음이 같아서, 마상봉후(馬上封侯)는 곧 '관직에 오른다'라고 연상할 수 있음) '아주 좋아. 훌륭해!' 무용밍은 너무 좋아 싱글벙글댔다. 그는 약속대로 그림값을 갑절로 쳐주었다. 무용밍은 〈마상봉후도〉를 일본군 선무반 반장에게 선물로 주었다. 그러나 이 선무반 반장 요시다가 중국통인지는 알지 못했다.

　　"이 머저리 같은 놈!"

　　그는 그림을 보자마자 무용밍에게 욕하며 그 자리에서 그림을 찢어버렸다.

　　무용밍은 원숭이가 관모를 쓴 것이 '목후이관(沐猴而冠, 원숭이가 관을 씀. 곧 외모는 사람 같지만 마음은 원숭이처럼 미련하다고 비웃는 말)'이라는 뜻임을 나중에서야 알게 되었다. 러우청 사람들은 "원숭이가 관모를 쓴 것이 사람

같네"라고 표현한다. 원숭이 손에 관모가 있으면 '탄관상경(彈冠相慶)'을 표현한 것이며 그 뜻은 나쁜 놈들이 관직에 올라 서로 축하해준다는 뜻이었다.

'염병할, 나를 농락한 거야?'

무용밍은 일본 보위병을 데리고 왕전스를 찾아가 그를 잡아 일본 헌병 대로 끌고 와서 다시 그림을 그리라고 협박했다. 왕전스는 독하게 마음을 먹고 피범벅이 될 때까지 벽돌로 자신의 손가락을 내리찍었다. 그는 이후 부터 더 이상 그림을 그릴 수 없게 되었다.

왕전스가 옥에 갇힌 후 그의 일가족은 구걸로 생계를 이어나갈 수밖에 없었다. 다행인 것은 이웃들의 도움으로 겨우 생활을 유지해나갈 수 있었다.

갑자기 어느 날 러우청의 온 거리에 이런 소문이 퍼졌다.

"매국노 무용밍이 장님이 됐대. 누가 그의 두 눈을 뽑아버렸다던데?"

"완전 눈뜬 장님이야. 원수 놈을 아비로 둔 죄지. 두 눈이 뽑히길 잘했어!"

러우청 백성들은 매우 신났다.

이 일은 도대체 누가 한 일일까?

훗날, 소문에 의하면 왕전스가 키우던 영후들이 한짓이라고도 한다. 모두 사람들의 추측일 뿐 확실한 증거는 없었다. 그러나 러우청의 백성들은 모두 이 말을 믿었다.

물고기 탁본

52년 전, 8월 8일, 대부분의 러우청 사람들에게는 아주 지극히 평범하고도 평범한 날이었다. 그러나 위과이즈에게는 심상치 않은 날, 혹은 잊기 어려운 날이었다.

낚시를 아주 좋아하는 그는 그날 아침 뜻밖에 전에는 보지도 못했던 큰 쏘가리를 낚았다. 그 쏘가리는 입이 크고 이빨이 뾰족했으며 등지느러미는 화가 난 듯 뾰족하게 서 있었다. 죽음을 앞두고도 그 위엄은 여전했다. 특히 쏘가리 몸통에 있는 그 무늬는 태양 아래에서도 선명한 검은 색을 띠고 금빛으로 빛나는 것이 마치 아름다운 한 폭의 그림과 같았다. 무게를 달아보니 3.15킬로그램이었다.

사람들이 그를 위과이즈(魚怪子, 물고기에 미친 사람)라고 부르는 이유는 따로 있었다. 그에게 특별한 취미가 있었기 때문이다. 그는 대어 혹은 특별한 물고기를 잡으면 그 물고기로 탁본을 만들어서 기념으로 남겨두었다. 탁본을 뜬 물고기는 팔지도 않고 먹지도 않았다. 그가 어탁(魚拓)만 만들었다면 나는 이 소설을 쓸 가치가 없을 것이다. 위과이즈는 어탁을 만들면 반드시 어탁의 인장 옆에 화제(畵題)를 쓰거나 그날의 날씨 혹은 낚시한 상황, 또는 자신의 기쁜 감정이나 생각을 적었다. 초서체와 예서체 중 어느 글씨체를 사용할지는 완전히 그날 자신의 느낌에 달렸다. 다 쓴 후 반드시

'위과이즈(魚怪子)' 세 글자를 쓰고 전서체로 판 빨간 도장을 찍는다. 이렇게 하면 또 하나의 어탁이 만들어지는 셈이다.

그날 그는 큰 쏘가리를 잡느라 기진맥진한 상태였으나 마음속으로는 굉장히 뿌듯했다. 마치 승전하고 돌아온 장군 같았다. 그 쏘가리는 아주 사나웠다. 마치 위과이즈를 한입에 삼켜버릴 듯한 모습이었다. 쏘가리의 사나운 모습은 위과이즈를 더욱 흥분시켰다. 그는 여태껏 이렇게 열심히 어탁을 제작해본 적이 없다. 위과이즈 자신도 이번 어탁은 굉장히 훌륭하다고 생각했다. 종이 위의 물고기는 정말 생생하게 살아 있는 것 같았다. 심지어 이 어탁을 물속에 넣으면 언제든지 물고기가 꼬리를 흔들며 헤엄쳐 갈 것 같다는 생각이 들기도 했다.

위과이즈는 어탁을 뚫어지게 쳐다본 후 붓을 들어 문장을 써내려갔다.

하늘에서 길조가 내려오니 나라와 백성의 복을 상징함이요. 물속에 괴이한 물체가 생겨나면 이 또한 신의 예언일지 어찌 알겠는가.

위과이즈는 왠지 모르게 갑자기 뭐라고 써내려가야 할지 생각이 나지 않아, 붓을 멈추었다.

이후 위과이즈는 가슴이 탁 막힌 듯 답답했다.

둘째날, 일본군이 창강 부근에 다다랐다는 소식이 전해졌다. 시골 사람들 대부분은 도시로 도망쳤고 리우청의 민심은 흉흉하고 뒤숭숭해졌다.

위과이즈는 다시 한번 그 어탁을 보고는 생각했다.

"이 쏘가리는 아무리 봐도 보면 볼수록 사납고 무서워."

그래서 그는 붓을 들어 다시 써내려갔다.

그렇도다. 쏘가리가 물 밖으로 나오던 때 왜놈들이 우리 리우청을

침략한 날이구나. 쏘가리의 사나움이 바로 이 훌륭한 어탁을 만들어
냈고 일본인의 사나움이 마음속에 새겨졌으니 참으로 비통하구나.
이를 영원히 잊지 않으리!

며칠 지나지 않아 일본군은 러우청을 점령했다. 일본군이 러우청에 주
둔한 후로 이유 없는 살육 금지령을 내리고 민심 수습 정책을 실행했다.

러우청 일본군 수장 스즈키 미쓰오 소령은 어탁 애호가이다. 그는 위과
이즈가 흔치 않은 어탁 전문가라는 것을 알게 되었다. 그는 자신이 제작한
어탁을 들고 위과이즈를 찾아갔다. 처음에 위과이즈는 거들떠보지도 않
았으나 스즈키 미쓰오의 어탁을 본 후 태도가 달라졌다. 위과이즈는 원래
부터 스스로에게 굉장한 자부심이 있었다. 자신이 만든 어탁은 모두 최고
급 작품이며 작품 하나하나 모두 소장할 만한 가치가 있다고 생각했다. 그
런 위과이즈는 스즈키 미쓰오의 어탁이 그의 견문을 넓혀줄 것이라고는
미처 생각도 못 했다. 그는 속으로 '산 밖에 또 다른 산이 있고 하늘 밖에
또 다른 하늘이 있다고 하더니⋯⋯'라며 감탄했다.

이후 스즈키 미쓰오는 또 몇 번 위과이즈를 찾아왔고 매번 어탁에 대해
서만 얘기하고 다른 얘기는 하지 않았다. 예상 외로 두 사람은 굉장히 말
이 잘 통했다.

주변에서 점점 위과이즈를 친일파라고 욕하는 사람들이 생겨났다. 위
과이즈는 입을 다물고 변명도 하지 않았다. 그의 원칙은 절대로 먼저 주동
적으로 스즈키 미쓰오를 찾지 않는 것이다. 스즈키 미쓰오가 어탁에 대해
얘기하러 오면 예를 갖춰 대하고, 만약 다른 얘기를 한다면 더 이상 그와
얘기하지 않았다.

한 번은 스즈키 미쓰오가 위과이즈를 찾아와서 그의 어탁을 출판해보
는 것이 어떻겠느냐고 제안했다. 이 일은 위과이즈의 가려운 부분을 찾아

긁어준 것 같았다. 위과이즈는 묵묵히 답이 없었지만 사실은 동의한 셈이었다. 며칠 후 스즈키 미쓰오가 또 위과이즈를 찾아왔다. 그는 위과이즈가 그 쏘가리 어탁에 쓴 내용을 고치길 원했다. 위과이즈는 단번에 거절하며 고집스럽게 얘기했다.

"만약에 한 글자라도 고치면 출판은 하지 않겠습니다."

"고치지 않으면 출판은 불가능하오!"

"수정은 절대로 하지 않겠습니다!"

스즈키 미쓰오는 결국 굉장히 화가났다.

"최후의 통첩이오! 사흘의 시간을 주겠소. 만약 그래도 고치지 않겠다면 당신의 목숨을 가져가지!"

3일 후 위과이즈는 사람을 시켜 스즈키 미쓰오에게 서신을 보냈다.

역사는 누구도 지우거나 왜곡할 권리가 없습니다. 그렇게 할 수 있다는 생각은 모두 어리석은 것입니다. 어탁의 가치는 얼마나 진짜에 가까운지에 있고 문장의 가치는 거짓이 없다는 것에 있습니다……

스즈키 미쓰오는 뭔가 깨달은 것 같았다. 그가 위과이즈의 집에 막 도착했을 때 위과이즈는 평안하게 침대에 누워 있었고 이미 다른 세계로 가버린 후였다.

당연히 위과이즈의 어탁도 출판되지 못했다.

덧붙임

얼마 전 친구 한 명이 일본에서 돌아왔는데 최근에 새롭게 출판된 『위과이즈 어탁선』을 일본에서 보았다고 했다. 스즈키 미쓰오가 서문을 작성했으며 서문에는 이 선집이 출판된 전 후 이야기를 모두 기록했고, 그의 참회하는 마음도 드러나 있었다고 한다.

비질하는 아줌마

전지(剪紙, 종이를 접어 가위로 잘라서 무늬나 모양을 만드는 방식의 중국 전통 종이 공예) 할머니는 회갑의 나이가 되었으나 여전히 과부로 살았다. 전지 할머니가 혼자 살아가는 것이 얼마나 외롭고 단조로운지 어느 정도 상상할 수 있었다. 전지 할머니가 시간을 때우는 방법은 전지를 하는 것이었다. 어떤 종이든지 그녀의 손에만 닿으면 대충 접어서 가위로 슥 자른 후 한 번 딱 털기만 했을 뿐인데 사람 같지도 짐승 같지도 않은 것이, 사람을 닮은 것 같기도 하고 안 닮은 것 같기도 한 것이, 매우 흥미로운 작품이 탄생했다.

전지 할머니가 가장 많이 만드는 것은 '비질하는 아줌마(掃晴娘)'이다. 그 종이인형은 눈이 크고 입이 작으며 머리를 길게 땋았고 앞머리는 짧았다. 신발은 붉은색이며 중국식 짧은 솜바지를 입었고 양손에는 모두 빗자루를 들었는데 한쪽은 위를 향하고 한쪽은 아래를 향했다. 사람들은 이 모습을 보고 빗자루로 하늘을 쓸고 땅을 쓴다고 표현한다.

비질하는 아줌마를 집에 걸어두는 것은 구먀오진 일대의 옛 풍속 중 하나이다. 마을 사람들은 전지 할머니에게 비질하는 아줌마를 하나 만들어 달라고 했다. 이유는 두 가지다. 첫 번째는 형식적으로 집마다 하나씩 다 있어서 하나 가져다가 걸어놓거나 붙여놓기 위함이고, 두 번째는 전지 할머니를 금전적으로 도울 명목이 필요했기 때문이다. 비질하는 아줌마를 만들어준 후 사람들이 얼마를 주든지 전지 할머니는 신경 쓰지 않았다. 설령 돈을 주지 않아도 편하게 가져가라고 했고, 가져가는 사람들이 많을수록 그녀는 더욱 기뻤다.

일본인이 러우청을 침략한 후 당시 일본놈들의 만행이 구먀오진까지 알려졌다. 사람들은 일본놈들을 증오하고 두려워하였으나 마땅히 그들을 대적할 방법도 없었다.

때마침 비가 끊임없이 내려 며칠째 맑은 날을 볼 수 없었다. 왕년 이맘때 같으면 지금이 마을 사람들이 가장 비질하는 아줌마를 많이 찾는 성수기인데 아마도 일본놈들 때문인지 집집마다 모두 그럴 생각이 없는 듯했다.

그러나 전지 할머니는 마치 더 바빠진 것 같았다. 매일 전지를 멈추지 않았다. 늦은 밤 어둠 속에서도 종이를 잘랐다. 그녀는 정말 대단했다. 칠흑같이 컴컴한 밤에도 그녀가 잘라낸 비질하는 아줌마는 낮에 자른 것과 거의 똑같았다.

누군가 전지 할머니가 만든 모든 비질하는 아줌마의 이마에 홍점이 찍혀 있는 것을 발견했다. 그 점은 빨갛고 선명하며 꽤 컸는데 그 모습이 아주 웃기게 생겼다. 누군가 이렇게 말했다.

"이 비질하는 아줌마 말이야, 왜 일본놈을 닮은 것 같지?"

인상 쓰고 있던 전지 할머니의 얼굴에 웃음기가 번졌다. 사람들은 서로 말하지 않았지만 마음이 통한 듯, 모두 비질하는 아줌마를 하나씩 들고 집으로 가져와 구멍을 뚫어 실을 끼워 넣고 처마 밑에 걸었다. 땅을 향해 박혀 있는 머리, 하늘을 향해 쳐든 엉덩이, 바람에 마구 흩날리는 비질하는 아줌마를 보면 그 모습이 우스꽝스럽게 느껴졌다. 그들은 이런 비질하는 아줌마를 보며 조금은 통쾌한 마음이 든 것 같았다.

이 소식은 아주 빠르게 퍼져나갔다. 나중에는 구먀오진의 거의 모든 집들마다 전지 할머니가 만든 비질하는 아줌마를 걸어두었다. 어떤 사람은 집에 돌아간 후 일부러 이마 위에 홍점을 더 크게 만들었다. 마치 일본 국기 같았다.

완전히 숨길 수 있는 비밀은 없는 법. 이 일은 결국 매국노 통역사의 귀에 전해져 들어갔다. 그는 공을 세우기 위해 요시다 장군을 전지 할머니 집으로 데리고 왔다.

전지 할머니는 매국노 통역사가 일본인을 데리고 온 것을 보고, 가위를 내려놓고 줄에 걸려 있는 비질하는 아줌마를 들어 요술 부리듯 중얼댔다.

"비질하는 아줌마야, 거꾸로 매달려 있으니 내가 너를 사십구 일 밤낮으로 힘들게 하고 있구나. 네가 땅을 쓰는지 안 쓰는지, 하늘을 쓰는지 안 쓰는지, 비질을 하는지 안 하는지 볼 거야. 비도 쓸어가고, 음침함도 쓸어가거라. 하늘을 깨끗이 쓸어 무성한 별을 보여주렴, 맑은 하늘을 보여주렴."

동시에 전지 할머니는 문밖을 향해 바닥을 쓸고 있는 흉내를 냈다.

"나으리, 저 할망구 딱 봐도 악의가 있어요. 우리를 쫓아내려 하다니."

요시다는 통역사를 막아섰다. 그는 뭔가 매우 구미가 당긴 듯 전지 할머니의 작품을 관찰했다. 심지어 매우 흥미로워하는 모습이었다. 그는 비질하는 아줌마를 들고 말했다.

"일본에도 이런 게 있지, 데루데루보즈(照照坊主)라고."

갑자기 요시다는 아이처럼 노래를 부르기 시작했다.

"데루데루보즈야, 데루데루보즈야. 날씨를 맑게 해주렴, 날씨를 맑게 해줘. 내일 날씨를 맑게 해주렴."

요시다의 목소리는 우렁찼다. 그는 생각에 잠긴 듯했다. 마치 어렸을 적 추억에 젖어든 것 같았다.

요시다는 중국통이다. 중국어도 아주 유창했다. 그는 전지 할머니에게 말했다.

"우리 대일본의 데루데루보즈는 그 인형 위에 '조(照)' 자를 쓴 다음 영력이 생기면 그제서야 눈을 그리지. 아주 재미있어."

그는 전지 할머니가 조금도 동요하지 않는 모습을 보고, 화제를 바꿔 말했다.

"지나(支那, 근대 시기 일본이 중국을 침략했을 시 중국인을 경멸하며 부르던 호칭)에는 비질하는 아줌마가 있고 우리 대일본제국에는 데루데루보즈가 있지. 이 풍습이 비슷하단 말이야. 이렇게 보니 중국이나 일본이나 한가족이나 마찬가지 아니겠소? 원래 예로부터 사이 좋은 관계였잖소. 안 그렇소?"

요시다는 화내지도 않고 협박하지도 하지 않았다. 매국노 통역사는 요시다가 그저 좋다고만 하는 모습을 보고는 도대체 어디가 좋다는 것인지 이해가 되지 않았다. 그는 비질하는 아줌마 이마 위의 홍점을 가리키며 말했다.

"나으리, 이 할망구가 나으리를 욕하고 있는 겁니다."

"아닐세, 아니야. 자네가 모르는 거야. 우리 대일본에는 말이야, 손가락을 찔러서 낸 피를 종이인형에 바르면 이 산 사람의 피가 종이인형에 영혼을 불어넣어 준다는 말이 있거든. 그런데 당신 같은 지나인들은 피가 무서워서 직접 피를 바르는 것이 아니고 빨간색 물감을 칠한 거지. 어쨌든 같은 뜻이야."

전지 할머니는 요시다가 중국인은 피를 무서워한다고 한 말을 듣고 분노가 치밀어 얼굴까지 빨개졌다. 그녀는 무의식적으로 가위를 들었다. 매국노 통역사는 본능적으로 총을 빼 들었다.

"흥분하지 마요. 흥분하면 좋을 것이 없잖소. 가위를 내려놓아요. 내가 보니 당신 기술은 아주 훌륭해요. 나중에 더 많이 잘라서 다양한 모양을 만드시오. 내가 전부 사겠소. 가격은 원하는 대로 맞춰주겠소. 절대 손해

보게 하진 않을 거요."

"안 팔아요. 가위를 든 지 몇십 년이 되도록 한 번도 팔아본 적 없소! 돈 얘기는 꺼내지 마시오!"

전지 할머니는 조금도 두려워하는 기색이 없었다.

"좋소, 좋아. 나는 예술인들의 청렴함과 그 자부심을 존중하오. 이렇게 합시다. 내가 석 달을 줄 테니 최대한 많이 만들어놓으시오. 그때 가서 우리 황군이 당신을 위해 종이인형 전시회를 열어줄 것이오. 러우청에서 먼저 열고 그 다음 대일본에 가서 여는 것이오. 어떻소?"

요시다는 이번에는 확신에 찬 표정으로 말했다.

전지 할머니는 모르는 척하며 요시다를 쳐다보기만 할 뿐 찍소리도 하지 않았다.

"빨리 요시다 어르신께 감사하다고 하시오. 당신에게 큰 행운이지 않소. 나도 아직 일본에 못 가봤는데."

매국노 통역사는 시샘하는 어조로 말했다.

"좋아요. 자르지요. 잘라서 보여주겠소."

전지 할머니는 왼손에 가위를 들어 오른손 엄지손가락을 가위 사이에 끼고 힘을 주어 책상 위에 필사적으로 내리쳤다. 순식간에 그녀의 엄지손가락의 살과 뼈가 모두 잘라졌다. 그녀의 손가락에서 피가 솟구쳤다. 전지 할머니는 왼손을 뻗어 요시다의 면전에 갖다대며 말했다.

"똑똑히 보시오. 이게 바로 중국인의 피요!"

전지 할머니는 날카로운 가위를 들고 한 발짝 한 발짝 요시다를 향해 공격적으로 걸어갔다.

겁에 질린 요시다는 전지 할머니의 집을 뛰쳐나갔다. 요시다는 자신의 일기에 이렇게 적었다.

"중국인의 무시무시함은 정말 어떻게 할 방법이 없었다……"

술 향내가 나는 풀

아주는 술을 매우 좋아한다. 구먀오진에서 모두가 다 아는 사실이다. 그는 3일 동안 밥은 안 먹어도 술은 하루라도 먹지 않으면 안 된다. 그가 술 냄새를 못 맡게 된다면 그의 혼도 사라지는 것이나 마찬가지일 것이다.

아주는 구먀오에서 대부호이다. 조상들이 그에게 땅을 남겨주었는데 그가 한평생 먹고 마시기만 해도 충분할 정도였다.

술은 술동무가 다 있는 법이다. 아주는 오래전 두세 명의 친구와 같이 술을 한잔 마셨다. 그는 흥분하여 당시 사회나 정치를 비판했다. 구먀오에 사는 노인들은 그의 뒤에서 한두 번 이런 얘기를 한 것이 아니다.

"걔 말이야, 아주. 술만 마시면 사람 말을 막 가로막고 말이야, 아주 언행이 경솔하다니까. 언젠가 무슨 일이 일어나도 일어날 거야."

과연 그 노인들의 말이 맞았다. 1939년 겨울, 아주는 일본인들에게 잡혀갔다. 소문에 그가 항일분자라고 하더라.

기무라 소령은 누구와 그 모임에 참석했는지 추궁했다. 아주는 절대 말할 수 없다는 것을 알고 있었다. 그는 일단 이곳에 들어온 이상, 죽지는 않더라도 큰 상해를 입을 것이라고는 생각했다. 아주는 그곳에 갇혀 있을 때 배고픔이나 맞는 것은 두렵지 않았다. 술을 마시지 못하는 것이 두려울 뿐이었다. 술을 마시지 못하는 날들이 죽는 것보다 더 참기 힘들었다.

기무라 소령은 아주의 이런 약점을 알았다. 그는 술을 꺼내어 아주에게 냄새를 맡게 하고 그에게 술을 보여주며 한참을 놀렸다. 그러나 그에게 술을 주지는 않았다. 기무라는 가끔 한두 입씩 마시며 혼잣말을 했다.

"좋은 술이군, 아주 좋은 술이야!"

아주는 당장이라도 혀가 튀어나올 판이었다.

기무라 소령은 술병을 가리키며 말했다.

"네가 잘만 협조하면 좋은 술은 얼마든지 줄 수 있지."

오랫동안 술을 마시지 못한 아주는 더 이상 버틸 수 없었다.

4일째 되는 날, 맥이 풀린 아주는 말했다.

"빨리 술 좀 줘요, 먼저 마시게 해주면 말하겠소."

기무라 사령은 아주 간사했다. 계속하여 먼저 말하면 술을 준다고 했다.

이렇게 대립한 지 한나절, 결국 기무라 소령은 한 발 양보하여 아주에게 술 몇 모금 마시게 해주었다. 술이 들어가자마자 아주는 조금 생기가 도는 것 같았다.

"나를 좀 풀어주시오. 붓이랑 먹을 가져오면 쓰겠소."

기무라 소령은 수하를 시켜 아주의 결박을 풀어주었다. 아주는 손발을 움직여 몸을 푼 후 붓을 잡고 글을 써내려갔다.

　　우리 대중국의 모든 땅이 황금처럼 귀한데 어떻게 일본놈들한테
　　먹히게 놔둘 수 있단 말인가!

기무라 사령은 보자마자 악랄하게 욕을 했다.

"지나 새끼!"

그는 아주의 빰을 한 대 휘갈겼다. 그 순간 아주는 술기운을 빌려 기무라 소령을 향해 머리를 들이박았다. 기무라 소령이 뒤로 벌렁 나자빠졌다.

너무 창피하고 분했던 기무라 소령은 총을 꺼내어 아주를 향해 세 발을 쐈다…….

아주가 죽은 후 기무라 소령은 수하에게 그 시체를 창강에 버리라고 시켰다. 아마 아주가 살아날 운명이었나 보다. 그는 물살에 떠밀려 강변의 판산(帆山) 밑에 도달했다. 이 판산은 창강하구의 가장 끝에 있는 산이다. 산에는 옥황각 도교사원이 있었다. 판산의 산신령이 아주를 구한 것일까? 그는 힘겹게 도교사원 안에 도착했다. 그러나 상처가 심각하여 얼마 지나지 않아 도교사원 안에서 생을 마감했다. 아마도 산신령은 아주가 일본인에 의해 살해당한 것을 알고 그를 판산에 묻어준 것 같다.

판산은 원래 관광명소이다. 오래전에 여행객들이 자주 들락날락하던 곳이었다. 단지 일본인들이 쳐들어온 후 적막해지기 시작했다.

항일전쟁 승리 후 구먀오 사람들은 아주가 이곳에 묻혀 있다는 것을 알고 모두 찾아와 제사를 지내주었다. 고향 친구들은 아주가 술 애호가라는 것을 알기 때문에 그를 찾아올 때마다 항상 술 한 병을 들고 와 그의 무덤 앞에 놓아주었다.

이 판산에는 독특한 골패초(骨牌草)가 자란다. 생긴 것은 도박패의 일종인 패구(牌九)처럼 생겼다. 이 풀은 유일하게 판산에만 었다. 고향 친구들이 술을 들고 그를 보러 오기 시작한 이후로, 판산의 골패초에서 술향이 난다는 소문이 돌았다.

어느 타지 문인이 판산에 왔다 간 후 「주향초(酒香草, 술 향기가 나는 풀)」라는 산문을 한 편 썼다. 이 문장이 발표된 후 아주의 고향 친구들은 모두 골패초를 주향초라고 바꿔 불렀다.

안타까운 것은 1950년대, 현지의 시 간부가 제방 쌓을 돌을 구하기 위해 판산을 폭파하여 돌을 채취하였고 이로 인해 1, 2년이 지나자 판산은 더 이상 존재하지 않게 되었다. 주향초도 역시 완전히 사라졌다.

식물학자의 말에 의하면 다른 지역에서는 이 주향초가 발견된 적이 없다고 했다.

　아주의 무덤은 일찍이 사라졌다. 그러나 지방지에는 그에 관한 기록이 남아 있다. 연세 드신 어른들은 아주 얘기를 하면 모두 그를 존중하는 어조로 말했다.

　"아주는 항일 영웅이야……."

책에 한 맺힌 여인

러우청은 송대부터 줄곧 서화로 유명했다. 러우청에는 예로부터 문인들이 아주 많았는데 러우청에 정착한 문인들은 모두 은둔생활을 했다. 그래서 그런지 러우청의 많은 건물들의 특징은 대문은 호화스럽지 않고, 대문을 들어가면 구불구불한 길이 펼쳐져 있는데 길의 굽어진 곳마다 작은 정원들이 있었다. 마치 미로를 연상케 했다.

그중 엄산장서루(弇山藏書樓)는 융복사(隆福寺)의 서쪽에 있는데 이 장서루는 천일각(天一閣, 저장성 닝보시에 있으며 중국에서 현존하는 가장 오래된 개인 장서루), 가업장서루(嘉業藏書樓, 중국 근대 유명 장서루 중 하나), 철금동검각(鐵琴銅劍閣, 철금동검루라고도 하며 청대 4대 개인 장서루 중 하나)의 명성에는 비할 수 없지만 그래도 나름 유명했다. 소문에는 명대 문단에서 유명한 7인의 작가를 대표하는 왕세정에 의해서 전해져 내려온 것이라고 한다. 단지 항일전쟁 시작 전 주인이 몇 번이나 바뀌었을 뿐이다. 그 당시 장서루의 주인은 루단수이였다. 루씨 가문은 러우청에서도 손에 꼽히는 명문이었다.

루씨 가문에서는 엄산장서루를 절대 바깥으로 소문 내면 안 된다고 전해져 내려온다. 루씨 자손들은 이렇게 큰 엄산장서루를 소문낸 적도, 누군가에게 보여준 적도 없다. 자손들은 항상 화재가 나지 않도록 조심하기도 했다.

러우청 사람들은 루씨 가문의 규율이 매우 엄격한 것을 알았다. 러우청의 어떤 노인은 말했다.

"루씨 집안 며느리가 될 수만 있다면 그 여자는 뭐든지 다 할 수 있을 거야."

루단수이는 책을 자신의 생명처럼 사랑한다. 역사상 많은 장서루들이 후손의 손에 들어간 후 거의 산실된 것을 교훈 삼아 그는 장서루를 안전하게 보존하기 위한 규칙을 만들었다. 그가 만든 규칙은 이러하다. "엄산장서루의 모든 책은 밖으로 빌려 나갈 수 없다. 엄산장서루의 관리권은 남자에게만 물려준다" 등등.

다시 말해 러우청에는 원제루라 불리는 재녀가 한 명 있었다. 이 아가씨는 거문고를 타고 바둑을 두며 글씨를 쓰고 그림을 그리는 등 못하는 것이 없었다. 더구나 독서를 사랑하여 사서오경을 모두 완독했다. 시를 읊고 문장을 논하는 자리에 가서는 스스로 학식이 풍부하고 재능이 풍부하다고 얘기하는 사람들도 그녀와 대결하면 우열을 가리기 힘들었다.

원제루는 이미 열아홉 살이 되었다. 그녀는 여전히 규중에서 시집가기를 기다리고 있었다. 해마다 중매쟁이가 입이 닳도록 소개하고, 문턱이 닳도록 찾아왔으나 이 원씨 처녀는 그저 고개를 가로저으며 한사코 반대할 뿐이었다. 설마 자기 몸값을 더 올리려고 기다리고 있는 것인가? 그러나 세월은 사람을 기다려주지 않는다. 더 늦어지면 노처녀가 된 그녀를 어떤 대부호가 데려가겠는가.

사실 원제루는 자신만의 생각이 있었다. 그녀는 엄산장서루에 소장된 책을 읽고 싶었으나 적절한 방법을 생각해내지 못했다. 한참의 생각 끝에 엄산장서루의 책을 읽을 수 있는 유일한 방법은 루씨 집안의 며느리가 되는 것이라고 생각했다. 이렇게 해야만 엄산장서루의 진귀한 책들을 읽을 기회를 잡을 수 있을 것이라고 생각한 것이다.

루단수이에게는 아들 루중구이가 있었다. 그는 이름 뜻처럼 아주 성실하게 공부하고 규칙을 잘 지키는 사람이었다. 그는 일찍이 원제루의 이름을 들어 알고 있었고, 그녀에게 연정을 품고 있었다. 단지 이런 재녀가 루씨 집안의 여러 규율을 다 받아들일 수 있을지 걱정이 될 뿐이었다.

루씨 집안의 며느리가 된 후에야 원제루는 엄산장서루에 소장된 책을 보는 것이 생각만큼 쉬운 일이 아니라는 것을 알게 되었다. 루중구이는 원제루를 사랑했지만 그는 천성이 담이 작은 사람이라 감히 조상들의 규율을 깨뜨릴 용기가 없었다.

루단수이는 며느리 원제루가 독서를 생명처럼 여긴다는 것을 알고 내심 가엾게 여겼다. '그래도 규칙은 규칙이야. 만약 며느리를 위해 이 규칙을 깨면 나중에는 전혀 관리가 안 될 거라고.' 그래서 그는 숨을 거두기 전 특별히 아들 루중구이에게 부탁했다.

"아들아, 다른 성씨들은 장서루에 일체 들어가면 안 된다. 네 아내를 포함하여 루씨 후손 외에는 절대 들여보내선 안 돼. 한 명의 여인을 위해 이 규칙을 깨뜨리면 안 된단 말이다……."

원제루는 몇 번이나 장서를 읽고 싶다고 얘기하였으나 루중구이는 매번 그녀의 말을 들어줄 수 없어 매우 난처하고 미안했다.

오랫동안 흠모해왔던 책들을 눈앞에 두고, 펼쳐보지도 못하고 그곳에 들어갈 수조차 없으니 이 얼마나 괴로운 일이란 말인가. 원제루는 루중구이에게 몇 번이나 말했는지 모르겠다. 그러나 항상 기대하던 결과가 없어 몇 번 싸우기도 했다. 그러나 루중구이도 사과하는 것 말고는 다른 방법이 없었다. 그는 장서루에 들어가 책을 보는 일에서만큼은 한 치의 양보도 하지 않았다.

원제루의 기분은 매우 상했고, 몹시 우울했다. 그녀는 종종 거문고로 슬프고 원망하는 곡을 연주했다. 어찌할 방도가 없어 답답한 마음을 곡조에 담기도 했다. 그녀는 이렇게 무료한 날들을 보냈다.

"나는 루씨 집안의 규칙이 정말 원망스러워요!"

그녀는 이런 말을 한두 번 한 것이 아니다.

일본 군대가 러우청에 들어온 후 루중구이가 가장 걱정하는 것은 바로 엄산장서루의 장서들이었다. '만약 이 책들이 내가 관리하던 중 소실된다면 루씨 가문의 괘씸한 자손이 되는 것이 아닌가. 어떻게 해야 이 책들을 안전하게 보존할 수 있는 거지?' 그는 아무리 골똘히 생각해도 좋은 방법을 생각해내지 못했다.

러우청에 주둔하는 일본군에 미즈베사부 소령이 있었다. 그는 누동화파(婁東畵派, 장쑤성 타이창에서 탄생된 청나라 시기의 중요한 화파)에 매우 깊은 관심을 갖고 있었다. 일본에 있을 때 누동화파의 자료와 대표 화가들인 '사왕(四王, 왕씨 성을 가진 네 명의 화가. 왕시민[王時敏], 왕감[王鑑], 왕휘[王翬], 왕원기[王原祁])'의 작품을 눈여겨보고 수집한 적이 있었다. 그래서 이번에 러우청에 온 그는 이미 만반의 준비가 되어 있었다.

그는 러우청에 엄산장서루가 있다는 말을 듣고 너무 기뻐 어쩔 줄 몰랐다. 미즈베사부의 삼촌은 명대 문학가 왕세정(王世貞)과 왕세무(王世懋), 이 형제를 연구했다. 이 장서루가 왕씨 가문에서 전해져 왔다고 하니 분명히 좋은 물건이 있을 것이라고 생각했다. 이렇게 되면 미즈베사부와 삼촌의 염원을 모두 이룰 수 있으니 일거양득이 아닌가.

미즈베사부는 루중구이를 일본군 진영으로 불러와 엄산장서루를 보호하기 위해 힘을 보태겠다고 말했다. 단, 왕세정의 『엄주산인사부고(弇洲山人四部稿)』, 『엄산당별집(弇山堂別集)』, 『예원치원(藝苑卮言)』, 『고불고록(觚不觚錄)』, 『사승고오(史乘考誤)』, 『척독청재(尺牘淸裁)』 등의 책을 볼 수 있게 해달라고 요구했다. 이 책들 외에 대대로 전해져 내려오는 누동화파 사상의 진적(眞跡)을 보여달라고 했다.

이 조건은 당연히 받아들일 수 없었다. 너무 스트레스에 시달려 그의 몸은 점점 가라앉고 가라앉아 거의 익사할 것 같은 느낌이 들었다.

미즈베사부는 루중구이가 쉽게 제안을 받아들이지 않을 것이라는 것을 알고 매 같은 눈초리로 그를 쏘아보며 말했다.

"장서 보존 규칙은 무겁다면 무겁고 가볍다면 가벼운 것이니 스스로 잘 생각해보시오."

루중구이는 온몸이 부들부들 떨리는 것을 느꼈다. 미즈베사부는 웃음을 지어 보이며 말했다.

"당신이 이런 신사적인 협정이 싫다면 나도 억지로 하진 않겠소. 단지 전쟁 중에는 어떤 일이든 다 일어날 수 있는 법. 절대 작은 일로 큰일을 그르치지 마시오."

루중구이는 집에 돌아간 후 팔걸이 의자에 풀썩 주저앉았다. 마치 곧 죽을 사람처럼 말이다. 그는 만약 미즈베사부의 조건을 받아들이지 않으면 본인이나 장서루 모두 화를 입을 것이라고 생각했다. 그는 내심 이 '지나친 조건'을 받아들이는 쪽으로 마음이 쏠렸다. 단지 조상님들이 이를 용납하지 않으실까 두려웠다. 그는 조상들의 위패 앞에 꿇어앉아 이마를 땅에 대며 절을 하고 기도를 올렸다.

"조상님들, 이럴 수밖에 없는 저를 용서하여주십시오. 저에게 관용을 베풀어주세요."

원제루가 이 일을 알고 화가 머리끝까지 났다.

"내가 루씨 집안의 며느리인데도 불구하고 엄산장서루의 장서를 볼 수 없는데 지금 일본놈이 장서를 그냥 가져가게 두겠단 말이에요? 안 돼요! 당신이 허락해도 내가 허락 못해요!"

미즈베사부가 군인들을 데리고 엄산장서루에 왔을 때 원제루는 의자를 누각 앞으로 옮겨다놓고 그곳에 앉아 있었다. 그녀는 침착하게 미즈베사부에게 말했다.

"내가 루씨 집안에 시집 온 지 30년이 됐어요. 살아 있는 동안에도 루씨 집안 사람이고, 죽어서도 루씨 집안 귀신이 될 거라고요. 나도 이 장서루에 들어가본 적도, 장서들을 본 적도 없는데 당신이 뭔데 이 책과 그림들을 가져가겠다는 겁니까?"

미즈베사부는 오늘 반드시 책과 그림을 가지고 가겠다고 마음을 먹었다. 그는 손을 흔들며 군인들에게 그녀를 치우라고 명했다.

원제루는 가위를 꺼내들었다.

"당신들이 만약 강제로 하겠다면 나는 목숨을 걸고 필사적으로 막을 거예요. 내가 죽은 후 악귀가 되어서라도 이 책들을 가져간 놈들을 놓아주지 않을 거라고요!"

"이년을 어서 치워버려라!"

원제루는 일본군이 장서루에 들어가려 하는 것을 보고 가위로 자신의 명치를 필사적으로 찔렀다. 그녀의 가슴에서 붉은 선혈이 마구 솟구쳐 나왔다.

미즈베사부는 어안이 벙벙해졌다. 그는 화를 내며 돌아갔다.

"오…… 옮겨야 해…… 옮겨야 한다구……."

원제루는 힘겹게 이 말을 내뱉었고 순간 고개를 떨구며 그대로 저세상으로 가버렸다.

루중구이는 며칠 밤을 세워 일부 진귀한 책들과 그림들을 다른 곳으로 옮겼다. 다음 날 술에 취한 일본군들은 루중구이의 집에 쳐들어왔다. 루중구이는 그들을 막을 수 없었다. 술에 흠뻑 취한 몇몇 일본군들은 그대로 장서루로 쳐들어갔다. 그중 두 명은 그 안에서 해가 질 때까지 노래 부르고 술 마시며 돌아가지 않았다. 이때 장서루에 갑자기 불이 났다. 그날은 바람이 유난히 셌고 큰 불은 순식간에 장서루 전체를 불태웠다. 그 안에 있던 몇 명의 일본군들도 전부 불에 타 죽었다.

근처에 있던 백성들은 "큰 불 속에서 원제루가 손에 가위를 쥐고 있는 것을 봤어. 눈을 부릅뜨고 일본군들을 쳐다보더라고"라고 말했다.

장서루가 잿더미가 된 지 둘째 날, 미즈베사부가 잿더미가 되어버린 장서루에 왔다. 그는 짧게 묵도를 하였는데 그날 가져가지 못한 책과 그림들 때문인지 아니면 그날 죽은 일본군들 때문인지 혹은 원제루에게 탄복해서인지는 모를 일이다.

이것들은 하나도 중요한 것들이 아니다. 중요한 것은 루중구이가 옮겨놓은 진귀한 책과 그림들이 지금까지 보존되어왔다는 것이다. 소문에는 이런 유물들이 오늘날 현지 박물관과 기록보관소에 잘 보관되어 있다고 한다.

계원의 봄과 가을

명나라부터 오나라 땅 일대(장쑤성 쑤저우 일대)에 "쑤저우 원림은 천하제일이고, 러우청의 원림은 쑤저우에서 제일"이라는 말이 있었다.

러우청에 있는 정원들은 크지 않고 모두 개인 정원에 속한다. 이 개인 정원들의 가장 큰 특징은 정교하고 섬세하다는 것이다.

개성을 갖고 있는 러우청의 정원들 중 계원(憩園)은 크지는 않지만 유명한 정원 중 하나이다.

러우청 지방지 기록에 따르면 계원은 명대에 만들어졌다고 한다 저우씨 가문의 조상 중 한 명이 일찍이 왜적과 맞서 싸우며 공을 세운 적이 있어 황제가 상을 내렸다. 이 때문에 그는 말년에 러우청에 바로 이 계원을 지을 수 있었고 남은 생을 잘 누리며 살았다고 한다.

저우 가문의 조상은 비록 무관이었으나 이 정원을 지을 때 정원 건축 전문가를 불러와 정원 설계 시 문화를 융합시켜 자신의 부족함을 채웠다고 한다.

이 정원이 저우한장의 손까지 전해져 내려왔을 때 이미 계원의 옛 정취는 사라진 상태였다. 그러나 긴 역사의 흔적이 배어들어 고박하고 마치 세상 풍파를 다 겪은 듯한 정취를 풍겼다. 저우 가문의 자손으로서 저우한장은 자신이 마치 제대로 된 문인이 된 것 같았다. 삶이 매우 부유한 편은 아니었지만 러우청에서는 꽤 명성이 있었다. 다시 말하면 "러우청 바닥에서 인물이 나왔다"라고 할 수 있겠다.

일본군이 러우청을 점령한 후 공자 사당을 사령부 기지로 사용했다. 러우청을 점령한 일본군의 수장은 가메다 소령이었다. 그는 중국 문화에 푹 빠진 사람이었다. 일본 군대가 러우청에 주둔한 후 그는 자그마한 정원을 자신의 임시 거처로 삼기로 결정했다. 그가 계원의 명성을 들은 후 보위병 몇 명을 데리고 조용히 그 정원에 갔다. 전문가는 방법을 생각해내고 문외한은 구경만 한다고 하지 않았던가. 가메다 소령은 한 바퀴 돌아본 후 놀라운 점을 발견했다.

그중 그가 가장 마음에 들었던 것은 거북이처럼 생긴 천취지(天趣池)였다. 이 연못 안의 동쪽은 황석을 겹겹이 쌓아 높게 제방을 쌓아 올렸는데 마치 거북이의 머리가 하늘을 향하고 있는 것 같았다. 연못의 서쪽에는 태호석을 쌓아두었는데 태호석의 연성(軟性)과 황석의 경성(硬性)이 대조를 이루어서 가볍고 날렵한 느낌을 주었다. 마치 거북이의 꼬리가 가볍게 흔들리는 것 같았고 거북이의 머리는 태양을 마주하고 있었으며 꼬리는 저녁노을을 맞이하는 것 같았다. 연못의 남쪽에는 인공산이 있었다. 가메다 소령은 잠시 생각에 빠진 후 깨달았다. '거북이는 사람의 수명을 나타내는 듯하고 연못의 남쪽에 인공산이 있다. 흠…… 그렇다면 아마도 오래 살기를 기원하는 것이다. 참 재미있군.'

겨우 이 정도만으로도 가메다 소령은 이미 마음에 쏙 들었다. 다시 자세히 보니 크고 작은 재미있는 부분들이 더 발견되었다. 자세히 들여다보면 아마 숨겨진 뜻이 더 있을 것이라고 생각했다. 예를 들면 돌다리의 표면에 모란꽃 문양이 있었다. 모란은 부유를 상징하므로 아마도 부귀해지라는 뜻의 '복'에 비유하는 것이다. 다리에 엉켜 있는 풀들은 '녹(祿)'에 비유하는 것이며 다리 난간에 새겨진 '수(壽)' 자는 바로 '복록수(福祿壽)'를 일컫는 말일 것이다.

정원 안에 있는 화장(花墻, 중국 전통 건축물의 윗부분에 무늬 모양의 구멍을 내어 쌓은 담)은 한걸음 뗄 때마다 무늬가 달라지는데 굉장한 심미적 효과를 주었다. 이곳에서 멀지 않은 곳에 공자의 묘가 있는데 그곳에 있는 천년 묵은 은행나무 네 그루는 계원과 절묘한 조화를 이루었다.

"대단하군. 정말 대단해."

가메다 소령의 칭찬이 끊기지 않았다.

가메다 소령은 정원의 주인 저우한장을 찾아가 러우청에 있는 개인 정원 중 마음에 드는 정원과 이 계원을 바꾸자고 제안했다. 그는 맹세하며 말했다.

"만약 내가 이 정원에 들어와 살면 계원을 더욱 잘 관리하겠소. 절대 훼손시키지 않을 것이오."

저우한장은 차갑게 말했다.

"계원은 팔지도 바꾸지도 주지도 않을 것이오. 러우청의 다른 어떤 정원이 아무리 크고 좋고 오래되었다 하더라도 나는 욕심도 없고 필요도 없소."

"어떤 조건이면 되겠소? 내가 다 당신에게 맞추겠소."

"그만합시다."

저우한장은 마음을 가라앉힌 후 말을 이었다.

"내가 죽기 전엔 안 됩니다."

가메다 소령은 권총을 손에 들고 만지작거리면서 말했다.

"죽고 싶은 거라면 그거야 아주 간단하지."

저우한장은 눈을 살짝 감고는 마치 장단을 타듯 말했다

"자고로 사람은 다 죽는 법, 충심을 역사에 길이 남기리."

"네가 죽고 싶어서 환장했구나!"

가메다 소령의 보위병이 아주 흉악한 모습으로 소리질렀다. 가메다 소령은 보위병을 저지했다.

이튿날 가메다 소령을 대신하는 병사가 저우한빙의 집에 위임장을 들고 왔다. 저우한장을 러우청 유지 및 관리 위원회의 회장으로 위임한다는 내용이었다.

그날 저녁 계원은 이유를 알 수 없는 큰 불길이 일어 하늘로 치솟았다. 가메다 소령이 급하게 사람을 파견해 불을 끄러 갔을 때는 이미 계원과 정원의 주인 모두 다 불타서 없어지고 빈 터만 남아 있었다. 유일하게 그 거북이 형상을 한 천취지만이 오늘날까지 여전히 그 흔적이 남아 있다.

까다로운 입맛

'주이댜오(嘴刁)'는 러우청 사람들이 자주 쓰는 말버릇 중 하나이다.

이 말을 우리가 알아듣기 쉽게 설명하면 먹는 것을 굉장히 중시한다, 잘 먹는다, 일반적인 먹거리는 쳐다보지도 않는다, 입맛이 까다롭거나 특별하다라는 뜻이다. 러우청에서 진정한 '주이댜오'라고 불리는 사람은 상백미이다.

어느 날 그는 한 모임이 끝난 후 자라 뼈로 만든 이쑤시개로 이를 쑤시며 말했다.

"아버지께서 나에게 '백미(百味, 백 가지 맛)'라는 이름을 지어주셨지. 그렇기 때문에 운명처럼 다양한 맛을 추구하며 살 수밖에 없어. 내 입맛이 말이야, 아주 까다롭거든. 이번 생은 이게 바로 내 취미야. 먹는 복만 잘 누리면 다른 것은 다 상관없어."

상백미의 입맛이 도대체 얼마나 까다로운지는 주변에서도 전설처럼 떠돌았을 뿐 누구도 자세하게 알지 못했다. 그와 술자리를 함께한 친구들의 말에 의하면 상백미의 입은 전문 술 감별사처럼 한 번 먹어보고 냄새 한 번 맡아보면 바로 맛을 구별하고 설명할 수 있을 정도라고 했다.

어느 날 한 연회에서 현지의 유명한 요리 '오향육골두(五香肉骨頭)'가 상에 올랐다. 이 요리를 먹은 사람들은 아주 제대로라며 칭찬했다. 그러나 상백미만 한마디도 하지 않았다. 동석한 사람들은 상백미가 음식에 일가견이 있다는 것을 알고 있어서 그에게 한 수 가르쳐달라고 부탁했다.

"이 요리는 맛있긴 맛있는데 부족한 점이 몇 개 있어요. 하나는 이 지역 산초를 사용하지 않은 것이고 또 하나는 팔각 몇 개가 좀 부족한 것이지요. 그래서 이 요리는 구십 점 정도밖에 줄 수 없어요."

사람들은 조금 신기하게 생각했다. 그중 한 사람이 식당 측에서 특별히 타지에서 초빙한 유명 주방장을 불러와 확인했다. 역시 상백미의 말이 옳았다. 그가 타지에서 온 주방장이었기 때문에 현지 산초를 사용해본 적이 없어서 자신의 습관에 따라 타지의 산초를 이용했던 것이다. 팔각 역시 그가 러우청 사람들의 입맛이 담백하다는 말을 듣고는 일부러 몇 개 적게 넣었다고 했다.

상백미에게는 바로 이런 능력이 있었다. 정말 탄복하지 않을 수 없었다.

상백미는 기름에 튀긴 음식이나 기름에 졸인 음식과 같은 평범한 음식에는 별로 관심이 없었다. 그가 먹는 음식은 일반 사람들은 생각지도 못한 것들이었다.

예를 들면 삶은 미꾸라지 두부 요리이다. 이 요리는 살아 있는 미꾸라지를 먼저 맑은 물에 며칠 담가두어 미꾸라지가 뱃속의 음식물과 찌꺼기를 다 배출해내면 그때서야 그 미꾸라지로 요리를 한다. 끓일 때는 큰 솥에 약한 불로 끓인다. 솥에 맑은 물을 넣고 솥 가운데 두부 세 모를 놓은 다음, 그 옆으로 미꾸라지를 넣는다. 솥의 물이 끓어오를 때 미꾸라지들은 뜨거워서 마구 날뛰는데 그때 두부 속 온도가 물의 온도보다 낮아서 미꾸라지들이 두부를 뚫고 속으로 들어간다. 그 다음 물을 조금 따라낸 후 양념하고 약한 불로 끓인다. 이렇게 끓인 미꾸라지는 부드럽고 신선하다고 한다.

상백미는 한동안 산시(陝西省)에 파견되어 포정사로 일한 적이 있었다.

이 벼슬은 높지도 낮지도 않은 평범한 벼슬이었다.

관중 일대(산시성 일대)의 입맛은 강남과는 많이 달랐다. 고향의 요리가 그리워진 그는 동료에게 말했다.

"옛사람들이 고향의 농어와 순나물이 그리워 관직을 내려놓고 고향으로 돌아간다고 했는데 이제 그 말을 좀 이해할 것 같네."

상백미는 고향의 붕어찜이 생각났다. 붕어찜을 생각하자 입안에 침이 고이고 식욕이 마구 생겨났다. 그는 밤새도록 편지를 써 고향으로 보냈다. 반 근 이상의 붕어 몇 마리를 쪄서 살짝 얼 듯 말 듯한 상태의 돼지기름이 담긴 나무통에 넣은 후 신속히 하인을 시켜 그가 있는 곳으로 가져오라는 내용이었다. 그는 돼지기름만 녹지 않으면 붕어의 신선도는 며칠 동안은 유지될 것이라고 말했다. 그러나 가족들이 이 편지를 받았을 때는 이미 봄이 시작된 터라 나무통에 담긴 돼지기름이 장시간 동안 상하지 않을 수 있을지 확신할 수 없었다. 가족들은 바로 답장을 보냈다.

"정말로 강남 요리와 고향 요리가 드시고 싶다면 집에 한 번 오시는 것이 어떠신지요?"

상백미는 만약 자기 말대로 한다면 반드시 상하지 않을 것이라고 생각했으나 가족들의 답장을 받은 후 어쩔 수 없이 한참을 아쉬워하기만 했다.

관중에는 당나귀가 많았다. 옛말에 이런 말이 있지 않은가. "하늘에는 백조 고기가 있고 땅에는 신선한 당나귀 고기가 있다."

상백미는 신선한 당나귀 고기를 맛볼 수 있는 방법을 하나 생각해냈다. 관청에서는 두 마리의 당나귀를 아주 전문적으로 사육했다. 그래서 신선한 당나귀 고기가 먹고 싶을 때면 요리사를 시켜 당나귀 엉덩이 부위의 살을 조금만 자르라고 했다. 잘라낸 살은 많지 않았다. 잘라낸 부위에서는 붉은 피가 뚝뚝 떨어졌지만 당나귀가 죽을 걱정은 할 필요가 없었다. 살을 잘라낸 부위를 인두로 지지면 바로 피가 멈추기 때문이다. 만약 또 신선한 당나귀 고기가 먹고 싶으면 같은 방법으로 하되 부위만 바꾸면 된다.

상백미의 말을 빌려 말하면 상백미의 관청에서 키우는 당나귀가 진짜 신선한 당나귀 고기이며 그 당나귀 고기로 요리한 음식이야말로 최고의 음식이었다.

상백미의 운명도 참 재수가 없었다. 어느 날 새로 부임한 순무사(巡撫師)가 그의 관청에 들렀다. 그는 당나귀 고기 볶음으로 순무사를 대접했다.

"이 요리는 아주 훌륭하군. 야생의 맛이 나는 것 같네."

순무사가 말했다.

상백미는 그의 환심을 사기 위해 당나귀 고기를 어떻게 구했는지 설명했다. 그러나 뜻밖에 순무사는 그의 얘기를 들은 후 크게 분노하며 자리를 박차고 나가버렸다.

원래 순무사의 취미는 그림을 그리는 것이었다. 특히 당나귀를 그리는 것을 좋아했다. 그의 〈백려도(百驢圖)〉는 일찍이 황제의 칭송을 받은 적이 있다. 그래서 순무사는 당나귀에 더욱 특별한 감정이 있다. 당연히 여태껏 당나귀를 먹어본 적도 없었다. 그런 그는 상백미가 당나귀를 먹을 것이라고는 미처 생각도 못했다. 심지어 이런 잔인한 방법까지 동원하여 당나귀 고기를 먹다니! 어떻게 그에게 화가 나지 않을 수 있겠는가.

어느 날 안찰사는 순무사가 크게 노한 것을 알고 체면도 다 내려놓고 비위를 맞추며 상백미의 나쁜 행적을 고했다.

"마음이 악독하여 조정일에 참여하고 백성을 다스리기에 적합하지 않으며……"

상백미는 순무사에게 잘 보이려다 일을 그르친 것이다. 그는 의 노모를 보살피겠다는 이유로 관직을 내려놓은 후 러우청으로 돌아갔다.

이후 그는 음식에 대해 다시는 까다롭게 굴지 않았다. 그러나 그는 기운 없이 우울해하다가 고향에 돌아온 지 얼마 지나지 않아 죽음을 맞이했다.

만권루의 주인

잠시문(쏙詩文)은 책 사랑하는 것을 자기 생명처럼 사랑한다. 벼슬자리에 있었을 때는 가는 곳마다 반드시 책을 몇백 상자나 수집했다. 나중에 그는 이 책들을 잘 보관하기 위해서 아예 사직을 하고 고향으로 돌아갔다.

"청나라 지부(知府, 명청 시대 지방 행정직) 삼 년이면 은 십만 냥을 벌어들인다"라는 말이 있다. 그래서 그가 그동안 수집한 책들은 몇백 상자나 되었고 당연히 아주 무거웠다. 이런 상황을 알지 못하는 사람들은 십중팔구 백성들의 피땀이 묻은 재산들을 착취해 온 것이라고 생각할 것이다. 그래서 잠시문은 귀향길에 도적을 만나 약탈당할 것을 방지하기 위하여 배에 오르기 전 일부러 강변에서 3일 동안 햇볕 아래 모든 책을 꺼내어 말렸다. 마치 책시장처럼 많은 사람들이 와서 구경했다. 어떤 사람은 그를 청렴하다 칭찬했고 어떤 사람은 그를 바보 같다고 했다. 이 일은 당시 주목거리가 되어 널리 오랫동안 사람들의 입에 올랐다.

잠시문은 책을 다 말린 후 안심하며 배에 몸을 싣고 고향 러우청으로 향했다. 가는 길은 역시나 아주 순탄했다. 어느 강도가 입을 수도 먹을 수도 없는 책을 약탈해 가겠는가.

잠시문은 러우청에 돌아온 후 책을 보관하는 장서루를 지었다. 직접 '만권루(万卷樓)'라고 쓴 현판까지 붙였다. 이때부터 자신을 '만권루 주인'이라고 불렀다.

잠시문의 조상 중에는 땅을 가진 조상이 있었다. 이 땅들이 그의 손까지 전해져 내려온 후 땅의 일부분인 3묘의 땅과 책을 바꾸고 또 5묘의 땅과 책을 바꾸었다. 어떤 사람은 그의 이런 취미를 알고는 자주 그에게 책을 가져가 거래했다. 심지어 그를 속여 비싼 값을 부르기도 했다.

한번은 어느 시골 마을 유지가 송나라 각판(刻版)으로 된 『양한서(兩漢書)』를 소장하고 있었는데 그가 잠시문에게 그 책을 '난향소축(蘭香小筑)'과 바꾸는 게 어떻겠냐고 물었다. 그렇지 않으면 타지의 서장각에 팔아버릴 것이라고 했다. 잠시문은 이 책의 값어치가 자신의 정원만 못하다는 것을 알고 있었다. 그러나 송나라 각판 『양한서』는 잠시문이 아무리 오랫동안 찾아도 찾지 못했던 책이어서 그 마을 유지가 다른 사람에게 팔까 봐 걱정되었다. 그는 이를 악물고 그 책과 난향소축을 바꾸었다.

어찌 됐든 잠시문의 땅은 하루가 다르게 줄어들었고, 소장하고 있는 책은 하루가 다르게 늘어갔다. 그는 도장을 두 개 파서 책마다 모두 도장을 찍었다. 도장에는 "이 책은 술과 바꾸지 않는다", "이 책은 기녀와 바꾸지 않는다"라는 내용을 새겨넣었다.

잠시문은 어쩔 수 없이 타고난 선비 기질을 가진 사람이었다. 평상시에 독서하고 책을 찾아다니는 것 말고 그 외 시인들과 함께 시를 짓고 읊는 것을 좋아했다.

3월의 어느 따뜻한 봄날, 시인 친구들은 그에게 교외로 봄나들이를 가자고했다. 러우청 교외에 있는 '남도도화(南渡桃花)'는 그곳 현지의 10경 중 하나였다. 그들은 복숭아꽃을 감상한 후 부근의 무릉주가(武陵酒家)에 가서 간단히 한잔했다. 술을 마시며 간단히 벌주 놀이도 하고 시도 읊으며 아주 즐거운 시간을 보냈다. 그중 한 시인이 말했다.

"어렵게 이렇게 아름다운 봄 풍경과 술을 마주했는데 아리따운 여인의 노래 한 소절 없으니 너무 외롭지 않은가?"

그래서 그들은 가기(歌妓)를 불러 흥을 돋궜다. 이 기녀는 꽃다운 나이 열여덟이었다. 이름은 윤추수(尹秋水)였고 마음을 설레게 할 정도로 자태 가 고왔으며 사람의 마음을 잘 헤아릴 줄 알았다. 그녀가 다루는 악기소리 와 그녀의 노랫소리는 사람들의 마음을 울렸다. 그녀는 이 자리에 있는 사 람들 중 잠시문이 읊은 시가 가장 뛰어나다고 말하고는 그에게 정중히 술 석 잔을 올린 후 자신도 석 잔을 들이켰다. 잠시 후 그녀의 새하얀 얼굴이 발그레졌고 사람들의 마음이 마구 흔들리는 듯했다.

잠시문은 평소에 거의 여자를 가까이한 적이 없다. 그런데 오늘은 왜 마 음이 요동치는지 모를 일이었다. 친구들은 이런 낌새를 알아차리고 농담 반 진담 반 웃으며 말했다.

"친 선생, 혹시 추수가 맘에 들었소? 군자는 남의 좋은 일을 도와주어 이루게 하는 미덕을 가지고 있지 않소? 우리가 추수를 사서 선물해주겠 소. 친 선생이 훗날 고서들과 함께 일생을 보내고, 거기에 아리따운 여인 과 함께하면 이 얼마나 행복한 일이오!"

친구들은 모두 합심하여 돕기 시작했다. 잠시문은 친구들의 호의를 거 절하지 못하고 추수를 집으로 데리고 왔다.

추수는 원래 재능만 팔고 몸은 팔지 않았다. 그러나 그녀는 잠시문이 자 신의 일생을 바칠 만한 사람이라고 생각되어 일편단심으로 보살폈다. 잠 시문은 원래 등잔불 밑에서 고서를 보는, 독서 생활만 하던 사람이었는데 추수처럼 아름다운 여인이 자신의 독서 생활을 함께해주니 삶에 활력이 생기기 시작했다. 그의 적막하고 무미건조한 독서 생활에 활기가 생긴 것 이다.

심지어 잠시문은 지금의 삶이야 말로 비로소 진정한 삶이라고 느꼈다. 고서와 아리따운 여인이 있으니 아주 만족스러웠다. 그에게 더 이상 필요한 것이 무엇이 있겠는가?

그러나 아무리 가진 것이 많아도 매일 놀고 먹으면 언젠가는 가진 것이 소멸되는 법. 조상이 물려준 땅도 책과 다 바꾸어 거의 소멸되었다. 유일하게 값어치가 나가는 것은 그가 소장하고 있는 고서들이었다. 이 소장책들을 잘 지켜내려면 허리띠를 졸라매야 한다. 추수가 이런 궁핍한 삶을 견딜 수 있을까? 아니, 솔직히 잠시문도 사실은 추수가 이런 궁핍한 삶을 사는 것을 원하지 않았다. 아마도 이러한 처지를 바꿀 수 있는 유일한 방법은 것은 소장한 책들을 다른 사람에게 양도하는 것뿐이다. 잠시문은 자신이 소장한 책들을 탐내고 있는 사람들이 한두 명이 아니라 자신이 입을 살짝만 떼도 눈 깜짝할 사이에 천 냥 정도는 바꿀 수 있다는 것을 분명히 알고 있다. 그러나 책은 그의 생명의 근원이었다. 어떻게 이렇게 소중한 것을 돈과 바꿀 수 있겠는가.

보아하니 두 마리 토끼를 다 잡을 수 없는 노릇이었다. 선택의 순간이 온 듯했다. 그는 자주 넋이 나간 상태로 장서루를 쳐다봤다가 또 추수를 쳐다봤다. 추수는 이미 그의 삶의 일부분이 되었다. 그는 추수가 없으면 삶의 활력이 없어질 것을 알았기 때문에는 그는 어찌해야 할 바를 몰랐다.

추수는 영리한 여인이었다. 그녀는 이미 잠시문이 곤경에 빠진 모습을 알아차렸다. 그녀는 집안을 유지하기 위해 다시 강호로 돌아갈까 생각했지만 또 잠시문의 명성에 누가 될까 머뭇거리며 이러지도 저러지도 못했다.

그날 저녁 두 사람은 깊은 정을 나누며 먼동이 밝아올 때까지 어떻게 해야 더 좋은 방법이 있을지 상의했다.

우상음의 입궁

가을 하늘이 높고 가을바람이 솔솔 부는 것이 날씨도 아주 상쾌했다.

우상음은 성도에서 개최되는 향시(鄕試)에 참가하기로 했다. 정심원과 몇몇 친구들은 아쉬운 마음으로 우상음을 배웅했다.

십리정(十里亭)까지 배웅했을 때 정심원은 고금을 꺼내며 말했다.

"아우님을 배웅하는 마음으로 한가락 연주해보겠소."

그는 우상음이 가장 좋아하는 〈고산유수곡(高山流水曲)〉을 연주했다.

득의양양한 우상음은 가족의 손에 들려 있던 이화창(梨花槍, 송대에 발명된 화기로, 창과 화통[火筒]을 결합한 창)을 낚아채며 말했다.

"그럼 제가 대대로 물려 내려온 이 이화창으로 분위기를 한번 띄워보겠습니다."

정심원의 고금 연주를 배경으로 한 우상음의 이화창무(梨花槍舞)는 아주 완벽했다.

"창을 뻗은 자세가 아주 곧고 창을 잡는 동작도 아주 일품일세. 아우에게 이번 무과시험은 이미 따놓은 당상이야. 나는 고향에 돌아가 얌전히 좋은 소식만을 기다리겠네."

정심원은 말했다.

우상음은 어렸을 때부터 세상을 구하고 나라에 보답하고자 하는 포부가 있었다. 그는 전장에서 말을 타고 싸우다가 전사하고, 그 말 가죽으로 자신의 시체가 덮인다면 그것이 남자로서 가장 영광스러운 일이라고 생각했다.

그는 다섯 살에 무술을 배우기 시작했다. 칼과 검, 봉을 다루는 솜씨가 어느 것 하나 정통하지 않은 것이 없었다. 『손자병법』『무경』 등은 아주 익숙하게 외웠다. 이런 그가 무술을 연마한 지 10여 년 만에 비로소 기량을 뽐낼 기회가 주어져 나라를 위해 일할 수 있게 되었다. 이 얼마나 기쁜 일인가? 우상음은 이제서야 조금 당당해진 듯했다.

무과시험은 두 가지로 나뉘어 치른다. 실기시험 과목은 말 타고 활 쏘기, 걸으면서 활 쏘기, 서서 활 쏘기, 칼 다루기, 돌 다루기로 이루어져 있으며 필기시험 과목은 『무경』을 외워 쓰는 것이었다. 실기시험을 통과해야만 필기시험을 볼 수 있는 규정이 있었다.

우상음은 이미 만반의 준비가 되어 있었다. 그는 기마기술과 궁술에 아주 자신 있었다. 백 보 멀리서 버들잎을 맞출 정도는 아니지만 최소한 크게 빗나가는 화살은 없었다.

무과시험을 주최하는 사람은 순무사였다. 그는 우상음이 키와 몸집 모두 왜소하고, 생긴 것이 고상하고 소박한 것을 보고 무시하는 어조로 말했다.

"이곳은 패기 있는 사람들이 모여 시험을 보는 무과시험장일세. 애들 소꿉장난하는 곳이 아니라고."

혈기왕성한 우상음은 순무사가 자신을 무시하자 순간 충동적으로 한마디 내뱉었다.

"이곳은 무과 인재를 선발하는 곳이지 아름다움을 선발하는 곳이 아니지 않습니까. 어떻게 겉모습으로 사람을 판단할 수 있습니까?"

"하, 이놈 보게. 아주 방자하군! 감히 이런 말투로 나에게 따져? 여봐라!

이놈을 내쫓아라!"

우상음의 첫 번째 무과시험은 이렇게 시도도 하지 못하고 무산되었다.

우상음은 억울함을 극복하고 3년 후 가을에 열린 무과시험에 응시했다. 이번에는 반드시 통과하리라 다짐했다.

원수는 외나무다리에서 만난다고 하였던가. 뜻밖에도 시험 주감독관이 바로 그때 그 순무사였다. 그는 건장하고 듬직한 고시생들 사이에 있는 우상음을 발견하고는 마치 양이 말 무리 속에 있는 것 같아 자신도 모르게 비웃었다.

옛 사람들이 자주 쓰는 말 중에 이런 말이 있다. "사람은 겉모습으로만 판단해서는 안 되고, 바닷물은 말로 측정할 수 없다." 용모가 변변치 않은 우상음은 5과목 시험에서 모두 앞자리를 다투었고, 이로 인해 감독관들은 그가 괄목할 만한 청년이라고 생각했다. 만약 성적순으로 따지면 우상음은 무해원(武解元, 무과 수석합격자)이 될 만했으나 순무사는 우상음에게 안 좋은 인상이 있어 고의적으로 그의 합격을 허락하지 않았다.

순무사는 말했다.

"만약 우상음처럼 이런 나약한 서생 같은 놈이 무과시험에 통과하거나 무과시험의 장원이 되면 조정에서 분명 우리 지역에 인재가 없다고 생각할 걸세. 대의를 위해 그를 희생시킬 수밖에 없어."

이 얘기를 들은 우상음은 크게 분노하며 피를 토하는 심정으로 말했다.

"이 간신배야! 간신배가 바로 여기 있다!"

어떤 사람은 그에게 상경하여 조정에 다 고발하라고 했다.

'지역 무생 따위가 상경하여 고발한다고 한들 누가 상대나 해주겠는가. 나 같은 사람은 고관저택의 대문조차 발 딛기 힘든데 하물며 황궁은 오죽 하겠는가. 됐다, 됐어.'

우상음은 3년 전처럼 충동적으로 행동하는 멋모르는 애송이가 아니었다.

실의에 빠져 돌아온 우상음은 마음속 답답함을 해결할 방법이 없어 고금을 연주했다.

그의 친구 정심원은 러우청의 고금 연주 대가였다. 우상음은 정심원의 연주를 많이 보고 들어서인지 그 영향을 받아 음률을 조금 알았다.

정심원도 우상음에게 발생한 일들이 불공평하다고 느꼈으나 일개 서생이 불공평하다고 한들 할 수 있는 게 무엇이 있겠는가? 불평이 많아 좋을 것이 없었다. 정심원은 우상음의 마음을 달래주기 위해 그에게 말했다.

"자네 이름이 상음(尙音, 음악을 숭배한다는 뜻)이지 않나. 보아하니 자네의 운명은 무술을 익힐 것이 아니라 고금을 배워야 할 운명인 듯하네. 이왕 이렇게 된 거 고금 한번 배워보는 것은 어떤가? 고상하게 여가시간을 즐길 수 있지 않겠어?"

이렇게 우상음은 고금을 배우기 시작했다. 훌륭한 스승 밑에서 배워서인지 아니면 우상음에게 천부적인 재능이 있어서 인지 우상음의 고금 기술은 날이 갈수록 뛰어났다. 그 역시 점점 고금에 빠져들었다.

우상음은 보통 무술을 배운 사람처럼 사지만 발달하고 머리는 잘 안 쓰는 그런 사람이 아니었다. 그는 책 읽기를 좋아하고 하나에 몰두하여 연구하기를 좋아했다. 그는 다른 사람들의 장점들을 모두 익혀 자신만의 특기를 새로 만들어냈다. 그가 고금의 새로운 기술을 만들어낸 것이다.

조화로움, 조용함, 맑음, 여운, 고풍스러움, 담백함, 평안함, 생동감, 우아함, 아름다움, 밝음, 다채로움, 깨끗함, 부드러움, 원만함, 강함, 웅장함, 세밀함, 유창함, 건강감, 가벼움, 무거움, 느림, 빠름 등 총 24개의 기술을 만들어내었다.

〈자조비(雉朝飛)〉〈조야제(鳥夜啼)〉〈소상운수(瀟湘雲水)〉, 이 세 곡의 박자는 조금의 여유도 없이 촉박하여 일부 유명 연주가들은 이 세 곡을 경시하는 경향이 있었다. 그러나 그는 이 세 곡을 자신이 집필한『대환각금보(大還閣琴譜)』(『청산금보[靑山琴譜]』라 불리기도 하며 명말의 가야금 연주자 서상영[徐上瀛]이 창작한 고금악보집)에 추가했다.

그가 이 곡들을 연주할 때 촉박한 감이 있었으나 지저분하거나 혼란스럽게 들리지 않았고 선율이 복잡했으나 복잡하게 들리지 않았고 가벼움과 무거움, 급함과 완만함이 모두 잘 어우러져 사람들에게 자유로운 느낌을 주었다.

우상음은 여러 해 동안 고금 연주를 통해 자신의 감정을 토로해내었다. 가장 훌륭한 연주곡은 〈한궁추월(漢宮秋月)〉이었다. 이 곡은 한나라 조씨 가문에서 전해져 내려왔다고 한다.

어느 날 조정에서 예악(禮樂)을 관리하는 육 대인이 예악과 관련된 자료 수집을 위해 강남에 왔다. 그는 우연히 우상음이 연주하는 〈한궁추월〉을 듣게 되었고, 그 연주를 들은 육 대인은 너무 놀라 넋이 나갔다. 그 고금 소리는 마치 슬피 울며 호소하는 듯하고 무언가를 원망하고 그리워하는 것 같았다. 사람의 심금을 울리는 소리가 계속 귓가에 맴도는 것 같았다. 육 대인은 이 작은 도시 러우청에서 마치 와호장룡 같은 귀재를 발견할 줄은 정말 미처 생각도 못 했다. 그는 우상음의 고금 연주가 이미 조정 안의 고금 고수들을 한참 뛰어넘었다고 생각했다. 이런 귀재가 시골에만 있는 것이 너무나도 안타까워 그는 조정에 돌아간 후 숭정황제에게 강남행의 발견에 대해서 보고했다. 우상음의 고금 연주에 대해서 더 특별히 보고했다.

최근 몇 년 동안, 숭정제는 날로 날로 쇠락해가는 나라의 상황 때문에 골치가 아파 죽을 지경이어서 기분 전환을 하고 싶었다. 그러나 궁 안의 가무는 이미 질린 상태라 궁 밖에 우상음이라는 수준 높은 고금 연주자가 있다는 것을 듣자 마자 먹구름 가득했던 마음에 큰 위로가 되었다.

"얼른 그를 궁으로 들어오게 하여 짐의 답답한 속을 풀 수 있도록 하여라."

육 대인은 우상음과 같은 이런 민간에 있는 예인들은 항상 이상한 성격을 갖고 있다는 것을 잘 알고 있었다. 만약 직접적으로 궁에 들어와 고금 연주를 하라고 얘기하면 거절할 수도 있으므로, 육 대인은 고금 연주를 위해 궁으로 가야 한다고 말하지 않고, 황제 폐하께서 우상음을 만나고 싶다 하셨다고만 전했다.

황제가 우상음을 부른 소식에 러우청은 크게 들썩였다. 정심원과 그 친구들은 우상음을 배웅하기 위해 모였다.

정심원은 건배사를 할 때 우상음에게 말했다.

"하늘이 자네에게 재능을 주었으니 언젠가는 쓸 일이 있을 것이라고 생각했네. 드디어 자네의 포부를 펼칠 기회가 온 거야. 이 어려운 형국에 자네의 능력으로 목숨을 다해 나라를 위해 헌신할 수 있으면 이것이야 말로 가문의 영광이 아닌가!"

우상음은 잔을 들어 한입에 털어넣었다. 그는 호기롭게 말했다.

"역시 하늘도 다 보고 있나 봅니다. 내가 무술을 그냥 배운 것은 아니었어요. 드디어 써먹을 때가 온 거예요! 내가 언젠가 전장에서 이기면 나를 위해 멋진 고금 연주를 들려주십시오. 설령 내가 전장에서 죽더라도 나를 위해 고금 연주를 해주세요. 자, 건배합시다!"

우상음은 궁으로 들어간 후에야 황제가 자신을 부른 이유가 그에게 전쟁터로 가 나라를 위해 목숨 바쳐 싸워줄 것을 명령하기 위해서가 아니라 그의 고금 연주를 듣기 위해서임을 알게 되었다.

그는 너무 실망하여 마음속 열정이 모두 식어버렸다. 그는 정말로 고금을 던져버리고 이곳을 떠나고 싶었으나 이곳은 다른 곳과 비교할 수 없는 황궁임을 잘 알고 있었기에 그러지 못했다. 그러나 여전히 답답함과 실망감이 그의 가슴 한 켠에 자리잡고 있었다.

숭정제는 우상음에게 먼저 〈춘강화월야(春江花月夜)〉를 연주하라고 했다.

우상음은 고집스럽게 말했다.

"〈춘강화월야〉는 소인은 연주할 수 없사옵니다. 이 시간, 이 자리에서 가장 적합한 연주는 아마도 〈옥수후정화(玉樹后庭花)〉인 것 같습니다."

"뭣이라? 감히 망국의 노래를 연주하겠다는 것이냐? 내가 망국의 군주라는 것을 욕하려는 것이구나! 내 뜻을 거스르고 반역을 꾀하려 하다니! 여봐라 이놈을 형부(刑部)에 넘겨 처리하도록 하라!"(역자 주 : 〈춘강화월야〉는 당나라 시기 가장 번창했던 때의 내용을 담고 있고, 〈옥수후정화〉는 당나라가 이미 쇠락하고 난 후의 시기의 내용을 담았다. 이상은[李商隱]의 시 "기녀들은 망국을 슬퍼하지 않고, 사람들이 죽어도 노래하고 춤춘다[商女不知亡國恨, 隔江犹唱后庭花]" 중 한 구절을 인용하여 만든 곡이 바로 〈옥수후정화〉이다.)

숭정제는 조정대신들도 마치 개미 죽이듯 아무렇지 않게 죽일 수 있는데 하물며 이 일개 연주자는 어떻겠는가. 숭정제의 눈에 우상음은 오히려 개미만도 못했다.

우상음은 살아서 돌아갈 가망이 없다는 것을 알고 있었으나 오히려 마음은 담담했다. 그는 자신의 일생을 돌아보았다. 무예 실력으로 나라를 위해 목숨 바치고 싶은 포부가 있었으나 정작 나라를 위해 한 것이 없었다. 황제도 현명하지 않고 나라도 나라 같지 않으니 무예가 뛰어나든 고금 연주가 뛰어나든 퇴세하고 있는 명나라의 형국을 바꿀 수는 없었다. 유일한 한이라면 자신의 무예를 나라를 위해 쓰지 못한 것이었다.

"죽이시오, 죽여주시오. 최소한 내 눈에 보이지 않으면 마음이라도 편할 테니…… 얼른 죽어 빨리 이 괴로움을 벗어나고 싶소……."

우상음이 여러 생각을 하고 있을 때 육 대인이 작별 인사를 하러 왔다.

육 대인은 일이 이렇게 되자 몹시 가책이 되었다.

"내가 당신을 해쳤소. 내가 당신을 이렇게 만들었다고……."

우상음은 웃으면서 말했다.

"이 세상에서 지기(知己)를 만나는 것은 어려운 일입니다. 옛말에 '선비는 지기를 위해 목숨 바칠 수 있다'고 하지 않습니까? 육 대인께서 제 가치를 알아봐주셨으니 제 값싼 목숨도 바칠 가치가 있습니다."

육 대인은 우상음의 마지막을 배웅하고 싶어 병사들에게 명령하여 잔을 가져오게 했다.

우상음은 잔을 밀어내며 말했다.

"육 대인께서 만약 저의 참 지기라면 저에게 고금 한가락 연주하게 해주십시오."

육 대인은 즉시 명령하여 고금을 가져오게 했다.

우상음은 조율을 한 후 옷깃을 바로 하고 단정하게 앉아 침착하고 여유 있게 〈광릉산(廣陵散)〉을 연주했다. 이 곡은 소서(小序)를 시작으로 대서(大序), 정성(正聲), 난성(亂聲), 후서(后序)로 마무리되며 5부분 45단으로 이루어져 있다. 그가 연주한 이 곡은 조금도 지저분하지 않고 어느 음 하나 잘못된 것이 없었다. 어떤 부분은 마치 인적이 드문 산에 매미 울음소리만 들리는 것 같았고 어떤 부분은 마치 뱀이 미친 듯이 춤을 추는 것 같았으며 어떤 부분은 부처의 목소리처럼 여운이 멀리까지 남고, 어떤 부분은 천군만마가 튀어나오는 것 같았다. 소리의 높낮이와 곡절이 조화롭고 음율미가 있으며 다채로워 듣는 사람의 넋을 모두 나가게 만들었다. 사람들은 그의 연주가 끝나고 한참 동안 아무런 말도 할 수가 없었다. 한참이 지나서야 육 대인의 정신이 돌아왔다.

"이 곡은 마치 하늘에서만 듣는 곡 같소. 인간세계에서 어떻게 이런 연주를 들을 수 있단 말이오? 정말 안타깝군, 안타까워."

〈광릉산〉의 여운이 계속 귓가에 맴돌고 있을 때 우상음을 감옥에서 끌고 나가기 위해 형 집행관이 감옥에 도착했다.

　육 대인은 고금을 가져와 그의 마지막을 배웅하는 마음으로 우상음을 위해 한 곡 연주하고 싶었다. 그러나 두세 마디 연주했을 즈음 고금의 현이 끊어져버렸다. 그는 순간 온 얼굴이 눈물로 범벅이 되었다.

곽방 이야기

    곽방(郭芳)은 러우청 역사상, 지방지에 기록이 남아 있는 인물이라고 할 수 있다. 단지 후대에 들어 그를 아는 사람은 극소수에 불과했다.

    무릉고도(武陵古渡)는 오랫동안 러우강(婁江)의 8경 중 하나이다. 기록에 의하면 송대 지화(至和) 연간에, 승려 문혜(文惠)가 이곳에 다리를 지으며, 고도라고 불렀다.

    다리가 다 지어지자, 이곳은 바로 교통의 요지가 되었다. 사람들의 왕래도 무척이나 활발했다. 머지않아 다리 어귀에는 주막들이 즐비했고, 그중 창강풍월루(滄江風月樓)가 가장 유명했다. 현지 선비 무리들이 그곳에서 모임을 즐기거나 함께 술잔을 기울이며 시문 논하기를 즐겨했다. 이 모임은 굉장히 고상한 모임이었다. 이런 시 한 구절이 있지 않은가.

> 바람과 달이 있는 창강을 바라보니 끝없이 펼쳐졌구나.
> 창강변 누각에서는 춤과 노래가 끊이질 않네.
> 무더운 날이든 한낮이든 밤과 같은 시원함을 주고,
> 큰 파도가 누각 앞까지 밀려와 출렁이네.

    이 시 구절에서 창강풍월루의 매력을 볼 수 있다.

창강풍월루는 그렇게 호화스러운 기방은 아니지만 그래도 꽤 돈을 많이 쓰는 곳이다. 곽방과 그 친구들은 점점 주머니 사정이 곤란해져 버거움을 느꼈다.

한번은 창강풍월루에서 예술만 팔고 몸은 팔지 않는 가희(歌姬) 청분(清芬)이 곽방과 그 친구들이 영양가 없는 소리를 하는 것을 듣고 참을 수 없어 비웃는 어조로 말했다.

"여기 계신 상공들께서는 항상 시나 산문을 논하시는데 붉은색을 가까이하는 사람은 붉게 물들고 먹을 가까이하는 사람은 검게 물든다는 말이 있지 않습니까? 저 같은 기녀도 항상 보고 들으니 배운 것들이 적지 않습니다. 훗날 조정에 여자 과거시험이 생긴다면 반드시 가서 시험을 치를 생각입니다. 상공들 덕분에 제가 출세하게 될지 누가 알겠어요? 관직 하나 얻어서 가문을 빛내고 고향을 알릴 수 있으니 얼마나 좋아요?"

이 말이 진짜인지 거짓인지 알 수는 없었다. 그러나 대충 들으면 청분 자신에 대해 얘기하는 것 같지만 자세히 생각해보면 말 속에 가시가 있었다. 한낱 영양가 없는 얘기나 하고 자신들의 발전을 생각하지도 않으며 시험에 응시할 용기도 없는 곽방과 그 친구들을 풍자하는 것이었다.

"기껏해야 웃음을 파는 가희조차도 우리를 깔보다니! 우리가 무슨 체면으로 더 이상 시를 논하겠소? 됐소, 됐어. 보아하니 우리 모임도 이제 그만해야 할 것 같소."

오삼성(吳三省)이라 하는 선비가 말했다.

이 말이 끝나자 분위기는 순식간에 어두워졌고 의욕마저 모두 사라졌다.

곽방은 이 상황을 보고 차를 한 모금 들이켜고 부채를 살살 흔들며 말했다.

"모두들 왜 이렇게 부정적인 거요? 우리 같은 사람이 초야에 묻혀 살 수 있는 사람들입니까? 고개를 치켜들고 웃으며 나갑시다. 그래야만 선비의 기개가 사는 법입니다. 그래야 바로 학자의 정신이 사는 법이라고요."

"스스로를 기만하고 남을 속이는 것이 무슨 소용이 있습니까? 출세가 그렇게 쉽게 얻을 수 있는 것입니까? 예로부터 지금까지 늙어서도 아는 것 하나 없고, 결국 늙어서까지 성공하지 못한 사람들이 한두 명도 아니잖습니까. 만약 곽 선생께서 입성하여 출세하고 돌아온다면 우리가 바로 이 풍월루에서 몇 날 며칠 거하게 대접하지요. 아주 신나게 즐겨봅시다."

오삼성은 아주 시원시원하게 말했다.

"좋아요, 그렇게 합시다!"

"좋습니다. 약속했습니다!"

곽방과 오삼성은 서로 손바닥을 마주치며 약속했다.

한 달 후 곽방과 그 친구들은 창강풍월루에서 또 만났다. 곽방은 매우 신중하게 노란색 천에 싸인 봉투를 꺼내어 문인 친구들에게 보여주었다. 봉투 위에는 '창강시찰(滄江詩札)' 네 글자가 해서체로 쓰여 있었고, 곽방과 오삼성의 시가 적혀 있었다. 시의 첫 부분은 창강팔경을 노래하고 있었다.

예를 들면 「제서사만종(題西寺晩鐘)」 시의 내용은

들쭉날쭉한 누각에 석양빛이 비추는구나.
종이 그치니 사람들은 모두 돌아가야 하네.
산 위 승려들이 상록수를 바라보는 모습은
취미(翠微)에 앉아 시를 읊고 있는 듯하구나.

였고 「악록청연(岳麓晴烟)」의 내용은

울창한 나무숲에 일출이 시작되면 청산이 가까워지는 듯하고,

청기와와 붉은 용마루가 태양빛을 가르네.

울창한 소나무가 에워싼 모습이 미인의 눈썹 같고,

안개가 둥둥 옥황가(玉皇家)를 둘러싸네…….

였다.

오삼성과 그 친구들은 이 상황이 이해가 되지 않았다.

"곽 선생? 이게 무슨 뜻입니까? 이것이 시험과 관직에 오르는 것이 무슨 상관이 있단 말입니까?

곽방은 알 수 없는 웃음을 지어 보이며 말했다.

"나중에 선생들께서도 다 알게 될 겁니다."

오삼성과 친구들은 곽방이 무슨 속셈인지 알 수가 없었다. 그들은 곽방에게 자신들이 이해할 수 있도록 이야기를 해달라고 했다.

곽방은 한참 뜸들인 후에야 아무 일 없었다는 듯 얘기했다.

"황제에게 바칠 겁니다."

'뭐라고? 황제에게 바친다고? 당신 같은 일개 수재가? 암암리에 몰래 쓴 이 시를? 어디 내노라할 실력도 안 되는 해서체를 감히 황제에게 바치겠다고? 이 시찰이 황제의 손에 들어가는 것은 고사하고, 아니 설령 운이 좋아서 황제의 손에 들어간다 해도, 황제께서는 많은 정사로 바쁘실 텐데 어람(御覽)하실 리가 없다. 백 번 양보해서 황제가 봤다고 해도 당신한테 말단관직이라도 하나 내려주실까? 헛된 꿈 꾸지 말라고. 일이 잘못되면 황제의 명령 한마디에 당신은 뼈도 못 추릴 거야. 그렇게 되면 당신 인생도 영원히 끝이라고.'

오삼성과 친구들은 잠시 생각에 잠겼다가 그에게 말했다.

"곽 선생, 여기까지만 하시지요. 아직은 멈출 수 있습니다. 절대, 절대로 위험을 무릅쓰고 모험을 하지 않았으면 합니다."

그러나 곽방은 이미 굳게 마음을 먹었다. 친구들의 권유도 귀에 들어오지 않았다. 그는 만반의 준비를 마친 듯 말했다.

"들어갈 때는 들어갈 방법이 있고 물러날 때도 다 물러날 방법이 있는 법입니다. 모두들 걱정하지 않으셔도 됩니다."

곽방은 가마를 타고 곧장 관청으로 갔다. 관청의 병사들은 그를 저지했으나 그를 막을 순 없었다. 이 소란으로 순무 대인(巡撫大人)까지 달려나왔다. 순무 대인은 유생처럼 보이는 곽방을 보고는 나름 예의를 갖추어 물었다.

"무슨 일로 이곳까지 온 것인가?"

곽방은 당황하지 않고 침착하게 시찰을 전달했다.

"이 시찰을 황제께 바치고 싶습니다. 반드시 순무 대인께서 저를 도와주시면 좋겠습니다."

순무사는 이 일이 그의 마음을 살 좋은 기회라고 생각하여 그에게 부드럽게 얘기했다.

"먼저 집에 가서 조급해하지 말고 기다리시게. 희소식이 있을 걸세."

곽방이 돌아간 후 순무사는 파발꾼에게 명령하여 시찰을 황제에게 바치라고 했다.

선덕황제는 매일 주장(奏章, 황제에게 아뢰어 올리는 문서)을 보느라 정신이 혼미해질 지경이었다. 그 순간 황제는 높게 쌓인 주장들 위에서 『누강시찰(婁江詩札)』을 발견했다. 마치 항상 산해진미를 먹다가 갑자기 산나물을 보면 색다른 느낌이 든 것처럼 신선한 느낌이 들었다.

「고당추월(古塘秋月)」 「반경조생(半經潮生)」 「회운설제(淮雲雪霽)」 「무릉시사(武陵市舍)」 「오포귀범(吳浦歸帆)」 등을 묘사한 글을 보니 창강의 풍경 하나하나 너무 아름다워 한눈에 담기가 벅찰 것 같았다. 특히 선덕황제가 「누강을 바치다(婁江餽餉)」 중

바다의 파도가 요동치 않고, 고래 한 마리 보이지 않네.

거대한 용선은 가볍고 날렵한 작은 배 같네.

3월 화창한 봄날 배를 띄우니 아주 적절하고,

남풍이 10일 동안 불어 신경(神京)에 도착할 때……

여기까지 읽었을 때 고개를 끄덕이며 말했다.

"좋은 시야, 아주 좋아."

그러나 곽방의 해서체를 보았을 때 황제는 살짝 인상을 찌푸렸다. 황제는 순간 붓을 들어 그 시찰 위에 "시는 좋으나 서체가 따라주지 못하니 곽방은 서예를 더욱 연습하도록 하라"라고 적었다.

선덕황제의 어비(御批, 임금이 열람하거나 처리한 문서를 이르는 말)가 러우청에 도착하자 오삼성과 그 친구들은 모두 기쁘고 놀랐으나 걱정되기도 했다.

당연히 가장 기쁜 사람은 곽방이었다. 그는 얼른 풍월루로 러우청 문인 친구들을 불러모아 잔치를 열었다.

곽방은 잔치에 온 친구들에게 선덕황제의 어비를 일일이 보여주면서 여러 번 얘기했다.

"반드시 널리 알려주시오."

오삼성과 친구들은 또 이해가 되지 않았다. 사실 황제가 그에게 한 말이 그다지 체면이 서는 일은 아니었다. 대체 어디 널리 알릴 만한 가치가 있단 말인가?

그 후 곽방은 서화점을 열었다. 그곳에 선덕황제의 어비를 가게 중앙에 걸어두었다. 그는 낙관 위에 항상 "칙명 : 곽방은 서법을 다시 연습하라"라고 적었다. 그의 서화작품도 상당히 비쌌다. 이상한 것은 성지(聖旨) 자본이 생긴 후 자연스레 겉치레하기 좋아하고 문인 흉내 내기 좋아하는 사람들 가운데 굉장히 높은 가격임에도 불구하고 흔쾌히 곽방의 묵보(墨寶, 보배가 될 만한 훌륭한 글씨 혹은 그림)를 사려는 사람들이 많아졌다. 심지어는 바로 이것들이 황제가 직접 보았던 묵보라고 말하는 사람도 있었다. 곽방은 이때부터 돈이 사방에서 굴러들어온 듯했다. 그의 생활이 소강(小康) 단계에서 부유 단계로 발전한 것이다.

곽방은 우산성에게 말했다.

"북송 때 류삼변(柳三變, 본명은 류용이며 북송시기 유명한 사인[詞人])은 임금의 명을 받들어 사를 지었고, 나 곽방도 황제의 명령이 떨어졌으니 서법을 연습할 수 있지 않습니까? 이 기회를 잘 잡아야지요."

오삼성은 더 이상 할 말이 없었다.

곽방은 이렇게 기반이 튼튼한 수입 근원지가 생긴 후 자비로『창강시찰(滄江詩札)』을 출판했다. 속표지에 '선덕황제어비호시(宣德皇帝御批好詩, 선덕황제께서 '좋은 시'라 칭하셨다)'라는 문구를 넣었다. 훗날 곽방은 청분을 첩으로 들였다는 소문이 돌았다.

상관철의 죽음

　상관철(上官鐵)은 병상에 누워 오랫동안 일어나지 못했다. 사방에서 명의들을 데려와도 어찌할 방도가 없었고, 왜 이런 병에 걸렸는지도 알 수 없었다. 의사들은 이미 병세가 악화되어 오장까지 해쳤다고 말하거나 걱정이 많아서 병에 걸린 것이라며 하나같이 그 원인에 대해 확실하고 자세하게 설명하지 않았다.

　병상에 누워 있는 날들은 정말 버티기가 힘들었다. 상관철은 매일 책을 들여다보며 긴 외로움의 시간을 보냈다. 그가 가장 좋아하는 책은 『누강풍월정(婁江風月情)』 필사본이었다.

　상관철은 하루가 다르게 말라갔고 병세도 점점 악화되었다. 상관철은 자신의 집 대문에 공고를 붙였다.

　　만약 내 병의 원인을 진단해내고, 치료할 수 있는 사람이 있다면
　　은 천 냥과 논 백 묘를 상으로 내리겠음.

　그는 큰 상을 내리면 분명히 실력자가 나타날 것이라고 믿었다.

　의사와 무당들이 많이 찾아왔고, 그들이 먹으라는 약은 모두 먹어봤으나 좋아지는 기색이 조금도 보이지 않았다.

상관철의 마음이 마치 철처럼 차가워졌다.

상관철이 절망적인 나날을 보내고 있는 중에 시골 의사 한 명이 찾아왔다. 그 의사는 주변을 의식하지 않고 당당하게 걸어 들어왔다. 그는 먼저 사진법(四診法), 즉 병세를 보고, 듣고, 묻고, 맥을 짚어보면서 병세를 살폈다. 그는 잠시 망설이다가 말했다.

"사흘을 지켜보면 알 수 있을 것 같습니다."

이 시골 의사는 사흘 동안 잠도 자지 않고 그를 조용히 관찰했다.

사흘째 되는 날, 그는 이미 마음속에 모든 준비가 되어 있는 듯했으나 여전히 내색하지 않았다.

"어르신께서 매일 즐겨 보는 『누강풍월정』을 내가 가져가고 싶습니다. 돌아가서 이 책을 잘 연구하여 당신에게 맞는 약을 처방하려고 합니다." 그 의사가 말했다.

상관철은 굉장히 불쾌했다. 그는 속으로 중얼거렸다 '겨우 네까짓 시골 의사가 아는 것이 뭐가 있겠어? 설마 내 『누강풍월정』을 훔쳐가려는 속셈은 아니겠지? 저놈이 내 조용한 쉼을 방해하다니. 몽둥이로 흠씬 패주고 싶지만 삼 일 동안 잠도 안 잔 것을 생각해서 이번에는 내가 봐준다.' 그는 시골 의사에게 말했다.

"됐다, 됐어. 그냥 빨리 가버려."

이후 상관철은 손가락에 침을 묻혀 책을 한 장 한 장 넘기며 보기 시작했다. 그는 책만 볼 뿐, 다시는 시골 의사는 신경도 쓰지 않았다.

"어르신!"

시골 의사가 갑자기 대담하게 상관철의 손에 있는 책을 뺏으면서 말했다.

"독이 있어요! 독! 독! 보면 안 돼요! 절대로!"

상관철은 어이가 없어서 자기도 모르게 웃음이 툭 터져 나왔다.

그는 책을 가리키며 말했다.

"독이 있다고? 설마 내가 금서나 음서를 보고 있다고 생각하는 거야? 내가 이런 책에 중독되어서 병에 걸렸다는 말인가?"

상관철은 냉소를 지어 보이며 한마디 했다.

"빨리 저놈을 끌어내거라!"

시골 의사는 더 하고 싶은 말이 있었으나 입을 열기도 전에 하인들에게 끌려 나갔다.

그는 상관철 집의 대문 앞에서 깊은 탄식을 내뿜으며 말했다.

"하늘이 자초한 화는 해결할 방도가 있지만 스스로 자초한 화는 해결할 방도가 없구나."

그가 떠나기 전 큰 소리로 상관철 집의 집사에게 말했다.

"석 달 후 내가 어르신을 조문하러 오겠습니다. 그때 사인을 밝혀내지요!"

과연 그 시골 의사의 예언이 빗나가지 않았다. 3개월 후 상관철은 전신 일곱 개 구멍에서 피를 흘리며 죽었다.

관아에서 파견한 사람들과 의사는 독에 중독되어 사망한 것으로 진단했다. 그러나 어디에서 중독된 것인지는 알 수 없었다. 왜냐하면 상관철이 병상에 누워 일어나지 못한 이후로, 모든 음식은 요리사가 먼저 먹어보고, 그의 첩이 다시 먹어본 후 상에 올랐기 때문에 어느 누구도 독을 탈 수 없었다. 정확한 근거가 없었기 때문에 사망 원인 조사는 흐지부지 마무리되었다.

장례를 치르던 날, 시골 의사가 또 나타났다. 그는 곧장 집사를 찾아가 『누강풍월정』을 검사해보겠다고 말했다. 집사는 "이미 어르신의 관 안에 함께 묻어서 꺼내기가 힘듭니다"라고 말했다.

시골 의사는 거듭하여 말했다.

"상관 어른의 죽음은 바로 이 책에 있다니까요!"

그러나 상관철의 가족들은 이미 죽어서 다시 살아날 수도 없는데 더 이상 어른의 쉼을 방해할 수 없다고 생각하며 말을 꺼냈다.

"이미 영면에 드셨습니다. 다시 관을 열어 그 책을 꺼내는 것을 원하지 않습니다."

상관철 죽음의 원인을 밝힐 수 있다고 생각했던 『누강풍월정』은 흙과 함께 땅에 묻혀 사라져버렸다.

훗날 러우청에 떠도는 소문에 의하면 상관철은 비상(砒霜)에 중독되어 죽은 것이라고 했다. 그를 음해하려는 자가 상관철이 음서 읽기를 좋아하고, 또 책을 읽을 때 손에 침을 묻혀 책장을 넘기는 습관이 있는 것을 알고 모든 장마다 비상을 발랐다는 것이다. 이렇게 시간이 지나면서 상관철의 몸 안에 독이 쌓여 온몸에 독이 퍼져 그렇게 일순간 황천길로 가버렸다.

음해하려는 자가 누구였는지에 대해서는 말이 굉장히 많다.

정치적 원수인 구양(歐陽)씨네 일가이거나 상관철의 조카이거나 혹은 첩과 집사가 한통속이 되어 벌인 일이라는 말도 있다.

소설을 증오한 자

청나라 때 러우청에는 학자 가문에서 태어난 추숭도(鄒崇道)라는 고전 독서광이 있었다. 어렸을 때부터 사서오경 읽기를 좋아해서 짐을 멜 줄도, 손으로 들 줄도 모를 정도였다. 그는 입만 열면 고어체를 사용했다.

그는 자신의 서재를 '사물당(四勿堂)'이라고 불렀다. '비례물시(非禮勿視), 비례물청(非禮勿聽), 비례물언(非禮勿言), 비례물동(非禮勿動).' '예가 아니면 보지도 않고, 예가 아니면 듣지도 않으며, 예가 아니면 말하지도 않고, 예가 아니면 행동에 옮기지 않는다'는 뜻이다.

조상들이 남겨준 땅이 조금 있어 집안 형편은 부유한 편이었다. 추숭도는 "군자는 말로 하고 소인은 손을 놀린다"라는 말을 믿었다. 그래서 그는 땅에 관해서는 한 번도 묻거나 신경 써본 적이 없고, 매일 문인들과 시 한 구절씩 주고받으며 시간을 보냈다. 그는 '왕래하는 사람들은 모두 유명한 학자들이고 왕래하는 사람들 중 평범한 옷을 입은 자는 없다'라고 생각했다.

추숭도의 칠언율시와 칠언절구, 오언율시와 오언절구의 배율(排律)은 모두 운율이 맞게 지어져 흠잡을 곳이 없었다. 심지어 변려문도 심오하고 고아한 운치가 있었으며 문채(文采) 역시 훌륭하여 한나라 때 작품이 전해져 내려온 것은 아닌지 의심될 정도였다.

단지 아쉬운 것은 추숭도의 명성이 겨우 이 문인 모임에서만 날리는 것이었다. 평범한 러우청 사람들은 그 시의 작품성을 몰라봤다.

그는 한탄하며 말했다.

"세상이 참 많이 변했군. 사람의 마음도 예전 같지가 않아."

추숭도는 러우청의 문인들보다 자신이 우위에 있다고 생각하여 항상 아집(雅集)을 주도했다. 추숭도는 모임에 참가하는 사람들이 점점 적어지는 것 같아 알아보니 러우청 시장에 소설이라 불리는 새로운 문체형식의 책들이 팔리고 있다는 것을 알게 되었다. 소설은 많은 문인들의 관심을 불러일으켰고, 읽고 소장하려는 사람들이 많았다. 소문에 의하면 추숭도의 옛 친구 중 한 명이 이런 소설을 써서 자신의 심경을 표현한 적이 있다고 한다.

'소설, 그까짓 게 뭐길래, 이렇게 사람들을 유혹하는 거야?' 추숭도는 도대체 무슨 이유 때문인지 알고 싶은 마음으로 난릉소소생(蘭陵笑笑生)이 쓴 『금병매(金甁梅)』라는 책을 구했다. 겨우 반만 읽었을 뿐인데 추숭도는 머리를 저으며 탄식했다. 그는 인내심을 갖고 다시 몇 장을 읽다가, 책상을 치며 그 자리에서 일어나 말했다.

"이런 음란한 책이 어떻게 유행할 수 있단 말인가? 정말 어이가 없군!"

추숭도는 유교의 예법에 어긋나는 이런 음란한 책을 러우청에서 싹 내쫓기로 결정했다.

추숭도는 집에서 책을 태우기 위한 화로를 만들었고, 화로의 이름을 '화중청(火中淸)'이라 지었다. 그는 러우청의 책거리를 돌아다니며 살폈다. 소설책을 발견하면 주머니를 탈탈 털어 책을 구입한 후 집에 가져와 모두 불태웠다.

그는 몇 가지 규칙을 정했다. 첫 번째, 문인들 중 소설을 쓰는 자가 있다면 그자와 교류하지 않는다. 두 번째, 자신의 가문에서 소설책을 사거나 소장하거나 읽는 자가 있다면 반드시 중벌에 처하고 절대로 용서하지 않는다.

자신의 결심을 표현하기 위해, 그는 한때 왕래가 깊었던 왕 수재(秀才)에게 경고장을 보냈다.

"어떻게 그런 천한 소설을 쓸 수 있는가?"

그는 왕 수재와 다시 벗이 되기는 어려울 것이라고 생각하여 마음을 굳게 먹고 절교를 선언했다.

이상한 것은, 러우청 시장에 깔린 소설책은 추숭도가 모두 사서 불태워버렸음에도 불구하고 오히려 나날이 그 책의 수가 증가했다는 것이다. 그는 근심걱정에 애가 탈 지경이었다. 만약 이렇게 계속 진행된다면 문화의 가치는 떨어지고 도덕적 수준은 점점 타락될 것이라 생각했다. 그는 소설의 확산을 반드시 막으리라 스스로 맹세했다.

추숭도는 소설을 찾으러 다니는 일을 하루 일과 중 가장 중요한 일로 여겼다. 매일 집에 돌아오자마자 가져온 소설책들을 화로 안에 집어던졌다. 활활 타오르는 불을 볼 때 그의 얼굴에 비로소 안도의 미소가 지어졌다.

어느 날, 추숭도는 러우청 책거리에 어떤 사람이 몰래 『홍루몽(紅樓夢)』이라는 책을 팔고 있는 것을 발견했다. 그는 황급히 집으로 돌아가서 돈을 챙긴 후 그 책을 모두 사서 불태울 생각이었다. 그러나 책방 주인은 더 비싼 값에 팔기 위해 그에게 일부러 높은 가격을 불렀다. 뜻밖에도 추숭도는 이를 악물고 집에 돌아가 자신의 땅을 팔아 목각판으로 된 『홍루몽』 수백 권을 사들였다. 그는 집에 돌아오자마자 태워버렸고, 몇 시간을 태운 끝에 재만 남게 되었다.

가족들은 그의 행동이 도가 지나치다고 생각되어 그를 미친 사람으로 취급했다. 급기야 그를 가두어놓았다. 그는 눈물 콧물 다 흘리며 울며 큰 소리로 외쳤다.

"면목이 없습니다. 조상님들! 공자님, 맹자님, 제가 정말 면목이 없습니다."

이런 모습을 본 사람들은 그가 정말로 더 미쳐간다고 생각했다. 그래서 그를 절대로 밖에 나가지 못하도록 완전히 감금해버렸다.

어느 날 그가 큰 소리로 외쳤다.

"붓과 먹을 가져오시오!"

가족들은 그의 고집을 꺾을 수 없어, 붓과 먹을 가져다 주었다. 그는 즉시 붓을 들어 문장을 써내려갔다.

"제가 정말로 공자님 뵐 면목이 없습니다!"

가족들은 갑자기 그의 소리가 들리지 않자 그에게 가보았다. 추숭도는 이미 들보에 목을 매달았다. 이미 혼이 떠난 지 꽤 된 것 같았다.

기녀 말리꽃

최근 러우청 풍월루의 간판스타가 바뀌었다. 바로 말리꽃이라 불리는 기녀였다. 기녀 말리꽃을 본 사람들은 하나같이 이렇게 얘기했다.

"아주 아름다운 한 송이의 말리꽃 같아."

말리꽃의 성이 무엇인지, 몇 살인지, 출신 배경이 어떤지 아는 사람은 아무도 없었다. 사람들이 아는 것이라고는 그녀가 천성적으로 빼어난 미모를 가졌다는 것뿐이었다. 미인의 조건 중 젊음은 당연한 조건이고 외모가 아름다운 것이 첫 번째 조건이었는데 말리꽃은 이 두 가지를 모두 갖추었다.

그녀는 손님을 받지 않는 세 가지 조건, 삼불접객(三不接客) 조항을 내세웠다.

1. 백 냥 이하는 받지 않는다.

2. 가무는 팔지만 몸은 팔지 않는다. 그러므로 다른 생각을 품는 자는 받지 않는다.

3. 매일 손님 한 명만 받는다.

참으로 까다롭기 짝이 없다. 러우청에 있는 기방에서는 참 드문 일이었다.

참 이상한 것은 말리꽃이 콧대를 높일수록 오히려 러우청의 한량들은 그녀를 향한 마음을 억누를 수 없었다. 모두들 돈을 들고 그녀의 아름다운 얼굴을 먼저 보기 위해 앞다투어 기방으로 달려갔다.

머지않아 러우청 기방에 이런 소문이 퍼졌다.

"말리꽃 말야, 여우가 환생한 것 같아. 아니면 양귀비가 환생했거나. 그녀와 뜨거운 밤을 보내기는커녕 그전에 그녀의 미모만 봐도 오금이 저리고 다리에 힘이 풀려서 잊지 못할 긴 밤이 될 거야."

말리꽃이 간판스타가 된 후 풍월루의 인기는 날이 갈수록 늘었다. 주색에 빠져 방탕한 생활을 하던 한량들은 말끝마다 말리꽃 얘기를 꺼냈다. 말리꽃을 구천선녀보다 더 구천선녀 같다고 말하기도 했다.

러우청의 낭(郎) 대인은 일찍이 외지에서 지부로 일한 적이 있다. 옛말에 "청나라 지부 삼 년이면 은 십만 냥을 벌어들인다"라고 한다. 그러나 그는 지사를 5, 6년이나 했는데도 딱히 내놓을 만한 업적도 없고 동료들의 평가도 좋지 않았다. 그는 그렇게 큰돈도 벌지 못하고 관직을 그만두고 놀고 있었다. 그는 외로움을 참지 못하는 사람이라 집에 이미 첩이 세 명이나 있음에도 불구하고 자주 기방에 드나들었다.

옛말에 "십만 관을 허리춤에 차고 학을 타고 양저우에 가다"라는 말이 있다(양저우는 고대에 가장 발달했던 상업도시 중 한 곳). 그는 정말로 배를 구해 3월 화창한 봄날 양저우에 다녀왔다. 그렇게 몇 달을 즐긴 후 여비를 다 써버린 그는 어쩔 수 없이 집으로 돌아왔다.

러우청에 돌아온 그는 풍월루의 말리꽃이 천하제일 양저우 미녀들의 미모를 훨씬 뛰어넘는다는 소문을 들었다. 그는 하루도 기다릴 수가 없어서 이튿날 곧바로 은 백 냥을 챙겨 가마를 타고 황급히 풍월루로 갔다. 풍월루의 행수는 단골손님을 보자 당연히 얼굴에 꽃이 핀 듯했다. 그녀는 꿀같이 달콤한 말을 내뱉으며 낭 대인을 귀빈실로 모셨다.

낭 대인은 솔직하게 얘기했다.

"돌려 말하지 않겠소. 오늘 내가 온 것은 말리꽃을 보기 위해서요. 은표(銀票, 중국 고대 지폐)는 여기 있소. 이 은표 진짜요. 조금도 거짓이 없을 것이오. 내가 말이오, 이곳의 단골 아니오? 할인 같은 것은 필요없소. 장부에 적을 필요도 없고. 즉시 은표를 주겠으니 행수도 얼른 말리꽃을 데려오시오. 이 돈과 맞바꾸자구."

행수의 얼굴에 피었던 웃음꽃이 순식간에 사라졌다.

"낭 대인, 제가 낭 대인이 누구인지 모르는 건 아닙니다. 그러나 솔직히 말리꽃 인기가 하늘을 찔러요. 걔를 보겠다고 예약한 사람들이 다음 달까지 꽉 찼다구요. 심지어 예약금을 반이나 낸 사람도 있어요. 만약 내가 낭 대인에게 먼저 기회를 드리면 다른 사람들에게 뭐라 설명을 하겠어요? 이해 부탁드립니다."

행수는 은표를 낭 대인의 면전으로 밀어냈다. 이것은 뭐 아궁이에 활활 타고 있던 장작을 꺼내는 꼴 아닌가? 참 보기 드문 일이다. 보아하니 말리꽃의 인기가 정말 하늘을 찌르는 듯했다. 상황이 이러할수록 낭 대인도 점점 달갑지 않았다. '러우청 바닥에서 이 낭 대인이 할 수 없는 일이 어디 있어?' 그는 백 냥을 꺼내어 행주의 손에 쥐여주었다.

"내가 두 배로 주겠소. 이 정도면 되지 않겠는가?"

행수는 낭 대인의 간절한 모습을 보았다. 그녀는 은표를 손에 쥐고 매우 기쁨 넘치는 모습으로 말했다.

"스님 체면은 안 세워줘도 부처님 체면은 세워줘야지요. 낭 대인이 이렇게 손이 크신데 다른 사람들은 뒤로 밀릴 수밖에 없지 않겠습니까?"

아직 얘기가 끝나기 전 아래층에서 공부만 한 것 같은 젊은이가 한 명 들어왔다. 자신을 정(丁) 수재라고 불렀다.

"저는 타지에서 왔습니다. 말리꽃의 명성을 듣고 얼굴 한 번 보기 위해 특별히 달려왔지요."

행수는 그의 궁상스러운 행색을 보고는 그가 백 냥을 내놓을 수 없을 것이라고 생각하여 웃으며 말했다.

"오는 사람들은 모두 손님이지요. 그러나 돈 있는 사람은 나으리 대접을 받는 것이고 돈이 없으면 입도 열지 말아요."

딩 수재는 솔직히 말했다.

"솔직히 제가 돈이 없는 것은 맞습니다. 그러나 나는 말리꽃과 술 마시며 놀려고 온 것이 아닙니다. 그녀와 봄밤을 함께 보내기 위해 온 것은 더욱 아니지요. 나는 단지 말리꽃의 아리따운 얼굴을 보고 싶을 뿐이에요. 그녀를 위한 그림을 그려주고 싶을 뿐입니다. 그림 위에 그녀를 위한 찬미시 한 편 써줄 수 있다면 저는 그것으로 만족해요. 이룰 수 있도록 도와주십시오."

행수가 오늘은 기분이 좋아서 크게 화를 내지 않고 여전히 웃는 얼굴로 말했다.

"수재가 미인과 어울린다는 말이 있긴 있지. 단지 내가 당신을 올려보내도 말리꽃이 당신을 받아줄지는 확실하지 않아요. 삼불접객 규칙은 내가 정한 게 아니라 말리꽃 스스로 정한 거니까. 그냥 돌아가시지요. 돈이 모아지면 다시 오세요. 풍월루는 언제나 당신을 환영하니까."

행수의 이런 불쾌한 말은 평소의 딩 수재라면 아마 참지 못했을 것이다. 그러나 오늘은 그녀의 도움이 필요하기 때문에 결국 참을 수밖에 없었다. 딩 수재는 서화작품 하나를 행수에게 건네주며 말했다.

"이 그림을 말리꽃에게 전해주세요. 만약에 그녀가 이 그림을 보고도 나를 만나고 싶어 하지 않는다면 나는 즉시 떠나겠습니다."

행수는 이 그림이 백 냥 정도의 가치가 있을 거라고는 믿지 않았다.

'말리꽃에게 그의 마음을 접게 하도록 시켜야겠어. 이 일이 퍼져 나가면 또 이렇게 말리꽃의 몸값이 올라간 것이 소문나겠지.'

그녀는 그림을 말리꽃 방에 가져다 두었다.

말리꽃은 그림 족자를 펼쳐본 순간 깜짝 놀랐다. 마치 진짜처럼 생생한 그림이었다. 그녀는 이런 그림을 생전 처음 보았다. 〈요상말리도(遙想茉莉圖)〉를 보니 상상 속의 기녀 말리꽃을 물고기와 새도 숨고, 달도 숨고, 꽃도 부끄러워할 정도로 아름다운, 경국지색의 미모를 가진 미녀로 그려놓았다. 어딘가를 쳐다보는 듯한 생기 있는 두 눈은 사람의 혼을 빼앗을 정도였다.

말리꽃은 결국 규칙을 깨고 정부요(丁扶遙)를 만나기로 했다.

행수는 너무 놀랐다. '약 먹은 거 아냐? 자기가 만든 규칙까지 깨면서 빈털터리 수재를 공짜로 만나겠다고? 안 돼, 절대 안 되지! 낭 대인이 기다리고 있잖아. 낭 대인은 이백 냥이나 썼다고. 낭 대인을 소홀히 뫼실 수 없지.'

행수는 얼른 위층으로 올라가 자신의 이해관계를 설명한 후 말리꽃 마음대로 결정할 수 없음을 알렸다.

말리꽃은 행수의 간절한 말을 듣고도 단호히 말했다.

"이미 결정했어요. 부요에게 올라오라고 하세요."

"너, 너! 너 말이야! 지금 나를 난처하게 만들려고 이러는 거야?"

부요가 올라왔고, 말리꽃은 그와 대화할수록 마음이 통하는 것 같았다. 둘은 왜 이렇게 늦게 만났을까? 하는 생각도 들었다.

부요는 항상 가지고 다니는 먹과 붓을 꺼내어 말리꽃 얼굴의 윤곽을 그려내었다. 부요는 아주 자신 있는 듯 말했다.

"말리꽃, 당신의 아리따운 모습과 당신의 기품 모두 내 머릿속에 각인되었고 내 마음속에 살아 있으니 넉넉잡아 삼 일이면 당신에게 〈경국경성절색도(傾國傾城絶色圖)〉를 선물해줄 수 있을 것 같습니다. 당신과 이렇게 만날 수 있어서 내 마음에 큰 위로가 되었습니다. 당신을 위해 그림을 그릴 수 있는 것만으로 나는 이미 만족해요. 이 그림은 반드시 대대로 이어질 것이 틀림없어요!"

위층에서는 말리꽃과 부요의 대화가 점점 깊어져갔고 아래층에서는 낭 대인이 기다리다 못해 초조하고 곧 분통이 터질 것만 같았다.

'나, 이 낭 대인이 그깟 돈 한푼 없는 수재보다 못하단 말이야? 이 일이 밖으로 새어 나가면 내 체면이 말이 아닐 텐데 말이지.'

질투하며 몹시 화가 난 그는 하인을 시켜 부요를 지켜보라고 한 후 그가 집으로 돌아가는 길에 혼구멍을 내주라고 했다. 낭 대인은 이렇게 그에게 오늘의 화풀이를 할 생각이었다.

말리꽃과 부요는 등불을 켜야 할 무렵이 되어서야 아쉬워하며 헤어졌다. 그가 사해객잔(四海客棧)으로 돌아가는 중, 작은 골목을 지나가려는 찰나에 대여섯 명의 건장한 남자들이 나타나 그를 둘러쌌다. 그들은 자루를 부요의 머리에 씌운 후 머리고 다리고 할 것 없이 마구 두들겨팼다. 불쌍한 부요는 이렇게 어이없게 몽둥이에 맞아 원혼이 되어버렸다.

관원들이 현장에 도착했을 때는 이미 부요의 일곱 구멍에서 피가 흘러 나오고 있었다. 진작 원혼이 되어버린 상태였다. 부요의 피가 말리꽃 그림 위에 튀었고, 그중 몇 개의 핏자국이 딱 말리꽃의 얼굴 위에 튀었는데 이 그림은 소묘에 불과했지만 오히려 이 피 때문에 더욱 생동적으로 보였다.

말리꽃은 부요의 죽음 소식을 듣고 얼굴이 잿빛이 되었고, 목놓아 대성통곡했다.

말리꽃은 선언했다.

"부요의 죽음을 애도하기 위해 오늘부터 나는 손님을 받지 않겠어요."

행수는 이 말을 듣고 하마터면 피를 토할 뻔했다.

'이건 뭐 돈줄을 차버리겠다는 말 아니야? 천하에 어떻게 이런 멍청한 년이 다 있어?

행수는 말리꽃에게 물었다.

"딩 수재가 너한테 어떤 사람이길래 그를 이렇게까지나 애도하겠다는 거야? 그럴 가치가 있다고 생각해?"

"그는 바로 나의 지기라구요. 인생에 이런 사람 한 명이라도 있으면 족해요. 그러니 그를 애도하는 것은 당연하지요!"

낭 대인은 이 말을 들은 후 말했다.

"완전 미쳤어. 아주 미친년이야."

그는 화가 나 얼굴색까지 변했다.

러우청의 두 명문가

러우청에서 가장 유명한 명문 가문은 바로 쑹(宋)씨 가문과 탕(唐)씨 가문이다. 쑹씨 가문은 명대에 장원, 대학사, 재상 등을 배출해내어 송각로(宋閣老, 각로는 대학사·한림학사 등 입각하여 일하는 사람)라고 부르기도 했다. 게다가 재상이면 오늘날의 총리와 마찬가지이다. 이 때문에 쑹씨 가문은 명대에 러우청에서 제일 잘 나가는 성이 되었다. 속담에 10년이면 강산도 변한다고 했다. 청대에 이르러 쑹씨 가문은 몰락의 길을 걸었고, 탕씨 가문이 부흥하기 시작했다. 탕씨 가문의 부자가 모두 방안(榜眼, 진사시험 2등)으로 합격했고, 두 명의 상서(尙書)와 세 명의 일품고관을 배출해내었다. 그래서 탕씨 가문은 순식간에 러우청에서 제일 잘 나가는 성이 되었다.

아마도 쑹씨 가문이 일찍 몰락한 탓인지 쑹씨 가문의 후손들 중 혁명에 참가한 사람들이 많았다. 해방 후 러우청의 초대 현장(縣長)은 쑹씨 자손이 되었다. 누군가가 통계를 낸 적이 있는데 현재까지 러우청 쑹씨 자손 중 부국장 이상의 간부만 20여 명쯤 된다고 한다. 그중 직급이 가장 높은 사람은 바로 시장 쑹싼창(宋三强)이었다.

탕씨 가문의 많은 자손들은 해방 시기에 홍콩이나 대만, 미국 등으로 갔다. 어떤 이들은 지주나 부농, 공상지주(工商地主) 계급으로 분류되었다. 이렇게 두 집안의 흥망이 또 뒤바뀐 듯했다.

탕씨 가문은 해방 후 불과 몇십 년 만에 어떤 능력이나 자본 모두 쑹씨 가문과는 경쟁이 되지 않았다. 그저 아큐정신으로 무장하고 스스로를 위로하며 한마디 할 뿐이었다.

"그깟 쑹씨 가문이 아무리 대단해봐야 우리 탕씨 뒤에 있는걸? 역사를 봐도 당송원명청(唐宋元明淸)이잖아. 당나라보다 송나라가 앞이라구."

쑹씨 가문 사람들은 이 말을 들은 후 씨익 웃으며 말했다.

"탕씨들도 말이야, 솔직히 좀 불쌍하긴 해."

역사는 변한다. 변한다는 것은 항상 사람이 생각지도 못한 일이 발생한다는 뜻이거나 사람의 의지로 바꿀 수 있는 일이 아니라는 뜻이다. 아니나 다를까, 최근 몇 년간, 탕씨 가문이 다시 일어서기 시작했다. 여러 명의 탕씨 후손들이 해외에서 러우청으로 돌아와 투자하여 기업을 세웠고, 러우청의 여러 공익사업에 기부를 했다. 몇 년 전만 해도 꼬리를 내리고 러우청에 남아 공부만 하던 탕씨 후손들도 정책이 바뀌면서 인민대표가 되거나 정협(정치협상회의) 위원이 되기도 했다. 가장 중요한 것은 시 정협 부주석이 바로 탕즈팡(唐志方)이라는 것이다.

탕즈팡은 러우청사범대학의 교수이자 지방사(地方史) 연구 전문가이다. 그는 자주 논문을 발표하는데 탕씨의 찬란한 역사가 그의 논문에 의해 많은 사람들이 알게 되었다. 이로 인해 사람들의 탕씨 가문에 대한 존경심 역시 점점 높아졌다.

탕씨 가문과 쑹씨 가문의 많은 자손들은 대부분 외지에 살고 있다. 그중 두 가문 모두 가장 자랑할 만한 것은 바로 탕씨 가문에는 핵과학자 탕허페이(唐鶴飛)가, 쑹씨 가문에도 핵과학자 쑹샨레이(宋山雷)가 있다는 것이다. 두 사람은 모두 학부(學部, 중국 과학원의 각 학과의 중추기구) 위원이다. 그 둘은 한 번도 고향에 가보지 못했다. 가장 재미있는 것은 두 사람의 이름이 항상 붙어다닌다는 것이다. 핵연구는 원래 국가기밀이었다. 그래서 러우청의 쑹씨, 탕씨 두 가문 모두 탕허페이와 쑹샨레이가 러우청 사람인지 몰랐고, 최근 신문매체의 보도로 알게 되었다.

쑹씨 가문은 쑹샨레이 교수를 러우청에 한 번 초청하고 싶었다.

탕씨 가문도 탕허페이가 러우청에 한 번 방문하여 친척들도 보고 고향도 돌아보며 탕씨 가문의 기를 세워주기를 바랐다.

단지 두 교수는 너무 바쁜 사람들이라 시간을 내기가 어려울 뿐이었다.

기회가 드디어 왔다! 어느 여름날 오후 시공산당위원회 사무실에서 전화 한 통을 받았다.

"쑹샨레이 교수가 상하이에 강의를 하러 온답니다. 시간을 좀 내서 고향에 온대요. 다섯 시간 정도 머무른다고 하더군요."

이 소식을 들은 쑹싼창 시장은 굉장히 흥분했다. 이 일은 쑹씨 가문의 자랑일 뿐 아니라 러우청의 자랑이기도 하다. 그는 바로 아랫사람들에게 지시했다.

"열심히 준비하세요. 성대하게 맞이해야 합니다. TV, 라디오, 『러우청일보』,『러우청석간신문』 모두 인터뷰를 준비하라고 하시고요. 신문에 실어야 하니 지면도 비워놓으라고 하세요."

이 소식은 아주 빠르게 퍼져나갔다. 러우청의 쑹씨 가문의 후손들은 얼굴에 빛이 돌았다. 어떤 이는 족보를 꺼내왔고, 어떤이는 쑹샨레이의 글씨를 남기고 싶어 붓과 먹을 준비했다. 그 외 쑹샨레이의 책을 사서 그에게 사인을 받으려는 사람, 선물을 준비한 사람, 쑹샨레이와 함께 사진 찍기 위해 사진작가를 초청해놓은 사람 등……, 한마디로 말하면 대부분의 쑹씨 자손들 모두 각자의 방식대로 쑹샨레이를 맞을 준비를 했다.

탕씨 자손들은 쑹샨레이만 오고 탕허페이는 오지 않는다는 말을 듣고 실망한 모습이 역력했다.

쑹샨레이를 정중히 마중하기 위하여 쑹싼창 시장은 경찰차를 불렀다.

또 방송매체 관련자들과 함께 일찌감치 상하이와 러우청의 경계지역에 도착해 기다리고 있었다. 기온이 35도까지 올라간 더운 날, 아무리 기다려도 쑹샨레이는 오지 않았다. 정말로 애타게 만들었다. 두 시간쯤 기다렸을까. 전화가 한 통 왔다.

"이미 도착했고요, 다른 길로 와서 마주치지 못했네요. 지금은 러우청 사범대학을 참관하고 있어요."

쑹싼창은 마음이 급해졌다.

'러우청사범대학은 일정에 없었던 거잖아.'

그는 학교 관계자들이 소홀히 접대할까 봐 기사에게 얼른 사범대학으로 가자고 했다.

사범대학 교장은 쑹싼창 시장이 온 것을 보고는 바로 시장에게 교수를 소개해주고 싶었다. 그러나 시장은 유감을 표하며 교장의 소개를 기다리지 못하고 쏜살같이 달려가 교수에게 악수를 청하며 말했다.

"쑹 교수님, 환영합니다. 너무 죄송합니다. 제가 직접 마중 나갔어야 했는데……."

교수는 잠시 멍했다가 대답했다.

"그저 상하이에 온 김에 고향에 들른 것뿐입니다. 여러 사람들에게 알릴 필요가 있나요. 게다가 시장님까지 직접 환영해주시다니! 정말 황송할 뿐입니다."

"공적인 일이든 사적인 일이든 당연히 마중을 나와야죠. 공적으로 말하자면 국가에 그렇게 큰 공헌을 세우셨는데 마중 나오지 않으면 제가 국록을 먹는 사람으로서 편치 못하죠. 또 사적으로 말하자면 교수님께서 나의 당숙이신데 어떻게 안 올 수가 있겠습니까?"

"아, 그런가요?"

교수는 또 어리둥절했다.

그는 뭔가 말을 하고 싶으나 끝내 말하지 않았다.

쑹싼창은 교수에게 먼저 청사 귀빈실로 가서 쉬면서 시의 사투반자(四套班子, 공산당위원회 서기·정부 대표·인민대표위원회 위원장·정치협상회의위원회 주석)들과 만남도 갖고 매체 인터뷰에도 응해줄 것을 제의했다.

교수는 미간을 찌푸리며 어쩔 수 없이 차에 탔다. 경찰차의 에스코트를 받으니 금세 러우청 호텔에 도착했다. 교수는 내리자마자 호텔에 붙여진 큰 현수막을 발견했다.

'쑹샨레이 교수의 고향 방문을 진심으로 환영합니다.'

교수는 너무 황당하여 그 자리에 멈춰 섰다. 그는 잠시 후 입을 열었다.

"저는 탕허페이입니다. 혹시 뭔가 착각하신 거 아닙니까?"

쑹싼창은 완전 아연실색하여 순간 무슨 말을 하면 좋을지 몰랐다.

정협 부주석 탕즈팡은 온 사람이 쑹샨레이 교수가 아니라 탕허페이 교수인 것을 알고는 너무 흥분하여 심장이 멎을 뻔했다. 그는 즉시 러우청 대반점 매니저에게 전화하여 거하게 음식을 준비해달라고 했다. 그는 또 여러 번 강조했다.

"창강의 4대 물고기, 준치, 메기, 웅어, 뱅어 등 하나도 빠지면 안 됩니다. 그리고 러우청 대표 요리들도 모두 준비해주세요."

이렇게 전화를 마친 그는 바로 조카에게 전화를 걸어 신신당부했다.

"얼른 가서 탕씨 자손 중 내로라하는 사람들에게 알리게. 오늘 저녁 러우청 대주가에서 탕허페이 교수를 위한 환영회를 열 계획이니 모두들 참가하라고 말이야."

급하게 일정을 짠 후 그는 또 서둘러 러우청 호텔의 귀빈실로 갔다.

탕허페이는 고향의 탕씨 친척들이 자신을 위해 환영회를 열어준다는 얘기를 듣고는 그는 한사코 사절하며 말했다.

"오늘 여섯 시 반 비행기로 베이징에 돌아가야 합니다. 늦어도 여섯 시

반 전에는 반드시 공항에 도착해야 해요. 저녁은 비행기에서 먹어야 할 것 같습니다."

그는 여러 번 미안하다는 뜻을 밝혔다.

탕즈팡은 비록 탕허페이 교수를 잡지 못했지만 여전히 얼굴에 기쁨이 넘치는 모습이었다.

그날 저녁, 탕즈팡은 아주 기쁜 나머지 러우청 탕씨 가문의 어른들과 내로라하는 사람들에게 크게 한턱 쐈다. 그날 저녁 그는 얼굴이 벌겋게 달아오를 정도로 술에 취했다. 그는 취기 가득한 상태로 연달아 얘기했다.

"통쾌하다! 아주 통쾌해!"

111세 구씨 할아버지

태평성대를 이룬 시기에는 항상 그 역사를 기록한다. 옛날부터 쭉 그래 왔다.

최근 몇 년 동안 러우청의 경제 발전은 아주 빨랐다. 신문에도 실리고 라디오와 TV에도 나올 정도로 어마어마한 속도로 발전했다.

러우청 역사에 관해 쓴 글을 보면 항상 "토지가 비옥하고 자원이 풍성하며 걸출한 인물이 많이 나는 지역"이라고 써 있다. 소문에 의하면 러우청은 현재까지 유명인들이 끊임없이 배출되었고, 문화 수준이 높은 고수들이 많이 숨어 있는 와호장룡의 도시라고 한다. 그런데 이상한 점은 이렇게 역사 깊은 유명한 도시인데 백여 년 동안 지방지 한 권 없다는 것이다. 그래서 시 정부는 러우청 지방지를 편찬하기로 결정했다.

책 편찬의 첫 단계는 당연히 자료 수집이었다. 각고의 노력으로 수집한 자료는 많아졌으나 편집자들은 그 자료를 볼수록 점점 헷갈렸다. 왜냐하면 자료마다 내용이 너무 달랐기 때문이다.

동일한 사건이라도 기록된 내용이 현저히 달랐고, 인물에 대한 기록도 하늘과 땅 차이였다. 특히 러우청의 '황(黃)씨와 루(陸)씨 가문 간 혼인 금지'에 관한 역사적 이유와 두 가문 간의 충돌로 인한 종족 싸움 등에 관하여 황씨 가문의 기록에는 황씨 자손들의 입장에서 쓰였고 루씨 가문의 기록에는 루씨 자손들의 입장에서 쓰였다. 그래서 어느 가문의 말이 맞는지 점점 헷갈렸다.

황씨와 루씨는 러우청을 대표하는 성이다. 역사상으로도 명문가문이고 두 가문 모두 흥망성쇠한 적이 있지만 한때 모두 큰 명성을 얻은 적이 있다. 만약 이 두 가문의 이야기를 제대로 써내지 못한다면 러우청 지방지의 이미지는 분명히 실추될 것이다.

그런데 문제는 현재 러우청시의 당 부서기가 바로 황씨 가문의 후손이라는 점이다. 그는 선전부를 관리하고 있고 러우청 지방지 편찬위원회 주임을 맡았다. 게다가 현재 러우청시 인민대표대회 상무위원회 주임을 맡은 사람은 바로 루씨 가문의 후손이었다. 원래 루씨 후손은 러우청 지방지 편찬 일에 개입하지 않아야 하는데 황 부서기가 이 일을 맡고 있다는 얘기를 듣고 루 주임은 마음이 꽤 찜찜했다. 게다가 러우청에 사는 루씨 후손들이 루 주임을 찾아와 이런저런하는 얘기를 듣고 난 후 지방지 편찬에 관해 이것저것 묻지 않을 수 없었다. 이러다 보니 문제는 점점 더 복잡해졌고 역사적 모순과 현실적 모순이 뒤엉켜버리기 시작했다.

황씨 가문은 황씨 가문대로, 루씨 가문은 루씨 가문대로 다 설득력이 있었고 증거도 있었다. 편집자들은 오래 묵혀둔 역대 선조들과 관련된 자료들은 모두 살펴보았고 필요한 내용을 인용했다. 단지 이렇게 할수록 편집자들만 더욱 골머리를 앓았다. 여러 번의 회의 끝에 최종적으로 러우청의 111세 장수 노인 구밍젠을 찾아가 확인해보자는 것으로 의견을 모았다.

노인을 찾아간 것은 어느 여름날 오후였다. 노인은 얼마나 오랫동안 사용했는지 맨들맨들 붉은빛이 도는 등나무 의자에 누워 가볍게 부채질을 하며 한가롭게 쉬고 있었다.

그는 사람들이 자신을 찾아온 목적을 알고 난 후 옛날을 회상하며 깊은 생각에 빠졌다. 잠시 뒤 그가 무언가 말을 하려 할 때 사람들이 노트를 꺼내고, 녹음기를 켜자, 그는 손을 내저으며 막았다.

"지방지 편찬은 아주 큰 일이오. 대충대충 하면 안 되는 것 아니오? 나에게 생각할 시간을 좀 주시오. 며칠 뒤에 다시 얘기합시다."

당시 지방지 편찬팀이 구씨 할아버지를 찾아갔을 때 황씨 가문의 후손과 루씨 가문의 후손도 동행했다. 그날 저녁, 황씨 가문의 후손들은 선물을 들고 특별히 구씨 할아버지를 찾아갔다. 그들이 구씨 할아버지에게 무슨 말을 했는지 다른 사람들은 몰랐다. 소문에는 구씨 할아버지가 그날 저녁 잠에 들지 못하고 한참을 뒤척였다고 한다.

그다음 날 오전, 루씨 가문의 후손들 역시 양어깨에 선물을 짊어지고 구씨 할아버지를 찾아왔다. 구씨 할아버지는 그들이 주는 대로 모두 받았고 그들이 돌아갈 때도 문밖까지 나와 배웅했다.

지방지 편찬팀은 다시 그를 찾아왔다. 구씨 할아버지에게 서면 질의 방식으로 진행해도 되는지 물었다. 구두로 대답할 경우 혹시라도 나중에 얘기가 와전되어 후손들에게 악영향을 끼칠 수 있기 때문에 기록을 문자화하여 근거로 남겨두는 것이라고 설명했다.

그날 이후 구씨 할아버지는 매일 방 안에서 거의 나오지 않았다. 그가 방 안에서 무엇을 하는지도 몰랐다.

한 달 후 지방지 편찬팀이 구씨 할아버지의 문답지를 수거하러 갔을 때 뜻밖에도 그 노인은 이미 세상을 떠난 후였다.

다행히 그 노인은 소가죽으로 만든 큰 편지봉투를 남겨두었다. 그 봉투는 빵빵하게 꽉 채워져 있었다. 지방지 편찬 팀원 중 한 명이 뜯어보니 그 안에 하얀 종이 한 뭉치가 있었는데 종이 위에는 글씨가 한 글자도 없었다. 그 편지봉투의 옆에는 황씨와 루씨 가문의 후손들이 가져온 선물이 있었다. 그 노인은 하나도 열어보지 않았고, 여전히 선물을 받았을 때 그 모습 그대로 놓여 있었다.

장서대회 장원

러우청 도서관과 신화서점은 연합으로 러우청 시민들을 대상으로 하는 '러우청 가정 장서대회'를 개최했다. 참가 신청은 스스로 해도 되고, 다른 사람의 추천으로도 신청 가능했다.

참가 조건 : 최소 천 권 이상의 장서를 소지한 가정
세 가지 심사조건 : 1. 장서의 수량
　　　　　　　　　 2. 장서의 보존상태
　　　　　　　　　 3. 독서의 효과

심사위원들은 3일 동안 장서를 대량으로 소장한 50여 가구의 참가 가정을 모두 방문했다. 가장 인상 깊었던 집은 첸다관과 커이쑤의 집이었다.

커이쑤는 성 정부의 특별수당을 받는 고급 기술자이다. 그가 신청한 발명 특허만 10여 개가 된다. 그러나 그의 집에 제대로 된 책장 하나 없었다. 책들은 종이 상자에 담겨 있거나 책상 위에 쌓여 있었다. 또 그가 자는 침대의 4분의 1이 책으로 뒤덮여 있었다. 이 책들 사이에는 메모지가 꽂혀 있거나 메모가 적혀 있어 굉장히 지저분한 느낌을 주었다. 심사위원들이 대충 세어보니 천 권 정도 되는 것 같았다.

첸다콴은 모 회사의 사장이었다. 그가 살고 있는 집은 커이쑤과 비교하면 마치 개발도상국에서 경제강국으로 온 것 같았다. 약 7평 정도 되는 서재가 하나 있었는데 창문과 문을 제외하고 모든 벽에는 아주 높은 책장들이 서 있었다. 책장에는 양장본으로 제작된『셰익스피어 전집』『세계문학명작 전집』『전세장서(傳世藏書)』등 전집들이 꽂혀 있었다. 보기만 해도 눈이 호강하는 것 같았다. 심사위원들이 대충 계산해봐도 족히 만 권 이상은 되었다. 어떤 사람들은 우스갯소리로 커이쑤를 커첸처(柯千册, 책 천 권), 첸다콴을 첸완쥐(錢万卷, 책 만 권)이라고 부르기도 했다.

이번 대회의 장원을 뽑을 때 심사위원들의 의견이 상반되어 두 파로 나뉘었다.

"책의 수량과 보존 상태만 보면 어느 집도 첸다콴과 비교할 수 없습니다! 설령 첸다콴을 장원으로 뽑지 않는다 해도 커이쑤를 장원에 뽑을 수 있습니까?"

"장서는 독서를 위한 것으로, 독서는 배운 것을 실천하기 위함입니다. 책을 잘 활용하지 않고, 소장만 해둔다면 무슨 소용이 있겠습니까? 커이쑤의 책은 많지 않고, 낡았지만 그의 가슴속에 책이 있다구요. 그는 독서를 통해 많은 성과를 이루었지 않습니까? 그를 뽑지 않으면 누구를 뽑겠습니까?"

심사위원 한 명이 나와 중재하며 말했다.

"첸다콴을 장서 장원으로 뽑고, 커이쑤를 독서 장원으로 뽑읍시다. 이렇게 하면 다들 만족하겠지요?"

때마침, 심사위원들은 전화를 한 통 받았다. 첸다콴 집의 장서들이 모두 겉표지만 있는 장식용 책이라고 했다. 이런 방식은 당시 광둥(廣東) 지역에서 아주 유행하는 것으로 겉만 화려하고 보기 좋게 치장한 것이었다.

심사위원들은 하나같이 모두 우롱당한 느낌이 들었다. 한 심사위원이 방송국에 폭로하려고 방송국에 전화를 걸었다.

"모든 방송 내용은 이미 편집이 끝난 상태입니다. 게다가 첸다콴 집의 장서에서 촬영한 것이 가장 근사하다구요. 대부분의 클로즈업 장면 역시 그의 집에서 찍은 거예요. 첸다콴의 집 촬영 부분을 다 삭제하면 이 특집은 볼거리가 없어요." 특집부 담당자가 말했다.

사실 이 말에도 일리가 있었다. 만약 전부 커이쑤네 집 촬영 내용으로 바꾼다면 독서인의 궁상스러운 모습이 전파를 탈 텐데 사람들에게 어떤 안 좋은 영향을 미칠지 누가 알겠는가. 결국 심사위원 주임이 최후의 결정을 내렸다.

"심사 결과는 그대로 갑시다."

그는 이어서 설명했다.

"첸다콴은 자신의 체면을 위해 그런 행동을 했지만 객관적으로 사회적 영향은 솔직히 나쁘지 않을 거예요. 장다콴이든 리다콴이든 어쨌든 첸다콴처럼 궁상스럽지 않고 고상스러운 독서인의 모습이 전파를 타면 좋은 영향이 있지 않겠어요? 솔직히 첸다콴의 집에 나체 여인의 사진이 없는게 다행이라고 생각합시다. 게다가 그곳에 책이 없고 마작판이 벌어졌다 해도 그를 어떻게 할 수 없잖아요."

최종 심사 결과
장서 장원 : 첸다콴
독서 장원 : 커이쑤

심사위원 주임은 다른 심사위원들에게 단단히 일러두었다.

"심사에 대한 얘기는 오늘까지만 얘기하는 것으로 하고 밖으로 새어 나가서는 안 됩니다! 밖으로 퍼트리는 사람이 책임지는 겁니다."

스승과 제자

가을비가 추적추적 내린 지 3일째, 비는 여전히 그칠 기미가 보이지 않았다. 높고 푸르른 가을 하늘이 이놈의 비 때문에 어두컴컴하기만 했다. 탕텐위는 등나무 의자에 누워 있었다. 시큰시큰거리는 느낌이 가을 바람과 가을비를 타고 뼛속까지 스며드는 것 같았다. 어깨는 팔을 들지 못할 정도로 쑤셨고, 옛날에는 자유자재로 붓을 놀릴 수 있었던 어깨가 지금은 붓이 천근만근인 것처럼 느껴졌다.

탕텐위의 초서체는 러우청에서 가장 독보적으로 그와 겨룰 사람이 없었다. 그의 필치를 본 사람들은 "붓의 움직임이 용과 뱀의 움직임과 같고, 용이 하늘을 향해 날고, 봉황이 춤을 추는 듯하다"고 표현했다. 그러나 지금은 선의 섬세함을 생각한 대로 표현해내는 것이 쉽지 않다. 세월 앞에 장사 없다고 하였던가. 그는 마음속으로 생각했다. '이제 막 칠순인데 붓조차도 예전 같지 않게 뜻대로 움직여지지가 않아. 내 황금기는 이미 지난 것 같아. 내리막길을 가고 있어.'

탕텐위는 이제 자신이 제자를 들여도 될 나이가 됐다고 생각하여 제자를 들이기로 결정했다.

일찍이 몇 명의 서예 애호가들이 그를 찾아와 그에게 스승이 되어달라고 간청한 적이 있었지만 그는 단호히 거절했다. 그래서 그는 정식 제자가 한 명도 없었다.

탕톈위가 제자를 받지 않는 데에는 다 이유가 있었다.

탕톈위는 어렸을 때부터 신동이라는 말을 들었다. 약관의 나이에 들어서 그의 서체는 이미 연륜 있는 고수들도 감탄했을 정도였다. 당시 탕톈위를 좋게 본 한 사람이 그를 러우청의 연륜 깊은 서예가 민샤오치를 소개해줄 테니 찾아가 스승으로 모실 수 있도록 그에게 부탁해보라고 했다. 그러나 탕톈위는 그럴 필요를 느끼지 못하여 거절했다.

'민샤오치의 글씨가 나랑 비교해도 그렇게 대단하지 않은 것 같은데 내가 굳이 그를 찾아가 나의 스승이 되어달라고 부탁할 필요가 뭐가 있어?' 그는 아주 득의양양했다.

탕톈위의 교만은 자신에게 좋을 것이 하나 없었다. 그의 글씨는 점점 개성이 강해졌고 점점 성숙해졌다. 그러나 러우청의 서예계에는 발을 디딜 수 없었다. 그의 글씨는 결국 혼자만 즐기며 감상하는 꼴이 되었다.

얼마 지나지 않아 한 사람이 그에게 충고했다.

"중국 서예계는 말이야. 정해진 서열과 룰이 있어. 이런 관습은 아주 오래되었지. 자네가 만약 실력도 좋고 연배도 있는 그런 서예가를 스승으로 모시지 않는다면 서예계 입문은 어려울 걸세."

탕톈위는 자신의 능력과 실력으로만 살아가는 것이 조금은 허황된 것임을 알았다. 그는 더 이상 고집 부리지 않기로 했다. 그리하여 그는 마지못해 상하이 서예계 거장 우빙허를 찾아가 자신을 제자로 받아줄 것을 부탁했다.

우빙허는 그를 신임했다. 몇 번이나 그를 서예계 모임에 데려가 소개시켜주었다. 이 덕에 그는 서예계의 대선배들과 유명한 서예가들을 알게 되었다. 우빙허의 소개와 추천으로 탕톈위의 명성은 갑자기 높아졌고 서예계에서도 점점 자리를 잡아갔다.

사실 탕톈위 본인도 우빙허가 실질적으로 자기에게 가르쳐주는 것이 별로 없다는 것을 잘 알고 있었다. 그러나 냉정히 말하면 자신의 이름이 알려지게 된 것은 분명히 우빙허 덕분이었다. 탕톈위는 우빙허에게 매우 고마워했고, 그를 은사라 불렀다.

그러나 탕톈위 자신도 이러한 사제관계가 어떤 관계인지 꿰뚫어보고 있었기 때문에 줄곧 고집스럽게 제자를 받지 않았던 것이다.

세월의 흐름 속에 사람도 변한다고 했다. 탕톈위의 오만과 당당함 역시 세월 속에 점점 소멸되어갔다. 그는 세속을 향해 걸어 들어가기 시작했다.

탕톈위는 제자를 받으려고 했다. 그가 입만 열면 서예 애호가들이 그를 찾아와 스승이 되어달라고 부탁할 것이다. 그러나 안타까운 것은 그를 찾아온 사람들 중 탕톈위 마음에 드는 사람이 몇 없었다는 것이다.

"전부 큰 인물이 되기는 어려워……."

탕톈위의 마음에 드는 사람은 쑤웨라고 하는 젊은 청년이었다. 탕톈위가 보기에 그에게는 천부적인 재능이 있었다. 마치 서예가가 되기 위해 태어난 사람 같았다.

그러나 쑤웨의 성격이 탕톈위의 젊은 시절 성격과 너무 비슷했다. 그는 탕톈위를 스승으로 삼을 생각이 없었다. 그는 탕톈위의 전성기가 이미 지났다고 생각했다. 아니, 솔직히 말하면 탕톈위가 배운 것은 회소(懷素, 737~799, 당대 서예가)의 초서체였고 쑤웨가 배운 것은 왕탁(王鐸, 1592~1652, 명말 청초의 서화가)의 서체였다. 어차피 이렇게 서 있는 길이 다르므로 쑤웨는 탕톈위과 굳이 사제 관계로 묶여 있을 필요가 없다고 생각한 것이다.

보통은 학생이 선생을 찾아오는데 이번에는 거꾸로 되었다. 탕톈위가 직접 쑤웨를 찾아가, 그를 제자로 삼고 싶은 마음을 간접적으로 말했다. 쑤웨는 자연스레 탕톈위의 말뜻을 알아차렸다. 본래 쑤웨의 성격이라면 한방에 거절해야 했으나 탕톈위가 직접 찾아온 성의를 생각하니 조금 감동을 받기도 했다. 그래서 그는 조심스레 말을 꺼냈다.

"어르신, 저의 초서 기본기가 아주 얇습니다. 그리하여 어르신의 명성에 누가 될까 염려되어……"

탕톈위는 쑤웨의 어깨를 툭툭 치며 말했다.

"자네는 정말 젊은 시절 나와 많이 닮았어."

그는 젊었을 때 어떻게 우빙허를 스승으로 삼게 되었는지 쑤웨에게 이야기해주었다.

탕톈위가 집으로 돌아가려 할 때 그는 솔직하게 쑤웨에게 말했다.

"사실 나도 자네에게 뭔가를 가르쳐주고 싶은 생각은 없네. 단지 자네를 밀어주고 싶을 뿐이야. 명분이 없으면 밀어주고 싶어도 밀어줄 수 없지 않은가."

그는 말을 끝내고 유유히 걸어 나갔다.

이 말을 듣고 잠시 넋이 나갔던 쑤웨는 얼른 정신을 차리고 그를 쫓아가 아주 공손히 그를 불렀다.

"어르신! 아니, 탕 선생님!"

탕톈위는 은은한 미소를 지어 보였다.

황양고목나무

　『전통가옥(老房子)』(사진작가가 각종 옛집들을 촬영한 사진들을 모아서 출판한 책)이 유명해진 것은 '재개발' 때문이다.

　러우청도 예외는 아니다. 러우청 간부들도 대규모로 철거했다 건설했다 하는 것을 매우 좋아했다.

　러우청 전통가옥은 적으면 삼진(三進), 많으면 오진(五進)에서 칠진(七進)으로 지어져 있다. 정말로 마당 안에 마당이 있고 집 안에 집이 있다고 할 수 있다.(역자 주 : 삼진, 오진, 칠진은 강남 일대 전통가옥의 구조를 일컫는 말로, 강남 사람들은 부유함을 티내지 않기 위해서 집을 지을 때 안쪽 깊은 곳으로 향하는 구조로 설계했다. 대문을 들어서면 양쪽에 사랑채가 있고 그 사이에 마당이 있으며, 맞은편에 안채가 있다. 즉, 사랑채 두 개, 마당, 안채로 이루어진 구조 하나가 일진이다. 일진은 사각형 구조로 되어 있으며 마당에서는 천정[天井]을 볼 수 있다. 안채 뒤쪽에 있는 문을 지나 또 하나의 일진이 있으면 이진, 뒤쪽에 또 하나의 일진이 있으면 삼진이다.)

　문화대혁명 후 러우청의 인구가 급격히 늘어났고 사람들은 주택난에 시달렸다. 부동산관리국은 간단하면서 돈을 절약할 수 있는 방법을 생각해내었다. 거실을 막아 방으로 만들고 마당 가운데 부엌을 놓는 것이다. 만약 마당이 크면 집 벽에 붙여 집을 하나 더 짓고, 땅을 빌려 건물을 짓는 것이다. 건물 밖에 또 건물이 있고 방 밖에 또 방에 있는 것이다. 잘 모르는 사람은 아마 미로에 빠진 것 같을 것이다.

오래된 집들이 와르르 무너지고 그 땅이 평지가 된 후 황양고목나무 한 그루만이 마치 아름다운 여인이 목욕을 마친 후 사람들 앞에 모습을 내비친 것처럼 서 있었다. 규방에서 자란 이 황양고목은 사람들도 잘 몰랐다. 심지어 녹화관리소와 문명관리위원회조차도 몰랐다.

부동산 업체는 이곳 사람들이 이주를 하면 그곳에 먹자골목을 조성할 계획이었다. 황양고목나무가 있는 곳은 먹자골목의 중심부에 있었다. 부동산 하청업체는 황양고목나무를 보자 공사에 방해가 될 것이라 생각하여 인부들에게 베어버리라고 시켰다.

아마도 황양고목나무가 살아날 운명이었나 보다. 인부들이 나무를 막 베려고 할 때 시보 기자 스뤄위가 집을 허물고 있는 현장에 와 어슬렁거리며 뉴스거리가 없는지 둘러보았다.

그는 세숫대야만큼 굵은 황양고목나무를 보고는 기자의 직감으로 분명히 어떤 사연이 있을 것이라고 생각했다. 제대로 된 기삿거리가 하나 나올 것 같은 예감이 든 그는 고목나무를 베어버리지 못하도록 저지했다.

스뤄위는 줄자를 빌려 황양고목나무의 크기를 쟀다. 몸통이 135센티미터였다. 족히 아주 큰 대야 크기쯤 되어 보였다. 높이는 6미터쯤 되고, 나뭇가지가 뻗어 나간 가장 높은 부분까지 길이를 재면 8미터쯤 되는 듯했다. 나뭇가지가 뻗어 자란 모양이 마치 거대한 우산 같았다. 그 모습은 정말로 아름답기 짝이 없었다.

스뤄위는 러우청의 유명기자로 아는 것이 꽤 있었다. 그는 이 나무가 황양과에 속한 과자(瓜子)황양이라는 것을 알았다. 식물 분류상 상록소교목으로 분류되며 성장이 느린 편이고 진귀한 관상식물에 속한다. 어렸을 때 기억으로는 집에도 황양나무 한 그루가 있었는데 그것은 백피황양이었다. 황양의 높이가 처마 높이를 넘어설 정도였고 몸통은 밥그릇 굵기 정도였다. 스뤄위의 할아버지는 그에게 200년 이상 된 나무라고 알려주었다. 그렇다면 이런 세숫대야만 한 황양고목은 400년 이상의 역사를 가지고 있을 것이다. 어떻게 이런 자태를 뽐내게 되었는지 스뤄위는 열심히 자료를 찾아보기로 결심했다.

부동산 하청업체 부 사장은 기자가 황양고목나무 베는 것을 제지했다는 얘기를 듣고는 크게 화를 내며 말했다.

"당신네들은 그 나무 베는 것만 신경 쓰쇼!"

이번엔 담배꽁초를 던지며 말했다.

"내 말을 들을 거요? 아니면 기자 말을 들을 거요? 참나, 웃기고 있네, 뭘 쳐다보고만 있는 거요? 빨리 일하러 가지 않고!"

하청업체랑 논쟁해봐야 좋은 결과가 없을 것이라는 것을 안 스뤄위는 즉시 문화관리위원회에 알렸다. 문관위 관계자들은 이 황양고목을 보고는 깜짝 놀라 즉시 경고문을 써 붙였다.

이 나무는 진귀한 명목으로서 보호받아야 하며 허락없이 베는 자에게 반드시 책임을 묻도록 하겠음.

이렇게 일이 진정된 후 스뤄위는 바로 자료를 찾기 시작했다. 다행인 것은 스뤄위가 러우청통이라는 것이다. 알아보니 이 황양고목나무의 소재지는 원래 루씨 가문의 정원이었다. 이 루씨 가문은 청대 도광제 때에 장원한 사람이 있는, 러우청의 명문가문이었다. 그러나 루씨 가문의 정원은 100~200년의 역사가 있었는데 이 나무의 나이와는 맞지 않았다. 다시 찾아보니 루씨 가문 정원의 역사가 더 오래되었음을 알아냈다. 바로 그 정원은 명대 대문호 왕세정의 동생 왕세무의 정원, 담포(澹圃)였다. 왕세무는 형의 명성에 비할 수는 없지만 태상소경(太常少卿)의 관직을 지냈고, 『왕의 부집(王儀部集)』『예포힐여(藝圃擷余)』 등의 저서를 남겼다. 보아하니 이 황양고목은 담포가 남겨준 유물인 듯했다. 분명히 400~500여 년의 역사를 갖고 있었다. 그러나 이 이야기는 추측일 뿐이었다. 더 확실히 확인하기 위해 장쑤성 성도인 난징(南京)에서 식물학 교수를 모셔왔다. 이 교수는 의심할 여지 없는 어조로 말했다.

"이 황양고목나무는 말이에요, 장쑤성에서도 최고지만 전국에서도 아주 희귀종에 속합니다."

스뤄위는 즉시 「러우청에서 희귀목 황양고목을 발견하다」라는 기사를 냈고, 아주 빠르게 시보에 등재되었다. 그는 방송국 기자를 데리고 현장에 나가 촬영을 했다.

텔레비전은 정말로 좋은 물건임이 틀림없다. 몇 년간 이름조차 세간에 알려지지도 않았던 황양고목이, 방송에 한번 노출되자마자 모든 집들이 다 알게 되었다. 타이창 토박이들조차도 이렇게 굵고 단단한 황양고목은 본 적이 없다고 했다. 더욱이 400~500년이나 되지 않았는가. 심지어 늙어 보이지도 않고 마른 나뭇가지도 보이지 않고, 여전히 활기차고 왕성한 모습이었다. 그 생명력은 가히 기적이라고 할 수 있었다.

가끔은 여론의 힘이 클 때도 있다. 황양고목의 발견으로 그 황양고목의 운명이 더욱 다양한 방면에서 중요하게 여겨졌다. 관계자는 황양고목을 보호하기로 결정하였다. 게다가 돌에 글자를 새겨 팻말을 만들어 나무 앞에 붙이고 러우청의 관광명소로 만들었다.

부동산 하청업체 부 사장의 계획은 나무 하나 때문에 모든 틀어졌다. 그는 큰 손실을 내게 만든 스뤄위를 욕했다.

스뤄위는 웃으면서 말했다.

"황양고목이 보호목이 되었으니 이곳은 명당자리가 된 거예요. 이 땅의 가치가 올라갈지 어떻게 알아요? 당신은 나에게 고마워해야 할 거라고요."

부 사장은 바로 무슨 뜻인지 감이 왔다.

"내가 사겠소. 내가 한턱내지!"

"먼저 '황양고목을 보호하라'라는 글을 쓰고 난 후 그때 가서 기사를 다시 쓰면 됩니다."

부 사장은 너무 기뻐 활짝 웃었다.

맹인 부부

왜인지는 모르지만 러우청 거리에서 가장 흔하게 볼 수 있는 광경이 나에게는 가장 오래도록 잊지 못할 한 장면이 되었다.

자갈을 깔아 만든 길 위에 몸가짐이 비범해 보이는 여인이 서 있었고, 그 여인은 한 맹인을 부축하고 활짝 웃는 얼굴로 얘기하면서 번화가 쪽을 향해 걸어가거나 혹은 거리의 골목에 자리한 그 둘만의 보금자리로 묵묵히 걸어 들어가고 있는 장면이었다.

처음 내가 이 그림 같은 광경을 본 것은 학생 시절이었다. 그때 나는 어려서 사랑이 무엇인지 인생이 무엇인지 몰랐다. 나는 그저 두 사람이 어울리지 않는다고 생각했다. 아름다운 여인이 잘생기고 말쑥한 청년을 백마 탄 왕자로 선택하지 않고, 오히려 맹인과 한평생 의지하며 살아가다니! 생각해보면 너무 우스운 일 아닌가?

나중에 내가 외지로 일을 하러 나갔다가, 나를 키워준 고향, 러우청에 다시 돌아왔을 때 40년이라는 시간은 눈 깜짝할 사이에 지나가 있었고, 옛 추억은 모두 역사가 되어버렸으며 매우 귀중한 추억이 되어 있었다.

러우청은 변했다. 옛 모습, 옛 색채는 모두 사라졌다. 러우청 거리를 왁자지껄하게 만들었던 사람들은 거의 모두 새로운 얼굴들로 바뀌어 있다.

어느 여름날 밤이었다. 나는 한가로이 옛 거리의 골목길을 걷고 있었고, 어렸을 적 발자취를 찾고 있었다. 그 순간 나는 다시 한번 그 익숙한 광경을 목격했다. 백발이 성성한 할머니가 70세 정도 되어 보이는 맹인을 부축하며 정확히 나를 향해 걸어오고 있었다. 이 얼마나 오랜만에 보는 광경인가. 지금 이 순간, 나는 심지어 이 광경이 러우청에서 가장 아름다운 광경이라는 생각이 들었다. 나는 정신을 놓고 그들을 보았다. 손 하나 꼼짝하지 않고 그들이 길 끝 모서리 굽은 길로 사라질 때까지 바라보았다.

반세기에 걸친 사랑, 여전히 이렇게 진실하고 순수한데 어떻게 감동받지 않을 수 있겠는가…….

그 둘 사이에는 반드시 사람을 감동시키는 진심과 사연 많은 사랑 이야기가 있을 것 같은 직감이 들었다. 나는 그들에게 혹시 어떤 사연을 잊지 못하는지 묻고 싶은 마음이 들었다. 더 나아가 그들의 사연을 쓰고 싶은 생각도 들었다.

그 두 사람에게는 어떤 이야기가 존재할까?

그들을 인터뷰하는 것은 아주 어려웠다. 그 두 노인은 모두 말 꺼내기를 원하지 않았다. 어쩌면 오래된 기억을 다시 꺼내기에 무거운 부담감을 느꼈던 것일까? 아니면 내가 열면 안 되는 상자를 열려고 하기 때문인 걸까?

지성이면 감천이라고 하지 않았던가. 나의 진심과 성실로 그 두 노부부는 기억 깊은 곳에 있던 두 이야기를 들려주었다.

젊은 처자 이야기

막 해방이 되었을 때 그 소녀는 노래도 잘하고 춤도 잘 추며 활발하고 귀여웠다. 남방으로 파견된 한 간부는 그녀를 마음에 두었고, 그녀 역시 이 간부를 마음에 두었다. 이 간부가 그녀에게 남긴 가장 인상 깊었던 점은 반짝반짝 빛나고 생기 있는 두 눈이었다. 그 눈동자에서 내뿜는 사랑의 화염은 그녀가 그에게 더욱 깊이 빠져들게 했다. 그녀는 이 매력적인 눈 때문에 소녀의 가장 '중요한 것'까지도 바쳤으나 그 후에서야 그녀는 그 간부가 고향 산둥성에 아내와 아들딸 하나씩 두고 있다는 것을 알았다.

이러한 모욕감과 속은 경험은 그녀가 매력적인 눈을 가진 사람들에게 완전한 반감을 갖게 만들었다.

이 간부는 집에 있는 본처에게 이혼을 요구한 후 다시 그녀를 아내로 취할 수 있다고 말했다. 그 두 눈은 마치 진실 같았으나 그녀는 단번에 거절했다. 그녀는 한 번 속은 경험으로 일생을 반성하기에 충분하다고 말했다.

맹인 이야기

맹인이라고 해서 반드시 태어날 때부터 안 보이는 것은 아니다. 그는 젊었을 때 재주가 뛰어나며 소탈하고 예법에 얽매이지 않았다.

그는 한 예쁜 여인을 마음에 두었다. 그래서 그는 혼신의 힘을 다해 그녀에게 구애했다. 그녀도 그를 매우 만족스럽게 여겼다. 바로 그 두 사람이 결혼하기 전날 밤, 뜻밖에도 여자 측에서 돌연 마음을 바꾸어, 어느 간부에게 시집을 보내겠다고 선포했다. 사건이 터지고 난 후에서야 그 여인의 아버지가 예비사위 집안의 출신성분이 약하고 미래가 없어 보여 단방에 그 예비신랑 측과의 인연을 끊어버린 것이라는 것을 알았다. 여인의 아버지는 당의 부국장을 사위로 골랐다. 여인은 이 두 남자를 비교해보니 사랑보다 부국장의 부인이 값어치가 더 높다는 생각이 들었다. 그래서 그전 남자와의 감정을 단칼에 정리했다.

"내가 눈이 멀었지, 내가 사람을 잘못 봤어. 내가 장님보다도 못한 놈이여!"

매우 비통해하던 그는 분노를 참지 못하고 자신의 두 눈을 찔러 멀게 만들었다.

"오늘 이후로 나는 다시는 내 눈으로 다른 사람을 관찰하거나 만나지 않을 거야. 이 눈이 또 나를 속이고 기만할 것이 분명해!"

그다음의 이야기는 아주 간단하다. 자신의 눈에 사기당한 그 여인은 이 맹인 청년을 반려자로 선택했다. 맹인 청년은 진정으로 이 여인의 진심을 느꼈고 그녀를 한평생 사랑하기로 결정했다.

이후의 이야기는 좀 복잡하다. 사랑의 시련, 인생길 위의 시련, 특히 문화대혁명 기간의 시련은 긴 장편소설을 쓰기에 충분했다. 내가 나중에 천천히 독자들에게 이야기해 줄 때까지 기다리시라.

옷장수 야오

푸좡야오(服裝姚)라는 이 이름을 듣자마자 옷장사 하는 사람이라는 것, 옷장사를 아주 크게 한다는 것, 의상계에 좀 이름난 사람이라는 것, 누군가 '푸좡야오'라는 별명으로 돈을 벌고 있다는 것을 알 수 있다.

푸좡야오는 원래 옷 공장의 검수관이었는데 공장의 사정이 안 좋아져 일을 더 이상 하지 못하게 되었다. 집에서 쉬고 있는 그는 매달 250위안의 보조금으로 생활해야 했다. 집 식구들은 먹는 것, 입는 것 모두 그에게 의지했다. 그는 다른 방도가 없어 옷 장사를 시작했다.

그는 옷 공장의 검수관으로도 일한 적이 있어서 옷의 질이 좋은지 나쁜지 한눈에 알 수 있었다. 이런 능숙한 솜씨 때문에 그를 거친 물건들은 한 번도 불량품이나 가짜가 나온 적이 없었다. 같은 업계 사람들도 그의 솜씨에 탄복했다. 나중에는 도매 옷들이 모두 그의 손을 거쳐 갔고 그의 사업은 더욱 커졌다.

폭발적으로 돈을 벌어들인 일부 자영업자들은 배도 부르고 주머니가 차니 욕심이 생겼는지 도박을 하고 여자들을 끼고 놀며 돈을 물 쓰듯 펑펑 써댔다. 푸좡야오는 이런 나쁜 습관에 조금도 물들지 않았다. 아마도 실직 후 집에서 취직을 기다리며 쉬고 있던 날들이 그에게 깊은 인상을 남겼으리라 생각된다. 그는 실직자에 대해 보통 사람들과는 다른 감정을 가지고 있다. 그의 채용 원칙은 실직자들에게 우선권을 준다는 것이다.

우연한 기회에 러우청시 시보 기자가 이 이야기를 듣고는 그를 인터뷰하러 왔고, 그 내용이 시보에 실렸다. 신문에 게재되자마자 방송국에서도 그를 취재하러 왔다. 그렇게 푸좡야오의 명성은 의상계를 넘어 바깥세상에까지 알려졌다.

러우청은 최근 1, 2년 동안 실직자들이 계속 늘어나고 있어 구직 문제가 사회문제로 간주되고 있었다. 푸좡야오는 여자 직원을 모집했는데 사실은 계란으로 바위치기나 마찬가지였다. 이 정도로는 구직 문제를 해결할 수 없었다. 그러나 자영업자가 여성을 고용하는 것은 사회적으로 평판이 좋았다. 다시 말해서 그의 이런 방식은 객관적으로 시 정부의 근심을 덜어주는 셈이었다. 만약 자영업자들이 모두 그처럼 할 수 있다면 시 정부의 스트레스는 분명 줄어들 것이다. 그래서 시의 고위급 관계자들은 푸좡야오에게 아주 좋은 인상을 가지고 있었다.

내년은 시의 인민 대표와 정협의 인사 임기가 만료되어 새로 선발되는 시기이다. 아마도 정협의 인사 중 40퍼센트가 바뀌는 듯했다. 준비를 서둘러 올해 정협회의가 열릴 때 참가할 약간명의 대표들을 새로 리스트에 추가하여 다음 인사 변동 시기에 바로 임명할 생각인 듯했다. 푸좡야오의 유명도로 보아 그 역시 새로 추가된 정협회의에 참석할 대표가 될 것이다.

정협회의 3일째에는 시장의 업무 진행 상황에 대한 토론이 이루어졌고 토론은 아주 열띤 분위기로 진행되었다.

회의 기간에 방송국의 몇몇 기자들은 눈코 뜰 새 없이 바쁜 몸이 되어 이슈거리들을 찾아다녔다. 푸좡야오는 비록 정식 정협위원은 아니었지만 화제의 인물이었다. 기자들은 그에게 적지 않은 관심을 보였다.

푸좡야오는 정식 정협위원이 아니기 때문에 생각나는 대로 말하기 시작했다.

"시장의 보고는 다른 것은 뭐 다 좋은데 실직자 증가 해결 문제는 몇 마디 하고 대충 넘어갔어요. 현실 그대로 얘기하지 않은 것 같아요."

그는 계속하여 자신의 방직공장과 화학공장에 몇 명의 실직자들을 고용했으며 실직 후 꽤 많은 사람들이 생활을 유지해나가는 것조차 얼마나 어려운지에 대해서 설명했다.

"시 정부는 관용 차량을 적게 사고 핸드폰 사용을 줄여 절약을 좀 해야 해요. 차라리 그 돈으로 실직자들의 구직 문제에 더 신경 쓰고 구직 문제 해결을 위해 더 투자하고 노력해 줄 것을 요구했습니다."

푸짱야오의 발언은 간간이 사람들의 박수를 이끌어내었다. 심지어 촬영기자조차도 이렇게 얘기했다.

"옷 장사하는 자영업자도 이렇게 생각을 하고 있다니 참 보기 드문 일이네요."

푸짱야오가 당당하고 차분하게 인터뷰하는 내용은 여러 가지 이유로 방송에는 나오지 않았지만 정협의 간략 보도에는 그의 발언의 부분 요약 내용이 있었다. 그 내용의 영향은 꽤 컸고, 적지 않은 반향을 불러일으켰다.

정협회의가 끝난 후 머지않아, 시장이 정협 주석과 마주쳤다. 시장은 갑작스럽게 물었다.

"푸짱야오는 정협위원도 아닌데 왜 정협회의에 와서 방자하게 시 정부를 비판하게 둔 겁니까? 이렇게 하면 안정적으로 어려운 국면을 헤쳐 나가는 데 좋을 게 뭐가 있다고……."

정협 주석은 아무런 대꾸도 하지 않았다.

훗날 정협 주석은 푸짱야오의 이름을 내년 정협위원 보충명단에서 제외시켰다.

양메이런의 아름다움

양메이런의 예명은 양예페이(楊也妃)이다. 이름을 보고 대충 짐작하였듯이 용모가 양귀비같이 아름답고 요염하여 제2의 양귀비라고 불린다. 당연히 하나도 과장하지 않은 것은 아니다. 광고하기 위한 것도 있다. 그러나 확실한 것은 양예페이는 러우청에서 손꼽히는 미인에 속한다는 것이다. 그녀는 러우청에서는 흔치 않은 1급 배우 중 한 명으로 상하이 극단에서 화단(花旦, 경극 인물 배역 중 중요한 역할 중 하나) 역할을 맡고 있으며 극단의 간판스타를 맡고 있다.

어르신들의 기억으로는 옛날 양예페이가 젊었을 때 그녀의 아름다움만이 진정한 아름다움이라 불렸다. 게다가 그녀가 어디를 가든지 박수갈채를 보내는 무리들이 항상 존재했으며 공연장에서 함성을 지르는 사람들, 박수 치는 사람들이 최소 60~70퍼센트 이상이었다고 한다.

어쩌면 양예페이가 분장한 모습이 아름다워서, 혹은 노래 부르는 곡조가 아름다워서 러우청 사람들은 그녀를 양메이런(楊美人)이라고 부르는 것일지도 모른다.

양메이런은 무대 위에서 사람들에게 아름다움을 뽐내는 것뿐만 아니라 일상생활에서도 용모 가꾸는 것을 중시했다. 그야말로 러우청에서 가장 아름다움을 사랑하는 여자라고 할 수 있었다.

옛날에 러우청에 사진관이라고는 신화사진관 하나뿐이었는데 쇼윈도에는 양메이런의 사진이 걸려 있었다. 무대에서 포즈를 취한 그녀의 모습, 일상 속 그녀의 모습, 그녀의 예술사진들이 약 20인치 정도 사이즈의 액자에 걸려 있었다. 심지어 컬러 사진들이었다. 쇼윈도 앞을 지나는 젊은 청년들은 그녀의 사진 앞에 발걸음을 멈추고 보고 또 보았다.

양메이런이 결혼한 지 얼마 되지 않아 배가 점점 불룩해지기 시작했다. 그녀는 이 도시 사람들 눈에 아름다운 모습으로 남아 있었기에 이런 배부른 모습이 자신에게 손해라고 생각하여 시골에 있는 친정집으로 내려가 숨어 있다가 아기를 낳고서야 러우청으로 돌아왔다.

양메이런은 어디선가 아이에게 모유 수유를 시작하면 살이 쪄서 몸매가 변한다는 얘기를 들어서 모유 수유를 하고 싶지 않았다. 이런 모습은 처음에는 사람들에게 좋은 소리를 듣기도 했다. 극단 관계자들은 일찍 몸을 회복하여 무대로 복귀하기 위해 아이에게 모유 수유도 하지 않는 양메이런을 칭찬하기도 했다. 그러나 문화대혁명 시기에 이 일이 죄목이 될 거라고 누가 생각이나 했겠는가?

"저 여자는 말야, 겉멋만 잔뜩 든 자산계급 사상이 깊이 박혀 있어, 그깟 아름다움 때문에 자신의 혈육을 부농인의 아내에게 맡겨 젖을 먹였다니까! 어떻게 이리도 마음이 차가울 수가 있는 거지? 사상이 어떻게 이렇게도 삐뚤어질 수 있냐는 말이야!"

사람들이 그녀를 비판하고 있을 때 조반파 중 한 사람이 그녀의 머리카락을 열십자로 밀려고 했다. 그녀는 사람들이 바리깡을 가져오자 필사적으로 거부했고 발버둥치며 벽에 머리를 박으려고 했다…….

조반파의 우두머리는 화가 치밀어 올라 군용 가죽 허리띠로 그녀를 때렸다. 그녀는 피하지도 않았고 울지도 않았다. 결국 조반파 우두머리도 흥미를 잃어버렸다.

어떤 사람이 조반파 우두머리에게 말했다.

"양메이런의 아름다움은 바로 그 얼굴에 있어요. 그녀의 낯짝을 건드려 보시죠. 후에도 얼마나 인기가 있을지 한번 보자구요!"

아주 자극적인 아이디어였다. 조반파 우두머리는 악독하게 웃어 보였다.

얼굴을 건드린다는 말을 들은 양메이런은 마치 성난 암사자 같았다. 얼굴이 자줏빛으로 변한 그녀는 소리 지르며 말했다.

"내 얼굴 건드리기만 해봐! 하루도 더 살지 않을 테니까! 죽어서 귀신이 되어 네놈들 자손 대대로 제 명에 죽지 못하게 만들어버릴 거야……."

양메이런은 미친 것 같았다. 멈추지 않고 소리쳤다. 조반파 우두머리는 이 여자가 미쳐버리면 그 책임이 두려운 것인지 아니면 그런 미신을 믿는 것인지 아무튼 막말만 몇 마디 던지고는 가버렸다.

개혁개방이 시작되고 여자들에게도 화장과 아름다움이 허락되었다. 그러나 양메이런의 청춘은 이미 다 지난 때였다. 그럼에도 불구하고 그녀가 아름다움을 사랑하는 마음은 조금도 줄어들지 않았다. 파마를 하고 청바지에 티셔츠를 입고 미용실에 가는 둥 그녀는 모든 것을 앞서나갔고 이런 분위기를 선도했다.

양메이런은 비록 고희의 나이가 넘었다고 해도 오늘날까지도 그 기질과 풍모는 여전히 어떻게 봐도 편안했다.

얼마 전 양메이런이 시문련 조직이 주최하는 '원로 작가 및 원로 예술인 좌담회'에 참가했을 때 갑자기 쓰러졌다. 순간적으로 의식을 잃고 쓰러져 전신에 경련을 일으켰다. 순간 안색이 시커메지고 입에는 거품을 물었다. 그녀는 이를 빠드득 갈았고 입술을 깨물어 피가 흘렀다. 얼굴 모양도 비뚤어졌다. 사람들은 모두 겁에 질렸다. 옆 좌석에 앉아 있던 평탄(評彈, 중국 민간문예의 일종. 장쑤성·저장성 일대에서 유행했으며 이야기와 노래로 구성됨) 원로 배우는 너무 놀라 어떻게 해야 할지를 몰랐다. 다행히 어느 박학다식한 원로 작가가 말했다.

"아마 간질로 인한 발작 같습니다. 녹색 풀을 뜯어다가 씹게 하면 문제없을 겁니다."

정말로 한 사람이 풀을 뜯어다가 양메이런의 입에 물렸다. 녹색 풀에 정말 신기한 효능이 있었던 것인지 아니면 원래 발작이 멈춰야 할 때가 되어 멈춘 것인지 아무튼 양메이런은 풀을 씹고 머지않아 안정을 되찾았다. 손발의 경련도 멈췄고 뒤집혀서 흰자만 보였던 눈도 정상으로 돌아왔다. 비뚤어졌던 입술도 정상이 되었고 안색도 평화를 되찾았다. 단지 여전히 정신만 조금 혼미한 상태였다.

양메이런은 병원에 일주일 정도 입원했다. 큰 후유증도 없었다.

의사는 그녀에게 말했다.

"뇌파 검사를 해봐야 하지만 계발성(繼發性) 간질일 확률이 큽니다."

의사는 그녀에게 이후 페니토인나트륨이라는 항간질 약물을 항시 복용하라고 했다.

며칠 뒤 양메이런이 절대 믿지 못할 일이 일어났다. 마침 그날 시문련 비서장이 좌담회장에서 사진을 찍었고 그 사진에는 양메이런의 당시 모습이 담겨 있었다. 양메이런은 자신의 병이 도진 그때의 추한 모습을 보았고 집에 돌아와 한참을 통곡하며 울었다.

그다음 날, 사람들은 그녀가 침대에 평온하게 누워 있는 모습을 발견했다. 분명히 그녀는 정성 들여 화장한 모습이었다. 그녀의 자태는 매우 평안해 보였다. 한창 때 사람들을 매혹시키던 그 기질은 하나도 변하지 않았다.

양메이런의 침대 협탁 위에 빈 수면제 통이 놓여 있었다. 빈 통 아래에는 그녀의 유서가 있었다. 유서 중 가장 인상 깊었던 말은 바로 이 말이다.

"저는 그저 아름다움을 다른 사람에게 보여주고 싶었을 뿐입니다. 그날 나의 모습은 잊어주세요……."

맹인 라오

여기서 말하려는 늙은 맹인은 사실 그렇게 늙은 것도 아니다. 대략 50세 정도 됐다. 소문에 그는 해방되기 1년 전에 태어났고 태어날 때부터 눈에 안개가 낀 것 같았다고 했다. 도대체 무슨 병에 걸린 것인지 검사를 몇 번이나 해도 알 수 없었다. 아무튼 그의 눈에는 온 세상이 흐릿해 보였다고 한다. 그래서 어렸을 때부터 맹인 소리를 들었다.

이 맹인의 성은 라오이다. 꽤 생소한 성이라고 할 수 있다. 어떤 사람은 그를 늙은 맹인이라 부르는데, 그 이유는 그의 성 라오(勞)와 늙었다는 뜻의 라오(老)와 발음이 같아서 모두들 점점 그렇게 부르게 되었다고 한다. 그도 그다지 원망하거나 화내지 않았다. 그래도 항상 씨익 웃는 그의 무던한 모습에 사람들은 그를 불쌍하게 여겼다.

맹인 라오는 반장애인이나 마찬가지여서 일자리 찾기도 어려웠다. 나중에는 주민위원회에서 소개시켜주어 환경미화원이 되었다. 그는 거리를 청소하는 일은 하지 않았다. 시멘트로 만들어진 쓰레기통 안의 쓰레기만 정리하는 일을 맡았다. 매일 아침 일찍 라오는 쓰레기 수레를 끌고 집을 나서면서 "빵빵~ 빠앙~" 하고 소리를 낸다. 마치 쓰레기 수레가 아니라 승용차를 모는 것마냥.

러우청 사람들은 모두 그가 눈이 좋지 않다는 것을 안다. 이렇게 소리를 내지 않으면 그가 어디에 부딪힐지도 모른다는 것도 알고 있다.

라오는 이 일을 3년 동안이나 했다. 그 입에서 나오는 "빵빵~빠앙~" 이 소리는 술장수가 "우리 술은 아주 달지요~"라며 기분 좋게 외치는 소리 같았다. 러우청의 대부분 사람들은 이 소리가 이미 귀에 익어서 듣자마자 단번에 라오의 소리라는 것을 안다.

"맹인의 성이 라오여서 어쩌면 이렇게 열심히 일하며 살아야 하는 운명일지도 몰라. 팔자가 사납기도 하지……." 누군가 탄식하며 말했다.

"그래도 이 도시에서 가장 근심 걱정 없이 사는 것도 그 맹인 라오야. 작은 것에도 만족하는 법을 아는 사람이 항상 기쁜 법이지!" 또 누군가 이어서 말했다.

맹인 라오의 속마음은 본인만이 알 것이다. 그는 일하는 것은 두려워하지 않았다. 그는 먹기만 하고 아무것도 하지 않으면 돼지랑 다를 것이 없다고 말한 적이 있다. 그러나 그는 지금까지 독신으로 살고 있어서 자식이 없다. 그가 걱정하는 것은 언젠가 자신이 죽었을 때 자신을 위해 울어줄 사람 한 명 없다는 것이었다. 이것이 바로 그에게 있어 가장 큰 근심거리였다.

어느 초여름 새벽, 맹인 라오는 늘 그랬듯이 쓰레기 수레를 끌고 "빵빵 ~ 빠앙~" 소리를 내며 집을 나섰다. 라오는 그 순간 쓰레기통 옆에서 목이 쉬도록 울고 있는 아기의 울음소리를 들었다.

'이른 새벽, 쓰레기통 옆에 웬 아기가 있단 말인가. 설마 하늘이 나에게 주는 선물인가?'

라오는 눈이 잘 안 보였지만 포대기에 싸인 아기 정도는 알아볼 수 있었다. 그는 아기를 품에 안았다. 마치 다른 사람이 아기를 뺏어갈까 두려워하는 것처럼 꼭 안고 놓지 않으려 했다.

어떤 사람이 아기 몸 위에 올려져 있던 편지를 발견하고는 맹인 라오에게 말했다.

"이 아이는 기아예요. 먼저 파출소로 보내고 가족들에게 연락하여 데려가라고 하는 게 좋겠어요."

맹인 라오는 이 얘기를 듣자마자 흥분하여 하마터면 그 사람과 싸울 뻔했다.

"이 아이는 내가 키울 거요! 누구도 나에게 이 아이를 돌려주라고 하지 마시오!"

이후 맹인 라오의 쓰레기 수레에는 요람까지 더해졌다. 그가 어디를 가든지 그 요람 역시 함께했다. 그는 엄마 아빠 역할을 모두 충실히 하며 아이를 키웠다. 아이는 여러 사람의 젖을 먹고 자랐다고 해도 과언이 아니다. 이 아이는 쓰레기 수레 위에서 컸기 때문에 어떤 사람은 그 아이를 쓰레기공주라 불렀다.

쓰레기공주가 생긴 후 맹인 라오는 모든 것이 아름답게 보이기 시작했다. 그의 "빵빵~빠앙~" 소리에도 멜로디가 붙은 것 같았다.

쓰레기공주가 세 살이 되었을 때 안타깝게도 병을 얻게 되었다. 병세가 갑자기 악화되어 맹인 라오는 아이를 바로 병원으로 데려갔다. 그러나 이 아이는 호적에 등록되어 있지 않아서 의료보험 혜택을 받을 수 없었다. 모든 치료비를 자비로 해결해야 했다.

'자비여도 상관없어. 내가 다 내면 되니까.'

병원에서는 먼저 5천 위안을 내라고 했다.

'이건 뭐 거의 강도 아니야? 좋아, 어쩔 수 없지. 오천 위안이 뭐 별거라고. 우리 아이가 더 중요하지.'

검사가 끝난 후 의사는 아이가 신부전증에 걸렸다고 말했다. 라오는 신장 기능이든 간 기능이든 그런 것은 잘 몰랐다. 그는 딱 한 마디만 물었다.

"우리 아이…… 이 병, 나을 수 있습니까?"

"유일한 방법은 신장을 바꾸는 겁니다." 의사가 말했다.

'바꿔야 하면 바꾸지 뭐. 도대체 얼마가 든다는 거야? 모자라면 훔쳐서라도 마련할 거야.'

라오는 콩팥을 바꾸는 데 10만 위안 정도 든다는 사실을 알았을 때 망연자실했다.

'안 돼, 절대 안 돼! 반드시 아이를 구해야 해! 구하지 않으면 안 된다고! 그런데 어떻게 구해야 하지? 일이만 위안도 아닌데 빌렸다고 치고 훔쳤다고 치자. 그렇다고 어떻게 십만 위안을 어떻게 모으란 말이야……'

라오는 뜨거운 가마솥 안에 든 개미처럼 초조해지고 급해졌다. 아마도 순간적인 기지라는 것이 이럴 때 발휘되는 것이 아닌가 싶다. 그는 순간 의사의 손을 붙잡고 말했다.

"내 콩팥을 가져가요. 나와 콩팥을 바꿔줘요! 내가 눈은 안 좋지만 콩팥은 아주 멀쩡합니다. 내 몸을 좀 한 번 봐요. 호랑이도 때려잡을 수 있다니까요. 내 콩팥이랑 바꿔줘요. 이렇게 하는 것이 내가 원하는 거예요. 너무 기쁘다구요. 만약 조금이라도 기쁘지 않다면 내 성을 갈겠어요……"

의사도 그를 매우 안타깝게 여겼지만 의사는 어쩔 수 없다는 듯 말했다.

"생각 좀 해봐요. 당신 나이가 반백 살인데 당신의 콩팥을 세 살 아이가 쓸 수 있겠어요?"

라오는 얼굴이 창백해진 채 의자에 털썩 주저앉았다.

"먼저 돈을 준비하세요. 돈만 있으면 어떤 나이대의 신장이든 다 해결할 방법이 있을 거예요." 의사는 그를 위로하듯 말했다.

'돈돈돈! 내가 매일 아침마다 하는 일이 쓰레기 줍는 거지 돈이 아니란 말이야. 나보고 돈을 훔쳐오란 말이야?'

라오는 집에 있는 물건을 다 팔아봤자 몇만 위안도 안 된다는 것을 알았다. 그는 이 나이가 되어서도 돈 때문에 이 지경이 될 것이라고는 생각도 못 했다.

'콩팥을 바꿔야 해, 콩팥을…….' 라오는 굉장히 괴로워하며 중얼거렸다.

순간 번개가 번쩍하는 것 같았다. 찰나의 순간, 그의 발아래에 한줄기 빛이 비춰지는 것 같았다.

'콩팥을 바꾼다…… 콩팥을……아! 콩팥을 바꾼다고? 그럼 나의 콩팥을 다른 사람의 콩팥과 바꾸고 다시 내 콩팥을 내 아이와 바꾸는 거야!'

라오는 마치 신대륙을 발견한 것처럼 흥분했다. 그는 아무 생각도 하지 않은 채 평소처럼 힘 있게 "빵빵~ 빠앙~" 소리를 지르며 그대로 병원 원장실로 달려갔다…….

사냥중 가문

　러우청 중의원의 허 의원은 오래전부터 시골 사람들에게 뱀에 물린 상처를 치료하는 의사, '사냥중(蛇郎中)'으로 불렸다. 뱀을 잡고 뱀에 물린 상처를 치료하는 것은 허씨 가문 대대로 이어져 내려오는 것이었다.

　참 신기한 점은 허씨 가문 사람들은 천성이 뱀을 무서워하지 않는다는 것이다. 설령 독사에게 물려도 빨갛게 부어오를 뿐, 몇 시간 지나면 언제 물렸냐는 듯 가라앉았다. 소문에는 오히려 뱀이 허씨 집안 사람들을 두려워한다는 소문이 돌기도 했다. 어쩌면 소문이 아니라 진짜 그럴지도 모른다. 나도 이 말을 조금은 믿는다.

　허 의원은 독사에 물린 상처를 치료하는 데 지더성(李德腥) 치료약(중국의 뱀 상처 치료 전문가 지더성이 만든 약)을 쓰지 않고 그가 제조한 허씨 가문의 약을 사용한다. 현지에 있는 뱀에 물린 상처를 치료하는 데 아주 탁월한 효과가 있었고 이 약으로 꽤 많은 사람들을 살렸다.

　옛날에는 뱀이 많았다. "뱀에 한번 물리면 10년 동안 두레박줄만 봐도 무서워한다"라는 말이 있다. 그래서 주민들이 '사냥중'를 불러 뱀을 잡아 달라고 한 적도 많았다.

　뱀 잡는 것은 정말이지 허씨 가문 사람들을 따라갈 자들이 없다. 그들은 뱀이 나타났다는 집에 가면 집을 한 바퀴만 돌아봐도 바로 이 집에 몇 마리의 뱀이 있는지, 줄꼬리뱀인지 능구렁이인지 혹은 오초사인지 살모사인지 알려주었다. 심지어 근처에 얼마나 큰 뱀이 있는지도 알려주었다. 만약 줄꼬리뱀이나 오초사 등의 뱀이면 집을 지키는 뱀이다. 이 뱀들은 쥐를 잡아먹기 때문에 그 뱀들은 잡지 않는 것이 좋다. 또 만약 능구렁이라면 뱀의 흔적을 찾아내어 잡은 후 대나무 바구니에 넣어두었다가 사람이 없을 때 뒷산에다 몰래 놓아준다. 만약 살모사라면 좀 미안하게 됐다. 그 뱀의 쓸개를 따로 떼어내어야 한다.

사냥중이었던 허 의원은 중의원에 들어가 의사가 된 후 거의 뱀을 잡으러 다니지 않았다. 실제로 현재 뱀도 점점 그 수가 적어졌다. 그래서 극소수의 사람들만이 그에게 뱀을 잡아달라고 부탁했다.

아마 유전적인 것이 효과가 있어서인지 허 의원의 아들 아추는 어렸을 때부터 뱀 가지고 놀기를 좋아했다.

그는 오초사를 목에 감고 교실에 들어가 겁 많은 여학생들에게 뱀을 들이대며 놀래켰다. 그는 박장대소하며 재미있어했다.

1996년 문화대혁명 기간에 아추는 쑤베이의 어느 농촌생산대에 들어갔다. 쑤베이는 땅이 많고 인구가 적다. 들판에는 특히 뱀들이 아주 많았다.

지식청년(문화대혁명 시기 마오쩌둥의 상산하향운동에 참여해 농촌에서 생활했던 도시 출신 청년)들은 뱀을 무서워했다. 오로지 아추만이 뱀을 무서워하지 않았다. 그래서 몇 차례 사람들의 주목을 받기도 했다.

어느 날 저녁, 옆집에 사는 여자 지식청년의 방에서 갑자기 겁에 질린 함성 소리가 들려왔다. 알고 보니 그녀의 침대에 뱀에 나타난 것이다. 아추는 생글거리며 그곳으로 갔다. 그가 손을 뻗어 뱀의 꼬리를 잡아 이리저리 뱀을 흔들었더니 그대로 죽어버렸다. 이 광경을 본 여자들은 아추에게 칭찬의 말을 아끼지 않았다.

가장 인상적인 것은 그해 인민공사 생산대의 여자 지식청년 리샹이 밭에서 볼일을 보다가 독사에게 물린 사건이다. 버선발로 달려간 의사는 보자마자 가망이 없음을 알고는 뒷일을 준비하라고 일렀다. 아추가 이 얘기를 듣고 숨이 턱까지 차오를 정도로 재빨리 달려갔다. 그는 빨갛게 부어오른, 자줏빛이 돌고 거무스름해진 다리를 보자마자 크게 소리 질렀다.

"남자들은 모두 나가요!"

남자 지식청년들이 자리를 피하자 그는 가위를 잡고 순식간에 리샹의 바짓통을 잘라버렸다. 그는 즉시 작은 칼을 들고 리샹의 허벅지 안쪽 뱀에 물린 상처 부위 위에 사정없이 열십자를 그었다. 아추는 리샹이 여자임에도 개의치 않고 그 부위에 입을 갖다 대어 빨고 뱉어내고 빨고 뱉어내고를 반복했다. 그는 독이 퍼진 검은 혈액을 모두 빨아내었다. 아추의 땀들이 리샹의 희고 부드러운 허벅지 위로 떨어졌다. 잠시 후 다시 치료약을 그 십자 부위에 발라주었다. 기적은 일어났다. 정신이 혼미해진 지 하룻밤 만에 리샹은 깨어났다. 죽음의 문턱에서 돌아온 것이다. 리샹은 훗날 아추의 아내가 되었다.

아추는 리샹을 매우 사랑했다. 리샹은 취업을 기다리고 있었다. 리샹과 아추는 라오싼쥐(老三届, 문화대혁명이 시작되고 1966~68년에 중·고교를 졸업한 학생들. 이 시기 학생들은 공부를 하지 않고 도시를 떠나 농촌에 하방되어 농민의 생활을 배우고 익혔다) 졸업생에 속했다. 그래서 공부를 해야 할 때 제대로 공부하지 못했다. 지금은 모셔야 할 부모가 있고 돌봐야 할 아이들까지 있었다. 그래서 가족을 거느려야 할 그녀는 일자리를 구하지 못했다. 하필 아추가 일하는 공장도 경기가 안 좋아서 월급을 주는 것만으로도 다행이었다. 보너스는 바라지도 않았다. 생활은 순식간에 빠듯해졌다. 아추는 리샹이 고생하는 것을 두고 볼 수 없어서 자신의 장기를 살리기로 결심했다. 여가시간을 활용하여 뱀을 잡으러 가는 것이었다. 지금까지도 뱀은 인기상품 아닌가. 게다가 뱀독이 강할수록 더욱 인기가 좋았다. 호텔 식당에 가져가면 아주 좋은 가격에 팔 수 있었다.

아추는 몇 마리 잡은 후에서야 알게 되었다. 결코 뱀으로 밥벌이하는 것이 옛날 같지 않았다. 무슨 이유인지 뱀이 잡히질 않는다.

아추는 자신의 아버지가 뱀 잡는 데는 귀재라는 것을 알았다. 뱀의 흔적이 잘 보이지 않더라도 아버지의 눈을 벗어날 수는 없었다.

허 의원은 아추가 뱀 잡는 것을 보조 일거리로 삼는다는 사실을 알고는 호되게 꾸짖었다.

아무리 아들을 욕해도 다른 방도는 없었다. 아들네 집의 생활이 넉넉지 않은 것이 늘 마음에 걸렸다. 허 의원은 한참을 생각한 후 뱀 사육장에 관한 아이디어를 떠올렸다.

아추는 아예 자신의 직업을 뒤로한 채 '사냥중 뱀 사육장'을 지었다. 거기다 이미 은퇴한 자신의 아버지 허 의원을 고문으로 초빙했다.

이 사건은 빠르게 기자의 귀에 들어갔고 시보는 「'사냥중' 가문의 새로운 소식」이라는 보도를 냈다.

아추는 매우 자신감이 넘쳤다. 다시 한번 제대로 해보리라 다짐했다.

그림 청탁

가오이칭의 명성이 그리 높은 것은 아니다. 그러나 그를 높이 치는 사람들은 가오이칭을 시, 서, 화 세 가지에 아주 뛰어나다고 평가하며 그 수준이 대가급 정도라고 했다.

가오이칭은 좀 이상한 사람이다. 아마도 그가 삼불주의(三不主義) 규칙을 내세우기 때문일 것이다. 삼불주의는 첫째, 협회에도 불참하고 둘째, 전시 평가회에도 불참한다. 셋째, 그 어디에도 작품을 내놓지 않는다는 내용이다. 어떤 사람들은 그의 이름 순서를 바꾸는 게 맞다고 말하기도 한다. 아마도 앞에서 언급한 삼불주의 때문인 듯하다. 이름 순서를 바꾸면 칭이가오(清一高)가 된다. 칭가오(清高)는 자부심을 뜻한다.

이런 가오이칭의 자부심은 사람들이 이해하기 어려울 때도 있다. 한번은 현 지사가 일본이나 동남아를 방문하기 전 현 정부위원회 사무실 사람들이 그의 집에 가서 그림을 부탁한 적이 있었는데 그는 "저 같은 사람의 그림은 그런 큰 자리에는 오를 수 없지요"라며 한마디로 거절했다. 이렇게 그는 부탁하러 온 사람들을 난처하게 만들었다. 그중 한 사람이 말했다.

"우리도 그냥 가지러 온 거 아닙니다. 먼저 가격을 얘기해보시죠. 공적인 일이니까 편하게 얘기하면 됩니다."

만약 다른 사람이 와서 사면 일부러 통 크게 불렀을지도 모른다. 사면 사고 안 사면 말지. 이 기회로 자신의 그림값을 높일 수 있으니 얼마나 좋은 일이냐는 말이다. 그러나 가오이칭의 책벌레 같은 기질이 올라왔다. 통명스럽고 고집스럽게 말했다.

"내 그림은 비매품이라구요!"

아마도 가오이칭의 이 이상한 성격 때문인지 가오이칭의 그림은 밖에서는 거의 볼 수 없었다. 안목 있는 서화 수집가들은 온갖 방법을 동원하여 가오이칭의 그림을 찾았다. 단언컨대 가오이칭의 그림은 앞으로 반드시 값어치가 갑절로 불어날 것이다.

어느 날 가오이칭의 집에 한 중년 부부가 찾아왔다. 자신이 인톈이의 아들이라고 소개했다. 인톈이는 가오이칭의 동창이다. 어렸을 때부터 함께 커 온 단짝 친구였다. 인톈이의 전각 기술은 가오이칭이 아주 마음에 들어 했다. 가오이칭의 이름도장, 한장(閑章, 별호·격언·성어·시문 등을 새긴 도장), 낙관도장 등은 거의 인톈이의 손에서 만들어진 것이다. 안타까운 것은 인톈이가 작년 여름에 뇌출혈로 죽었다는 것이다. 이로 인해 가오이칭은 한참 동안 울기만 했다.

지금 그의 오랜 친구의 아들이 왔다. 자신의 큰조카가 온 것이나 다름없기에 가오이칭은 예의를 갖추어 그들을 맞이했다.

인톈이의 아들 인샤오이는 그런대로 시원시원한 면이 있었다. 그는 며칠 전 집에 도둑이 든 얘기를 꺼냈다.

"다른 물건은 그냥 무시할 수 있었는데 말이죠, 가장 마음 아픈 것은 그 〈송하조금도(松下操琴圖)〉가 사라진 거예요."

가오이칭의 가슴이 순간 철렁했다. 왜냐하면 그 그림은 그가 평생에 가장 만족스러워하는 그림이고 마음이 통하는 벗에게 선물하는 의미가 담겨 있었기 때문이다. 게다가 이 그림은 그가 특별히 인톈이에게 선물해준 그림이다. 이 그림은 당시 어떤 사람이 높은 가격에 사기를 원했다. 그러나 가오이칭은 인롄이에게 주는 것이 몇백만 위안에 파는 것보다 훨씬 가치 있다고 생각했고, 또 그렇게 하는 것이 더욱 기쁘고 안심이 되어, 인롄이에게 주었다. 그런데 자신이 아끼는 이 훌륭한 작품의 행방이 묘연하다니. 말로 표현할 수 없는 실망감이 드는 것은 어쩔 수 없었다.

인샤오이가 말했다.

"이미 신고했어요. 경찰이 수사하고 있는 중이래요. 그런데 찾을 수 있을 거라는 확신은 못할 것 같습니다. 정말로 너무 죄송합니다. 선생님."

가오이칭은 자연스럽게 그에게 위로의 말을 몇 마디 건넸다.

이후 인샤오이는 자신이 얼마나 가오이칭의 그림을 좋아하는지 아첨하는 말을 했다. 사실 그 말의 숨겨진 뜻은 가오이칭에게 다시 하나 더 그려달라는 말이었다. 단지 그 말이 목구멍에서만 맴돌 뿐이었다. 그는 계속 우물쭈물거리기를 반복했다.

가오이칭은 꽤나 똑똑한 사람이었다. 인샤오이 부부가 자신을 찾아온 것을 보면 그래도 꽤 마음 쓰고 있는 모양인 것 같다고 생각했다. 그 부친의 체면만 봐도 그에게 그냥 빈손으로 돌아가게 할 수 없어서 그는 벽에 걸린 〈계산비폭도(溪山飛瀑圖)〉와 〈적벽범주도(赤壁泛舟圖)〉를 가리켰다.

"이 두 그림은 나의 신작이네. 한 폭만 골라 가게."

인샤오이는 뜻밖의 일에 기뻐서 어쩔 줄 몰라 했다. 그는 마치 서화 감상가가 된 듯 자세하게 두 그림을 살폈다. 한참을 살펴본 후 그는 아내에게 말했다.

"〈계산비폭도〉는 정말 아름답지 않아? 푸르른 산이 펼쳐져 있는 것 같고, 폭포는 마치 하늘이 떨어지는 것 같아. 생동감과 고요함이 조화를 이루고, 안개가 자욱이 낀 모습, 저 변화무쌍한 모습 좀 봐……."

그 아내는 반박하며 말했다.

"내가 볼 때 〈적벽범주도〉가 더 정교하고 아름다워요. 이 높은 적벽 좀 봐요. 높은 산처럼 우뚝 솟아 있고 그 앞에 작은 배가 떠 있는 것이 얼마나 유유자적해 보이는지…… 불에 단 적벽의 역사…… 문인들과 선비들이 배를 띄워 이를 추모하는 그 뜻이 얼마나 깊냐구요……."

이렇게 인샤오이와 그의 아내는 두 그림을 두고 논쟁을 벌였고 둘 다 서로의 말을 듣지 않았다. 마치 토론회장 같았다. 가오이칭은 시끄러운 것을 질색하는 사람이다. 그가 두 사람의 의견이 어긋나고 각자 의견만 내세우는 것을 보고 조금 짜증이 났다. 그는 마지막으로 말했다.

"두 사람 모두 그만하게. 그냥 한 사람이 한 폭씩 가져가게. 각자 좋아하는 것으로 말야."

가오이칭이 이 말을 꺼내자, 두 사람은 아이처럼 소리를 질렀다. 그들은 여러 번 감사인사를 한 후 돌아갔다.

겨우 반 년이나 지났을까. 한 수집가가 〈계산비폭도〉와 〈적벽범주도〉 사진을 들고 진작이 맞는지 검증하기 위해 가오이칭을 찾아왔다.

가오이칭은 보자마자 혈압이 솟구쳤다. 평소에 교양이 넘치던 그였지만 하마터면 욕을 내뱉을 뻔했다. 그는 인톈이가 이렇게 파렴치하고 뻔뻔한 아들을 낳았을 것이라고는 절대 생각지도 못했다. 심지어 멍청한 며느리까지 들였다니. 두 사람이 짜고 치고 가오이칭을 속여 그림을 가져가다니! 원래부터 돈 때문이었던 것이다. '내 눈이 멀었지, 내 눈이 멀었어…….'

가오이칭은 맹세했다.

"오늘부터 인샤오이는 모르는 사람이야. 이 큰조카도 없는 거야."

또 두 달이 지나고 갑자기 불청객이 찾아왔다. 그 사람은 신화사(新華社)의 한 기자였다. 그는 가오이칭이 어떻게 선행을 베푸는지에 대해 인터뷰를 하러 왔다. 그가 하는 말을 들은 가오이칭은 오리무중에 빠졌다. 도대체 어떻게 된 일인지 알 수가 없었다.

알고 보니 기자는 〈계산비폭도〉와 〈적벽범주도〉 때문에 온 것이었다. 이 두 그림은 이미 동방경매회사를 통해 경매장에 나왔고 자선금은 이미 신동이라고 불리는 한 백혈병 환자에게 기부되었다. 게다가 가오이칭의 명의로 기부되었다.

가오이칭은 멍한 상태로 꿈쩍도 하지 못했다.

한참이 지난 후 그는 말했다.

"내가 샤오이 조카에게 다시 새로 하나 그려서 줘야겠군요."

'가오이칭 선생이 무슨 엉뚱한 대답을 하고 있는 거지?'

기자는 어찌 된 영문인지를 몰라 속으로 생각했다.

금발 며느리

1937년, 러우청에서 황씨 가문은 명문가문에 속한다. 족보를 보면 황씨 가문 역사상 적지 않은 공을 세운 선조들을 꽤 많이 배출해낸 기록이 있다.

황스젠은 황씨 가문에서 가장 책을 많이 읽는 사람 중 한 명이라, 가족들은 가문을 다시 일으킬 희망을 그의 손에 맡겼다. 올해 여름, 황스젠은 노랑머리에 파란 눈, 콧날이 높은 외국인 여자를 데리고 러우청에 왔다. 이 외국인 여자의 이름은 마리아이고 그의 약혼녀였다.

그 누구도 그가 외국인 여자를 데리고 올 거라곤 생각지 못했다. 황당하다, 정말 황당해! 그야말로 황당 그 자체다.

고향에 그 많은 현명하고 온순한 규수들은 나 몰라라 하고 같은 민족도 아닌 외국인 여자를 색시로 삼으려 하다니! 이게 도대체 말이 되는가?

황씨 가문의 어른들은 마치 모두 입을 맞춘 듯 모두들 하나같이 그 둘 사이를 반대했다.

황씨 가문의 어른들이 가장 용납할 수 없었던 것은 황스젠과 그 외국인 여자가 손을 잡고 러우청의 중심거리를 걷는 것이었다. 정말 체통이 안 선다. 이게 말이나 된단 말인가!

여기까지는 그래도 참을 수 있었다. 이보다 더한 일은 뒤에 일어났다.

그 외국인 여자는 노출이 심한 상의와 짧은 미니스커트를 입고 거리를 활보했다. 나중에는 아예 3단 비키니 같은 수영복을 입고 맑고 푸르른 옌뎨 연못에서 인어공주처럼 물장난을 쳤다. 그녀의 모습은 물가를 지나는 많은 사람들의 발걸음을 멈추게 하고 시선을 끌었고, 러우청의 큰 관심사가 되었다. 황씨 가문 어른들은 그녀의 행동이 미풍양속을 해치고 황씨 가문 얼굴에 먹칠을 하는 것이라고 생각했다. 그래서 집안 어른들은 상의 후 최종적으로 의견을 하나 내놓았다. 황스젠이 그 외국인 여자를 당장 돌려보내서 없었던 일로 하든지 아니면 황스젠을 황씨 가문에서 내쫓든지 둘 중에 선택해야 하는 것이었다.

황스젠은 논리적으로 황씨 가문 어른들의 이런 구습과 민주정신이 결여된 것을 지적했다.

이렇게 황스젠은 집안 어른들의 노여움을 더 사는 꼴이 되었고, 집안 어른들은 그를 황씨 가문의 반역자라고 여겼다.

황스젠은 분노하며 마리아를 데리고 러우청을 벗어났다. 소문에는 마리아의 고향으로 갔다고 한다.

황씨 가문 어른들은 서로 말은 하지 않았지만 황스젠의 행동을 황씨 가문의 치욕으로 여겼다. 이때부터 다시는 황스젠을 입에 담지 않았고 누구도 그의 행방을 묻는 것조차 허락하지 않았다. 그냥 자생자멸하도록 내버려두었다. 황씨 족보에서 흔적도 없이 영원히 사라졌다.

1996년, 황스젠은 조용히 러우청으로 돌아왔다.

국가규정에 따라 외국 국적의 화교가 고향에 돌아와 거주하기 위해서는 반드시 고향에 친척들이 있어야 했다. 이를 증명하기 위해 해외동포 사무실에서는 황스젠을 위해 친척들을 열심히 찾아보았다.

황씨 자손들은 황스젠이 미국에서 돌아온다는 소식을 듣고 기뻐서 어쩔 줄 몰랐다. 그들은 성대하게 황스젠을 맞이할 준비를 했다.

황스젠은 다시 황씨 가문으로 입적하고 싶다고 말했다.

황씨 자손들은 말했다.

"어르신께서는 여태껏 우리 황씨 가문의 자랑이셨습니다. 당시 노망 들린 노인들의 말을 누가 진짜라고 생각했겠습니까?"

황스젠은 몇십 년 동안 해외에서 꽤 많은 돈을 모았고 러우청에 돌아와 작은 건물을 하나 지었다. 그는 이곳에서 심신을 보양하며 말년을 편안하게 보낼 생각이었다.

황스젠이 평안한 나날을 보낸 지 얼마 되지 않아, 그에게 머리 아픈 일이 하나 닥쳤다.

조카손녀가 미국으로 유학을 가기 위해 그에게 해외유학 시 필요한 담보를 들어달라고 부탁했다. 아직 조카손녀 일도 해결이 안 됐는데 또 두어 개의 담보 부탁이 들어왔다. 황스젠은 그들을 전혀 몰랐고, 단지 황씨 자손이라는 것만 알았다.

유학은 언제나 좋은 일이다. 그렇기에 황스젠도 어떻게든 방법을 찾아서 처리해주고 싶었다. 순식간에 황스젠은 황씨 가문의 출국 유학 총대리인이 된 것 같았다. 그는 공부를 해서 어떻게 하면 국가에게 보답할까 생각하지 않고, 어떻게 하면 밖으로 나가 살까만 생각하는 것이 조금도 이해되지 않았다. 그 당시 황스젠이 해외로 나갔던 것은 어쩔 수 없는 일이었다. 내가 자란 고향을 잊을 수 없어서 이렇게 또 돌아왔지 않은가.

어쨌든 황스젠은 여든이 넘은 노인이다. 마리아가 세상을 떠난 후 그의 건강도 하루하루가 달라졌다. 그저 고향에 돌아가 푹 쉬고 싶은 생각뿐이었다.

최근 더 귀찮았던 일은 황씨 자손들 중 20대쯤 되는 두 명의 처녀들이 짝을 지어 황스젠을 찾아와 높은 코에 파란 눈 남자에게 시집 갈 수 있도록 다리를 놓아달라고 한 것이었다.

황스젠은 화난 어조로 말했다.

"우리나라에서도 이렇게 잘만 살고 있는데 굳이 외국인에게 시집가려고 하는 이유가 무엇이냐? 외국인 며느리 되는 게 그렇게 쉬울 것 같으냐? 안 돼, 이건 안 돼. 너네들 부모가 이 일을 알긴 아느냐? 알면서도 가만히 있으면 말이 안 되지!"

"어르신, 외국에서 몇십 년을 사셨으면서 어떻게 우리들보다 보수적이에요?" 두 처녀는 말했다.

퇴짜 맞은 두 처녀들은 꽤 기분이 나빴다. 집에 돌아가 부모와 할머니 할아버지까지 모두 불러모아 얘기했다.

"같은 황씨잖아요. 황스젠 할아버지를 설득해서 우리가 미국으로 시집 가게 도와주세요."

황스젠은 자신의 귀를 의심했다. 그는 어떻게 황씨 자손들에게 대답을 해주어야 할지 몰랐다.

옛말에 "십 년이면 강산도 변한다"고 한다. 60년이나 지났으니 강산도 여섯 번은 변했을 터. 오히려 내 생각이 이런 추세를 못 따라가는 것이란 말인가?

황스젠은 묵묵히 자신에게 물었다.

비싼 수업료

탄쉐충이 물건 수집에 매료된 것은 최근 몇 년의 일이다. 그는 한 번도 경매장에 가본 적이 없다. 그는 경매장에 가는 것은 돈 자랑하기 위해서라고 생각했다. 골동품이나 서화작품들은 몇천 몇만 위안짜리였고 경매장에서 최소한 20퍼센트는 가져간다. 그러니까 이런 짓은 경매장에 공짜로 돈을 갖다 바치는 셈인 것이다. 탄쉐충은 절대 이런 바보 같은 일을 하지 않을 것이다. 탄쉐충은 이곳에 발을 들인 지 얼마 되지 않았으나 꽤 영리했다. 그는 오직 서화작품이나 골동품을 파는 사람들과 거래했다. 만약 누군가 가져온 물건이 마음에 들면 가격을 흥정한 후 돈과 물건을 맞교환했다. 아주 시원시원하고 깔끔했다. 수수료를 낼 필요도 없고, 세금을 낼 필요도 없으니 얼마나 이득인가.

탄쉐충은 현재 러우청의 개인노동자협회 부비서장으로 기업경영에 대해 아는 것이 많고, 매일 그를 거치는 돈이 몇만 몇십만 위안이었다. 그러나 그에게 이 정도 일은 그다지 대수롭지 않은 평범한 일이었고, 매일 삼천, 오천 위안을 쓰는 것 역시 눈 하나 깜짝하지 않았다.

탄쉐충이 수집을 시작한 것은 단지 우연히 명인의 서화작품 한 점을 손에 넣고 난 후부터였다. 그가 맨 처음 집에 걸어둔 주지찬(朱屺瞻, 1892~1996)의 산수화, 린산지(林散之, 1898~1989)의 서예작품이 매우 훌륭하여 집에 손님이 오면 굉장히 으쓱했던 적도 많았다. 그러나 그는 나중에 수집계에 속한 일부 사람들이 수집한 그림이 자신이 수집한 작품보다 수준이 훨씬 높다는 것을 알았다. 어떤 사람은 집에 위유런(1879~1964, 정치가이자 교육가, 서법가)의 서법을 걸어놓았고, 어떤 사람은 정샤오쉬(1860~1938, 청대 말기의 시인, 서화가, 만주국의 총리)의 대련을 걸었다. 또 어떤 사람은 천리푸(1900~2001, 국민당 정치가)의 가로 서화족자를 걸었다. 탄쉐충은 다른 사람들이 자신보다 더 수준 높게 보이기 위해서 한 것 같다고 생각했다. 탄쉐충은 이 점을 용납하지 않았다. 결국 그는 쑨중산(1866~1925, 쑨원)의 제사(題詞), 장쉐량(1901~2001, 군인이자 정치가)의 세로 족자를 찾아 걸어두었다. 그는 이렇게 아는 척하는 사람들의 기를 눌러버렸다.

그러나 머지않아 상황이 달라졌다. 탄쉐충은 그의 친구들이 홍일법사(弘一法師, 1880~1942, 본명 이숙동[李叔同], 청대 유명 음악가, 미술교육가, 서법가), 임칙서(林則徐, 1785~1850, 중국 청대의 정치가) 등 역사상 유명인물의 작품들로 바꾸어 건 것을 보았다. 탄쉐충은 즈안안과 대립관계여서 즉시 류용(劉墉, 1719~1804, 청대의 재상, 서법가)의 서법, 팔대산인(八大山人, 1626~1705, 명말, 청초 화가 주탑[朱耷])의 그림을 찾아서 걸어두었다.

지금까지 탄쉐충은 총 얼마를 썼는지 이미 기억이 나지도 않을 지경이다. 게다가 실패를 몇 번이나 겪고 수업료를 몇 번이나 물었는지는 잊을 수도 없다.

한번은 누군가 탄쉐충을 찾아와 양주팔괴(揚州八怪, 청대 건륭제 때 양저우에서 활약한 금농[金農]·정섭[鄭燮]·황신[黃愼]·이선[李鱓]·이방응[李方膺]·왕사신[汪士愼]·나빙[羅聘]·고상[高翔] 등 여덟 명의 화가. 여덟 명의 서화 풍격이 모두 독특하여 팔괴라고 부름)의 가로 그림족자 〈이백취주도(李白醉酒圖)〉를 사겠다고 했다. 딱 보니 종이와 묵색이 확실히 오래되었다. 그러나 머지않아 어떤 작가가 그를 찾아와서 거리낌 없이 솔직히 말했다.

"이 작품은 가짜가 틀림없어요."

탄쉐충은 속으로 생각했다. '네가 작가지 화가가 아니잖아. 네가 뭔데 가짜 그림이라는 거야?'

그 작가는 분석하며 말했다.

"이 그림에 낙관이 찍힌 일자가 '기축년 입추 다음 날'이에요. 기축년이라면 청나라 건륭 34년 때인데 계산해보면 1769년이란 말이죠. 그런데 황신(黃愼, 1687~1768)은 1768년에 죽었다구요. 그러니 이 황신이 그 황신이 아니라 이 말이죠. 진짜인지 가짜인지는 당신이 직접 보시면 되겠네요."

이런 상황을 몇 번 겪자, 탄쉐충은 모든 골동품 판매상들을 그다지 믿지 않았다. 그는 진품을 수집하고 싶으면 아예 전문가를 초청해 고문으로 세워 사례를 하는 방식으로 보험을 들어놓든지, 아니면 과거 수집가 후손들을 찾아가거나 몰락한 대부호들을 찾아갔다. 옛말에 "부귀는 삼 대뿐이다"라고 하지 않는가. 조상들이 아무리 부유해도 후대에 들어서는 조상들만큼 부유해지기 어려운 법이다. 수집품이 아무리 많고 아무리 훌륭해도 후대들의 손에 들어와서는 겨우 몇 점 정도만 예전과 같은 모습을 유지하고 있었다.

이런 사람이 정말로 탄쉐충의 앞에 나타났다. 어느 날 장청신이라는 중년남자가 탄쉐충을 찾아와서 서화 두 폭을 팔겠다고 말했다. 족자를 펴보니 한 폭은 도원경(陶元慶, 1893~1920, 저장성 샤오싱 사람으로 중국 전통 그림을 연구하며 서양화에 뛰어난 화가)의 산수화였고 왕삼석(王三錫, 1716~ , 장쑤성 타이창 출신 화가)의 산수화였다. 탄쉐충은 이 두 사람을 잘 모른다. 이름조차도 들어본 적이 없어서 그다지 흥미가 생기지 않았다. 장청신은 탄쉐충에게 물었다.

"누동화파의 '사왕'이라고 들어본 적 있습니까?"

탄쉐충은 당연히 알고 있었다. 사왕은 중국화에 정통한 것으로 유명하고 그 평가가 아주 높았다.

장청신은 이어서 말했다.

"왕삼석은 소사왕(小四王)이라고 불립니다. 청대 회화 역사에서도 아주 이름난 사람이에요. 도원경은 루쉰(魯迅, 1881~1936) 선생의 칭송을 받은 화가인데 그가 병으로 죽은 후 루쉰 선생이 자기 돈 300위안을 투자하여 묘지를 사서 이 화가를 안장했어요. 나는 급전이 필요할 때만 아끼는 물건을 내놓는 사람입니다. 만약 당신이 검증가를 초청하여 확인했는데 위조품일 경우 두 배를 보상해드리겠습니다."

그 당시 장청신이 제시한 가격도 높지 않아서 탄쉐충은 바로 사들였다. 그 후 검증가에게 진품 여부를 검증받았는데 완벽히 진품이었다.

탄쉐충은 장청신의 가문에 분명 어떤 내력이 있을 것이라 추측했다. 그에게 얼마나 많은 좋은 물건들이 있을지 알 수 없었다. 탄쉐충은 장청신에게 호출을 남겼다. 장청신은 탄쉐충을 만나자마자 말했다.

"나 속인 거 없죠? 나 당신 안 속였죠?"

탄쉐충은 말했다.

"당신의 정직함을 위해 건배합시다!"

이렇게 두 사람은 우량예(五粮液) 한 병을 단숨에 마셔버렸다. 탄쉐충은 술을 한 대짝을 마셔도 끄떡없는 사람이다. 그는 아마 장청신이 이미 취했을 거라고 생각하여 슬슬 장청신을 떠보기 시작했다. '취중진담'이라는 말이 있지 않은가. 과연 장청신은 자신의 혀를 통제할 수 없는 지경에 이르렀다. 그가 술기운에 하는 말로 대충 집 사정을 알 수 있었다. 장청신의 조상 중 장몽영(姜夢影)이라는 사람이 있었는데 그는 청대 동치(同治) 연간에 방안으로 급제하였고 관지사부시랑(官至吏部侍郎)을 맡았으며 생전에 독서와 서화를 좋아하고 수집하기를 좋아했다. 그러나 이 유산들이 장청신의 부친의 손에 들어왔을 때 가문은 쇠락의 길을 걸었다. 문화대혁명 시기에

서화는 전부 도난당했고, 80년대에 정책이 바뀌고 나서 조금 돌려받은 것이 전부였다. 그 물건들 모두 문화대혁명 때 겨우 살아남은 유산이자, 선조들이 물려준 것이었기에 원래는 팔면 안 되는 것이었다. 그러나 부친의 병세가 악화되고 두 누이 역시 무직 상태여서 팔 수밖에 없었다.

탄쉐충은 그의 집에 더 좋은 물건들이 있을 것이라 생각하여 떠보는 척하며 말했다.

"이렇게 당신과 마주친 것도 우연이 아닙니까? 이렇게 합시다. 당신의 집에 훌륭한 서화작품 한두 점을 내놓으시면 내가 몰래 잘 챙겨놓겠습니다. 당신의 경제위기를 해결할 수도 있잖아요? 나도 좋고 당신도 좋고, 다 좋은 거죠. 어떻습니까?"

장청신의 마음이 확실히 조금은 흔들리는 듯했다.

"훌륭한 작품이라면 겨우 한 점 남았지요. 누동화파의 수령 왕원기의 〈우산춘색도(虞山春色圖)〉라는 작품입니다. 이 작품은 우리 가문의 보물이라고 할 수 있어요. 절대로 헐값에는 팔지 않을 겁니다." 그는 말하다가 흐느끼며 울기 시작했다.

탄쉐충은 집에 돌아가 자료를 찾아보았다. 왕원기는 청대 강희제 때 황궁의 패문재서화보(佩文齋書畫譜, 황제의 서화작품이나 유명 서화가들의 작품을 수집한 책) 편찬을 담당하는 총재(總裁)를 역임했으며 명성이 아주 대단했다. 그래서 그의 작품들은 국제 경매시장에서 몇십만부터 몇백만 달러까지 팔릴 수 있었다.

그는 결국 그 그림을 손에 쥐었다. 그 그림은 굉장히 수준이 높았다. 그림에는 조금의 오차나 실수도 없었다. 이렇게나 오래되었는데도 몇 군데 좀먹은 부분만 있었다. 벌레 먹은 구멍은 하얀 바탕 쪽이어서 그다지 상관없었다. 그러나 이런 흔적들이 있기에 더욱 진품처럼 보였다. 장청신은 28만 위안을 받기로 결심했다. 조금도 깎을 수 없었다.

"더 적게 부르면 우리 조상님들 뵐 면목이 없습니다. 더 이상 깎으면 팔 필요도 없구요."

탄쉐충은 고집 부리며 가격을 흥정하려 했다. 두 사람은 실랑이 끝에 18만 위안에 합의를 보았다. 장청신은 현금을 일시불로 지급해줄 것을 요구했다. 그는 말을 길게 늘어뜨리며 한 박자 쉬고 말했다.

"검증은 아주 환영합니다. 만약에 가짜라면 돈은 모두 돌려드리고 두 배 보상해드리죠."

탄쉐충은 18만 위안에 산다면 천하 어디를 가도 굉장히 싼 가격이라고 생각했다. 더구나 이 그림은 해외 경매장까지 갈 필요도 없이 상하이 경매장에서만 팔아도 식은 죽 먹기와 같다는 것도 알고 있었다.

탄쉐충은 〈우산춘색도〉를 산 후 많은 친구들을 초청해 감상했다. 친구 중 한 명도 위조품이라고 의심하지 않았다.

얼마 지나지 않아 모조화로 생계를 꾸려나가는 화가 '작은 귀'가 탄쉐충의 〈우산춘색도〉를 봤다. 그는 한참 동안을 감상하더니 엄지손가락을 치켜세우며 말했다.

"아주 비슷하군요. 모조 실력이 이미 경지에 달했어요. 특히 그 좀먹은 구멍들, 그야말로 신의 한 수예요. 나보다 훨씬 대단하네요. 진짜 탄복스럽군요."

탄쉐충은 이 얘기를 들은 후 전신에 식은땀이 쫙 흘렀다. 그는 재빨리 장청신에게 호출을 보냈다. 그러나 호출번호는 이미 없는 번호였다. 탄쉐충은 '작은 귀'를 붙잡고 말했다.

"다른 데 가서 절대, 절대로 이 그림이 가짜라고 하면 안 돼요. 알겠어요? 부탁합니다. 부탁해. 고마워요. 정말 고맙습니다!"

그 고맙다는 목소리는 흐느끼고 있는 듯했고, 조금은 처량하기도 했다.

리취스와 자오니구

리취스와 자오니구는 한림농에 살고 있다.

리취스는 어렸을 때 이미 유명한 경극 아마추어 배우였다. 그는 무대에 올라 아주 우렁차고 강하게, 생동감 있고 시원시원하게 서피(西皮, 중국 전통극의 곡조 중 하나)를 불렀다. 그의 노래를 들으면 분명 공연장을 가득 메운 박수 소리를 들을 수 있을 것이라고 장담한다.

리취스가 가장 자랑할 만한 것은 당시 유명 경극 배우들과 모두 친분이 있었다는 것이다. 그는 가이자오톈(1888~1971, 허베이 출신의 유명 경극 배우)이 연기한 〈삼차구(三岔口)〉〈쾌활림(快活林)〉〈십자파(十字坡)〉〈일전구(一箭仇)〉 등을 본 적이 있고, 메이란팡(1894~1961)이 연기한 〈우주봉(宇宙鋒)〉〈귀비취주(貴妃醉酒)〉〈패왕별희(霸王別姬)〉〈유원경몽(游園驚夢)〉 등을 본 적이 있다. 또 저우신팡(1895~1975)의 〈사진사(四進士)〉〈서책포성(徐策跑城)〉〈소하월하추한신(蕭何月下追韓信)〉〈청풍정(淸風亭)〉을 본 적이 있으며, 마롄량(1901~1966)의 〈감로사(甘露寺)〉〈군영회(群英會)〉·차동풍(借東風)〉, 청옌추의 〈원앙총(鴛鴦塚)〉〈청상검(靑霜劍)〉〈두아원(竇娥冤)〉 등을 본 적이 있다. 그리고 쉰후이성(1900~1968), 샹샤오윈(1900~1976), 리샤오춘(1919~1975) 같은 배우들과도 꽤 친하다. 그가 가장 설레었던 것은 마롄량과 같이 사진을 찍고 저우신팡이 사인을 해준 것이며, 게다가 메이란팡과 같은 상에서 밥을 먹은 것이다.

이런 일은 사실 당시로서는 상당히 어려운 일이고 아주 영광스러운 일이었다. 그러니 그에게는 얼마나 자부심 가질 만한 일인가? 그래서 현에서 중요한 인사들이 리취스를 만나면 그들은 리취스에게 상당히 예의를 갖추었고, 그를 칭찬하는 말이 끊이지 않았다.

자오니구는 자신을 자오(趙)씨 왕실의 후손이라고 소개한다. 그래서 그런지 뼛속까지 거만했다. 그러나 그가 설령 조광윤(趙匡胤, 927~976, 송나라 개국 황제)의 직계후손이라고 해도 이미 케케묵은 옛일일 뿐이다. 누가 아직도 이런 이유로 그를 중요시하겠는가?

그의 가문은 점점 몰락하고 있었으나 자오니구는 낙타가 아무리 말라도 말보다는 크다는 말을 믿었다. 그가 황실 후예라는 자부심은 여전히 그의 얼굴에 써 있었다. 그는 신분이 미천한 사람들과 섞임으로 자신의 신분을 떨어뜨리고 싶지 않았다.

자오니구는 어렸을 때 붓에 물을 묻혀 큰 벽돌 위에다 글씨 연습을 했다. 그다음에는 왕시민, 왕원기, 왕감, 왕휘 등 사왕의 그림으로 중국화에 입문하여 배우기 시작했다. 그는 경제적인 능력의 한계로 동기창(董其昌, 1555~1636, 명대 화정화파[華亭畵派]의 대표 인물), 왕휘 등 대가들의 작품을 소장하지 못했다. 겨우 1위안, 2위안, 3위안, 5위안 정도 하는, 당시 막 두각을 나타낸 젊은 화가들의 그림을 수집할 수밖에 없었다.

리취스와 자오니구로 말하자면 꽤 좋은 친구 관계이긴 하다. 그러나 리취스는 자오니구가 쓰레기를 수집한다며 놀린 것이 한두 번이 아니었다.

"자네 말이야, 그런 자질구레한 돈 모아서 경극 VIP석을 사는 게 낫지 않겠어? 메이란팡 선생의 연기 좀 보라구. 얼마나 죽여주는지 몰라. 메이란팡 한 번 봤다고 말하면 다들 부러워할 거란 말이야."

자오니구는 그저 쓸쓸한 웃음을 보이며 말했다.

"다 각자 좋아하는 것이 있는데 억지로 할 수는 없지 않은가?"

자오니구는 저우신팡과 마롄량의 연기를 보러 가고 싶지 않은 것이 아니다. 그러나 그 표가 얼마나 비싼지, 한 번 보려면 몇십 위안은 들었다. 그 돈이면 명화 몇 점을 모을 수 있는지. 자오니구는 어쩔 수 없이 리취스를 피했다. 그와 전통극을 화제로 얘기하고 싶지 않았다.

어느 날 리취스는 마롄량과 찍은 사진을 크게 인쇄한 후 자오니구에게 선물하며 아주 득의양양한 어조로 말했다.

"자네의 그 그림들 말이야, 솔직히 전부 액자에 넣어서 벽에 걸어놔도 이 사진 한 장 걸어놓으면 끝이야. 그 그림들 누가 쳐다보기나 할 줄 아는가?"

리취스의 말은 사실이었다. 비록 이 말이 자오니구의 심장을 쿡쿡 찌르는 듯했으나 그는 꿈쩍도 하지 않고 그의 방식을 고집했다. 그는 돈이 조금 생기자 얼른 달려가 중국화 두 폭을 샀다. 그가 그림을 살 때는 화가나 그림의 명성은 묻지도 않고, 자신이 좋아하는지 아닌지만 생각했다. 그가 끊임없이 사들인 그림 중에는 쉬베이훙(1895~1953, 장쑤성 이싱 출신으로 말 그림으로 유명함), 치바이스(1864~1957, 화가·서예가·전각가), 푸바오스(1904~1965, 신[新]산수화의 대표화가), 리커란(1907~1989, 치바이스의 제자) 등의 그림이 있었다.

한번은 리취스가 자오니구가 소장한 그림을 본 후 거들떠볼 가치도 없다는 듯 물었다.

"이렇게 하다가 말이야, 자네, 대가의 작품을 소장할 수나 있겠나? 열명의 삼류 화가 작품이 일류 화가 작품 한 점만 못하잖아……"

자오니구는 그날 술을 좀 마셨다. 그는 취기를 빌려 말했다.

"자네 말이야, 절대 이 화가들을 무시해서는 안 돼. 삼십 년 후 오십 년후 일류 화가가 될지 누가 아나? 그때가 되어서 그 삼류 작가들이 마롄량이나 메이란팡 선생이랑 별 차이 안 날지 누가 알겠냐구."

리취스는 너무 웃겨서 입안에 있던 밥풀까지 튀어나왔다.

"아이고, 자네. 이름이 니구(泥古, 낡은 것에 얽매인다는 뜻)라서 그런가? 자네, 지금이 어떤 시대인지 모르는가? 참 고지식하고 융통성 없구만."

리취스가 아주 편안한 나날들을 보내고 있을 때 자오니구의 생활은 점점 어려워졌다.

시간이 쏜살같이 빠르게 지나갔다. 눈 깜빡할 사이에 21세기에 진입했다. 리취스와 자오니구 역시 점점 늙어갔다.

재작년 리취스의 90세 생일에 자오니구는 선물로 치바이스의 〈반도도 (蟠桃圖)〉를 선물로 가져갔다. 리취스는 너무 놀랐다.

"와, 이런 대단한 선물을! 감히 내가 받아도 되겠는가!"

자오니구는 웃으며 말했다.

"이런 그림은 말이야, 나한테 몇십 점이나 있어."

두 사람은 만감이 교차하는 것 같았다.

리취스는 마롄량과 찍은 빛바랜 사진을 쳐다보며 말했다.

"요즘 젊은 사람들 중에 마롄량을 아는 사람이 별로 없어. 심지어 그의 사진을 보고 마롄량인지 알아보는 건 더 말할 필요도 없다니까. 가이자오톈이나 메이란팡이 살아 돌아와서 다시 연기한다고 해도 류더화(劉德華), 나 장쉐여우(張學友)의 공연표보다 많이 팔릴 수 없어."

"지금은 지금이고 그때는 그때지. 경극표도 한창 잘 나갈 때가 있었지 않은가."

자오니구는 리취스를 위로했다.

리취스는 치바이스의 그림을 자세히 살펴본 후 자오니구의 어깨를 두드리며 말했다.

"자네가 보는 눈이 있는 거야. 지금 자네 그림은 모두 보물이 되지 않았는가."

"자, 한잔하세, 한잔해."

자오니구는 술잔을 들었다.

그날 저녁 리춰스와 자오니구는 거하게 술에 취했다.

천사 쿠이쿠이

하늘은 정말로 불공평하다. 러우청의 유명화가 샹웨이양의 아들 쿠이 쿠이는 저능아이다.

쿠이쿠이는 올해 열여섯 살이다. 지적 수준이 높아봤자 초등학교 3, 4학 년쯤 된다. 그는 집 밖을 나가면 바로 흥분한다. 특히 빨간색이나 초록색 을 보면 굉장히 흥분하여 사람들을 두렵게 만드는 이상한 괴성을 지른다. 그러나 집에만 돌아오면 침묵하고 말을 하지 않는다. 대부분의 시간을 사 색하며 보내는데 마치 중요한 일이 있어 고민하는 것처럼 보이기도 한다.

한번은 시문련에서 주최한 그림 채집 활동이 있어 샹웨이양은 약 2주 동안 안후이성 남쪽 산간지역에 가야 했다. 가기 전, 그는 쿠이쿠이가 집 밖에서 돌아다니다가 생각지 못한 사고를 치지 않도록 아내에게 반복하 여 강조했다. 아내는 말했다.

"걱정 마세요. 쿠이쿠이는 지능이 조금 모자라긴 해도 지금까지 사고 친 적 없이 아주 착하잖아요."

아내는 일을 하고 있어 회사에 지각하거나 일찍 퇴근할 수 없으므로 많 은 시간을 쿠이쿠이와 함께하는 것이 불가능하다는 것을 알고 있다. 그래 서 그는 장난감과 간식거리들을 몽땅 사서 쿠이쿠이에게 주었다.

샹웨이양이 떠난 후 3일째 되는 날, 아내의 전화를 받았다.

"쿠이쿠이가 물감으로 벽에다가 낙서를 했지 뭐예요. 아무리 말려도 소용이 없네요."

샹웨이양은 한숨을 내쉬며 말했다.

"쿠이쿠이가 밖에서 크게 소리 지르지만 않으면 돼. 그냥 칠하게 둬요. 그래봤자 물감만 좀 버리는 거지 뭐."

2주 동안의 그림 채집 활동은 길다면 길고 짧다면 짧았다. 두꺼운 사생집을 들고 집에 돌아온 샹웨이양은 집 벽을 보고 굉장히 감탄했다.

집 안의 모든 벽이 그림으로 온통 뒤덮여 있었다. 색채가 풍부하고 눈이 부셨다. 언뜻 보면 사람을 굉장히 압도하는 그런 느낌이 있었다. 그것은 일종의 그림에서 주는 기세였다. 구속된 느낌이 없었고 자유분방했으며 또 세차게 솟아 올랐다가 서서히 가라앉는 듯하기도 했다. 그 색 덩어리(色塊, 그림에서 주변 색깔과 달라 덩어리처럼 보이는 동일한 색깔)는 울퉁불퉁한 것이 돌출되어 보였고 색의 사용이 보통 사람은 생각해낼 수 없는 조합이었다. 그도 완전히 처음 보는 기법이었다. 그림을 자세히 보면 뭔가를 그리긴 한 것 같으나 또 아무것도 그린 것 같지 않았다. 구체적인 것이 없었다. 샹웨이양은 전문 화가로서 굉장히 흥분되었다. '설마 이것이 진짜 쿠이쿠이가 그린 것일까? 정말 이것이 저능아의 걸작이란 말인가?

샹웨이양이 쿠이쿠이의 방에 들어갔을 때 쿠이쿠이는 소파에 엎드려 잠이 든 상태였다. 손에는 붓을 쥐고 있었고, 옷에는 얼룩덜룩 물감이 묻어 있었다. 그러나 얼굴에는 기쁨이 넘치는 것 같았다.

아내는 샹웨이양을 보자마자 사과했다.

"쿠이쿠이를 어떻게 할 방법이 없었어요. 물감으로 온 집 안을 이렇게 만들게 해서 정말로 미안해요."

"아니, 괜찮소. 당신은 잘못한 게 없어요. 오히려 내가 고마워해야 하오. 당신의 관용 덕분에 쿠이쿠이의 숨겨진 그림 재능을 발굴해냈잖소. 당신

도 이 그림들에 영성과 개성이 있다는 걸 모르겠소?'

샹웨이양의 말투와 표정에 흥분한 모습이 역력했다.

샹웨이양은 그 그림들을 하루 종일 자세히 쳐다보고 연구한 끝에 〈무제〉라고 작품명을 지었다. 그는 집 안의 그림을 모두 카메라로 찍어 신문사의 친구에게 보냈다. 신문사 기자는 매우 관심을 보였고 「천사의 처녀작」이라는 글을 한 편 썼다. 이 글이 발표된 후 러우청 시민들은 아주 똑똑한 부모 밑에서 나온 저능아 아들이 바로 '천사'라고 불리며 유명화가 샹웨이양의 집에 바로 그 '천사'가 있다는 것을 알았다.

〈무제〉의 사진이 너무 작게 실려 잘 보이지 않아서인지 러우청 사람들 중 그림 자체를 이야기하는 사람은 드물었다. 대부분은 샹웨이양이 어떻게 이런 저능아를 낳았는지에 대해서만 얘기했다.

누군가 말했다.

"하늘은 공평한 법이야. 샹웨이양의 명성이 뛰어나 자신의 재능으로 다른 사람 기를 죽이잖아. 그래서 이런 모자란 아들을 낳은 거야. 이것이야말로 공평한 거지. 그가 세상에 좋은 일을 다 차지하는 건 말이 안 되지."

또 다른 누군가가 말했다.

"샹웨이양의 아내가 몇 살인지 좀 봐. 아주 도둑놈이야, 도둑놈. 그러니까 이런 멍청한 아들이 있는 거라구!"

신문에 실린 후 방송국 기자들이 관심을 가졌다. 방송국에서 기자 두 명이 샹웨이양을 찾아왔다. 원래는 1, 2분 가량의 뉴스에 내보낼 짧은 영상을 찍을 생각이었는데 집 안에 가득한 그림을 보고는 바로 생각이 바뀌었다. 특집 프로그램을 찍기로 한 후 전문 리포터가 쿠이쿠이를 인터뷰했다. 쿠이쿠이는 말을 두서없이 엉망으로 했지만 그가 붓을 들면 매우 집중하고 흥분한 모습어서 꽤나 좋은 영상을 찍을 수 있었다. 쿠이쿠이가 직접 그림을 그리는 모습은 굉장히 현장감 있고 설득력 있었다. 정말 공교롭게도 곧 국제 장애인의 날이어서 방송국에서는 이 영상을 공들여 제작했고, 러우청시 방송국뿐만 아니라 홍보영상으로 제작되어 성 방송국까지 전해졌다. 특집방송 〈천사의 걸작〉은 굉장한 이슈가 되었다.

샹웨이양은 아들이 자신보다 더 성공한 것 같아서 매우 흥분되고 위안이 되었다. 그는 신문사에 「발견-격려-교육」이라는 제목의 글을 써서 보냈다. 심지어 그는 쿠이쿠이의 예술적 성취가 어쩌면 자신을 초월할 수도 있을 것이라고 예측했다.

사람들의 호평과 감탄 속에 간혹 좋지 않은 소리들도 들려왔다.

"샹웨이양도 전생에 무슨 죄를 지었을지 몰라, 그래서 이렇게 바보 같은 아들을 낳은 거지. 지금은 또 이 바보 같은 아들을 내세워 쇼를 하고 자작극을 만들지 않나. 진짜 창피한 줄도 모르나 봐……."

샹웨이양은 이런 말에 일일이 대응하지 않았다.

아내는 참지 못하고 샹웨이양에게 말했다.

"왜 해명하지 않는 거죠? 당신이 말 안 하면 내가 할게요. 다른 사람들도 진실을 알아야 한다구요! 쿠이쿠이는 내 언니의 아들이잖아요. 언니 부부가 교통사고를 당해서 우리가 이 아이를 데리고 온 거잖아요. 쿠이쿠이는 사람들이 말하는 그런 천사도 아니고요. 교통사고로 뇌에 손상을 입어 그 후유증으로 이렇게 된 거잖아요."

"됐소. 다른 사람이 어떻게 말하든지 그건 상관할 일이 아니오. 내 마음에 한 점 부끄럼 없으면 된다구. 게다가 이렇게 방송을 타면 앞으로 쿠이쿠이가 예술의 길을 가는 데 도움이 될 거요."

아내는 샹웨이양의 품에 달려가 안기며 말했다.

"내가 정말 사람을 잘 봤어요. 우리 언니를 대신해서 당신에게 정말 감사해요."

그녀는 샹웨이양에게 시집온 것이 정말 잘한 일이라고 생각했다.

아름다움의 유혹

러우청 사진계의 쓰우셰 작가는 확실히 아주 능력 있는 사람이라고 할 수 있다. 다른 사람들은 협찬받기 어려운 것들도 그는 모두 협찬받아 왔고, 다른 사람들은 찍을 수 없는 사진 소재들을 그는 찍을 수 있었다. 어딘가에 소식통이 있는지 다른 사람들은 모르는 소식을 그는 다 알았다. 다른 사람들은 참가할 수 없는 활동들에 그는 어떻게 해서든지 인맥을 동원하여서라도 열심히 참가했다.

아니나 다를까. 자연미 선발대회에서도 그를 초청했다. 백여 명의 모든 러우청 사진협회 회원들 중 그 혼자만 초청을 받은 것뿐만 아니라 알고 보니 성 사진작가협회에도 겨우 초청장 몇 개만 날아왔을 뿐이었다. 많은 사진작가들이 이 대회에 나갈 수 있는 온갖 방법을 생각했으나 결국 방법을 찾지 못했다.

이 자연미는 바로 나체를 말한다. 내부 소식통에 따르면 주최자가 거금을 들여 스물 안팎의 꽃다운 소녀들 여덟 명을 초청했다고 한다. 그녀들은 촬영이 시작되면 전라의 모습으로 포즈를 취하는데 특별히 선발되어 초청된 백여 명의 사진작가들에게 다양한 각도에서 충분히 사진을 찍게 한다고 했다.

이런 대회는 사진작가 직함 하나로 갈 수 있는 곳도 아니고, 돈을 쓴다고 해서 갈 수 있는 곳도 아니었다.

사람들의 부러움을 한꺼번에 산 쓰우셰는 사진 촬영에 필요한 장비들을 충분히 챙긴 후 완전 군장하여 대회장으로 갔다.

쓰우셰가 돌아온 후 일부 사진촬영 작가들은 그에게 농담했다.

"쓰 선생은 여복이 아주 많아. 눈요기 실컷 했겠어. 집에 있는 마누라랑 비교해봐. 솔직히 구천선녀와 늙은 암퇘지랑 비교하는 꼴 아니겠어?"

쓰우셰는 진지하고 엄숙하게 말했다.

"모욕하는 말은 삼가주게!"

여러 사람들의 물음에 귀찮아진 쓰우셰는 전체 사진협회 회원들을 대상으로 설명회를 한 번 열기로 결심했다.

"이것은 진정한 예술 활동입니다. 이곳에 계신 모든 사진작가 여러분, 여러분의 경험이 얼마나 오래됐든, 명성이 얼마나 높든, 백이 얼마나 든든하든 상관없이 모두 여자 모델들과 거리를 유지해야 합니다. 규정을 엄격히 준수해야 하는데 반드시 빨간 선 밖에서 찍어야 하며 빨간 선을 넘어서 찍는다면 바로 쫓겨나게 됩니다. 또 누군가가 여자 모델과 접촉한다면 양아치 같은 행동으로 간주되어 영원히 사진계에서 쫓겨나게 될 겁니다."

쓰우셰는 그 아름다운 기억 속에 완전히 심취되어 있는 듯했다.

"그것은 정말로 '아름다움'이라고 부를 만합니다. 아름다움 외에 다른 것은 없고요 성별도 중요하지 않죠. 모델들은 정말로 대단히 아름답습니다. 어느 각도에서 찍든 그 아름다움에 모든 사람들이 심취될 수밖에 없고 그 아름다움을 숭배하게 만들 정도죠."

쓰우셰는 다양한 매체를 사용해 대회에서 수상한 열몇 장의 사진들을 보여주었다. 모델들의 그 곡선, 형상, 표정, 기질 등 그야말로 그 어느 작품과도 비교할 수 없을 정도였다.

어떤 사람이 메모를 전달해 왔다. 쓰우셰의 작품을 보여달라는 것이었다. 쓰우셰는 어쩔 수 없이 사실대로 얘기했다. 원래 그는 〈사무사(思無邪, 생각이 바르므로 사악함이 없다는 뜻. 쓰우셰[司無邪]의 이름과 발음이 같음)〉라는 작품으로 대회에 참가했었다. 그런데 대회에 고수들이 구름같이 몰려들었고, 유명한 작가들도 너무 많았던 탓인지 그는 상을 받지 못했다. 그는 스스로를 위안하며 말했다.

"최고의 사진 고수들과의 경쟁에서 진 것이니 비록 상은 못 탔지만 영광스러운 일이지요. 진심으로 그들을 인정합니다."

머지않아 누군가 인터넷에서 2003년도 미국 신문 사진 대상에 뽑힌 사진 〈아름다움의 유혹〉을 다운 받았다. 그 수상자는 자연미 선발대회의 한 순간을 포착했다. 그 사진에는 어떤 사진작가가 나체 소녀를 보고 넋이 나간 상태로 자신의 손에 있던 카메라마저 잊고 있는 듯한 모습이 담겨 있었다. 관건은 그 인물의 놀라는 표정, 아니, 놀란 정도가 아니라 거의 어안이 벙벙하여 눈이 휘둥그레진 표정이었다.

비록 옆모습이었지만 사람들은 한눈에 쓰우셰인 것을 알아보았다.

쓰우셰는 자신도 다른 사람의 사진 촬영 대상이 될 것이라고 한 번도 생각하지 못했다. 그 사진들이 인터넷에 올라갈 것이라고는 더욱더 생각지 못했다. 소문에는 그가 초상권 침해로 그 사람을 고소하고 싶었다고 하는데 솔직히 그가 고소할 용기나 있었는지는 모르겠다. 설령 고소했더라도 이길 수 있었을지는 더욱 모르겠다.

어린 날의 추억

　지경왕은 항전 시기에 부모를 따라 미국에 간 후 50여 년 동안 고향에 돌아오지 못했다. 나이가 들고 나니 점점 고향이 그리워졌다. 그는 살아 있는 동안에 무슨 일이 생기더라도 꼭 한번은 고향에 돌아가리라 결심했다. 고향의 그 돌다리가 그대로 있는지, 그 시골집이 그대로 있는지, 그 느티나무는 그대로 있는지 보고 싶었기 때문이다.

　어린 손녀 루시는 할아버지가 중국 간다는 얘기를 듣고 자신도 가고 싶다고 졸라댔다. 그 손녀는 미국 차이나타운에 있는 민속박물관에서 화교들이 사용하던 맷돌과 전통 요강을 본 후로, 중국에 대한 호기심이 굉장히 많아졌다. 반드시 직접 보지 않으면 믿지 않을 판이었다.

　지경왕은 고향에 가까운 친척이 없었다. 먼 친척들 몇몇뿐이었다.

　고향에 막 돌아간 지경왕은 친척들을 귀찮게 하고 싶지 않아서 러우동 호텔에 묵은 후 손녀 루시를 데리고 발걸음이 닿는 대로 돌아다니며 구경할 생각이었다. 그의 기억에는 나막신, 부들부채, 호롱불, 요강 등이 집집마다 다 있었다. 아이를 세워놓는 통(兒立桶, 밭에 나가 일을 해야 하는 농민들이 아이를 돌볼 수가 없으므로 아이를 나무통에 넣어 세워두고 돌아다니지 못하게 하는 용도로 쓰던 통), 목욕통, 옛날식 흔들의자, 부뚜막 모두 대부분의 집에 다 있었다. 맷돌 있는 집은 조금 적었지만 열 집 중 한 집은 있었을 것이다. 골목에는 뻥튀기 파는 곳도 있었고, 목화솜을 타는 곳, 그릇을 만들고 냄비를 수리하는 곳, 칼과 가위를 가는 곳도 있었다. 아무 골목이나 들어가도 이런 광경을 만날 수 있었다.

지경왕은 택시 한 대를 불렀다.

"무릉교로 가주세요."

무릉교는 러우청 중심지에 있었고, 이곳은 지경왕 스스로 굉장히 잘 아는 곳이라고 생각했다.

그곳에 도착해서야 옛 모습은 이미 구시가 개발로 인해 흔적도 없이 사라졌다는 것을 알게 되었다. 어렸을 적 기억 속의 그 모습은 이미 깡그리 사라지고 없었다. 크게 실망한 지경왕은 이 사실을 받아들이지 못하고 주택가를 돌아다니며 옛 흔적들을 찾았다. 한참을 돌아다닌 그는 다리도 쑤셨고 옷도 땀에 모두 젖었다. 그러나 결국 보고 싶어 했던 것을 하나도 보지 못했다.

지경왕은 남들에게 요강에 대해서 묻는 것이 웃음거리가 될까 봐 맷돌을 어디에서 파는지 물었다. 그러나 아무리 물어도 모두들 없다고 대답했다. 얼마 지나지 않아 어떤 친절한 사람이 알려주었다.

"마을에 가서 한번 찾아보세요. 구할 수 있을지도 몰라요."

지경왕은 하루 종일 돌아다녔으나 전혀 수확이 없었다. 결국 시골로 내려가 그의 먼 친척을 찾아갔다. 시골마을은 개발이 적고 느려서 어쩌면 어렸 때 그 기억들을 다시 만날 수도 있을지 모른다고 생각했다.

시골에 사는 먼 친척들은 미국에서 외삼촌이 온 것을 아주 중요하게 여겼다. 특별히 코카콜라와 블루리본 맥주를 사와서 지경왕을 대접했다. 지경왕의 눈에는 이미 찻주전자 안에 우려놓은 등골나물차(佩蘭茶)가 들어왔다. 이것은 그가 어렸을 때 자주 마시던 차였다. 콜라를 손으로 밀어내며 말했다.

"등골나물차나 한잔 하세. 고향에 왔는데 당연히 고향 냄새 나는 것을 마셔야지."

루시는 등골나물차를 한 모금 마신 후 말했다.

"이게 바로 세상에서 가장 신기하고 해갈이 잘 되는 음료수네요! 코카콜라보다 백 배는 더 맛있어요. 여기서는 왜 이런 음료를 상품화하지 않는 거죠? 등골나물차 포장과 생산라인에 투자하면 반드시 돈을 벌 수 있을 거예요!" 그녀는 할아버지에게 말했다.

지경왕은 자신도 모르게 마음이 흔들렸다.

동네 소문에 의하면 지경왕은 공장 건설에 관련한 투자에 아주 열심을 내고 있어 동네 사람들은 그를 잘 대접하기 위해 분주했다.

그러나 지경왕은 이런 환대를 사양했고, 그 대신에 동네 사람들에게 몇 가지 어처구니없는 제안을 했다.

첫 번째, 물레 밟아보기. 두 번째, 물소 몰아보기. 세 번째, 맷돌 갈아보기. 네 번째, 도롱이를 입고 밀짚모자 써보기. 다섯 번째, 나막신과 짚신을 한 켤레씩 챙겨 미국으로 돌아가기. 여섯 번째, 산나물 뜯어보기. 일곱 번째, 매미 잡아보기. 여덟 번째, 낚시하기. 아홉 번째, 우물에 담가놓은 시원한 수박 먹기. 열 번째, 목화솜 타는 것과 그릇 만들고 냄비 수리하는 장인들의 솜씨 보기…….

그를 대접하려 했던 사람들은 어떻게 해야 할지 몰라 난처해했다.

다행히 물소는 동네에 한 마리 있어서 하루 정도 빌렸다. 도롱이도 한 벌 찾아놓고 밀짚모자와 짚신도 찾아놓았다. 물소 몰아보는 것은 그 느낌 정도는 나게 해주었다.

동네 사람들은 이 열몇 가지의 제안 중 가장 해결하기 쉬운 것은 낚시라고 생각했다. 왜냐하면 도시에서 많은 사람들이 자주 낚시를 하러 오기 때문에 이미 만들어놓은 낚시터도 있었고, 낚시 채비도 있었다. 그러나 그릇

장인, 냄비 수리하는 장인, 대장장이들은 보이지 않았다. 목화솜을 타고 종붕(棕棚, 종려나무 섬유를 엮어 만든 침대 또는 매트리스)을 만드는 장인은 가끔 만날 수 있었다. 단지 그 사람들이 언제 올 줄 알고 어디에 가서 찾는단 말인가.

정말 다행히도 지경왕의 먼 친척집 마당에 우물이 하나 있었다. 자루 안에 수박을 담아 우물 안에 담가두었다가 꺼내어 한입 베어 물면 속까지 다 시원했다. 루시는 말했다.

"냉장고 안에 넣어놓은 수박보다 훨씬 맛이 좋네요."

루시가 가장 잊을 수 없었던 것은 매미를 한 마리 잡은 것이었다.

지경왕은 다른 사람의 도움 없이 직접 망을 만들어 대나무 장대에 연결했고, 손녀 루시와 마당 뒤 대나무 숲에 가서 매미를 잡았다. 그 크고 높은 팽나무에 앉아 있는 매미 여러 마리가 맴맴거리며 노래 부르고 있었다. 지경왕은 동심이 생겼다. 팔다리는 불편했지만 매미 두 마리를 잡았다. 마치 열몇 살의 개구장이 소년처럼 즐겁게 놀았다.

지경왕이 이번 고향 방문에서 가장 기뻤던 것은 고향을 떠나는 당일, 동네에서 맷돌을 하나 찾아낸 것이다. 지경왕은 루시와 함께 황두와 찹쌀을 맷돌에 넣어 갈았다. 정말 오랜만에 콩국과 찹쌀 탕원(湯圓)을 직접 만들어 먹었다. 지경왕은 너무 감격스러워 눈물을 보였다.

이번 고향 방문은 많은 아쉬움이 남긴 했지만 분명 그의 일생에 큰 위로가 되었다.

지경왕은 미국에 돌아간 후 고향으로 사람을 보내어 투자에 관한 일을 상의하기로 결정했다.

버려진 그림

런솽신은 그림으로 유명해졌다. 특히 매화를 아주 잘 그려서 '런매화'라는 별칭이 생겼다. 러우청 대부분의 크고 작은 호텔에 런솽신의 중국화 작품이 걸려 있었다.

런솽신의 명성이 바깥까지 퍼져나간 후 현 간부들은 그에게 그림을 그려달라고 했다. 솔직히 말하면 런솽신은 그들에게 전혀 그림을 그려주고 싶은 마음이 없었다. 그러나 간부들은 너무도 당연한 듯 요구하여 그려주지 않을 수 없었다. 점점 그림 부탁이 늘어나는 것을 본 현 공산당위원회 사무실의 주임과 현 정부 사무실의 두 주임도 더 이상 그에게 그림을 달라고 하기가 미안했다.

현 공산당 서기도 런 작가에게 신세를 진 것 같아 나중에 서기는 런 작가를 현 인민대표부 주임으로 추천했다. 당서기가 추천하였으니 당연히 순조롭게 통과되었다.

런솽신은 문화교육 업무를 담당했다. 그는 하루가 멀다 하고 단상에 올라가 연설을 해야 했다. 이렇게 그가 그림 그릴 시간은 당연히 점점 줄었다. 그러나 그림을 그려야 하는 임무는 점점 더 늘어났다. 현 간부들이 자주 그에게 전화하여 그림을 요구했다.

"현장이 일본으로 출장을 가게 되어 산수화 두 점이 필요합니다."

"자오 서기가 싱가포르에 출장을 가야 해서 매화 그림 한 점이 필요해요."

런쌍신의 현재 신분은 사투반자 지도자 중 한 명이다. 현 간부들이 그에게 그림을 요구하는 것은 그가 간부들 눈에 들어서이기도 하지만 그를 밀어주고 싶기 때문이기도 하다. 그러므로 그는 그림을 거절할 이유가 없었다. 단지 점점 많아지는 회의와 응대 때문에 몸이 두 개라도 감당하기 힘들 뿐이었다.

어느 날 현 공산당위원회 류 부서기가 직접 전화를 걸어왔다.

"중요한 프로젝트가 있어 금요일에 미국에 가야 합니다. 어떻게든 산수화 한 점과 홍매화 그림 한 점을 준비해주면 좋겠는데…… 우리 러우청을 대표해서 그들에게 선물을 하고 싶어요."

이 일이 얼마나 중요한 일인지 알고 있는 런쌍신은 두말없이 대답했다.

"알겠습니다. 늦어도 목요일 오후까지 보내드리죠!"

런쌍신이 이렇게 흔쾌히 승낙한 이유는 바로 그의 집에 좋은 그림 몇 점이 있기 때문이다. 낙관만 찍고 표구만 끝내면 바로 가져갈 수 있었다. 수중에 먹을 것이 있으니 마음이 풍요로운 법 아닌가.

그러나 하늘에는 예측할 수 없는 풍운이 일어난다는 말이 있다.

류 부서기의 전화를 받은 그날, 집에 돌아가 보니 집에 도둑이 든 것이다. 그 도둑은 온 집안을 쑥대밭으로 만들어놓았다. 금옥 장신구와 장식품들, 현금, 통장 할 것 없이 싹 쓸어갔다. 훔쳐간 장신구들이나 현금은 얼마 안 되고 통장이야 뭐 신분증이 있어야 되는 것이니 분실신고하면 문제가 없지만 가장 걱정되는 것은 그가 수집해놓은 유명 서화가들의 작품이었다. 그 작품들은 굉장히 값어치 나가는 보물들이었다. 정말 하늘에게 감사한 것은 다행히 유명 서화작품들은 하나도 훔쳐가지 않았다. 확실한 것은 그 도둑은 그림에는 문외한인, 현금밖에 모르는 멍청한 도둑이라는 것이다. 다행히 그는 마음이 좀 놓였다. 그러나 물건을 정리할 때 런쌍신이 류 부서기에게 주려고 생각해두었던 중국화 작품들이 보이지 않는 것을 알았다.

'값어치 나가는 유명 서화가들 작품은 안 훔쳐가고 왜 하필 내 그림을 훔쳐 갔단 말인가.' 그는 아무리 생각해도 이해가 되질 않았다.

공안국의 실력은 대단했다. 3일 후 이 사건은 종결되었다. 위차이중학교 2학년인 깜쟁이라 불리는 놈이 그의 그림을 훔쳐간 것이었다. 깜쟁이는 런쌍신의 그림을 훔친 장신구들과 옥기 등을 싸는 데 사용했다고 한다. 그렇게 완전히 구겨지고 찢어져 그림은 이미 못쓰게 되었다.

런쌍신은 매우 화가 났다. 만약 그의 유명세가 부러워서 혹은 그의 그림이 대단해서 훔친 것이라면 그래도 마음에 위안이 되었을 텐데 자신의 소중한 그림들이 도둑에게 그런 취급을 당하니 화가 나지 않을 수 있겠는가?

옛말에 "스님이 싫으니 승복조차 싫어진다"라는 말이 있다. 런쌍신이 바로 그렇다. 그는 이 사건으로 인해 위차이중학교에 대한 인상이 좋지 않았다. 이후 여러 장소에서 위차이중학교를 비판하며 위차이중학교 텐 교장 얼굴에 먹칠을 했다. 텐 교장에겐 여간 스트레스 받는 일이 아니었다.

어느 날 런쌍신의 집에 낯선 사람이 찾아왔다.

"런 작가님의 작품을 한 점 사려고 합니다. 가격은 크게 상관없어요."

이런 통 큰 고객을 만나 런쌍신은 너무 신이 났다.

이 낯선 사람은 그림을 고르기 위해 둘러보았으나 한 점도 고르지 못했다. 그러다가 런쌍신의 버려진 그림 두 점을 골랐다.

"이 그림이면 되겠군요."

그는 런 작가에게 어서 낙관을 찍으라고 했다. 런쌍신은 자신이 버리려던 그림이 다른 사람의 눈에 들 줄 생각지도 못하여 마음속으로 기쁘지만 걱정되기도 했다. 런쌍신은 물었다.

"이 그림을 집에 걸어놓을 겁니까 아니면 선물하려는 겁니까?"

"위차이중학교에 기념으로 선물해주려고 합니다."

런쌍신은 순간 심장이 철렁 내려앉는 듯했다. 이 그림이 만약 위차이중학교에 걸린다면 스스로 자신의 얼굴에 먹칠을 하는 꼴이 아니겠는가? 걸려면 대표작 정도는 걸어줘야 한다.

"이 그림은 내가 버리려던 것입니다. 내놓을 만한 그림이 못 돼요. 대표할 만한 작품이 아니죠. 위차이중학교에 선물하기엔 적합하지 않은 것 같습니다."

"사람의 보는 눈은 다 다른 법 아닙니까. 사람마다 심미적 기준이 다 다른 법이지요. 편견만 갖고 있지 않다면 누가 이 그림 한 점으로 화가를 판단하겠습니까?"

낯선 사람이 돌아간 후 런쌍신은 깊은 생각에 빠졌다. 자신이 혹시 편견을 갖고 있지는 않은지 생각해보았다. 겨우 한 학생의 도둑질로 위차이중학교 전체를 탓한 것에 대해 그는 어느 정도 반성하는 듯했다.

소곤륜석

예둬푸의 집에는 보물이 있다. 그러나 정작 본인은 모른다는 것이 참 이상하다. 그러나 설령 이상하다고 하더라도 결코 이상하다고 할 수 없다. 그는 배우지 못한 무식쟁이에다가 대형 트럭 운전기사인데 무슨 기석(奇石)의 가치를 알겠는가.

기석과 그의 인연을 설명하자면 굉장한 우연이었다. 그날은 집 앞길을 확장하던 날이었다. 예둬푸네 집 마당을 둘러싼 담을 철거했다. 철거반은 그의 집 안쪽으로 담벼락을 1미터 정도 넓힐 예정이었다. '철거하려면 하라지 뭐.' 정부의 행동은 우리 같은 사람들이 아무리 반대해봤자 아무런 소용이 없었다.

철거한 후 마당에 있던 화초들은 모든 행인들의 구경거리가 되었다.

늦은 저녁, 안경을 쓴 중년남자가 자전거를 타고 길을 지나다가 갑자기 멈춰 서서 자전거를 밀면서 걸어 지나갔다.

그 순간 퇴근한 예둬푸도 집에 돌아왔다. 그는 처음 보는 사람인 것 같아 바로 물었다.

"누굴 찾나요?"

그 중년남자는 상냥하게 말했다.

"음, 누굴 찾는 건 아니구요. 단지 이 돌이 특별한 것 같아서요. 제가 자세히 좀 볼 수 있을까요?"

"그러시죠. 그냥 돌인데요 뭘. 편하게 보세요."

중년남자는 그 돌을 만져보았다. 30센티미터 되는 높이에 너비가 약 3미터쯤 되고, 돌의 굴곡이 분명했으며 백색의 줄무늬가 있었고 멀리서 보면 마치 구름 같았다. 정말로 기괴한 돌이었다. 그는 주머니에서 작은 쇠망치를 꺼내어 가볍게 몇 번 두드려보았다. 그는 낭랑한 소리를 듣고는 말했다.

"아주 좋은 돌이네요. 아주 좋아!"

그는 자신을 소개하기를 이름은 쉬즈차오이고 취미는 돌 수집이라고 했다. 돌을 좋아해서 그가 사는 집의 이름을 침석헌(枕石軒, 돌로 베개를 삼는 집)라 지었다고 한다. 그는 침석헌을 지은 후 계속하여 침석헌의 나쁜 기운을 눌러줄 기석을 찾고 있었다. 이전에 찾아내었던 돌들은 너무 크거나 너무 가벼워서 마음에 들지 않았다. 그 후로도 아무리 찾아도 찾지 못했는데 이렇게 우연히 이곳에서 영벽석(靈璧石)을 만나다니!

쉬즈차오는 아주 시원시원한 사람이었다. 그는 단도직입적으로 물었다.

"이 돌을 나에게 팔 수 있나요?"

예뒤푸는 생각도 하지 않고 말했다.

"안 팔아요, 안 팔아. 내가 무슨 장사하는 사람도 아니고."

쉬즈차오는 화를 내지 않았다. 다시 한번 매우 진지하게 예뒤푸에게 물었다.

"이 영벽석이 어디에서 났나요? 무슨 얽힌 사연이라도 있는지요?"

예뒤푸는 쉬즈차오의 말투가 너무 쏘아붙이는 것 같아 그의 말에 더 대꾸하고 싶지 않았다. 그러나 예뒤푸는 쉬즈차오의 심보가 나쁜 사람 같아 보이진 않아서 간단하게 말해주었다.

예뒈푸는 1970년대에 차로 안후이성 링비(靈璧)를 지나간 적이 있었다. 그때 누군가 그의 차를 막아서서 고급 영벽석이 필요하지 않냐고 물었다. 가격은 10위안이었다. 그 당시 10위안이면 적은 돈이 아니었다. 예뒈푸는 그깟 돌이 무슨 필요인가 생각하여 공짜로 준다고 해도 차에 실어 갈 생각이 없었다. 그가 막 출발하려 할 때 그 돌의 주인이 말했다.

"이 돌은 곤륜산을 옮겨놓은 것 같다니까요. 그래서 '소곤륜'이라고 부르죠. 악운을 쫓는 좋은 돌이에요."

예뒈푸는 일찍이 곤륜산에서 군대 생활을 한 적이 있다. 운전기술은 바로 그때 배운 것이다. 그는 '소곤륜' 세 글자를 듣자마자 친근함이 생겨나는 듯했다. 그는 마치 무엇에 홀린 듯이 두말 않고 10위안을 꺼내어준 후 돌을 차에 실었다.

집에 도착한 후 그는 아내에게 한바탕 욕을 먹었다.

"정신이 나갔어요? 그 먼 길을 갔으면 먹을 것이나 입을 것을 가져와야지, 무식하게 무슨 이런 무거운 돌을 갖고 와요?"

예뒈푸는 다행히 10위안을 주고 사왔다는 말은 하지 않았다. 그녀가 알았다면 더 심한 욕을 퍼부었을 것이다. 이렇게 이 돌은 그대로 마당으로 던져졌다. 그 돌은 그렇게 던져진 채 20년이 지난 것이다.

쉬즈차오는 돌에 얽힌 이야기를 듣고 난 후 말을 꺼냈다.

"이 돌을 양보한다면 만 위안을 주겠습니다. 한번 생각해보시죠."

예뒈푸도 어디선가 미친 듯이 돌을 좋아하는 사람, 즉 '돌광'들이 있다는 얘기를 들어본 적 있다. 이 돌을 만 위안에 사겠다는 사람이 진짜로 있을 줄은 몰랐다. 단지 모르는 사람이 나타나 이렇게 말하니 감히 믿어지지가 않을 뿐이었다.

"안 팔아요!"

며칠 뒤 쉬즈차오는 다시 그를 찾아왔다. 예뒈푸는 이번에도 팔지 않겠다고 딱 잘라 말했다.

작년 구정에 러우청시 수집협회가 주관한 기석 전시회에서 쉬즈차오는 예둬푸에게 그 소곤룬돌을 가져와 전시하라고 권했다. 예둬푸는 처음에는 동의하지 않았다. 그러나 쉬즈차오가 전문가를 불러다 자단나무 받침대를 만들어줄 줄 누가 생각이나 했겠는가. 게다가 유명한 전각가를 불러다 '소곤룬' 세 글자를 자단나무 받침대에 새기다니! 예둬푸는 그의 행동에 감동받아, 끝내 그 돌을 전시회로 보냈다.

기석 전시회가 끝나기 전, 투표로 10대 기석을 선발했다. 아마 쉬즈차오의 강력한 추천과 홍보 때문인지 소곤룬 영벽석은 10대 기석 중 첫 번째 기석으로 뽑혔다.

이렇게 소곤룬의 명성은 바깥으로 퍼져나갔다. 머지않아 많은 사람들이 그를 찾아왔다. 어떤 사람은 만 5천 위안, 어떤 사람은 2만 위안을 주겠다고 했다. 예둬푸는 이 돌을 아끼기 시작했다. 그는 절대로 팔지 않았다.

원래 세상에는 예상치 못한 일들이 불시에 일어나는 법이다. 구정이 지나고 예둬푸는 실직했다. 매월 겨우 250위안의 생활비뿐이었다. 누군가 이런 사정을 듣고는 그의 집에 찾아와 그 돌을 팔 것을 권했다.

"당신은 돌을 좋아하지도 않는데 그냥 두면 무슨 소용이에요. 돈이랑 바꾸는 게 더 낫지 않겠어요? 살림에 보탬도 되고 좋잖아요."

그는 결국 마음이 흔들렸는지 생각했다. '아예 고가를 불러야겠어. 원하는 사람이 가져가겠지, 뭐. 그 가격에 못 사겠다면 뭐 그냥 말고.' 예둬푸가 주저하고 있을 때 쉬즈차오가 다시 그를 찾아와서 좋은 소식을 알려주었다.

"시에서 기석 박물관을 짓기로 결정했어요. 그곳에 정규직 자리가 하나 날 텐데 내가 이미 당신을 추천했어요."

좋든 나쁘든 제대로 된 일자리였다.

예뒤푸가 실직한 후 이 소식은 그에게 가장 위안이 되는 소식이었다. 이전에 많은 사람들이 고가에 소곤륜을 사겠다고 한 것보다 더욱 기뻤다. 그는 소곤륜을 기석 박물관에 기증하기로 결심했다.

어떤 사람은 그에게 말했다.

"자네 왜 이렇게 멍청해?"

그는 "사람은 모두 감정적인 동물이지요."라고 대답한 후 더 이상 다른 말은 하지 않았다.

만이진의 건축공사

만이진의 성은 만(滿)씨인데 그가 만족인지는 확실하지 않다.

만이진의 조상은 사업을 했다. 단지 사업이 크진 않아서 소상인 정도라고 할 수 있었다. 만이진 부친은 만이진이 공부의 길을 걸어 훗날 금의환향하여 가문을 빛내라는 의미로 이진(衣錦, 비단옷을 입다)이라는 이름을 지어주었다.

만이진 부친의 생각은 아주 좋았다. "청나라 지부 삼 년이면 십만 냥을 벌어들인다"라는 말이 있다. 만이진에게 1품이나 2품 등의 높은 자리에 오르는 것을 바라진 않는다. 그저 7품 관직이어도 족하다.

이런 생각들이 모두 좋긴 좋지만 중요한 것은 만이진이 공부에 관심이 없다는 것이다. 하루 종일 창이나 봉을 들고 놀기를 좋아했다. 그런데 만씨 가문 조상들이 무슨 덕을 얼마나 쌓았길래 만이진에게 이런 일이 생겼는지 모르겠다. 만이진이 18세가 되던 해에 조정에서는 많은 문무 인재들을 모집했다. 만이진은 운이 좋으면 되겠지 하는 마음으로 시험에 참가하였으나 뜻밖에 무수재(武秀才)에 합격했다. 머지않아 또 무거인(武擧人)에 합격했다. 이 일로 인해 한동안 고향은 아주 떠들썩했다.

만이진은 마을 사람들 앞에 잠깐 얼굴을 비춘 뒤 효기영(驍騎營)으로 갔다. 그는 그곳에서 참장(參將)의 자리까지 올랐다. 참장은 그렇게 높은 자리는 아니었지만 전쟁 시 조금의 실권은 가지고 있었다. 만이진은 이것만으로도 충분히 만족했다.

만이진은 어쩔 수 없는 사업가의 후손이었다. 그는 농촌에서 올라온 병사들처럼 전쟁이 나면 목숨 걸고 싸울 줄만 아는 사람이 아니었다. 그는 머리를 굴려 자신에게 이익이 있으면 하고 그렇지 않으면 피해 다녔다. 그래서 다른 사람들이 전쟁에서 이곳저곳 크게 다쳐도 그는 몇 번의 전쟁에 참가하고서도 아무런 상해를 입지 않았다. 그러나 어쨌든 전쟁에서 목숨 바쳐 싸우면 사상자가 생기는 것은 흔한 일이었다. 질항아리로 우물물을 뜨면 쉽게 깨지기 마련 아닌가. 그러나 만이진은 주머니나 넉넉히 채워서 돌아가고 싶을 뿐이었다.

드디어 기회가 찾아왔다. 한번은 염군(捻軍, 1852~1868년에 허난, 안후이, 산둥 지역을 중심으로 폭동을 일으킨 농민반란군)을 추격할 때 금은보화가 든 보따리를 멘 무리들을 붙잡았다. 만이진은 그 금은보화가 염군의 군필품이 아니라고 생각하여 그 보따리를 들고 그대로 도망가고 싶었다. 만이진은 순간 머리를 굴려본 후 부하들에게 명령했다.

"붙잡은 놈들의 목을 베어라!"

그다음 그는 그 재물들을 챙겨 마치 발바닥에 기름이라도 바른 듯 재빠르게 줄행랑을 쳤다.

러우청에 돌아온 후 그가 첫 번째로 한 일은 미장공과 목수들을 불러 칠진짜리 저택을 짓기 위해 대규모 토목공사를 준비를 한 것이다.

만이진은 군인 출신이었다. 그의 경험에 의하면 병사들을 전장에서 목숨 걸고 싸우게 하려면 독전대(督戰隊, 병사들이 잘 싸우는지 감시하는 부대)가 있어야 했다. 조금만 감시가 소홀해도 미장공과 목수들이 한눈팔며 소홀히 일할지도 모를 일이었다. 그래서 만이진은 거의 매일 공사 현장에 나왔다. 마치 공사 총감독처럼 말이다.

만이진이 효기영에 있을 때 어느 병사에게 이런 말을 들은 적이 있다.

"공사 인부들을 함부로 대하면 안 돼요. 만약에 함부로 대하면 대들보를 올릴 때 그 마룻대 위에 저주를 걸어둔 물건을 올려둘지도 몰라요. 집이 다 지어진 후 그 물건 때문에 주인이 평안하게 살지 못할 수도 있어요."

이 말이 떠오른 만이진은 더욱더 엄격히 감시했다. 혹시라도 어느 인부가 악심을 품고 자신의 집을 망하게 만들진 않을까 굉장히 걱정했다.

참 이상하게도 만이진이 이런 생각을 하기 시작한 후 그의 눈에는 인부들이 마치 꼭 자기가 하지 말라는 것만 골라서 하는 것 같았다. 심지어 그는 인부들의 눈이 목이 잘려 죽은 염군들의 눈처럼 보였다. 이렇다 보니 그는 안절부절못하며 매우 걱정했다. 성격도 점점 이상해졌다. 조금이라도 안 좋은 일을 맞닥뜨리면 아주 노발대발했다.

첫 번째 방의 마룻대가 올라가는 날, 그는 특별히 일찍 공사장에 와서 인부들의 작은 동작 하나하나까지도 자세히 감시했다. 누구 하나라도 이상한 짓을 할까 매우 걱정했다. 어쩌면 만이진이 도둑 감시하는 눈빛으로 인부들을 쳐다보니 인부들이 일할 때 제대로 작업할 수 없었을지도 모른다. 큰 마룻대를 몇 개 올렸는데 전부 삐뚤삐뚤한 것 같았다. 만이진은 화가 머리끝까지 치밀어 올랐다.

"제길, 당신들 지금 나 엿 먹이려고 일부러 이렇게 하는 거야? 좋아, 한 번 해보자고, 내가 가진 게 돈뿐이야. 당신들이 제대로 안하면 바로 쫓아내버릴 거라구. 사람이야 다시 새로 구하면 그만이야."

만이진이 화를 내자 한 늙은 목수가 만이진에게 다가와 말했다.

"어르신, 크게 화내실 필요 없어요. 여기 있는 사람들, 목공일 하면서 한평생 집을 지은 사람이에요. 이런저런 일 다 봤다구요. 이 집은 충분히 튼튼하고 충분히 아름다워요. 걱정하지 마십쇼. 우리들이 지은 집은 아마 백년은 끄떡 없을 거예요. 보장합니다. 그런데 백 년 후에도 집 주인의 성이 여전히 같은 성인 경우는 많지 않더라구요. 부귀는 삼대를 넘지 못해요. 지금까지 그래왔어요. 그런데 뭐 하러 이렇게 매일매일 직접 현장에 나와서 화를 내시는지요?"

만이진은 늙은 목수의 말을 듣고는 얼이 빠져 한참 동안 정신이 돌아오지 못했다.

점쟁이 린씨

지금 이야기하려는 점쟁이 린씨에 대해 절대 오해하지 말아야 할 것은 그는 점치는 사람이 아니라는 것이다. 한 번도 사람들에게 관상을 봐준 적도 없다.

그럼 당신들은 아마 이상하게 여길 것이다. 점치는 사람도 아닌데 왜 '점쟁이 린씨'라는 별명이 붙었을까?

그가 이런 별명을 얻은 데에는 우연한 계기가 있다.

그때는 재작년 가을 어느 오후였다. 외지에 사는 린단옌의 동창이 러우청에 왔다. 그는 다른 동창들을 불러 모아서 다같이 400여 년 역사를 가진 남원공원으로 바람을 쐬러 갔다. 그들은 정자에 앉아 수다를 떨었다. 막 뜬금없는 수다를 떨고 있을 때 예쁘게 차려입은 젊은 여자들이 사진을 찍으러 왔다. 그들을 찍기 위해 함께 온 사진사는 린단옌에게 잠시 비켜달라고 부탁했다.

"여러분들이 화면에 나와서 사진이 예쁘지 않으니 자리 좀 비켜주실 수 있나요?"

린단옌은 당시 친구들과 이야기에 푹 빠져 있어서 크게 신경 쓰지 않았다.

'당신은 당신 거 찍고, 우리는 우리 얘기하고 각자 할 일 하면 되지. 뭘 비키라고 난리야?

아마 린단옌이 사진사의 말을 들은 척도 하지 않아 그 젊은 여자 둘은 화가 났던 모양이다. 그중 한 명이 백 위안을 꺼내어 사진사에게 건네주며 차갑게 말했다.

"저 사람들한테 이거 주고 차나 마시라고 쫓아버려요."

린단옌은 좀 화가 났다. '완전 사람을 무시하는 거야 뭐야? 백 위안 한 장으로 사람을 쫓겠다고? 자기가 뭐라도 되는 줄 아는 거야?' 린단옌은 바로 일어나서 그 여자들에게 따지려고 했다. 그 순간 그의 동창 갑이 그를 붙잡았다.

"됐어, 하지 마. 좋은 남자는 여자랑 싸우는 거 아니야. 화내봤자 뭐 할 거야? 그냥 우리가 물가에 가서 앉아 있자구."

물가에 도착하자, 동창 갑은 린단옌에게 알려주었다.

"그 여자들 말이야, 굉장히 경박스러워. 한 명은 민영기업가 둥따펑의 색시고, 한 명은 시공안국에서 새로 뽑은 쉬 부국장의 부인이야. 건드려봤자 좋을 것 없는 사람들이거든."

동창들은 린단옌이 러우청의 유명인물을 모르는 것을 질타했다. 동창 중 한 명이 농담으로 말했다.

"저 두 얼굴을 잘 기억해둬야 할 거야. 모르면 또 무슨 귀찮은 일이 생길지도 모르거든."

린단옌은 일에만 관심 있지 여자들에게는 관심이 없었다. 그러나 그는 이번에 특별히 호수를 마주하고 포즈를 취하던 그 두 여자를 기억해두었다. 린단옌은 한마디 했다.

"내가 오늘 재수 없이 저런 두 여자를 만나서 하는 얘기가 아니야. 둥따펑 색시는 예쁘긴 엄청 예쁘지. 근데 눈꼬리에 살기가 있는 것 같아. 완전 남편을 잡아먹을 상이야. 보아하니 둥따펑도 얼마 못 살겠어."

동창 갑은 마음이 꽤나 착한 사람이었다. 그는 얼른 말을 받아쳤다.

"아이고, 됐네, 이 사람아, 저 여자 욕해서 뭐 할라고."

린단옌은 웃으면서 말했다.

"내가 저 여자들을 욕한다고? 난 그저 솔직하게 말한 것뿐이야."

"하, 자네가 관상이나 점을 본다고? 그럼 쉬 국장의 부인은 남편의 기를 살릴 상인가? 남편을 잡아먹을 상인가?" 동창 갑은 계속 그를 쪼아댔다.

린단옌은 담담히 말했다.

"그 여자는 말야, 음기가 좀 세. 좀 안 좋게 말하면 과부상이야……."

당시 린단옌의 말은 이렇게 지나가버렸다. 누구도 진지하게 생각하지 않았다.

3개월이 지나고, 또 3개월 후 동따펑이 고속도로에서 운전하는데 짙게 낀 안개 때문에 가시거리가 좁아져 토요타 버스와 부딪혔다. 그 결과 그는 현장에서 바로 황천길로 가버렸다.

동따펑은 러우청에서 유명한 민영기업가라서 장례는 성대하게 치러졌다. 러우청의 크고 작은 인사들, 시민들 모두 그의 장례식이 성대하게 치러진 것을 모르는 사람이 없었다.

그날 남원공원에서 린단옌이 한 말이 생각난 동창 갑은 온몸에 식은땀이 흘렀다. '완전 점쟁이네, 점쟁이야.'

작년에는 갑자기 공안국 쉬 부국장이 사법기관의 조사를 받았다는 소식이 들려왔다. 며칠 지나지 않아 또 굉장히 놀랄 만한 소식이 들려왔는데 쉬 부국장이 조사받는 중에 목 매달아 자살했다는 소식이었다.

이 일은 현지 시민들에게 정부기관의 나쁜 스캔들로 각인되었고, 수시로 사람들의 입에 오르락내리락거리는 화제가 되었다. 그러나 동창 갑은 그렇게 생각하지 않았다. 그는 린단옌이 예전에 했던 말이 생각나서 한참 동안 넋이 나가 있었다.

둘째 날, 동창 갑은 린단옌과 몇몇 친구들을 식사자리에 초청했다. 동창 갑은 린단옌에게 말했다.

"자네가 그날 남원공원에서 한 말이 다 들어맞았어. 이제는 자네 말을 안 믿으면 안 될 판이야. 자네 아주 용하구만. 점쟁이야, 점쟁이. 오늘 자네를 부른 건 두 가지 일 때문이야. 첫 번째는 도대체 자네의 그 선견지명 능력이 어디에서 온 건지 알고 싶어서야. 두 번째는 우리들도 한번 봐줄 수 있나 해서. 하하, 관상을 좀 봐주게. 우리 미래가 어떨지 말이야."

린단옌은 상황을 보아하니 거절할 수 없는 것 같아 보였다. 그는 곤란한 표정을 지으며 솔직하게 말했다.

"나도 그냥 느낌일 뿐이야. 그냥 나오는 대로 지껄이는 거라구. 단지 나도 좀 의아한 것은 내가 한 말이 다 현실이 되었다는 거야. 그런 일이 한두 번이 아니더라고. 아이고, 진짜 앞으로는 말이야, 이런 실없는 말은 하지도 말아야겠어. 그냥 입을 다무는 게 낫겠어. 부탁하네, 친구들."

그럼에도 불구하고 동창생들은 계속 자신들의 운수를 봐달라고 그를 부추겼다.

린단옌은 동창생들의 고집을 꺾을 수 없어서 결국 대충 봐주는 척했다.

"자네들은 말야, 큰 부귀를 누리지는 못할 운명이야. 배신하거나 나쁜 놈들도 없을 거야. 기본적으로 모두 평범한 인생을⋯⋯."

린단옌이 집에 걸어둔 서예작품은 바로 '평상심(平常心)'이라는 글자였다. 단지 그가 용하다는 소문이 퍼져나간 후 그의 평상심은 더 이상 평상심을 유지하기 힘들었다. 시의 간부들이나 갑부들의 부인들이 그를 찾아와 관상을 봐달라고 하거나 점을 쳐달라고 했다.

"당신이 하는 말은 다 맞아떨어지니 점쟁이라고 불리는 게 아니오?"

린단옌이 그들의 관상을 봐주고 싶지 않아 할수록 그에게 관상을 봐달라고 찾아온 사람들은 더욱더 많아졌다.

린단옌은 이것이 바로 자신의 명성을 떨칠, 돈을 벌어들일 기회라고 생각했다. 그러나 또 한편으로는 재앙의 시작일수도 있었다.

그는 정식으로 자신의 이름을 '린모옌(默言, 묵언)'으로 개명하기로 결심했다.

여전히 향기로운 계화나무

한림농 13호에는 가오취빙이라 불리는 이상한 사람이 살고 있다. 그가 이상하다고 하는 말하는 이유 중 첫 번째는 그는 독신인데 아무리 예쁜 여자를 그에게 소개시켜줘도 고개를 가로저으며 한사코 거절하기 때문이다. 마치 자신이 천하제일 미남이라도 되는 양, 물고기와 새도 숨고 달도 숨고 꽃도 부끄러워할 정도로 아름다운 용모를 지닌 여인, 경국지색의 미인 정도는 돼야 자신과 어울린다고 생각하는 것 같았다. 두 번째는 13호 마당에 심어진 계화나무를 자신의 목숨처럼 다루기 때문이다. 누구도 감히 건드릴 수 없다. 건드렸다가는 그가 목숨을 걸고 달려들 것이다. 정말 이해할 수가 없었다.

옛날부터 한림농의 모든 집들마다 전부 고목이 있었다. 그래서 13호의 계화나무는 사람들의 관심을 끌지 못했다. 나중에 고목이 한 그루 한 그루 베이다 보니 문화대혁명 시기가 되어서 이 계화나무는 한림농의 유일한 계화고목이 되었다.

계화고목은 매년 꽃이 피었다. 8월이 되면 마치 나무에 황금이 달린 것 같았고 사방에 계화향이 풍겼다. 이웃집 아이들은 항상 계화나무 가지 하나 꺾어서 집에 가져다 꽃병에 꽂아두고 향기를 맡으려고 했다. 그러나 가오취빙이 집에 있으면 그런 일은 절대 꿈도 꿀 수 없다.

가오취빙은 학교 선생이다. 당연히 매일매일 집에 있을 수 없다. 그래서 항상 누군가가 그가 집에 없는 틈을 타 계화나무 가지를 꺾으러 왔다.

'어쩐지 이상하다 했어. 나뭇가지가 하루에 하나씩 사라지는 것 같더라니'.

가오취빙은 퇴근 후 집에 돌아와 항상 계화나무를 살펴본다. 그는 나뭇가지 수가 아침과 같은지 혹은 몇 개의 나뭇가지가 보이지 않는지까지 정확히 알고 있다. 만약 어느 집 자식이 꺾어간 것인지 그에게 들키는 날에는 완전 끝장이었다. 그놈들은 학교에서 크게 혼구녕이 났다. 그는 선생 체면이고 뭐고 생각하지 않고 막말을 쏟아냈다. 이런 까닭에 가오취빙은 한림농의 여러 이웃집들에게 미움을 샀다.

맞은편 12호에 사는 푸싼타이는 아들에게 단호하게 말했다.

"그 계화나무는 가오취빙의 생명의 근원과도 같은 거야. 근처도 가지 말거라. 괜히 일 만들지 말고."

1966년 사구타파 운동과 가산 몰수, 비판 투쟁의 바람이 러우청에도 불어왔다.

푸싼타이는 러우청 상업조반(商業造反)사령부의 부사령이 되었다. 그는 팔에 붉은 완장을 차고 대통령이라도 된 것마냥 의기양양한 모습이었다. 그의 눈에 가오취빙은 이제 안중에도 없었다. 계화나무에서 계화향이 날릴 때 그는 13호에 가서 계화나무 가지를 꺾었다. 만약 가오취빙이 다시 감히 가지 꺾는 푸싼타이 아들을 가로막고 막말을 해댈 수 있다면 그것은 바로 호랑이 머리 위에 있는 파리를 쫓는 격이라고 할 수 있다. 그래서 그는 아들을 데리고 거침없이 맞은편 13호로 들어갔다. 게다가 일부러 크고 굵은 목소리로 아들에게 말했다.

"그래, 그래, 바로 저거야, 저거 하나 꺾어봐."

마침 그때 가오취빙은 집에 있었다. 그는 마치 푸싼타이의 권력과 신분이 어느 정도인지 모르는 듯 잽싸게 달려 나와 계화나무 앞에 섰다.

"군자는 꽃을 감상하지 꺾지 않는 법이오. 감상하고 향을 맡는 것은 환영하지만 꽃이나 가지를 꺾는 것은 어림도 없소!"

"군자는 개뿔, 똑똑히 보라구. 내가 말이야, 조반파(造反派) 부사령이야! 주자파(走資派)들은 내가 싹 잡아다 처리했다고! 그런 내가 네놈 따위를 두려워할 것 같아?"

가오취빙은 가위를 들고 왔다.

"누구라도 계화를 꺾으면 목숨 내놓을 각오해야 할 거요. 혈전도 두렵지 않으니 얼마든지 덤비시오!"

'횡포를 부리는 자는 목숨을 건 자를 두려워한다'는 속담이 있다. 푸싼타이는 가오취빙을 보자 오기가 올라왔다. 그는 눈앞에서 당할까 봐 두려워 씩씩거리며 말했다.

"좋아. 두고 보자. 네까짓 놈이 어떻게 될지."

다음 날, 푸싼타이의 아들은 홍위병들을 데리고 와 가오취빙의 머리를 음양두(陰陽頭, 한쪽 머리를 완전히 밀어버린 것)로 밀어버린 후 그를 끌고 거리를 한 바퀴 돌았다. 집에 돌아온 가오취빙은 완전히 망연자실했다. 나무에 무성했던 가지들, 푸른 이파리들과 가득 피어 있던 계화꽃들은 모두 사라졌고 겨우 드문드문 나뭇가지 몇 개만 남아 있을 뿐이었다. 그는 흐느껴 울었다. 그는 묻고 싶었다. 그는 따지고 싶었다.

가오취빙은 계화나무를 끌어안고 꼬박 하룻밤을 울었다. 둘째 날 그는 결국 쓰러지고 말았다. 꼬박 3일 밤을 쌀 한 톨도 먹지 않았다. 쓰러진 그는 처량하고 비참한 모습으로 울면서 말했다.

"계화야, 계화! 내가 잘못했다…… 정말…… 잘못했어……!"

이 모습을 보는 사람들조차 마음이 아파 눈물이 날 것만 같았다.

몸이 나아진 가오취빙은 의자를 계화나무 아래로 끌어다 그곳에 앉아 아무런 말도 하지 않은 채 오랜 시간을 보냈다.

이듬해 부동산에서 사람이 찾아왔다. 그들은 계화고목을 베려고 했다.

"이 정원에다가 집을 한 채 지을 거예요."

가오취빙은 이 말을 들은 후 사자처럼 분노했다. 나무를 베러 온 일꾼에게 손가락질하며 얘기했다.

"누구든 이 나무를 베기만 하시오. 내가 목숨 걸고 지킬 테니! 이 나무를 못 지키면 바로 이 나무 아래서 죽어버리겠소!"

부동산 소장은 말했다.

"이 계화나무는 죽었어요. 꽃도 다시는 피지 않을 거고요. 그러니 이 계화나무를 보호해봤자 소용없다구요……."

"누가 죽었다는 거요? 이 나무는 아직 살아 있다고. 얘도 아픔을 알고, 추위와 더운 것도 안단 말이오……."

그는 다시 가위를 가지고 나왔다. 이번에는 자신의 목에 가위 끝을 갖다 대었다.

부동산 소장은 그가 진짜 죽기라도 할까 봐 욕을 퍼부으며 돌아갔다.

한림농 사람들은 가오취빙이 무슨 자극을 받은 것은 아닌지 아니면 머리에 문제가 생긴 것이 아닌지 의심했다. 모두들 그를 존경은 하지만 가까이하려 하지는 않았다.

가오취빙은 다른 사람이 자신을 어떻게 얘기하는지 신경 쓰지 않았다. 그는 자신의 모든 정신을 오직 계화나무 살리는 데에 쏟아부었다. 그는 나무를 살릴 수 있는 정보를 얻기 위해 사방으로 책을 찾아다녔고, 시간만 나면 연구에 몰두했다.

역시 노력은 배신하지 않는다. 가오취빙이 전심전력으로 보살핀 덕분에 초라해 보였던 계화나무에 새로운 가지가 싹텄고, 점점 살아났다. 그러나 몇 년간은 계속 꽃이 피지 않았다.

80년대 말에 이르러 중국 본토와 대만의 관계가 조금 느슨해졌다.

어느 날 대만 사무판공실의 주임인 젊은 여자가 가오취빙을 찾는다는 얘기를 들었다. 그 여자는 13호에 들어서자마자 흥분하며 말했다.

"와! 계화나무! 이 계화나무가 아직도 있네!"

소리를 듣고 마당으로 나온 가오취빙은 마치 꿈에서 막 깬 듯 눈을 비볐다. 그는 눈앞에 나타난 여자가 대만에서 온 사람인 줄 알았을 때 자기도 모르게 말을 내뱉었다.

"구이화(桂花)? 당신이 구이화요?"

'설마 시간이 거꾸로 흐르기라도 한 것인가? 아니면 구이화가 영원히 젊음을 멈추게 하는 힘이라도 갖고 있는 것인가?'

알고 보니 그를 찾아온 여자는 구이화의 딸 신신이었다. 신신은 크게 소리 질렀다.

"아버지!"

그녀는 가오취빙의 품속으로 달려들었다. 부녀는 서로를 끌어안고 통곡했다.

"어머니는 이미 재작년에 병으로 돌아가셨어요. 임종 전에 저에게 말씀하셨죠. 기회가 되면 어떻게 해서든지 러우청으로 돌아가 아버지를 만나보라고요. 한림농에 가서 이백 년 된 계화고목을 찾아보라고 하셨어요. 그 나무만 있다면 어머니와 아버지의 사랑은 절대 죽지 않는다고도 하셨구요."

대만 사무판공실의 시 비서는 문필가이다. 그가 가오취빙을 인터뷰한 후 「계화고목이 증인이 되어준 사랑」이라는 제목의 기사를 써서 시보에 발표했다. 이후 이 이야기는 각종 매체의 관심을 끌었다. 현지 극작가도 극본보다 더 극본 같은 내용이라고 했다. 나중에는 상도 탔다.

이쯤 되니 가오취빙과 구이화, 그 둘의 처량하고 아름다운 사랑 이야기는 모든 사람들이 다 알게 되었다.

원래 구이화의 부친은 국민당 공군의 군필품 공급처 처장이었다. 국민당이 대륙에서 철수할 때 그는 구이화를 데리고 대만으로 가리라 결심했다. 이별하는 그날 밤 감정을 통제할 수 없었던 두 젊은이는 에덴동산의 금지된 과일을 몰래 먹었다. 그들은 그날 밤의 격정적인 사랑으로 결실을 맺게 되었다.

당연히 이 이야기는 훗날 알게 된 이야기다. 가오취빙은 단지 그날 새벽, 구이화를 떠나보낼 때의 일만 기억하고 있었다. 당시 구이화는 계화나무 아래에서 맹세했다.

"계화나무만 그대로 있다면 우리 두 사람의 사랑도 여전히 있는 거예요! 반드시 우리의 사랑을 찾아서 다시 돌아오겠어요!"

가오취빙은 넋이 나간 채 말했다.

"나무를 만나는 게 사람을 만나는 것과 같지. 나무가 그대로 있으면 사람도 그대로인 거야. 나는 내 생명을 지키듯이 이 계화나무를 지키겠소."

그래서 훗날 가오취빙의 나무 보호 이야기가 이렇게 전해지게 되었다.

현지 매체는 200년 된 이 계화고목을 사랑나무라고 불렀다.

나는 최근 한림농에 한 번 갔을 때 계화고목에 수없이 묶여 있는 붉은 천을 발견했다. 소문에 의하면 근처에서 결혼한 신랑신부들이 와서 걸어 놓고 간 것이라고 한다.

특별한 치료법

1940년대, 러우청에서 가장 손꼽히는 의사라 하면 허샤오충이라 할 수 있다. 허샤오충은 원래 러우청 사람이 아니라 저장성 후저우 사람이었다. 그는 왜 러우청에 발을 들여 의사 노릇을 시작했을까? 허샤오충이 러우청에 온 지 얼마 되지 않아 좋은 입소문이 돌기 시작했고, 그의 진료소에는 많은 사람들이 줄을 서서 기다렸다. 의술이 6대나 이어져 온 루씨 가문 진료소의 인기를 넘어섰다.

루 선생은 길게 탄식하며 말했다.

"하여간 동네 사람들은 다른 도시에서 오면 다 잘하는 줄 안다니까. 여태껏 그랬다구."

그러나 러우청의 환자들은 그렇게 생각하지 않았다. 그들은 허샤오충의 진료소에 가면 마음이 편했다. 심지어 어떤 환자는 이렇게 말했다.

"허샤오충 진료소에 들어갔다 나오면 병이 반은 나은 것 같아."

허 의원이 진짜 그렇게 대단한 걸까? 사실은 꼭 그런 것만은 아니다.

중요한 것은 허 의원이 진료할 때 다른 의원과 다르다는 것이다. 보통 중의사들은 환자들이 오면 먼저 사진법, 즉 병세를 보고, 듣고, 묻고, 맥을 짚어 진찰한다. 그러나 허 의원은 맥도 짚지 않고 설태도 보지 않고, 가장 먼저 환자들에게 자신의 증세를 설명하게 한 후 경청하여 듣고 환자와 이야기를 나눈다.

그는 항상 "괜찮아요 이런 병은 별거 아니에요" 혹은 "잘 왔어요. 잘 왔어. 이 병은 별 큰 문제가 안 됩니다"라고 말한다.

"말 한마디에 사람을 춤추게 할 수도 있고 웃게 할 수도 있다"라는 속담이 있다. 특히 의사의 말은 환자의 귀에 판사의 판결문보다 더 효력이 있다. 의사는 병세가 심각하다고 할 수도 있고 가볍다고 할 수도 있다. 또 의사마다 말하는 것이 다 다른데 많은 의사들은 환자들의 병을 위중하게 말하는 것을 좋아한다. 그리하여 만약 잘 고치면 의사의 의술이 뛰어나서 잘 고친 게 되는 것이고, 행여라도 못 고치면 의사가 이미 앞서 병이 위중하다는 것을 말해두었기 때문에 자신의 의술이 뛰어나지 않아서가 아님을 증명할 수 있다. 의사의 입장에서 보면 이렇게 말하는 것이 꼭 틀린 것은 아니다. 그러나 환자 입장에서는 병세가 심각하다는 얘기를 들으면 굉장히 마음이 무거워진다. 이런 심리 상태는 환자에게도 좋을 것이 없다.

허샤오충은 세 가지 심리상담 요법, 세 가지 약물 요법, 세 가지 병후관리 요법을 고집했다. 어떤 환자들은 진료소 들어갈 때 얼굴과 나올 때의 얼굴이 달랐다. 들어갈 때는 얼굴에 수심과 병색이 가득했으나 그에게 진료 방법을 듣고 나올 때는 이미 수심의 반은 사라지고 병색도 3분의 1은 사라진 것처럼 보이기도 했다.

허샤오충의 진찰 방법 중 다른 또 한 가지는 환자가 다 나았다 하더라도 다시 환자 집에 찾아가 살피는 것이었다. 그가 자주 하는 말이 있다.

"병이 올 때는 산이 무너지듯 순식간이고요, 병이 갈 때는 실을 뽑아내듯 느리게 갑니다."

그 말인즉슨 몸조리 약은 꼭 먹어야 하고 장기 복용해야 좋다는 뜻이다. 그래서 환자들은 매우 그를 신뢰했다. 설령 병이 낫더라도 다시 그에게 찾아가 보약을 지어 먹으려 했다.

러우청의 몇몇 나이 든 노인들은 허샤오충을 가장 대단하게 여겼다. 그 노인들은 허 의원이 진찰할 때 말투가 마치 전통극을 부르는 것 같아서 귀에 잘 들어오고 듣기 좋다고 했다. 심지어 그가 쓰는 약은 아무리 쓴 약이라도 단 맛이 난다고 말했다.

허샤오충의 진료소에는 매일 사람들의 발길이 끊이지 않아서 솔직히 좀 버거웠다. 그래서 견습생을 모집했다. 바로 그의 제자라고 할 수 있었다. 이 제자의 이름은 아모이며 의과대학을 졸업했다.

아모의 전공은 중의학이었으나 서양의술도 조금 알았다. 그는 일찍이 허샤오충에게 양약도 사용해볼 것을 건의했다. 그러나 허샤오충은 손사래를 치며 말했다.

"서양의술은 효과가 즉시 나타나지만 표면적인 치료만 할 수 있어. 우리 의술은 효과는 느리더라도 병의 근원까지 치료할 수 있다구."

허샤오충은 일이 있어 몇 번 후저우 시골집에 내려가 아모 혼자 진료소일을 맡게 되었다. 이때『민성보』신문사의 주필이 몸이 아파 찾아왔고 아모는 독감이라고 진찰을 내렸다. 세 개의 중약을 처방한 것 외에 아스피린도 함께 처방해주었다.

3일 후 허샤오충이 돌아왔고, 그는 어떤 환자들이 와서 진료를 받았는지 어떤 약을 처방해주었는지 등을 물었다. 아모는 사실대로 모두 설명해주었다.

하샤오충은 아모의 머리에 손가락질을 하며 말했다.

"너 말이야, 너무 착해빠졌어. 너처럼 환자 보는 사람이 어디 있냐? 너처럼 하면 의사들은 뭘 먹고 살겠냐고."

아모는 이 말뜻을 알 듯 말 듯했다.

허샤오충은 아모가 무슨 뜻인지 몰라 답답해하는 모습을 보고 어쩔 수 없이 직접적으로 얘기했다.

"진짜로 병에 걸렸는데 가짜 약을 파는 것은 의사의 양심과 비도덕적인 문제와 연관되는 거야. 나는 이런 일은 절대 안 해. 그런데 3분의 1은 남겨둬야지. 이런 건 괜찮다고. 한 방에 치료해버리면 스스로 자기 밥그릇을 차버리는 꼴인 걸 몰라? 환자는 의사의 의식주를 해결해주는 부모와 같은 거야. 환자들이 자주 와야만 의사들이 먹고 자는 것을 걱정하지 않을 것 아냐!"

아모는 그때서야 허샤오충의 말뜻을 알아차렸으나 입을 다문 채 아무 말도 하지 않았다.

사실 『민성보』의 주필은 아스피린을 먹고 독감이 빨리 나았다. 그는 약을 쓰자마자 바로 낫는 것을 느끼고는 신문에 허샤오충 진료소를 칭찬하는 글을 실었다. 심지어 그의 제자조차도 실력이 훌륭해 허샤오충의 의술이 굉장히 뛰어남을 알 수 있다는 내용이었다. 이 글이 신문에 실린 후 그 영향력은 아주 컸다. 더욱 많은 환자들이 이 신문을 들고 진료를 받으러 왔다.

허샤오충은 연거푸 말했다.

"정말이지 생각도 못 했어, 진짜 생각도 못 한 일이야."

이후로 그는 진료소에 양약을 들였다. 진료할 때도 병의 완치를 목표로 진료했다.

그 후 허샤오충 진료소의 명성은 러우청 밖까지 더욱 멀리 퍼졌다.

옥 조각공 먼씨

절대 오해하지 마라. 위댜오먼(玉雕門)은 절대 옥 조각으로 만든 문이 아니라 성이 먼(門)씨인 옥 조각공을 부르는 말이다. 러우청의 관습상 쇠를 두들기는 장아무개를 '다톄장(打鐵張)'이라 부르고, 나무통 테두리를 씌우는 리아무개를 '구통리(箍桶李)'라고 부른다. 이러한 풍습 때문에 이름을 기억하기가 쉽다. 타지인들조차도 한 번 들으면 상대가 무엇을 하는 사람인지 무엇을 하고 먹고사는 사람인지 알 수 있다.

위댜오먼은 일찍부터 나의 이웃이었다. 옛날에 우리는 모두 한림농에 살았다. 그의 집은 한림농에서 가장 가난했다. 그에게는 형제자매가 아홉 명 있었다. 그의 어머니는 원래 열두 명을 낳고 싶었다. 왜냐하면 시에서 훌륭한 어머니로 선정되면 베이징에 가서 마오 주석을 만날 수 있었기 때문이었다. 그러나 아홉 명까지 낳은 후 국가에서 산아제한정책을 실시하여 더 이상 아이를 낳을 수 없었다. 베이징 일장춘몽은커녕 오히려 큰 문제가 닥쳐왔다. 아홉 개 입을 먹이고 입히려니 정말 걱정이 이만저만이 아니었다. 돈과 쌀을 빌리는 것이 매월 초의 숙제였다. 위댜오먼은 넷째이다. 그래서 그의 원래 이름도 먼아쓰(門阿四)이다. 그 위로 세 명의 누나가 있어서 이 집 저 집 다니며 밀가루 전병을 빌리러 다니는 일은 남자 중 가장 맏이인 그의 몫이었다. 이렇게 그는 빌리고 갚는 일을 반복하며 일찍이 가난한 삶의 쓴 맛을 맛보게 되었다. 사람들은 말했다.

"먼아쓰는 말야, 아주 일찍이 성숙했어."

스스로도 이 말에 동의했다.

나는 1970년 초에 외지에 나가 일을 시작한 후 그를 거의 만나지 못했다. 1990년 고향에 다시 돌아왔을 때에는 우리 집도 이사 갔고 그의 집도 이사 가서 만날 일이 없었다.

위댜오먼이 먼아쓰라는 것을 안 건 겨우 1년 전이었다. 한 번은 상하이에 있는 친구에게 전화가 와서 나에게 위댜오먼의 전화번호를 물었다. 그는 위댜오먼이 굉장히 유명한 사람이라고 했다. 나는 위댜오먼에 대해서 확실히 아는 것이 없어 다른 이야기는 해줄 수 없고 번호만 알아봐 주었다.

먼씨 성은 러우청에서 생소한 성이라 그의 연락처를 의외로 쉽게 알아낼 수 있었다. 알고 보니 예전에 나와 함께 한림농에 살던 바로 그 먼아쓰였다.

'먼아쓰가 이런 것도 할 줄 알아? 먼아쓰가 옥 조각으로 밥을 먹고 살았다고? 나는 상상이 가지 않았다.

나는 먼아쓰에게 전화를 걸었고, 먼아쓰는 내가 누구인지 바로 알아차렸다.

"우리 꼭 밥 한 번 같이 먹세. 내가 쏠 테니!"

"아이고, 아닐세. 괜찮아."

"내가 저녁에 차를 보내줄게. 우리 집에 와서 밥 한 끼 하면서 그동안 못 나눴던 얘기도 나누자구!"

먼아쓰는 내뱉은 말은 지키는 사람이었다. 저녁 먹기 전 직접 아우디를 끌고 나를 데리러 왔다. 뜻밖에도 그는 남원 별장단지에 살고 있었다. 나는 남원 별장단지에는 모두 큰 부자들이 소유한 고급 저택들만 들어서 있는 것으로 알고 있었다. 찢어지게 가난했던 먼아쓰가 오늘날 이렇게 잘살게 될지 누가 알았겠는가. 그의 운세가 트여도 이 정도까지일 줄은 생각지도 못했다. '괄목상간(刮目相看)', 이 네 글자를 이럴 때 쓰는 것이 아니겠는가.

나는 먼아쓰와 어렸을 때부터 함께 놀면서 커온 사이라 말을 돌려서 할 필요가 없었다.

"그간 꽤 잘 나갔나 봐, 먼아쓰가 위댜오먼이 되고 말이야. 보통이 아니구만, 자네!"

그는 아무 생각 없이 이 말을 내뱉었다.

"놀리지 말게. 자네도 내 별 볼 일 없는 재주 알지 않은가. 그저 기회를 잘 잡아서 돈을 좀 번 것뿐이야."

그는 내가 최근 몇 년간 글을 쓰고 있는 것을 알고는 직접적으로 얘기했다.

"내 이야기는 그냥 듣기만 하게. 어디에 쓰면 안 돼."

사실 먼아쓰는 그날 별말 하지 않았다. 그저 그는 주로 길상(吉祥) 장식품을 만든다는 얘기를 했을 뿐이다. 예를 들어 옥여의(玉如意)나 '평생삼급(平生三級, 관리가 3등급 진급했음을 뜻함)', '연중삼원(連中三元, 연속으로 세 번 장원에 급제함을 뜻함)'이라고 새겨진 장식품 등이다. 장사도 꽤 잘됐다. 이런 물건들은 푼돈이 아닌 모두 거액에 거래되었다. 이윤도 굉장했다. 그러나 이 일은 굉장히 위험한 일이었다.

오랜만에 만난 터라 그에게 이것저것 캐물을 수 없어서 위험하다는 것이 무엇을 의미하는지 묻지 않았다. 그러나 나는 그 이후 계속 먼아쓰가 그날 조금 찝찝해한 것 같다는 느낌이 들었다.

나중에 나는 주위에서 먼아쓰에 대해 들은 얘기가 있다. 소문에 그가 오늘날 자영업자가 되었는데 노점도 차리지 않고 가게도 없이 그저 집에서 손님이 찾아오기만을 기다리고 있다고 했다. 마치 강태공이 낚시하듯 물고기가 알아서 미끼를 물 때까지 기다리는 듯한 느낌이라고 했다. 옥 장식품을 사러 온 사람들 중에는 두 부류의 사람들이 가장 많았는데 첫 번째는 돈이 엄청나게 많은 부자들, 두 번째는 정치인들이었다. 먼아쓰의 장사가 왜 잘 되는지 그 이유를 조금은 알 것 같았다.

먼아쓰에게 결국 일이 터지고 말았다. 그가 수사관들에게 두 번이나 불려갔다. S시에서 최근 몇 년 실각한 열댓 명의 정부 관원들 집에서 모두 한 점 이상의 옥 장식품이 발견되었다. 조사 결과 옥 장식품의 출처는 한 곳이었다. 뇌물을 준 사람이 위댜오먼에게 부탁해 제작하여 선물한 것이었다. 옥 장식품들의 가격은 최소 2, 3천 위안, 비싸게는 1, 2만 위안이었기 때문에 수사관들은 위댜오먼을 불러 조사하지 않을 수 없었다.

머지않아, 다른 성의 한 잡지에 S시의 기자가 쓴 「옥 장식품의 유혹」이라는 기록문학 작품이 한 편 실렸다. 그 작품 안에는 S시 아무개 대부호가가 옥여의, 옥벽(玉璧), 옥황(玉璜), 옥전지(玉鎭紙) 등을 정부 관리들에게 선물로 주고 그들을 접대한 행각들, 사실들이 폭로되어 있었다. 이것은 아무것도 아니었다. 더 놀랄 만한 것은 위로 올라가고 싶은 간신배들이 상사들에게 아부는 하고 싶은데 현금을 주기는 너무 노골적이고 또 좀 촌스럽기도 해서 위댜오먼에게 가서 옥 장식품을 부탁했다는 얘기였다.

옥 장식품 중에는 평성삼급을 새긴 옥 장식품이 있었다. 평성삼급은 관리가 3등급 진급함을 의미한다. 그래서 이 글자가 새겨진 옥 장식품은 옥 화병에 세 개의 창날을 꽂아서 선물한다는 의미이기도 하다.(역자 주 : 화병을 뜻하는 병[瓶]과 평성삼급의 평[平]의 중국어 발음이 '핑'으로 같고, 창을 뜻하는 극[戟]과 등급을 뜻하는 급[級]의 중국어 발음이 '지'로 같다. 그래서 세 개의 창날을 화병에 꽂아 선물하면 평성삼급을 뜻하고 선물 받는 자의 진급을 기원하는 의미이다.)

그중에는 연중삼원을 새긴 옥 장식품도 있었다. 이 옥 장식품 바닥에는 세개의 옥원보(玉元寶, 옛날 화폐)가 새겨져 있는데 원보의 원(元)과 돈의 단위인 원(元)의 발음이 같다. 삼원보(三元寶)는 바로 해원(解元, 향시의 1등), 회원(會元, 회시의 1등), 장원(狀元, 전시의 1등)을 뜻하고 이 세 시험에서 연달아 합격한 사람을 연중삼원이라 부른다. 이 모든 것이 정부 관리들 사이에서 승진 축하와 관운 형통을 뜻하는 상서로운 단어로 주는 자나 받는 자 모두 말하지 않아도 그 의미를 알 수 있다. 선물 주는 자의 앞길이 어떨지는 더 말할 필요도 없다.

먼야쓰는 옥 장식품 제작을 부탁하는 사람들이 십중팔구 탐관오리들 혹은 탐관오리들에게 선물하려는 자라고 확신했다. 대부분이 나랏돈을 쓰기 때문에 그는 자주 터무니없이 높은 가격을 불렀다. 그러나 그도 사는 사람들에게 큰 손해를 보게 하지는 않았다. 사람들에게 한두 개 작은 옥장식품을 서비스로 준다. 그래서 사는 사람이 조금 비싸게 사더라도 자신들에게 좀 떨어지는 게 있기 때문에 소위 작은 손해를 보고 큰 이익을 얻는 것이나 마찬가지였다. 주는 사람 입장에서도 선물이 그럴듯하고 받는 사람 입장에서도 기분 좋다.

정부 관리들 세계는 소문도 참 빠르다. 보고 따라하는 사람들도 많아졌다. 그래서 위댜오먼의 장사가 계속 잘되었던 것이다.

기자의 글이 발표되자 수사관들이 두 번이나 먼야쓰를 찾아왔다. 먼야쓰는 내심 굉장히 걱정되었다. 그는 의기소침한 목소리로 나에게 말했다.

"보아하니, 나 위댜오먼은 이제 여기까지인 것 같아. 이제 문을 닫아야겠어."

시간이 얼마쯤 지난 후 먼야쓰도 생각지 못했던 일이 발생했다. 기자의 그 문장이 다른 형태로 광고 효과를 일으켰다. 그를 찾아와 옥 장식품을 제작해달라고 하는 사람들은 오히려 더 많아진 것이다. 게다가 대부분 외지 사람들이었다.

위댜오먼이 다시 돌아왔다. 위댜오먼이 다시 살아났다고!

대학사 골목

대학사 골목은 러우청에서 가장 보존이 잘 되어 있는 옛 골목 중 하나이다. 연세 드신 어르신들은 말했다.

"이 골목은 원나라 때부터 있었어. 명대 만력 연간에 이곳에서 왕화하(王華夏)라는 사람이 대학사가 되었지. 나중에 왕화하가 고향에 돌아와서 사당과 저택 등을 지은 거야. 그 저택의 마당에는 작은 연못이 하나 있었고, 그 연못 안에는 수련이 심어져 있었어. 이 수련이 매년 피는 것은 아니었지만 한번 꽃이 피면 왕씨 자손 중에 누군가가 반드시 진사시험에 합격하거나 거인(擧人, 향시에 합격한 사람)이 한 명 탄생했지. 심지어 나중에는 말야, 만약 빨간 꽃이 피면 진사시험에 합격하고, 노란 꽃이 피면 거인이 되며, 하얀 꽃이 피면 수재가 되고, 꽃이 피는 수만큼 향시에 합격한다는 소문이 돌았어. 이렇게 이런 소문은 점점 사실화되어갔지. 이렇게 전해져서 러우청에 이 이야기를 모르는 사람이 없게 되었어. 아무튼 이 대학사 골목은 러우청에서 풍수가 가장 좋은 곳임에는 틀림없어."

그래서 이 지역 관리들이나 부호들은 거액을 아끼지 않고 러우청에 땅을 사들여 새로운 건물을 짓거나 아니면 아예 이곳에 있는 오래된 집이나 저택을 사들여 개조하거나 재건축했다. 청대에 들어서 이 골목에는 거의 돈 있고 힘 있는 사람들만 살게 되었고 명청 시기 고건축물들로 즐비했다.

항일전쟁 시기쯤 이곳의 유명 인사들은 도망 갈 사람은 도망가고, 숨을 사람은 숨어버려서 점점 쇠락해갔다. 해방이 된 후 이 일대 건물 주인들 열 명 중 아홉은 출신성분이 안 좋았다. 어느 누가 마음과 재력이 있어 이 오래된 집들을 수리하겠는가. 이렇게 오래된 집들은 더욱더 퇴락해져갔다. 1990년대에 이르러 젊은이들은 모두 가스도 있고 단독 화장실도 있는 주택에 살았다. 누가 백 년 된 집에 살려고 하겠는가. 그 결과 몇몇 노인들만이 조상 대대로 전해 내려오는 오래된 집을 지킬 뿐 대부분은 외지 노동자들에게 세를 주었다. 외지 노동자들은 하루하루 숙박비를 내며 살았다. 집이 낡았든 오래됐든 전혀 개의치 않았다. 몇 년이 지나자 그곳은 더 피폐해졌다.

러우청에 유일하게 몇 명만 남은 사진작가와 화가들, 그리고 민주당파 인사들은 이 옛 골목이 걱정되어 시보에 글을 써 보내거나 제안서를 작성하여 시 인민대표 혹은 시 정협에 보냈으나 감감무소식이었다. 소문에 의하면 시 정부의 간부들은 골목을 관리하고 싶지 않은 것이 아니라 그저 '돈' 문제가 까다로울 뿐이라고 했다. 한번 생각해보자. 그곳을 엎어 새로 개발하면 몇만 몇십만 원으로 공정하게 보상 문제가 해결될 것 같은가?

사진작가 스차오쉬안은 약 3개월을 투자하여 이곳의 집, 방, 문, 창문, 주춧돌, 나무, 꽃들을 모두 촬영하여 인쇄한 후 번호를 매겼다. 그다음 사진과 자료들을 정리하여 두꺼운 『대학사 골목 고건축 문서』를 만들었다.

구시가 개발 바람이 전국적으로 불었을 때 스차오쉬안은 이 골목에 있는 오래된 건물들의 앞날을 보장할 수 없을 것이라는 예감이 들었다. 그는 방송국 촬영기사 아젠을 불러다가 하루 꼬박 부감촬영을 하고 전경과 특집영상 등을 찍었다. 아무튼 이 대학사 골목을 테이프 몇 장에 모두 담았다.

사진가들은 모두 각지를 돌아다녀본 베테랑들이었다. 그들은 하나같이 이 골목의 풍경이 쿤산 저우좡보다, 우강 통리보다 더욱 볼 가치가 있고 실속 있어 이 집들을 다 철거하면 너무 아깝다고 생각했다. 그중 '노법사' 라 불리는 사람이 있었는데 그는 러우청 시장과 나름 사이가 좋다고 생각했다. 그래서 그는 즉시 시장에게 전화를 걸어 간청했다.

"시장님, 상황을 좀 봐주십시오. 이 골목의 집들을 철거하지 말아주세요. 부디 다시 한번 생각해주십시오."

시장은 솔직하게 웃으면서 말했다.

"만약 성장 혹은 성 위원회 서기가 바뀌면 다시 나한테 전화를 줘요. 그때 한번 고려해보겠소. 도와주고 싶어도 안 되는 걸 어쩌겠소. 미안하오."

겨우 일주일만 지났을 뿐인데 시장의 명령 한마디에 대학사 골목이 먼지만 날리는 평지가 되어버렸다. 집들은 겨우 10여 일 만에 철거되었다.

머지않아 태국의 왕씨 친족단이 왕씨 선조들의 흔적과 뿌리를 찾으러 온다는 소식을 들었다. 소문에는 이 왕씨 후손들이 러우청에 투자하기 위해 거액을 챙겨와 선조들의 사당을 수리할 준비를 하고 있었는데 안타깝게도 그 흔적이 이미 깡그리 사라져버리고 만 것이다.

시 관계자들도 매우 안타깝게 여겼다.

스차오쉬안은 이 일을 알게 된 후 『대학사골목 고건축 문서』를 태국 왕씨 친족단에게 선물로 주었다. 단장은 영상카메라와 사진기를 스차오쉬안에게 선물로 주었으나 그는 한사코 거절했다.

훗날 소식통에 의하면 스차오쉬안이 찍은 그 오래된 사진들이 미국의 국제 영상전에서 특등상을 수상했다고 한다. 그는 수상 소식을 전달받았을 때 온 얼굴이 눈물로 범벅이 되었다. 어떤 사람은 그가 너무 기뻐서 울었다고 하고, 어떤 사람은 그가 그 오래된 집들을 떠올리며 울었다고 하더라.

암을 고치는 톈싱린

톈싱린 하면 능력자가 떠오른다. 러우청시 간부들부터 일반 시민들까지 모두 그의 이름을 알고 있고 그의 재능이 아주 많다는 것을 알고 있다.

러우청 사람들이 시장이나 시 위원회 서기를 욕할 수는 있어도 어느 누구도 감히 그를 욕할 수는 없었다. 그런 상황이 되면 반드시 누군가가 나타나 그를 대변해주었다.

톈싱린은 어째서 이런 평판을 얻고 칭찬을 받을 수 있는 것일까?

원래 그는 암을 고치는 시골 의사로 이름이 났다. 사람들은 그를 기사회생시켜주고 건강을 회복시켜주는 의사로 부른다.

톈싱린은 1966년도 졸업생이었다. 그는 지식청년으로 러우청 구먀오진으로 하방 되었다. 그 부친은 해방 전까지 시골 중의사였다. 그래서 그는 어렸을 때부터 귀에 딱지 앉도록 들은 게 있어 의학적 지식에 관하여 좀 알았다. 그래서 이 마을 간부들은 그를 맨발의사(농촌인민공사에 소속되어 농업에 종사하면서 의료·위생 업무를 담당하는 초급 의료 기술자. 주로 농촌의 젊은 여성 중에서 희망자를 모집하여 도시 병원에서 1개월 정도의 속성 교육을 통하여 간호법이나 간단한 외상의 치료 등을 익힘)로 임명했다.

어느 날 세심한 톈싱린은 지주의 아내였던 량씨 부인이 갑자기 말라버린 것을 발견했다. 심지어 안색까지 잿빛이 되어 있었다. 의사의 촉으로 톈싱린은 량씨 부인이 큰 병에 걸렸을 거라고 생각했다. 그는 량씨 부인에게 러우청 병원에 가서 검사할 것을 권유했다. 량씨 부인은 지주의 아내 신분이기 때문에 톈싱린은 며칠을 생각한 끝에 몰래 그녀를 데리고 함께 병원에 가기로 결정했다. 검사 결과 간암이라는 진단을 받았다.

톈싱린은 마음이 매우 무거워졌다. 량씨 부인은 혼잣말로 중얼거렸다.

"암, 그거 별거 아니에요."

톈싱린은 량씨 부인의 말을 듣고 별다른 방법이 없어 고개만 저었다. 그는 량씨 부인에게 암은 치료할 수 없는 병이라고 솔직하게 알려줄 용기가 나질 않았다.

얼마 지나지 않아 생산부대 머우 대장의 어머니도 암 진단을 받았다. 역시 간암이었다.

훗날, 인민공사(농업 집단화를 위해 만든 대규모 집단농장)에서 톈싱린을 지원하여 그는 의과대학에서 공부할 수 있었다. 그때 이런 국가의 지원을 받는 학생을 '공농병대학생(문화대혁명 기간 중 실행한 교육개혁 후 모집한 대학생)'이라고 불렀다. 1년을 공부한 후 톈싱린은 러우청으로 돌아왔다. 돌아온 후 그는 머우 대장의 어머니가 이미 세상을 떴다는 얘기를 들었다. 그러나 량씨 부인은 멀쩡하게 살아 있었다. 톈싱린은 량씨 부인이 그날 한 말이 떠올라 마음속으로 생각했다. '설마 량씨 부인에게 암을 치료하는 비결이라도 있단 말인가?' 그리하여 톈싱린은 량씨 부인의 검사를 진행한 후 그녀와 긴 시간 이야기를 나누었다. 그러나 량씨 부인도 조상들이 전해준 특별한 비법 같은 것은 없었다. 단지 그녀는 매일 국에 노란 콩을 넣어 먹었을 뿐이었다. 톈싱린은 반신반의했다. 나중에 그는 몇 번이나 더 량씨 부인을 찾아갔다.

"항암 치료환을 만들어서 많은 암 환자들의 생명을 구할 생각이에요."

량씨 부인은 톈싱린의 진심 어리고 따뜻한 마음에 감동을 받아서 혀 아래 눌러두었던 말들을 꺼내기 시작했다.

"나는 약 한 재를 먹었어요. 두꺼비를 달여서 마셨죠."

두꺼비는 생긴 게 구역질나게 생겼다. 그래서 다른 사람들이 두꺼비로 약을 달여 먹었다는 것을 믿지 않고 무슨 다른 의도가 있을 것이라고 생각할까 봐 그녀는 망설이기만 할 뿐 말한 적은 없었다.

톈싱린은 의과대학에서 1년을 공부했다. 그래서 꽤 아는 것이 있었다. 그는 암을 예방하고 치료하는 분야에서 나름의 업적을 쌓으리라고 맹세했다. 그는 모든 고의서적과 민간요법 등을 찾아다녔다. 많은 독서 끝에 종양이 사실은 오래전부터 존재했다는 사실을 알았다. 단지 옛 사람들은 종양이라고 부르지 않았다. 악육(惡肉) 혹은 육류, 비괴(痞塊), 영(癭), 가(瘕), 현벽(痃癖), 장담(腸覃), 적(積), 격(膈), 취(聚), 번화(翻花), 우지(疣痣), 최(贅), 암(嵒)이라고 불렀다. 이런 병들은 종양 혹은 좌탕(痤瘍)에 속하는 것들이다.

톈싱린은 "뛰는 놈이 있으면 나는 놈이 있다"라는 말과 "영원히 존재할 것만 같은 것도 언젠가는 소실된다"는 세상의 이치를 굳게 믿었다. 단지 적수를 찾을 수 있을지는 모를 일이다. 병과 약도 이와 같은 이치이다.

톈싱린은 량씨 부인의 처방전을 중심으로, 여러 권의 민간 약초 처방전을 참고하여 암을 치료하는 4대 규칙을 만들었다. 첫 번째, 돌출되어 있는 것은 자른다. 두 번째, 뭉쳐 있는 것은 분산시킨다. 세 번째, 남아 있는 것들을 공격해라. 네 번째, 몸을 손상시키는 존재를 유익하게 바꾼다. 다시 말하면 환자와 병변에 정기를 북돋우고 사악한 기운을 없애며 간 기능을 조절하고 회복시켜 간이 정상적으로 운행하도록 하는 것이다. 환자의 몸에 자생적으로 항체가 생기면 치유 목적을 달성하게 된다. 톈싱린은 그의 암 치료환을 '부정거사환(扶正祛邪丸, 정기를 북돋우고 사악한 기운을 없애는 환)', '종류백소탕(腫瘤百消湯, 종양 등을 깨끗이 없애는 탕약)'이라고 이름 지었다.

오늘날, 톈싱린의 명성은 러우청을 넘어섰다. 누군가는 그에게 말했다.

"그냥 의사 따위 관두고 제약사업을 하는 게 어떻소? 분명히 떼돈을 벌 거예요."

그러나 그는 담담히 웃으면서 말했다.

"돈은 태어날 때 가지고 태어날 수도 있는 것도 아니고 죽어서도 가져갈 수 없는 거예요."

그는 더 이상 아무 말 하지 않았다.

얼마 지나지 않아 그는 러우청 정협 문사위(문화역사위원회)가 발행하는 『러우청문사(婁城文史)』에 글을 한 편 실었다. 부정거사환과 종류백소탕은 선인들의 지혜를 응집한 결정체이며 특히 량씨 부인이 제공한 처방은 절대로 잊지 못할 것이라는 내용이었다.

누군가는 "만약 이 글이 1957년에 발표되었다면 이 글만 봐서는 극단적인 우파 성향의 글은 아니더라도, 우파 냄새 정도는 나는 글이야. 단지 이런 말을 톈싱린 면전이나 대중들 앞에서 대놓고 말하는 사람이 없을 뿐이지."라고 말했다.(역자 주 : 1957년 중국에서 반우파 운동이 시작되고 지식분자, 민주당파, 공산당 내 일부 당원들이 우파로 분류되었고, 점점 우파 범위가 확장되었다. 량씨 부인은 지주의 아내로서 우파로 분류되었으며, 톈싱린이 약을 개발하는 데 있어서 그가 쓴 글에 그녀에게 도움을 받은 것을 언급한 것이 우파적인 성향으로 비춰질 수 있다는 뜻이다.)

데릴사위

마이쑤이황은 대학 졸업 후 혼자 고향 장시(江西)성에서 러우청으로 돌아와 경험을 더 쌓기로 결심했다.

그는 러우청의 사기업에 취직이 되었다.

마이쑤이황은 러우청에 가족이나 친지 한 명 없어서, 단체숙소에 살고 구내식당 밥으로 끼니를 해결했다. 그의 생활은 당연히 단조로울 수밖에 없었다.

그래도 인연이 있었는지 머지않아 개발부에 지천천이라는 러우청 토박이 여대생 한 명이 들어왔다. 옛말에 "남녀가 함께라면 아무리 힘든 일을 하더라도 힘들지 않다"고 한다. 지천천이 온 후 마이쑤이황은 개발부에서 맞이하는 매일매일의 태양이 산뜻하고 따뜻하게 느껴졌다.

지천천은 아주 예쁜 얼굴은 아니었지만 과연 수향마을 아가씨였다. 백옥색 피부, 새까만 머리카락, 붉은 입술, 반짝거리는 눈, 그 생기발랄함과 기질은 정말로 사람 마음을 요동치게 만들었다.

마이쑤이황의 마음은 점점 지천천으로 가득 찼다. 지천천도 마이쑤이황의 건장하고 정직함, 소박한 옷차림, 맡은 일에 성실한 모습을 보고 마이쑤이황에게 조금씩 호감이 생기기 시작했다.

시간이 지나자 두 사람은 서로 좋아하게 되었고 감정도 빠르게 불타올랐다. 겨우 1년 만에 혼사를 얘기하는 단계에 이르렀다.

마이쑤이황이 전혀 생각지 못했던 것은 지천천이 마이쑤이황에게 처가살이를 제안한 것이다. 바로 '데릴사위'가 되라는 것이었다.

처가로 들어가 데릴사위가 되는 것은 러우청에서는 별일이 아니었다. 그러나 마이쑤이황의 집에서는 영 체면이 서지 않는 일이었다. 고향 사람들의 눈에는 능력이 없는 남자들이나 데릴사위가 되는 것처럼 비치기 때문이다. 처가살이하는 남자들은 사회에서 주눅이 들기 일쑤였기 때문에 마이쑤이황도 어느 정도 주저하지 않을 수 없었다.

어쨌든 지천천은 대학생이었다. 그녀의 사상 역시 꽤나 개방적이었다. 그녀는 마이쑤이황에게 반드시 처가살이를 해야 한다고 강요하지는 않았다. 단지 그녀는 결혼식을 포함한 살림살이와 집 마련에 드는 비용을 모두 계산해서 마이쑤이황에게 말해주었다.

"만약 처가살이를 하지 않을 경우 집 한 채 마련해야 하는 것은 가장 기본이구요, 거기에 가전제품과 결혼 연회 비용 등 아무리 빡빡하게 계산해도 십오륙만 위안 정도는 있어야 해요."

마이쑤이황과 지천천 두 사람의 수입으로 3, 4년 안에 이런 큰돈을 마련한다는 것은 대출을 받지 않고서는 불가능한 것이었다. 만약 처가살이에 동의할 경우 신혼집은 이미 마련되어 있고 가전제품 역시 마찬가지였다. 심지어 결혼식 비용도 둘이서만 걱정할 일은 아니었다. 러우청 사람들이 하는 속된 말로 사위가 되면 '알 두 개'만 잘 챙겨 가면 된다.

지천천은 처가살이를 할 경우 마이쑤이황의 자존심이 상할까 걱정되었다. 그녀는 러우청의 장 국장도, 러우청의 유명화가 닝첸쿤도, 러우청의 손꼽히는 기업가 추 사장도 모두 처가살이를 했다고 얘기해주었다.

처가살이는 러우청의 풍습이다. 남자 쪽에서 며느리를 들인 것과 같은 것이다. 원래부터 러우청 사람들은 슬하에 아들이 없이 딸만 하나 있는 경우 딸을 시집보내기가 너무 안타까워 가끔 처가살이할 사위를 모집하는 방법을 택했다. 사실상 데릴사위를 받는 집이 신혼집 등과 같은 모든 혼수들을 준비해야 했다. 지출이 굉장히 컸다. 신부 측이 부유하지 않은 집이라면 데릴사위를 받고 싶어도 처가살이에 응할 예비사위는 없을 것이다.

마이쑤이황은 러우청의 처가살이 풍습에 대해 조사한 후 매우 감탄했다. 그는 러우청의 시골이든 도시든 처가살이하는 것이 체면 떨구는 일이 아님을 알았다. 게다가 어느 한 명도 데릴사위라는 이유로 사람들에게 무시당했다는 얘기는 없었다.

마이쑤이황은 이제 처가살이를 하고 싶으면 다른 걱정 없이 편하게 처가살이를 하면 된다. 그는 결혼식을 올린 후 남은 비용으로 가장 최신 컴퓨터를 구입하고 인터넷을 설치하는 데 사용하기로 결정했다. 이렇게 하면 집에서도 바로 바로 세계 각 지역의 소식을 전해들을 수 있고 현재 회사의 여덟 시간 근무 제도를 잘 활용해 근무 외 시간에 다른 개발 상품 등의 설계를 할 수도 있었다. 그는 자기 회사 사장도 작은 공장에서부터 시작하여 여기까지 발전시켜왔다는 얘기를 들었다. 바로 그의 본보기가 눈앞에 있지 않은가. 이렇게 생활 근심걱정이 해결되었으니 조건만 충족된다면 마이쑤이황도 공장 하나 차려 사장이 되지 못할 것도 없다.

마이쑤이황은 일본 학술계가 처가살이라는 주제에 꽤나 흥미를 가지고 있었다는 말을 들었다. 그래서 그는 「러우청 처가살이 풍습에 관한 조사보고서」라는 글을 한 편 쓰기로 결심했다. 그는 자신이 쓰는 처가살이에 관한 글이 반드시 보통 사람들이 쓰는 것보다 더욱 생동감 있고 사실적일 것이라며 자신 있어 했다.

곰보 위다링

만약 러우청도 양저우처럼 이상한 사람(양주팔괴를 가리킴)들을 나열한다면 위다링은 러우청에서 10위 안에는 못 들어도 11위 정도라고 해도 아무런 문제가 없을 것이다. 그러나 당신이 사람들에게 위다링을 아는지 물어보면 아마 십중팔구 모른다고 할것이다. 하지만 사진 찍는 아마를 아냐고 묻는다면 사람들은 반드시 "아마요? 알죠, 알아. 그를 모르는 사람이 어딨대요? 위다링이라고 하면 어떻게 알아요? 정말."이라고 대답할 것이다.

아마는 얼굴에 곰보 자국이 가득해서 아마(阿麻, 중국에는 이름 앞에 '아'를 붙여 부르는 습관이 있음. 마[麻]는 곰보라는 뜻)라는 별명이 붙었다. 그는 사람들이 자신을 아마라고 불러도 크게 개의치 않았다. 그는 사진 찍는 것을 좋아했다. 사진에 완전히 매료되었다. 다시 말하자면 그의 얼굴에 가득한 곰보 자국과 사진 찍는 것은 연관이 있다.

아마는 곰보 자국 때문에 사진 찍히는 것을 싫어했다. 그는 당시 시내 사진관에서 고화질 사진 한 장을 찍었다. 소위 '예술 처리'를 거친 후 그의 얼굴에 있던 곰보 자국들은 보이지 않았다. 이때 위다링은 예술사진이 무엇인지 알게 되었다. 그 후 그는 사진을 배우기로 결심했고, 예쁜 사람이든 못생긴 사람이든 일단 사진을 찍으면 아름다운, 혹은 가장 아름다운 사진으로 만들어냈다.

이렇게 사진업에 발을 들인 후 그는 사진 찍기에 더욱더 푹 빠져들었다. 훗날, 러우청 사람들은 사진을 예쁘게 찍으려면 반드시 아마를 찾아가야 한다고 말할 정도였다.

시간이 지나면서 아마는 손님들의 인물사진만 찍는 것에 만족하지 못했다. 그래서 그는 결혼자금으로 준비해둔 돈으로 니콘 카메라 등 촬영에 필요한 장비들을 구입했다. 시간만 나면 시골도 갔다가, 옆 도시도 갔다가, 외지도 갔다가, 여러 곳을 다니며 사진을 찍었다. 이른바 '출사'였다.

동쪽 서쪽으로 출사를 다닌 결과 그의 주머니 사정은 열악해졌다. 아내도 그의 곁을 떠났으나 그는 하나도 마음 졸이지 않았다. 오히려 가족들 먹여살릴 필요 없이 자신 혼자만 먹고살 궁리를 하면 되니 그렇게 나쁠 것이 없다고 생각했다.

단속할 사람이 없으니 그는 더욱 자유로워졌고 그에게 있어 사진 찍는 것이 자신의 생활에서 가장 중요한 일이 되었다.

무엇이든지 많이 해봐야 실력이 느는 법이다. 아마의 사진작품은 꽤 알아주는 사진작품전에 여러 번 전시도 되었고 상도 탔다. 성 정부 사진협회는 그의 협회 가입을 수락했고, 신문기자는 그를 인터뷰하면서 그를 사진가라고 불렀다. 이런 관심과 격려 속에 아마는 조금 더 욕심을 부리기 시작했다. 그는 일반적인 곳으로 출사 가는 것에 만족하지 않고, 신장(新疆)이나 시짱(西藏) 등과 같은 강남 분위기와는 정반대인 곳으로 가서 사진을 찍기로 결심했다.

아마는 사람들이 매우 놀랄 만한 행보를 보였다. 무급휴직을 신청한 후 신장 변경지역으로 출사를 간 것이다.

'유유상종'이라는 옛말이 있다. 아마는 그곳에서 사진을 찍으면서 사진작가 두 명을 만났다. 한 명은 깜쟁이라고 불렸고, 또 한 명은 긴머리라고 불렸다.

란창강(瀾滄江)에 사는 소수민족 마을에서 아마는 마을 뒤쪽에 신녀봉이라 불리는 봉우리의 경치가 매우 훌륭하다는 이야기를 들었다. 그래서 그는 그 산에 올라가 사진을 찍기로 결심했다.

"현지 안내자 없이 가면 아주 위험할 거예요."

현지 주민은 그에게 경고했다.

그러나 아마는 혼자 기필코 산에 오르겠다고 고집 부렸다. 깜쟁이와 긴머리도 어쩔 수 없이 그를 따라 산에 올랐다. 날도 밝기 전에 산에 오르기 시작했고, 그들은 숨이 턱 끝까지 차올라 헉헉댔다. 그러나 산 정상에 올라서야 정상에 짙은 안개가 자욱하여 아무것도 보이지 않는다는 것을 알았다. 사진 찍기는커녕 카메라 렌즈 마개를 열자 렌즈에 습기까지 찼다. 산 위의 안개는 아주 짙었다. 보아하니 금방 사라질 것 같지 않았다. 깜쟁이와 긴머리는 아마에게 하산하자고 하였으나 아마는 한사코 거절했다.

"어렵게 올라왔는데 좋은 사진 한 장 못 건졌잖아요. 너무 아쉽지 않습니까? 좀만 기다려봅시다. 조금 있다가 안개가 걷힐지도 모르잖아요."

높은 곳에서는 추위를 이겨낼 수가 없었다. 짙은 안개가 감싸 안은 산 정상은 엄청난 한기가 엄습해왔다. 긴머리와 깜쟁이는 더 이상 버틸 수가 없어 아마에게 말했다.

"사진은 포기해도 안전은 포기 못 해요. 생명이 우선이라구요. 하산합시다. 아직도 시간 많잖아요."

아마는 원하지 않았지만 굉장히 아쉬운 마음을 뒤로하고 하산했다. 하산할 때 아마는 눈물을 보였다.

"이놈의 하늘은 정말 의리도 없지. 내가 얼마나 힘들게 올라왔는데 나한테 예쁜 얼굴 한번 보여주는 게 그렇게 어려운 일이야?"

아마가 욕하는 소리를 하늘이 듣고 놀란 건지 아니면 아마의 눈물에 하늘이 감동을 받은 건지, 산중턱쯤 내려왔을 때 안개가 걷히고 날이 맑아졌다. 아마는 이 광경을 보자마자 바로 힘이 솟구쳐 다시 산 정상을 향해 가려고 했다. 깜쟁이와 긴머리는 말했다.

"아무리 강철몸이라도 이런 고생은 견딜 수 없을 거예요. 우리 둘은 목에 칼이 들어와도 다시 올라갈 수 없어요……"

아마는 그 둘을 설득하지 못하고 혼자 선녀봉으로 올랐다. 그가 산 정상에 도달했을 때 거의 숨을 제대로 쉬기 힘들 정도였다. 그러나 그 순간 그 눈앞에 무지개가 보였고 아마는 강심제 주사를 맞은 것처럼 심장이 마구 뛰기 시작했다. 그는 빠른 속도로 여러 번 셔터를 눌러댔다.

훗날, 아마의 사진작품 〈칠채선녀봉(七彩神女峰)〉은 미국에서 열린 국제 풍경사진전에 전시되었다. 그의 또 다른 작품 〈선녀응무양(神女應無恙)〉은 일본의 한 여행 잡지의 표지사진으로 실렸다. 이때가 되어서야 아마가 아닌 '위다링' 이름 세 글자가 알려졌다.

깜쟁이가 이 이야기를 들은 후 그는 피를 토할 정도로 후회했다.

긴머리는 솔직히 말했다.

"아마의 이런 광적인 기질은 일반 사람들은 배울 수도 없는 거예요. 나는 진심으로 그를 인정해요. 그가 무슨 상을 타도 우리는 그를 질투할 수 없지요."

깨달음을 얻다

모용인은 자신의 신세를 알고 난 후부터 줄곧 모순 속에 빠져 있었다. 일종의 극한 고통의 모순이었다.

그는 자신이 전조(前朝) 시대 한림원 소속이었던 모용양명의 자손인지 전혀 몰랐다. 자신의 조부가 모용양명이며 청군에게 살해당했다는 것 역시 전혀 몰랐던 사실이다. 생각해보니 자신은 현재 조정(청나라)과 철천지원수관계가 되어버렸다.

"아이고, 아버지, 왜 일찍 말씀을 안 해주셨습니까? 왜 하필이면 상경하여 시험 보기 직전에 이 사실을 폭로하시는 겁니까? 설마 저한테 결정하라는 겁니까? 완전히 풀지 못할 문제를 저에게 그냥 던져주신 것 아닙니까. 제가 어떻게 해야 잘하는 겁니까? 조정에 들어가자니 선조들이 승낙할 것 같진 않고, 설마 제가 제 출세와 앞길을 위해서 철천지원수인 조정에 가서 일을 하겠습니까? 또 안 가자니 온갖 고생하며 십 년을 공부했는데…… 이것도 다 이 하루를 위해서가 아닙니까. 솔직히 배우면서 여력이 있으면 벼슬도 할 수 있는 것 아닙니까? 공부하는 사람이 과거도 보지 않고 관직에 오르지 않으며 국가에 보답하지 않으면 대체 공부가 무엇을 위한 것입니까. 제 조상들과 현재 조정과 원수관계라서 그런 것은 아니지요? 그렇다면 자손들이 영원히 공부도 할 수 없고, 시험도 칠 수 없고, 관리도 될 수 없을 텐데…… 그렇다면 결국 영원히 시골에 처박혀 있어야 하는 것 아닙니까? 이건 너무 가혹하지 않습니까?"

이렇게 해도 안 되고 저렇게 해도 안 되고, 가고 싶어도 갈 수 없고, 갈 수 있어도 갈 수 없는 상황이었다. 모용인은 밤새 잠을 이루지 못했다. 근심 어린 기색이 얼굴에 가득했다.

부친은 모용인이 괴로워하는 모습을 보고 고개를 돌려 그를 향해 손을 흔들며 말했다.

"가거라. 아버지로서 너를 막을 수도 없고 너에게 뭐라고 할 수도 없구나. 모든 것은 스스로 알아서 하거라."

모용인은 마치 죄 사면을 받은 듯 마음속의 무거운 짐이 떨어져나간 것 같았다. 그는 결국 향시에 참가하기로 결심했다. 그날 밤 그는 꿈을 꾸었는데 꿈자리가 혼란스러웠다. 시험장에 커닝페이퍼를 가져온 사람도 있었고, 이미 돈으로 사람을 매수한 사람도 있었다. 만발의 준비가 되어 있다고 생각한 모용인은 뜻밖에 시험에 낙제하고 말았다. 첫 번째로 낙제한 그는 충격이 이만저만이 아니었다. 그는 '흑암(黑暗)' 이 두 글자의 의미를 뼈저리게 느꼈다.

다행히 모용인은 학자 가문 출신이었다. 그래서 어렸을 때부터 사서를 많이 읽었고, 거문고를 타고 바둑을 두며 서예와 그림도 배웠다. 시사(詩詞)를 짓는 것도 뛰어났다. 그래서인지 공교롭게도 그는 서화로 생계를 이어나갔다. 러우청에는 자신의 이름을 딴 '인자서화원(因字書畫苑)'이라는 간판이 걸렸다.

러우청은 누동화파의 발원지이다. 누동화파 왕시민은 서화계의 지도자급 인물로 그 위엄이 하늘을 찔렀다. 서화계의 모든 사람들이 그를 높였다. 그의 집 문 앞에서라도 절을 올릴 수 있다면 그것만으로도 굉장히 영광으로 여겼다. 그러나 모용인만은 그렇게 하지 않았다. 그는 왕시민이 중

요시 여기는 필묵 기법, 즉 겸공대사(兼工帶寫)의 소위 천천히 섬세히 그려내는 기술을 거들떠보지도 않았다. 그는 낙서하듯 휘갈기며 대충 형태만 그리는 것을 좋아하여 스스로 괴짜 화가라고 불렀다. 그는 그림을 그릴 때 좋은 붓을 써본 적이 없다. 어떤 때는 낡은 붓 몇 자루를 손에 쥐고 그리기도 했다. 팔레트에 검은색이 있든 노란색이 있든 붉은색이 있든 상관없이 일단 묻히고 시작했다. 게다가 그는 먹물이나 물감이 선지 위에 떨어져 번져도 크게 개의치 않았다. 그저 손이 가는 대로 붓도 따라갔다. 굉장히 아무렇게나 그리는 것 같았다. 그래서 사람들은 그의 그림을 이해하지 못할 때가 많았다. 모용인이 규칙도 기술도 없이 무질서하게 아무렇게나 그림을 그릴수록 일부 무리들은 더욱 환호했고 응원해주었다. 그의 그림 가격 역시 점점 하늘로 치솟았다.

모용인은 그림을 그리고 난 후 그 위에 시를 쓰는 것을 좋아했다. 그의 시의 특징인 시가 가지고 있는 규칙에 구속받지 않는 순구유식(順口溜式, 읽기에 매우 재미있고 감칠맛 나는 구어로 된 문구)의 특별한 표현법 역시 사람들의 인기를 끌었다. 심지어 유행이 되기도 했다.

모용인의 명성은 확실히 점점 높아지기 시작했다. 그러나 모용인의 이런 그림 기법을 비난하는 사람들도 많아졌다. 누군가는 그의 그림이 품위가 없고 수준 떨어지며 그가 바로 야호선(野狐禪, 제대로 알지 못하면서 아는 것처럼 여겨 자기만족을 하는 사람)에 속한다고 생각했다. 그래서 조정에서도 그의 그림으로 좋게 평가하지 않았고, 관료 사이에서 그림을 선물하는 데 그의 그림을 고르거나 사는 사람은 없었다.

모용인은 이런 사실을 받아들이지 않았다. 그러나 별다른 방법이 없었다. 할 수 있는 것이라고는 시를 쓰고 불평하는 것뿐이었다.

이런 그에게도 기회가 찾아왔다. 평소에 서화를 좋아하던 건륭제가 강남의 러우청에 내려왔다. 건륭은 러우청이 서화로 유명한 마을이라는 것을 알았다. 그리하여 서화를 몇 점 가져오라고 명령했다. 건륭제는 직접 그림을 보고 평가하고 싶었다. 모용인은 만약 이번 기회를 놓치면 평생 다시는 이런 기회가 없을 것이라고 생각하였기 때문에, 그는 최선을 다하여 〈모사단금도(茅舍彈琴圖)〉를 그렸다. 그림 위에 시도 한 수 적었다.

> 고금의 마음을 누가 알리오.
> 자기(子期)와 같은 사람이 과연 또 있겠는가.
> 만약 나의 고금 연주를 감상할 지음이 없다면
> 나는 백발이 될 때까지 혼자서라도 나의 고금 소리에 취해 웃으리.

솔직히 말하면 건륭제는 독특한 풍격을 가진 모용인의 〈모사단금도〉를 마음에 들어 했다. 그러나 그림 위에 쓰여진 시를 읽은 후 자기도 모르게 인상을 찌푸리며 말했다.

"너무 자만하군. 불평도 너무 많아. 그냥 혼자 도취되게 내버려두는 게 낫겠군."

이 말은 친구에 의해 모용인의 귀에 들어갔다. 그는 황제의 기분을 불쾌하게 만든 것 같아 그 시를 쓴 것을 한참 후회했다. 그는 그날 저녁 〈송하조금도(松下操琴圖)〉를 그렸다. 그 위에는 이런 시를 적었다.

> 소나무의 모습은 마치 큰 일산 같고,
> 고금을 연주하는 이는 이 일산을 그늘로 삼았네.
> 만약 나의 연주를 감상해줄 지음(知音)이 있다면
> 나의 연주는 황제를 감동시킬 수 있을 것이네.

그는 그림을 다시 황제에게 바쳤다.

건륭은 이 그림을 본 후 입을 열었다.

"안타깝도다, 안타까워!"

그의 신하들은 이해할 수 없어 왜 안타까운지 물었다. 건륭제는 무언가를 생각하다가 입을 열었다.

"문인의 절개가 부족해. 더 이상 안 봐도 되겠소."

이렇게 모용인은 마지막 기회를 잃었다.

이 사건 이후 이러한 사실이 밖으로 알려졌고 이야기도 점점 부풀려졌다. 이런 소문 때문에 조금이나마 남아 있던 모용인의 명성까지도 점점 작아졌다.

가장 재미있는 것은 일찍이 어떤 고수가 모용인의 이름 중 한 글자를 따서 지은 '인자서화원(囚字書畵苑)'의 인(囚) 자를 해석할 때, '口'는 국(國) 자의 테두리를 뜻하며 테두리 안의 '大'는 사람을 뜻한다고 설명했다. 중국화는 국화(國畵)라고도 불리므로 인(囚) 자는 바로 국화의 일인자라는 뜻이었다.

오늘날, 그 고수는 새로이 이 글자를 해석했다. '囚'의 테두리는 입 구(口) 자를 나타내므로 입안에 사람이 있다는 뜻으로 해석했다. 즉, 바로 비열한 소인이라는 뜻이다.

"사람은 다 변하는 법이지……."

고수는 긴 탄식을 내뱉고는 고개를 저으며 돌아갔다.

모용인은 철저히 벼슬길을 단념했다. 그냥 꽃이나 키우고 새나 기를 심산이었다. 꽃과 새와 함께 평생을 보내고, 그림을 팔아 돈벌이를 하기로 했다.

그는 임종 전, 자신의 일생을 돌아보며 크게 깨달음을 얻었다. 그는 힘껏 자신의 뺨을 두어 번 때렸다. 멍청한 놈이라고 자신을 욕하기도 했다. 자신이 어떻게 감투를 탐낼 수 있었는지 자문해보았다. 건륭 황제에게 쓴 문인의 절개 없는 그 시는 모용인이 그간 쌓아온 평생의 명성을 하루아침에 무너뜨렸다. 순간 모용인의 얼굴은 눈물로 범벅이 되었다.

"말년에 다 망했어…… 다 잃었다구. 이렇게 될 줄 알았다면 그때 그렇게 하지 않았을 텐데…… 참 허망하구나. 내가 잘못 살았어. 실패한 인생이야. 실패했다구."

끊임없는 자책과 후회 속에 모용인은 결국 다른 세계로 돌아갔다.

리마인드 웨딩 촬영

타오젠궈의 아내 다이홍화는 최근 심상치 않아 보였다. 그녀는 할 일이 없으면 바보처럼 멍하게 넋을 놓고는 딸의 결혼사진을 보고 있었다. 왜 그러고 있는 것인지 당최 종잡을 수 없었다.

타오젠궈는 아내가 딸아이를 시집보낸 것이 못내 아쉬워 그러는 것이라고 생각했다.

"딸은 언젠가는 좋은 남자 만나 시집가야 하잖소. 아빠로서 내가 더 섭섭하다구. 그렇다고 내가 당신처럼 그러고 있진 않잖아."

"당신이 뭘 알아요? 나는 딸이 부러워서 그런 거라구요. 좀 봐요, 드레스는 얼마나 고아하고 또 얼마나 아름다운지. 내가 당신한테 시집 왔을 때 사진관 가서 결혼사진 찍은 거? 그건 말도 꺼내지 말아요. 봐줄 만한 커플 사진 한 장 없잖아요⋯⋯."

타오젠궈는 빈정거리며 말했다.

"뭐라고? 그래서 손해본 것 같아? 나랑 결혼한 걸 후회한단 말이야? 아이고 참 안타깝네, 안타까워. 젊은 시절로 다시 돌아갈 수도 없고. 만약에 내가 다시 젊어질 수만 있다면 대부호집 아가씨 하나 얻어서 잔칫상 백여덟 개쯤 펴놓고 아주 거하게 결혼사진을 찍을 거야. 아니면 다시 〈장밋빛 결혼〉이라는 프로에나 좀 나왔으면 좋겠네. 내 생각 어때? 상 좀 탈 수 있을 것 같아?"

"지금 와서 후회한들 무슨 소용이 있어요? 당신이 앞으로 어떻게 하는지 볼 거예요."

"좋은 생각이 있어. 집에 있는 모든 돈을 끌어모아 류샤오칭(유명배우)의 분장사 마오거핑을 부르는 거야. 당신을 열여덟 소녀로 만드는 거지. 나는 스무 살 잘생긴 청년으로 만들고. 그다음 파리의 꿈 결혼 사진관에 가서 리마인드 웨딩사진을 다시 찍는 거야. 그래서 우리를 아는 모든 사람들을 놀래켜주는 거지. 어안이 벙벙하게 말이야."

"좋아요, 좋은 생각이에요. 백 번 찬성해요. 단지 돈, 돈이 문제죠. 마오거핑을 초청할 수 있을지 모르겠네요."

"이봐, 당신은 내가 농담 삼아 한 말을 진짜라고 생각하는 거야?"

다이훙화는 진지하게 말했다.

"당연히 진짜 아니에요?"

이후로 다이훙화는 러우청의 크고 작은 웨딩사진관을 찾아다녔다. 비용과 화장 수준을 알아본 후 모든 내용을 기록해두었다.

두 사람의 25주년 전날 저녁, 다이훙화는 매우 엄숙하고 진지하게 타오젠궈에게 제안했다.

"우리 결혼사진 다시 찍어요!"

타오젠궈는 반쯤 하얘진 머리카락을 쓰다듬으며 말했다.

"내 얼굴 좀 봐. 묵은 귤껍질 같은데 무슨 결혼사진이야? 사람들이 배꼽 빠져라 우리를 비웃을걸? 됐어, 됐다구."

다이훙화의 마음속에 가득 찼던 희망은 한순간에 얼어붙었다. 그러나 그녀는 단념하지 않았다. 그녀는 기분 나쁜 어조로 말했다.

"젠궈, 우리 결혼 25주년이에요. 내가 이 요구 하나만 들어달라고 하지 않았나요? 어떻게 이 요구조차 당신은 모질게 거절하는 거죠?"

타오젠궈는 아내를 보고 화를 내며 말했다.

"얼마를 쓰든지 찍고 싶으면 찍어. 그런데 나는 안 찍을 거야. 찍고 싶으면 혼자 가서 찍어. 이 나이 먹어서 이 몰골로 어떻게 찍겠냐고!"

"왜요? 내가 불륜이라도 저질렀어요? 체면 떨어질까 봐 그러는 거예요? 내가 바로 당신 마누라예요. 우리 다 합법적인 부부인데 뭐가 겁나요? 막 결혼한 젊은 신혼부부만 결혼사진 찍으라는 법이 있냐구요!"

타오젠궈는 아내의 고집을 꺾지 못한다는 것을 알았다. 그렇게 그는 포로처럼 아내에게 끌려 파리의 꿈 결혼사진관으로 갔다. 분장사는 타오젠궈에게 말했다.

"요즘 중년들이 리마인드 웨딩 촬영 많이 해요. 이런 걸 '혼부(婚補)'라고 불러요. 청춘을 붙잡아두고 싶은 것도 있고 또 부부 간의 감정도 다시 깊어질 수 있죠."

다이홍화는 얼굴에 웃음꽃이 활짝 폈다. 타오젠궈는 그들의 손에 자신을 맡겼다. 사진사는 베테랑이었다. 그러나 타오젠궈가 시종일관 웃지 않는 모습을 보고, 처음엔 사진사도 아무 말도 하지 않았다. 사진사는 위치를 잡고 앉게 한 후 이 방법 저 방법 다 동원하여 타오젠궈를 웃겼다. 눈치가 빠르고 민첩한 타오젠궈는 찰칵 소리에 바로 자세를 잡았다.

타오젠궈는 어쩔 수 없는 대학 교수였다. 기질이나 풍모가 일류급이었다. 이 사진들을 인화하여 확대하니 그 효과는 보통 괜찮은 것이 아니었다. 파리의 꿈 결혼 사진관은 타오젠궈와 홍화의 사진을 진열대에 전시하고 싶어 그들과 상의를 했다.

타오젠궈는 이렇게 사진이 잘 나올 것이라고는 꿈에도 생각지 못했다. 사실 조금 마음에 들기도 했다. 홍화의 부추김에 그는 결국 고개를 끄덕였다.

사진들이 잘 찍혔는지는 모르겠지만 그래도 타오젠궈는 교수 신분이라 결국 신문사 기자가 칼럼 『시상(時尚)』에 「혼부, 중년부부들의 유행」이라는 글을 한 편 실었다. 게다가 타오뗀궈와 다이훙화의 이야기를 사례로 실었고 멋스러운 사진도 역시 함께 실렸다. 이렇게 두 사람은 러우청의 유명인물이 되었다. 머지않아 방송국 기자도 그들을 인터뷰하러 왔다.

이후 러우청에는 중노년들의 리마인드 결혼사진 촬영이 순식간에 유행되었다. 더욱이 타오젠궈와 다이훙화가 더욱 생각지 못했던 것은 『백성생활』이라는 칼럼에서 기획한 프로그램으로 두 사람의 리마인드 신혼여행 과정을 카메라에 담는 것이었다. 모든 비용은 전부 방송국에서 지원해주고 두 사람이 주연을 맡아야 했다. 타오젠궈가 망설이고 있을 때 다이훙화는 주저 없이 바로 승낙했다. 마치 새신부처럼 흥분한 모습이었다.

피우물

러우청의 구시가를 개발할 때 100여 년 된 우물 팔동정을 발견했다. 이 우물이 폐쇄된 지는 200여 년 되었다.

현지 작가 벤닝잉은 이 얘기를 들은 후 밤새도록 자료를 뒤져「혈정팔동정(血井八洞井)」이라는 글을 한 편 썼다. 이 문장에 팔동정이 처음 파여졌을 때가 명나라 만력 8년 때이며 지금으로부터 약 420여 년의 역사를 갖고 있다고 상세하게 적어두었다. 전해지는 소문에는 러우청에 왕씨 성의 각로 정우(丁憂)라는 사람이 고향에 돌아왔을 때 사람을 시켜 우물을 파기 시작했으며 이 우물은 일반 가정에서 쓰는 우물보다 훨씬 컸다고 한다. 우물 입구는 청색 석판으로 덮었으며 석판 위에는 여덟 개의 구멍이 있었고 동시에 여덟 개의 두레박으로 물을 길을 수 있었다. 이 우물의 위치는 장원 골목의 중간 지점에 있었다. 다시 말하면 이 우물은 그야말로 공용우물이었다. 이 우물을 공용우물로 사용한 것은 왕 각로가 덕을 쌓고 선을 행하기 위함이었다. 수백 년 전, 이 우물가는 분명히 물을 긷는 사람들, 쌀 씻는 사람들, 채소를 씻거나 빨래를 하는 사람들로 인해 시끌벅적했으리라 상상할 수 있다.

청나라 함풍제 10년(1860), 태평군이 청군을 물리치고, 그해에 러우청을 점령했다. 지방지 기록에 의하면 당시 청군은 성을 지키기 위해 장군들이 목숨을 걸고 저항했다. 성은 파괴되었으나 태평군 역시 많은 사상자가 발생하여 피해가 컸다.

성을 공격한 장군, 잠우도(쭉牛刀)는 성에 진입한 후 현관 담지광(談之光)이 장원 골목에 산다는 것을 알고는 바로 병사를 파견하여 담지광의 집을 급습했다. 그러나 담지광은 이미 전장에서 사망한 상태였다. 하인들은 도망가거나 흩어져버렸고, 부인들과 아들딸 등 모든 가족은 마치 뜨거운 가마 속 개미 같은 신세가 되어 어떻게 해야 할지 모르는 상태였다. 잠우도는 군인 출신으로 성격이 강직하고 호랑이 같으며 불의한 일을 보면 참을 수 없었다. 이런 그는 부하들에게 명령하여 담지광 일가의 열 명 중 아홉 명은 사살했다. 바로 팔동정 근처에서 말이다. 지방지 기록에 의하면 그들의 피가 우물로 모였고 우물물은 붉은색이 되었다. 그리하여 '피우물'이라 불리게 되었다고 한다. 이 후 근처 백성들은 다시는 그 우물에서 물을 긷거나 쌀이나 야채를 씻거나 빨래를 하러 오지 않았다고 한다.

태평군이 러우청을 떠난 후 담지광이 맡던 현관 자리에 오른 새 현관은 이 우물이 불결하다고 판단하여 우물을 폐쇄하도록 명령했다. 세월의 흐름 속에 피우물도 러우청 사람들의 기억 속에서 점점 사라져갔다. 이미 극소수의 사람들만이 러우청 역사에 팔동정이라는, 바로 피우물이라 불리는 우물이 있었다는 사실만 알고 있을 뿐이었다.

벤닝잉의 글이 시보에 실린 후 문화관리 부서와 꽤 많은 열혈 독자들이 관심을 보였다. 누군가 이 팔동정을 러우청의 문화유산으로 보전하자고 제안하기도 했다.

그러나 구시가 개발 방안에 따르면 이 팔동정의 위치가 마침 진타이부동산개발회사가 지을 상가건물 자리에 위치해 있었다. 진타이부동산회사의 대표는 시장의 처제이고 러우청에서 수완이 뛰어난 인물이다. 팔동정을 보존하고 싶으면 반드시 진타이부동산회사에서 건물 한 채를 덜 지어야 했다. 솔직히 이렇게 하는 것은 호랑이 입에 물린 고기를 빼앗는 일이나 다름없었다. 정말 보통 어려운 일이 아니다.

확실히 현실의 벽은 너무나도 컸다.

독자들의 의견이 분분했지만 열정시민 한 무리가 현장에 직접 달려가 팔동정을 봤다. 그러나 진타이부동산회사는 모르는 척했다. 원래 계획했던 대로 시공할 생각이었다. 기초공사팀은 이미 수로공사를 시작한 상태였다.

벤넝잉은 더 이상 참을 수 없어 방송국으로 달려가 촬영을 요청했다. 시 정부의 주요 간부들의 관심을 끌기 위해 뉴스에 호소도 해보았다. 어쩌면 이 유적을 지켜낼 수 있을지도 모른다.

방송국장은 한껏 용기를 내어 촬영기사들을 현장에 파견하여 즉시 보도 내용을 촬영하라고 했다. 3일이 지난 후 어찌 된 일인지 그 영상은 방송되지 않았다. 벤넝잉은 방송국장에게 전화했다. 국장은 조금 낙담한 듯 말했다.

"시 관계자가 방송을 내보내지 말라고 하더군요."

그 이유는 바로 이 우물이 비록 옛 우물이긴 하나 피우물이라는 역사가 태평군의 살인과 연관이 되어 만약 역사유적으로서 보존한다면 태평군의 이미지가 손상되어 부정적인 영향을 미칠 수 있다는 것이다. 그래서 보존 가치가 높지 않고, 심지어 어떤 사람들은 죽은 사람이 산 사람 길을 막는다고 얘기한다고 했다. 결국 이 일은 역사를 이용해 도시 건설 발전을 막는 일이라고 했다.

벤넝잉은 이미 대세가 기울어져 더 이상 호소해도 아무런 의미가 없음을 알았다. 마음이 답답한 그는 집에 돌아와 「울고 있는 피우물」이라는 시를 썼다. 그는 시보에 투고하였으나 시에서는 실어주지 않았다. 『러우청문예』 칼럼에도 시를 보냈으나 이곳 역시 실어주지 않았다.

피우물은 결국 사라졌다. 상가건물 부지 아래에 묻혀버렸다.

온데간데없이 소리 소문 없이 사라져버린 피우물 때문에 정말 기분이 우울했다. 그는 개인 기부를 해서라도 상가건물 옆에 비석을 세우고 싶었다. 정면에는 '팔동정-피우물 옛 터'라고 쓰고 후면에는 역사적 내용을 새기고 싶었다.

그러나 벤넝잉은 결국 소원을 이루지 못했다. 솔직히 말하면 진타이부동산회사가 비석 세우는 것을 반대했기 때문이다. 벤넝잉이 설령 비석을 세울 수 있다 하더라도 그의 개인 능력으로는 분명 한계가 있었을 것이다.

수집가 샤리진

샤리진은 자신을 드러내거나 나서는 것을 좋아하지 않는 사람이다. 심지어 그는 러우청 수집가 친목회에도 참가하지 않는다. 러우청 수집계에서도 그의 명성을 아는 사람은 극히 드물고 그와 친분이 있다고 말하는 사람은 더욱 드물다. 러우청 수집계에서 그를 만나는 것은 아주 극적인 일일 뿐만 아니라 예상치 못하게 유물을 발굴해낸 것과 같다고 할 수 있을 정도다.

어느 날 샤리진의 집에 도둑이 들었다. 도난당한 것은 바로 가장 아끼는 장다첸(張大千, 1899~1983, 발묵화가, 서법가)의 소묘작 한 뭉치였다. 장다첸은 현재까지도 가장 권위 있는 중국화 대가이다. 그의 중국화 작품은 몇십만 위안부터 심지어는 몇백만 위안까지 한다. 그러나 아무리 비싸도 어쨌든 경매장에 물건이 올라와야 하는 것 아닌가. 살 돈이 있고 살 마음만 있다면 그림 몇 점 건지는 것이 불가능한 일은 아니었다. 그러나 장다첸의 소묘작은 수집가 몇 명만이 경매장에 올라온 것을 본 적이 있다고 했다. 물건은 흔치 않을수록 귀한 법이다. 그래서 그는 상자에 담아 가장 아래 다섯 번째 서랍 안에 넣어두었다. 이 소묘작은 표구를 하지 않았음에도 아마도 도둑이 서랍을 잠가둔 것을 보고 가치를 알아본 것 같다. 그러니 몽땅 훔쳐 가져간 것이다.

공안국의 러우 민경은 도둑맞은 다른 물건은 없는지 물었다. 샤리진은 잠시 생각한 후 말했다.

"마오쩌둥 배지 몇백 개가 사라졌어요."

이 몇백 개의 마오쩌둥 배지는 문화대혁명 시기 때 샤리진의 집에 남겨졌던 것이다. 최근 몇 년 동안 수집한 것이 결코 아니다. 그러나 샤리진의 눈에는 이 배지들의 가치가 당연히 장다첸의 소묘작에 미치지 못했다. 그래서 그는 경찰에 신고할 때 이 배지를 언급하지 않았다.

2주가 지나고 사건이 일단락되었을 즈음 도둑은 골동품시장에 마오쩌둥 배지를 팔러 나왔다가 붙잡혔다.

샤리진은 관심은 오로지 장다첸의 소묘작이 잘 있는지에만 있었다. 정말 감사하게도 장다첸의 소묘작은 한 장도 없어지지 않았다. 단지 전부 구겨져 있을 뿐이었다. 알고 보니 그 도둑이 샤리진의 집에 몰래 들어온 후 다섯 칸짜리 서랍을 다 뒤져보았으나 아무리 뒤져도 현금을 찾을 수 없었다. 그는 가장 아래 서랍에 자신이 찾고 싶은 것이 있다고 생각했으나 이미 누래진 낡은 종이들만 있었다. 그 종이들은 똥 닦을 휴지로 쓰라고 줘도 안 쓸 것 같았다. 도둑은 종이를 아무렇게나 휙 펼쳐보았다. 그는 펴자마자 마오쩌둥 배지 한 뭉치를 발견했다. 도둑은 현재 마오쩌둥 배지를 돈으로 바꿀 수 있다는 얘기를 들은 적이 있어서 한 개도 남겨두지 않고 모두 가져갔다. 그는 가방에 쑤셔 넣었다가 기스가 나거나 광이라도 없어지면 값어치가 떨어질 것 같아 막 던져버린 장다첸의 소묘작에 큰 마오쩌둥 상을 몇 개 싸서 가방 안에 넣었다……

샤리진은 도둑이 그 귀한 장다첸의 소묘작을 어떻게 사용했는지 듣고는 화가 나서 피를 토할 뻔했다.

"이 어리석은 놈! 이 멍청한 놈 같으니라고!"

그는 분노하며 말했다.

이 사건 때문에 러우청 수집계는 샤리진의 명성을 다 알게 되었고, 그의 손안에 유명 작가들의 작품들이 많이 있다는 것도 알게 되었다. 다행히 그 도둑은 이 그림에는 관심이 없어서 큰 화를 면했다.

샤리진은 한 기관 부서에서 사무실 주임을 맡고 있고 중위 간부쯤 된다. 원래 이 부서의 동료들은 그가 아는 것이 꽤 있다는 것과 책벌레라는 것만 알고 있을 뿐이었다. 그가 골동품을 수집하는지는 몰랐다. 그 집에 도둑이 든 사건이 일단락된 후 시보에 기사 한 편이 실렸다. 기자는 샤리진의 수집에 관하여 썼다.

샤리진 부서의 국장은 고상한 척하기 위해 문화활동에 참가하는 것을 아주 즐기는 사람이다. 샤리진이 수집가라는 말을 듣고는 흥미가 생겼는지 그의 집에 가보고 싶다고 했다. 직속상관이 보고 싶다고 하니 샤리진은 거절할 수가 없어 내키지 않았지만 어쩔 수 없이 국장을 초대했다.

국장은 왕시민, 왕감, 왕휘, 왕원기 등 '사왕'과, 정섭, 금농, 왕사신, 황신, 고상, 이선, 이방응, 나빙 등 양주팔괴 그림 차이를 알 수 없었다. 그러나 그는 당백호(唐伯虎, 1470~1524)와 치바이스, 쉬베이훙의 그림은 값어치가 상당한 것을 알고 있었다. 집에 걸어놓으면 온 집 안이 훤해질 것이고 상사에게 선물하면 고급스럽고 꽤나 신경 쓴 것처럼 보일 것이다. 국장은 작품 하나하나 다 살펴보았다. 그러나 여전히 그의 마음에 드는 유명화가의 작품을 찾지 못했다.

그는 조금 언짢은 듯 창문을 열고 산을 바라보며 말했다.

"자네, 치바이스의 '새우'와 쉬베이훙의 '말'이 있다고 하지 않았는가? 좀 보여주게."

샤리진은 국장이 작가들의 이름을 부르는 것을 보고는 피할 방법이 없다고 생각하여 쉬베이훙의 〈쌍마도〉를 가져왔다. 국장은 보자마자 눈이 번쩍였다.

"아주 좋군, 아주 좋아. 아주 똑같아. 진짜 말 같군!"

이후 국장은 다른 그림은 보지도 않고 〈쌍마도〉만 쳐다보며 생각에 잠긴 듯했다.

이튿날, 국장은 샤리진에게 말했다.

"요즘 말이야, 우리 기관에서 부국장을 뽑으려고 하거든. 자네가 가장 유력해. 기회를 잘 잡으라구."

이틀이 지나도 샤리진이 아무런 반응이 없는 것을 보고, 국장은 더 이상 참지 못하고 말했다.

"조만간 수뇌부에서 방문한다고 하더군. 아무리 생각해도 너무 큰 걸 선물하면 안 받을 것 같고, 또 너무 작은 것을 선물해도 볼품없잖아. 한참 생각하다가 말야, 자네가 갖고 있는 그 쉬베이홍의 〈쌍마도〉가 생각난 거야. 이렇게 하세. 나도 공짜로 달라는 건 아니고 자네가 가격을 제시해보게. 내가 생각해보고 답을 줄 테니."

샤리진은 작품에 미련을 버리지 못하고 끝내 국장의 의견을 받아들이지 않았다.

훗날 샤리진의 사무실 주임 자리는 영문도 모른 체 내놓게 되었다. 최근 회사 내부 구조조정으로 인해 샤리진을 해고하려 한다는 소문이 돌자, 샤리진은 며칠 밤을 생각한 끝에 회사로 전화를 걸어 퇴사 의사를 전달했다. 그가 회사에 입사한 지 30년 되는 해였다.

국장은 긴 한숨을 내쉬며 말했다.

"아이고, 이 책벌레 같은 사람아."

경매장의 갑부들

러우청의 링산 경매장은 새로 개장한 곳이다. 그러나 내부 사람들의 폭로에 의하면 구정 전에 경매가 한 번 열렸고, 사람들은 그곳에서 돈도 꽤 벌었을 뿐 아니라 어리숙한 사람들의 돈을 크게 한몫 챙겼다고 했다.

그래서 그런지 올해 초, 갑부들이 많아졌다. 경매장에 발을 들인 사람이 모두 뒷주머니가 두둑해졌다. 설령 좀 잃더라도 수업료 치른 셈 치면 되니 상관없었다.

소문에 골동품 시세가 아직 상승세를 타고 있다고 하니 골동품에 투자하는 것이 가장 가치가 높을 것이다.

아니나 다를까 링산 경매장에서 두 번째 경매가 개장한 날, 첫 번째 경매 때보다 사람들이 더욱 북적거렸다. 소문에 장쑤 북부 지역에서 온 갑부 두 명이 격야로 찾아온다고 하더라.

그날 경매자에는 공다추라 불리는 망치를 든 경매사가 있었는데 그는 무대에 오르자마자 가장 뒷줄 두 번째 앉아 있는 두 명의 타지인들을 발견했다. 공다추의 눈은 마치 독이 든 눈 같아서, 힐끗 쳐다만 봤을 뿐인데 그 두 사람이 장쑤 북부 지역에서 온 갑부들이라고 짐작했다. 비록 두 사람은 명품 양복을 입고 있었지만 공다추의 눈에는 우스워 보일 뿐이었다. 왜냐하면 그가 보니 아무리 더한 명품 옷을 걸쳤다 해도 두 사람의 촌티는 숨길 수 없었기 때문이다. 그의 입가에는 저절로 조롱기 가득한 웃음이 번졌다.

'저런 어리숙한 두 촌놈들이 있으니 오늘 경매는 아주 재미있겠어.'

역시나 공다추의 예상대로, 첫 번째 경매 물건은 사전 예상 가격을 훨씬 뛰어넘었다.

첫 번째 경매품은 청나라 누동화파 사상의 대표 인물 왕시민의 〈우산춘색도(虞山春色圖)〉였다. 경매 출발가는 10만 위안부터 시작되었고, 급기야 경매가 100만 위안까지 치솟았다. 공다추는 너무 기뻤다. 왜냐하면 그는 장쑤 북부에서 온 갑부 두 명에게서 반드시 이 작품을 손에 넣으리라 하는 표정을 보았기 때문이다. 누가 가격을 부르기만 하면 그들은 즉시 더 높은 가격을 불렀다. 심지어 생각조차 하지 않는 듯했다. 마지막에는 18 번과 장쑤 북부 갑부 간의 1대 1 경쟁이 되었다.

공다추의 눈에 18번도 현지인 같지는 않았다. 말투를 들어보니 상하이 사람 같았다. 그의 행동거지를 보고서야 진짜 갑부라고 생각했다. 조금도 급하지 않고 뽐내지 않으며 아주 침착했다. 게다가 그가 풍기는 분위기는 분명히 지식인 같았다. 두 사람은 계속하여 기싸움을 하며 실랑이를 벌였다.

장쑤 북부에서 온 갑부가 140만 위안을 부를 때 18번은 어깨를 으쓱하며 뒤에 앉아 있는 장쑤 북부에서 온 갑부를 쳐다보았다.

'대체 경매를 하러 온 거야, 아니면 돈 자랑을 하러 온 거야?'

경매가 몇 번 더 올라간 후 장쑤 북부에서 온 두 갑부도 몇 번 번호판을 들더니 더 이상은 적극적이지 않았다. 작품이 눈앞에 모습을 드러냈을 때 비로소 그들은 구미가 당긴 듯했다.

공다추는 이 상황을 보고 장쑤 북부에서 온 두 갑부가 골동품에 문외한이라고 판단했다. 왜냐하면 옥기나 청동기 등에 대해 아는 것이 없었기 때문에 함부로 번호판을 들 수가 없었던 것이다. 서화작품은 그 명성으로 이미 알고 있었기에 진짜인지 가짜인지 좋은지 아닌지는 몰라도 상관없었다. 공다추는 이렇게 생각한 후 현장의 분위기를 어떻게 제대로 띄울지 알게 되었다.

장다첸의 〈만학천봉도(万壑千峰圖)〉가 경매품으로 나왔을 때 공다추는 신들린 말솜씨를 십분 발휘하여 이 작품의 가치를 하늘까지 띄워 올렸다. 마치 이 그림이 장다첸 산수화의 대표작처럼 말이다. 50만 위안에서 순식간에 300만 위안까지 뛰었는데 여전히 번호판을 드는 사람이 있었다. 맨 마지막에 장쑤 북부 갑부는 340만 위안을 불렀다. 공다추는 첫 번째 줄에 앉은 9번을 힐끗 쳐다보고 그에게 번호판을 들 것인지 의사를 물었다.

"삼백육십만 위안이요!"

9번은 아주 단호하게 이번 경매에서 가장 높은 가격을 불렀다.

만약 공다추가 예상한 대로 장쑤 북부에서 온 두 갑부가 그 도전을 받아들여, 번호판을 들고 380만 위안이라고 외치면 완전한 대승리였다. 그러나 공다추는 장쑤 북부에서 온 갑부들이 번호판을 내려놓고 담배를 입에 물 거라고는 생각지도 못했다. 완전히 경쟁하고 싶은 마음이 없다는 뜻이었다.

공다추는 다시 한번 현장을 살폈다. 왜냐하면 9번은 바로 경매회사 사람, 즉 자기 사람들이었기 때문이다.

"삼백육십만 위안, 하나!"

이에 응하는 사람이 없었다.

"삼백육십만 위안, 둘!"

여전히 응하는 사람은 없었다.

"삼백육십만 위안, 셋!"

공다추는 최대한 말의 속도를 천천히 했다. 그러나 여전히 응하는 사람이 없었다. 현장은 쥐 죽은 듯이 조용했다. 그가 어찌할 바를 몰라 하고 있는 그때 사방에서 박수소리가 터져 나왔다.

공다추는 장쑤 북부에서 온 갑부가 구석에서 조용히 경매장을 빠져나가는 것을 보았다.

공다추는 〈만학천봉도〉가 사실은 바로 장쑤 북부 갑부의 것이었다는 것을 나중에 알게 되었다. 그들은 다른 사람의 이름으로 경매에 참여한 것이었다. 알고 보니 그 18번 역시 그들과 한패였다.

이 사건 후 공다추는 한탄하며 말했다.

"견문을 더 넓혀야해…… 정말 더 배워야겠어. 진짜 내가 눈이 삐었지. 그 촌스럽기 짝이 없는 놈들의 수완이 그렇게 좋다니……."

야오 스님

최근 몇 년 구먀오 일대에 골동품시장이 형성되었다.

이 골동품시장에는 금잠(金簪), 옥패(玉佩), 한병(韓瓶), 청자, 전황인(田黃印), 계혈석(鷄血石), 의비전(蟻鼻錢), 금착도(金錯刀), 죽근 조각품, 홍목식건(紅木飾件), 문방사보와 명인의 그림이나 글자들이 시장에서 혹은 암암리에 거래되는 것을 심심찮게 볼 수 있었다. 당연히 진짜 가짜 모두 있었고 터무니없이 비싼 고가품도 있었으며 가끔 헐값에 흥정되기도 했다. 전부 당신이 물건을 제대로 식별할 수 있는지 없는지에 달려 있다.

봄이 지나고 골동품시장에 대머리 노인 한 명이 나타났다. 이 사람은 나뭇가지처럼 바짝 말랐고, 매 같은 두 눈에 알 수 없는 빛이 서려 있었으며 그 행색은 정말 봐주기 힘들 정도였다.

"이 사람은 마을을 돌아다니며 고물 수집하는 사람이에요. 은행나무가 있는 동네에 살고 있는데 성이 야오인 스님이에요." 누군가 그 사람에 대해 얘기해주었다.

그가 대머리라서 스님이라고 부르는 것인지 아니면 독신이라서 스님이라고 부르는 것인지 아니면 이전에 정말로 스님이라도 되었던 것인지는 몰라도 이 진상을 아는 사람이 없어서 여전히 의문으로 남아 있다.

야오 스님은 날씨가 어떻든지 반드시 매일 아침 일찍 골동품시장에 나왔다. 그가 도착하면 먼저 차를 진하게 우려낸 후 작은 대나무 의자에 앉아 바닥 위에 비닐을 깔고 지저분해 보이는 가방 안에서 골동품들을 꺼내어 펼쳐놓았다. 그다음 한 번 쭉 살펴본 후 아무 말 없이 강태공이 물고기를 기다리듯 조용히 앉아 기다렸다.

골동품 애호가들은 보자마자 야오 스님의 물건 중 몇 개는 진품인 데다가 가격도 착한 보물들이라는 것을 알았다. 그중 소형 선덕로는 명대 것이고 자사호는 진만생(陳曼生)이 제작한 것이었다(진만생 자사호는 후대인들에 의해 대량으로 모조품이 생산되어 진품을 감별하는 데 어려움이 있다). 비연호(鼻烟壺)는 청대 어제(御制, 황제가 지은 시문이나 도자기 따위) 수장품이다. 자단목 염주는 108개 매 알마다 모두 불상이 새겨져 있었고 생동감이 넘쳤다.

"술맛만 좋다면 주점이 깊은 골목에 있어도 괜찮다"라는 말이 있다. 하물며 야오 스님이 거침없이 이렇게 물건을 보란 듯이 펼쳐놓았는데 못 믿을 것이 무엇이 있겠는가.

그의 골동품을 마음에 들어 하는 사람들이 한둘이 아니었다. 그러나 야오 스님이 가격을 말하면 그대로 말문이 막혔다. 구먀오를 주름잡는 '큰형님'이라 불리는 사람이 있었는데 그는 몽골 단검이 마음에 쏙 들어서 일찍부터 야오 스님을 보채고 졸라댔다. 그러나 야오 스님은 한 푼도 깎을 수 없다고 했다. 완전 황소고집이었다.

"제기랄, 이 늙은 영감이 크게 한몫 챙기려는 거야? 누굴 속이려고!"

큰형님은 화가 치밀어 올랐다. 그러나 마음속으로는 야오 스님의 장사꾼 기질에 탄복하지 않을 수 없었다. 오히려 조금 존경스러운 마음까지 생겼다.

사람들은 점점 야오 스님의 난전이 매일 그저 진열대에 불과하다는 것을 알게 되었다. 아마도 보여주기 위해 펼쳐놓는 것 같았다. 야오 스님은 어쩌면 사람들에게 골동품을 보여주고 그들과 골동품에 대해 얘기하는 것을 좋아하는 것일지도 모른다. 골동품 얘기가 시작되면 그는 바로 활기가 넘치고 몹시 흥분했다. 만약 누가 그와 골동품 감정을 한다면 손짓발짓 다 해가며 설명하고 사방에 침이 튈 정도로 흥분하며 말할지도 모른다. 그는 바로 이럴 때 인생의 찬란함을 느낄 것이다. 외모로는 사람을 판단할 수 없는 법이다. 야오 스님의 외모가 보잘것없더라도 함부로 판단하지 마라. 그의 안목은 아주 수준급이다. 골동품시장에 자주 오는 사람들 누구든지 그의 골동품을 감정하는 안목은 거의 비할 사람이 없다고 말한다.

어느 날 머리숱이 적은 중년남자가 야오 스님의 난전 앞에 다가왔다. 그는 비연호를 보자 마치 굶주린 매가 야생토끼를 본 것마냥 잽싸게 다가왔다. 비연호를 들어 올려 가로로도 보고 세로로도 보고 나중에는 아예 돋보기를 꺼내어 보았다. 그의 눈빛은 그야말로 당장이라도 훔쳐갈 것이라고 의심받을 만했다.

야오 스님은 물건을 알아보는 진정한 꾼이 왔다는 것을 느꼈다. 그는 기쁜 듯 강남의 노랫가락을 흥얼거렸다.

그 중년남자는 아주 솔직히 말했다.

"진품이네요, 진품! 진짜 보기 드문 진귀한 물건이에요!"

그는 야오 스님과 대화를 나누기 시작했다. 두 사람은 얘기할수록 점점 통하는 것 같았다. 야오 스님은 자신과 실력이 막상막하인 호적수를 만난 듯한 느낌을 받았다. 그는 그 중년남자의 어깨를 툭툭 치며 말했다.

"이보게, 자네! 나와 한잔 쭉 걸치러 갑세! 내가 쏘지!"

"양파머리 왔네? 분명 이 땡중한테 크게 털리겠구만."

큰형님은 매우 놀라 물건을 보러 온 옆 사람에게 말했다.

"저 땡중 말이에요, 삼 년 동안 한 푼도 못 벌더니 한번에 삼 년치를 벌겠네요. 이번에는 크게 한 건 하겠어요."

큰형님이 가장 관심 있는 것은 야오 스님이 중년 남자의 주머니를 얼마나 터는지였다. 그러나 그의 구미를 더 당긴 것은 야오 스님과 중년 남자가 식당에서 나오지 않는다는 것이었다. 보아하니 그 중년도 보통은 아닌 듯했다. '안에서 가격을 흥정하며 버티기 전술을 쓰고 있는 것은 아닐까? 과연 누가 버티기에서 살아남을까?'

드디어 그들이 나왔다. 중년 남자의 얼굴에 희색이 도는 것 같았다. 그는 혼잣말로 중얼거렸다.

"아무리 찾아도 없더니 전부 이렇게 힘 하나 안 들이고 찾았네."

큰형님은 귀가 솔깃하여 재빨리 달려가 물었다.

"피를 얼마나 흘려서 얻은 겁니까?"

이런 말도 안 되는 일이! 정말 믿을 수 없다.

마치 큰형님이 사고 싶어 하던 비연호를 야오 스님이 다른 사람에게 선물해준 것마냥 큰형님은 당장이라도 피를 토하며 분노할 것 같은 모습이었다.

큰형님은 사기꾼 땡중을 한바탕 혼내주기로 결심하고 깡패 몇 명을 데리고 와서 600~700년쯤 된 은행나무 뒤에 숨었다.

야오 스님은 아직 취기가 가시지 않았고 술지기를 만나 기쁜 상태에서 여전히 헤어 나오지 못하고 있었다.

큰형님은 백 위안을 손에 쥐고 흔들며 말했다.

"당신의 선덕로를 살 거요!"

야오 스님은 담담히 웃으며 말했다.

"오십만 위안이요! 더 이상은 못 깎아요!"

큰형님이 데려온 깡패들이 소리쳤다.

"이 땡중아! 당신 지금 몸이 간질간질하지? 아니면 뭔데?"

큰형님은 야오 스님의 어깨를 두드리며 말했다.

"공짜로 선물해주는 건 괜찮고, 나는 돈을 준다는데도 이렇게 무시해?

그러니 우리가 의리 없다고 원망하지 마시게!"

큰형님의 손짓을 따라 깡패들이 한꺼번에 달려들어 야오 스님의 선덕로를 빼앗으려고 했다. 그때 갑자기 야오 스님은 마치 무술을 오랫동안 연마한 듯한 사람처럼 아주 빠르고 잽싸게 큰형님의 몸 쪽을 향해 달려들었다. 이어서 야오 스님은 아주 민첩한 속도로 큰형님의 손안에 있던 백 위안을 낚아채 쏜살같이 날려버렸다. 백 위안짜리 지폐는 아주 단단하고 날카로운 비도(飛刀)처럼 그대로 은행나무를 향해 날아가 나무껍질에 꽂혔다.

큰형님과 깡패들은 너무 놀라 다리가 후들거렸다. 그들은 잽싸게 줄행랑을 쳤다.

그날 이후, 아무도 그에게 시비를 거는 사람이 없었다. 그러나 야오 스님은 여전히 매일 골동품시장에 나와 강태공처럼 끄떡도 하지 않고 앉아 있었다. 말이 통하는 사람을 만나면 그는 술을 대접했다. 특별히 더 마음이 통하는 사람을 만나면 그다음 날 야오 스님의 난전에 물건이 하나 줄어 있었다. 돈을 받고 판 것은 한 번도 보지 못했다.

큰형님은 일찍이 큰돈을 써서 해방 전 골동품 가게를 했던 늙은 주인을 데려와 야오 스님과 대화를 나누게 한 적이 있다. 그와 말이 잘 통하면 혹시 당삼채(唐三彩)나 진묘수(鎭墓獸)를 얻어 올지도 모른다는 생각이 들었다. 아니면 최소한 청대 황실의 '대내(大內)' 자기 정도라도. 그러나 아무런 소득이 없었다. 야오 스님은 술조차도 대접하지 않았다. 이유는 모르지만 아무리 대화를 나누어도 말도 통하지 않고 마음이 맞지 않았던 모양이다.

괴짜 옌 선생

　구먀오진은 러우청에서 가장 오래된 곳이다. 원래는 아주 짧은 거리에 불과했다. 옛 구먀오 사람들은 이 거리를 '오줌줄기'라고 불렀다. 이 거리에서 오줌을 싸면 오줌줄기가 거리의 시작부터 끝까지 뻗고도 남아서 더 뻗어나갈 정도라고 했다. 이 말은 당연히 웃자고 하는 말이다.

　옌 선생으로 말하자면 구먀오의 명인이다. 그가 유명해진 것은 용이 날고 봉황이 춤을 추는 듯한 붓글씨 솜씨 때문이다. 설이나 명절이 다가오거나 혼례나 장례 혹은 좋은 일이 있을 때 사람들은 그에게 대련을 써달라고 부탁한다. 그도 찾아오는 사람을 거절하지 않았다. 당신이 사례를 해도 그는 써줄 것이고 당신이 사례를 하지 않아도 그는 여전히 써줄 것이다.

　은퇴한 후 옌 선생은 갑자기 이상한 성격이 생겼다. 혼례에 쓰이는 대련, 즉 쌍희자(雙喜字), 희련(喜聯), 축하대련(祝賀對聯)은 신혼부부들이 부탁하면 반드시 써주었고 장례에 쓰이는 '전(奠)' 자와 만련(挽聯)은 미안하지만 절대 쓰지 않았다. 그는 규칙을 정하여 사람들에게 알렸다.

　"모든 좋은 일에는 초청하면 반드시 참가하고 초정하지 않아도 참가할 수 있습니다. 그러나 장례에 관한 행사에는 가족부터 친구들까지 차별하지 않고 어느 누구 하나 예외 없이 불참합니다."

　이것은 좀 지나친 것 아닌가? 과연 그렇게 할 수 있을까?

이 옌 선생은 뱉은 말은 반드시 지키는 사람이라 틀림없이 지킬 것이다. 가장 대표적인 예는 그의 학교 옛 교장이 병으로 세상을 떠났을 때였다. 구먀오진의 고등학교에 재직 중인 교사, 은퇴한 교사 등 올 수 있는 사람은 거의 다 모였다. 오직 그만 부조금만 내고 얼굴은 드러내지 않았다. 구먀오진이 아무리 작은 도시라지만 그 교장은 그곳에서 덕성과 명망이 높았다. 그러나 옌 선생은 누가 뭐래도 자기 방식대로 행동했다.

옌 선생은 만련은 쓰지 않았고 추도식에도 참가하지 않았다. 구먀오 사람들은 뒤에서 유언비어를 날리며 듣기 안 좋은 말들을 속삭였다. 그는 전부 신경 쓰지 않았다.

이상한 일이 또 있다. 그의 딸이 친구를 사귀었는데 시청 노간부국(老干部局, 은퇴한 간부들을 관리하는 부서)에서 일하는 사람이었다. 그 청년은 잘생겼고 대학도 졸업했다. 게다가 공산당원이기도 해서 정치적 미래가 아주 밝아 보였다. 그러나 옌 선생은 이 혼사를 반대했다. 그 이유는 정말로 어이가 없어 웃음밖에 나오지 않는다. 그 청년이 일하는 이 노간부국은 일 년 동안 수없이 병실 문을 들락날락 거리며 은퇴한 간부들의 문병을 가야 하는 일을 했다. 몇 번이나 장의사가 와서 병으로 세상을 떠난 은퇴 간부의 추도회를 열어 장례를 치러주었다. '안 돼, 절대 안 돼. 이런 직업은 전혀 생기가 없어. 내 딸을 이런 남자한테 시집보낼 수 없지!'

옌 선생은 이렇게 그 둘의 관계를 억지로 떨어뜨려놓았다. 가장 재미있는 것은 그가 은퇴한 후 그는 예전의 검소하고 소박한 습관들을 버렸다는 것이다. 빨간 옷을 좋아하기 시작하여 빨간 셔츠, 빨간 양모 셔츠, 빨간 바지, 빨간 외투 등을 입었다. 구먀오는 전통을 지키는 작은 동네이다. 누군가가 환갑의 나이에 온통 빨간색으로 치장을 하고 다니면 상당히 사람들의 이목을 끌게 된다. 좀 안 좋게 말하면 마을 사람들은 그를 늙은 요괴처럼 보았다. 그러나 그는 스스로 만족스러워했다.

겨울이 되었을 때 그는 어디에서 사왔는지 모를, 화가들이 즐겨 쓰는 연잎 모자를 쓰고 다녔다. 역시나 그것도 빨간색 방직모자였다. 그가 문밖을 나가기만 하면 그를 쳐다보지 않는 사람이 없었고, 하나같이 등 뒤에서 손가락질하며 쑥덕대곤 했다. 누군가는 옌 선생이 혹시 아내가 일찍 죽고 혼자 사는 게 외로워서 정신이 나간 것이 아닌가 의심하기도 했다.

옌 선생의 인품이 여태껏 좋았기 때문에 은퇴 후 그의 상식을 벗어나는 행동도 마을 사람들은 눈감아줄 수 있었다. 어쨌든 전부 옌 선생 자신의 일이고 다른 사람에게 별 영향을 끼치지 않았기 때문이다.

마을 사람들이 진짜로 봐주기 힘들었던 것은 최근의 일이다. 옌 선생이 러우청 아들 집에 살기 시작한 후 돌연 구먀오진에 나타났다. 사람들이 불가사의라고 생각했던 것은 이때 여자와 함께였다는 것이다. 40세쯤 되어 보였으며 아주 우아한 자태를 뽐내고 있었다. 이 여자는 뜻밖에도 이 마을 거리를 거닐고 있었고, 많은 사람들 앞에서 옌 선생과 팔짱을 끼고 거리를 활보했다. 완전히 눈 하나 깜짝하지 않는 모습이었다. 이런 모습을 본 고지식한 마을 사람들은 옌 선생이 좀 지나치다는 생각이 들었다. 뭐, 젊은 이들이라면 그럭저럭 상관없었다. 그러나 옌 선생은 환갑이 지나지 않았는가! 도리어 나이가 거꾸로 먹는 것 같았다. 이런 행동은 딱 구먀오 사투리 "나이를 개가 먹었네!"라는 말을 떠오르게 만들었다.

"정말 뻔뻔스럽구만!"

누군가 그의 등 뒤에 대고 침을 퉤 뱉었다.

더욱 놀라운 일은 이 뒤에 벌어졌다. 얼마 전 옌 선생은 붉은색 청첩장을 써서 아는 집마다 모두 보냈다. 그는 천 여사와 부부의 연을 맺으려고 했다. 그는 마을에서 가장 고급스러운 삼양호텔에서 결혼식을 열 생각이었고 축의금이나 선물은 일절 사양하겠다고 확실히 얘기해두었다.

구먀오 사람들이 견문이 좁아 그런 건지도 모르겠다. 아무리 그렇다 해도 옌 선생의 행동에 불만이 많았다. 그가 결혼하던 그날 축하해주러 온 사람들은 매우 적어서 매우 난처하고 씁쓸한 상황이 연출되었다. 옌 선생은 조금도 신경 쓰지 않고 곧바로 세숫대야에 희당(喜糖, 중국 결혼식 풍습 중 하나로, 결혼식에 참석한 사람들에게 나누어주는 사탕)을 담아 호텔 입구에 서서 모든 사람들에게 선물로 나누어주었다.

"만남에는 다 연이 있는 것입니다. 같이 이 기쁨을 나눕시다."

그는 희당을 가져가려는 사람이 많은 것을 보고 아예 모두에게 말했다.

"만남도 다 인연이지요. 기쁜 일은 함께 나눕시다. 오늘 잔치는 제가 쏩니다! 축하하러 와주셔서 너무 감사드립니다."

머지않아, 자리에는 사람들이 꽉 찼고, 그것도 모자라 원탁 두 개를 더 추가했다. 구먀오진 역사상 가장 시끌벅적한 잔치가 되었다. 이후 동네 사람들의 식후 화젯거리가 되었다.

결혼식이 끝난 후 옌 선생은 도시로 이사를 갔다.

옌 선생이 이사 간 후 동네 사람들은 허전함이 들었다. 결혼식에 가지 않은 사람들은 모두 조금씩 후회하는 듯했다.

도편 수집가 녠첸서우

녠첸서우가 도편(陶片)을 수집하게 된 데는 아주 우연한 계기가 있었다.

녠첸서우는 어렸을 때 한림농에 살았다. 그가 살던 집 큰 마당 앞뒤로 일고여덟 집이 붙어 살았다. 어르신들의 말에 의하면 이 집은 명대의 한 공부상서가 지은 것이라고 했다.

어린 녠첸서우는 공부상서가 무엇을 하는 사람인지 얼마나 위대한 사람인지 몰랐다. 아무튼 그 사실은 그와는 무관하다. 그는 단지 정원 안에서 노는 것이 재미있었다. 자갈을 모아다가 문양을 만들거나 사금파리를 깔아 길을 만들었다. 가장 정교한 것은 사금파리를 모아다가 문양을 만든 것이다.

사금파리 중 평성삼급(平生三級)이 새겨진 것이 있었는데 부친의 말에 의하면 큰 꽃병 안에 창날 세 개를 꽂아놓는데 그것을 평성삼급이라 부른다고 한다. 그리고 다른 조각에 새겨진 박쥐와, 꽃사슴, 큰복숭아나무 무늬는 '복록수(福祿壽, 행복과 부귀와 장수)'를 뜻한다고 했다.

이 마당은 이미 400년 이상이 되었고 살았던 사람들도 많아 자연스럽게 파손되었다. 녠첸서우는 마당에서 그 외 장과로(張果老)와 조국구(曹國舅) 등과 같은 팔선(八仙, 중국 민간 전설로 전해져 내려오는 여덟 명의 도교의 신선)들이 사용했던 암팔선(暗八仙. 팔선이 각각 지니고 다니는 물건)이 새겨진 자기를 주웠다. 그러나 역시 깨져 있어서 그 무늬가 반밖에 남지 않았다. 또 한 번은 마당에서 주운 사금파리 위에 아름다운 여인상이 있는 것을 발견했다. 녠첸서우는 너무 기뻐 깨끗이 씻은 후 보관해두었다.

이 후 녠첸서우는 깨진 도편에 관심을 갖기 시작했다. 얼마 지나지 않아, 부동산 관계자가 마당 앞 큰 우물과 마당 뒤 화원이 마음에 들었는지 그곳에 집을 짓는다고 했다. 이리하여 정원의 꽃, 풀, 나무들은 모두 전부 베어졌고 자갈이나 사금파리, 사금파리를 깔아 만든 길, 모두 전부 사라졌다. 녠첸서우는 신경이 쓰였는지 도편 위에 도안이나 문자가 새겨진 것들을 주워 우물 물로 씻은 후 보관해두었다.

도편들의 색과 그 위에 새겨진 문양들은 모두 다 달랐다. 사자 문양, 꽃 문양, 물고기나 곤충 문양, 사람 문양이 있었으며 산수 문양도 있었다. 어떤 자기 바닥에는 글자가 새겨진 것도 있었다. 이를 테면 '대명홍치년제(大明弘治年制)', '대명성화년제(大明成化年制)', '대명정덕년제(大明正德年制)' 등이었다. 단지 이것들이 모두 녠첸서우의 마음에 들지 않아 모두 공사 인부들에 의해 새로 지은 집 바닥에 묻혀버렸다.

1990년대 초가 되어서 수집 바람이 불기 시작했다. 녠첸서우는 이 오래된 도편의 가치를 알고 있었다. 그는 애초에 그 많은 깨진 도편들을 전부 모아두지 않은 것을 후회했다. 그 조각들은 최소 명대의 조각들이기 때문이다. 그 안에 송대나 원대의 도편들이 있을지 누가 아는가? 충분히 그럴 수 있다.

이 후 녠첸서우는 더욱더 깨진 자기 수집에 관심을 가졌다. 90년대 중반 한림농 입구에 있던 원대 아치형 돌다리 복원사업은 현지에서 식견 있는 사람들의 호소 아래, 정부는 진흙으로 막혀버린 세 개의 굴 중 두 개를 원래 형태로 복원하기로 했다. 그리하여 원대의 삼공교(三孔橋, 아래에 세 개의 굴이 뚫린 아치형 돌다리)가 웅장한 모습으로 복원되었고, 그곳을 관광지로 개발했다.

공사 시작 전, 녠첸서우는 시공 담당자를 찾아가 그에게 500위안을 쥐여주며 공사할 때 그릇이나 자기를 발견하면 깨진 것이든 아니든 전부 모아달라고 부탁했다. 만약 멀쩡한 그릇이 있다면 따로 돈을 쳐주겠다고 했다. 담당자는 이 얘기를 듣고는 매우 신나서 당연히 기억해두었다. 그는 고압 물 분사기로 씻어낸 깨진 도편들을 전부 마대자루 속에 담았다.

인부들은 담당자가 깨진 도편들을 줍는 것을 보고 이상하게 여겼고, 그들끼리 수군거리기도 했다. 이 사실은 이렇게 문화국장의 귀에까지 들어갔다.

"땅밑에서 나온 모든 물건은 어떤 물건이라도 절대 마음대로 가져갈 수 없지!"

국장의 말 한마디에 문화국에서 사람이 나와 시공 담당자의 마대자루 속 깨진 도편들을 모두 몰수해 갔다.

녠첸서우는 정부기관과 논쟁하는 것이 힘 낭비라는 것을 알고 있어서 나중에는 직접 현장에 나가 깨진 도편들을 수집했다. 한번은 오래된 집들을 철거할 때 600년 이상 된 황양고목이 발견되었고, 이 나무는 공원으로 옮겨졌다. 큰 나무가 있던 자리에 큰 구덩이가 생겼고 그곳에서 녠첸서우는 깨진 도편들을 발견했다. 그는 한시도 참지 못하고 곧장 뛰어내렸다. 그 결과 그는 다리를 크게 다쳐 위로 올라오기가 힘들어졌다. 나중에 그는 핸드폰으로 친구를 불렀고 그때서야 겨우 올라올 수 있었다. 그러나 이번에는 큰 수확이 있었다. 검은 유약을 바른 찻잔 조각을 주운 것이다. 아랫부분에는 '공어(供御, 임금에게 바치는 물건)' 두 글자가 새겨져 있었고, 고증에 의하면 북송시기 건요(建窯, 푸젠성 난핑에 위치한 가마 유적지)에서 만든 것이며 궁궐에 공급되는 용도로 만들어진 잔이라고 한다. 또 하나 주운 것은 인물 형상이 새겨진 원나라 청화개광화분(青花開光花盆)이었다. 그 그림은 고사도(高士圖, 고대의 품행이 고상하고 우아한 문인들과 그들의 생활 정취를 그린 인물화)로 평안하고 기품 있으며 인물은 생동감이 넘쳐 보였다. 더 중요한 것은 청화자기의 원료는 원대에 수입해온 원료라는 것이다. 바로 '쑤니보칭(蘇泥勃靑, 페르시아에서 들여온 푸른색 안료)'을 말하는데 이 원료는 아주아주 귀하다.

녠첸서우가 깨진 도편을 수집한 지 여러 해가 되었다. 그는 "도자기 굽는 가마가 천금의 값어치를 갖는다"는 것과 "집에 만 관이 있어도 루저우 자기 하나만 못하다"라는 것을 알고 있었다. 그래서 그는 루저우 자기와 균자(鈞瓷)에도 특히 관심을 두었다. 그가 원대 아치형 삼공교 복원공사 현장에서 루저우 자기 조각을 주웠기 때문에 그는 정부 관계자에게 몰수된 마대자루 속 깨진 자기들 중 보물이 있을 가능성이 많다고 생각했다. 그가 사람을 시켜 알아보니 그 마대자루 속 깨진 도편들은 몰수된 후 바로 문화국 차고에 던져졌고 그 후로 누구도 가서 본 적이 없다고 한다.

녠첸서우는 이 깨진 도편 때문에 특별히 문화국장을 찾아갔다.

"국가의 물건은 못쓰게 돼도, 고장 나도, 깨져도 다 상관없지만 개인에게 주는 것은 절대 안 될 일이오!"

문화국장이 말했다.

시간이 흐른 후 문화국 차고가 재공사를 하면서 그 깨진 도편이 담긴 마대자루의 행방은 알 수가 없게 되었다. 녠첸서우가 여러 번 알아본 끝에 그 마대자루는 시공 인부들이 공사에 방해가 되어 건축물 쓰레기로 버렸다는 것을 알게 되었다.

녠첸서우는 문화국장의 얼굴에 삿대질을 하며 욕을 퍼붓고 싶었지만 그렇게 하지는 않았다.

모든 것은 다 인연이 있는 법이다. 여름 장마가 한바탕 내린 후 녠첸서우는 습관처럼 또 강가의 공사현장으로 나가 깨진 도편을 주웠다. 그가 건축 쓰레기 더미가 쌓인 곳을 지날 때 인부 두 명이 마대자루를 막 들려고 하는 것을 보았다. 두 사람이 자루를 쏟아보니 전부 깨진 자기 조각, 깨진 그릇 조각인 것을 보고 뭐라고 욕을 하고는 화를 내고 가버렸다. 녠첸서우는 기뻐서 날뛰었다. 연달아 친구에게 전화를 걸어 차를 끌고 오라고 했다. 정말 예상치도 못하게 돈 한 푼도 쓰지 않고 마대자루 속 깨진 도편을 찾았다.

그가 가서 보니 좋은 물건들이 아주 많았다. 송대 정요(定窯, 딩저우[定州]에서 만든 자기, 중국 5대 자기에 속함)에 봉화(奉華)라는 명인(銘印)을 새긴 화분 받침 조각(봉화는 남송 시대 후궁 류귀비가 살던 궁의 이름으로, 이 궁에 보내지는 자기에 '봉화'라고 새겨져 있다), 남송 수내사(修內司) 관요의 병 바닥 부분 조각, 명대 성화 연간 경덕진(景德鎭) 관요 자기, 투채완(鬪彩碗, 그릇 무늬에 사용된 색깔들이 서로 경쟁하듯 상반된 색을 띠고 있으며 화려한 자기)의 조각 등이 있었다.

녠첸서우는 깨진 도편을 연구하기 시작했고, 여러 편의 고증문을 써냈다.

최근 그는 '녠첸서우 도편 진열관' 개관 신청을 하고 있다.

새로 부임한 문화국 국장의 말에 의하면 그는 진열관 개관에 매우 관심이 있다고 했다. 국장은 말했다.

"내가 직접 가서 그의 소장품들을 본 후 다시 얘기합시다."

정 시장님, 먼저 타시죠

정허우더는 아주 진중하고 소신 있는 작가다. 1990대 중반, 그는 이미 중국작가협회 회원이 되었다.

그는 작가협회 간부들이 자신에게 러우청 시장 비서 직책을 맡길 것이라고는 전혀 생각지도 못했다. 그가 비서에 임명되고 출근을 시작한 후 거의 모든 사람들이 그를 부를 때 다시는 '정 작가' 혹은 '정 선생'이라고 부르지 않았다. 그를 '정 시장'이라고 불렀다. 누구 하나 그를 '정 비서'라고 부르는 사람이 없었다.

'습관이 안 되면 말라지 뭐.' 그는 크게 개의치 않았다.

어쨌든 다른 사람에게 영향을 미치지 않으니 그도 묵인했다. 만약 그가 사람들을 만날 때마다 그를 시장이라고 부르지 말고 시장 비서 혹은 정 작가, 정 선생으로 부르라고 계속 얘기한다면 그 사람들은 반드시 그가 오버한다고 생각할 것이다.

그러나 정허우더가 시장 비서가 된 후 익숙하지 않은 일은 예를 들면 차를 타고 내릴 때 큰 차든 작은 차든 항상 누군가가 그에게 "정 시장님, 먼저 타세요"라고 말하는 것이다. 그가 먼저 차에 타거나 내리지 않으면 다른 사람들은 감히 그보다 먼저 차에 오르거나 내리지 못했다.

엘리베이터를 탈 때도 그렇다. 엘리베이터 문 앞에 도착하면 설령 엘리베이터 문이 열려 있더라도 다른 사람들은 먼저 타지 않았다. 정허우더가 먼저 탈 때까지 기다리며 말했다.

"먼저 타시죠, 먼저 타세요!"

한번은 사람들의 "먼저 타세요" 때문에 엘리베이터 문이 닫혀 위층으로 올라가버렸다. 어쩔 수 없이 엘리베이터가 다시 올 때까지 기다렸다. 이때 또 한 무리의 사람들이 왔고, 다행히 그들은 정허우더가 시장인지 아닌지 몰랐다. 그저 엘리베이터에 타는 것만 신경 썼다. 이렇게 한참이 지난 후에서야 엘리베이터는 위층으로 향했다.

정허우더는 몇 번이나 이렇게 말했다.

"누가 먼저 타고 내리든 아무 상관 없어요. 굳이 이렇게 차별을 두고 타야 할 필요가 있습니까? 이렇게 하면 모두가 불편해지잖아요."

그러나 정허우더가 몇 번을 말해도 소용이 없었다. 모두들 그들의 방식대로 행동했다. 보이지 않는 규칙의 힘은 정말 커서 바꾸려면 꽤나 어려웠다.

어느 날 정허우더는 모부서 담당자가 관리하는 소도시로 내려가서 현장 업무를 봐야 했다. 그들은 토요타 봉고차를 타고 갔다. 늘 그래왔듯 사람들은 차에 탈 때 "먼저 타시죠, 먼저 타세요"라고 했다. 정허우더는 거절해도 아무런 소용이 없다는 것을 알았기에 첫 번째로 차에 올랐다. 차에 탄 후 그는 모두에게 말했다.

"내가 여러분들에게 재미있는 이야기 하나 들려줄게요."

국무원 산하기관 소속의 한 간부는 정허우더가 이야기 한 편 들려준다는 말에 귀를 쫑긋 세우고 들었다.

정허우더는 생생하게 이야기를 시작했다.

"임신을 하면 열 달 동안 뱃속에 아이를 품었다가 해산한다는 것은 다들 알고 있죠. 그런데 영국에 어떤 임산부는 임신한 지 일 년이 되었는데도 아기가 나오지 않았대요. 병원에 검사를 하러 갔는데 모든 것이 정상이라고 했다더군요. 게다가 의사는 쌍둥이라고 그랬대요. 쌍둥이의 위치, 심장박동 모두 정상이라고 했고요.

임산부와 가족들은 조금 마음을 놓고 차분히 출산 신호를 기다리고 있었어요. 자궁 수축 같은 진통 말이죠. 그런데 그렇게 또 일 년이 지났는데도 어떤 출산 징조도 보이지 않는 거예요. 이제는 진짜 문제가 생긴 것은 아닌지 의심스러웠죠. 원래 태아는 뱃속에서 열 달을 품는 것이 정상이잖아요. 혹시 태아가 죽은 것은 아닐까 걱정이 되어 의사를 찾아갔는데 검사 결과 쌍둥이 태아 모두 아무런 이상 없이 정상이라고 했대요. 그래도 임산부는 마음을 놓지 못했고, 여러 병원을 다니며 검사를 했어요. 그러나 모든 병원의 의사가 태아는 정상이라고 했어요. 단지 모든 의사들도 왜 이 년씩이나 아이가 나오지 않고 있는 것인지 알 수 없다고 했죠. 그야말로 의학계에서는 아주 특이한 사례여서 반복적인 연구 끝에 임산부 가족들의 동의를 구한 후 제왕절개를 시도하기로 결정했어요.

이 사건은 매체에 보도되어 여러 사람들의 관심을 끌었죠. 영국 황실 매체는 이 쌍둥이의 제왕절개 수술 과정을 생방송으로 내보내어 엄마의 자궁에서 꼬박 이 년이나 생활한 쌍둥이들이 도대체 어떤 모습인지 영국인들이 모두 볼 수 있도록 하기로 결정했어요.

제왕절개 수술은 아주 순조로웠대요. 그런데 수술 결과에 모든 사람들이 다 놀랐죠. 수술을 집도한 산부인과 의사 역시 놀라서 어안이 벙벙해졌어요. 그 이유는 배를 가르고 보니 뱃속의 쌍둥이가 모두 연미복을 입고 있었고, 아주 신사다운 모습으로 "형님, 먼저 나가시죠"라고 말을 하고 있던 거예요! 이렇게 양보하다가 둘 중 누구도 먼저 나가지 못했던 거죠. 알고 보니 이 쌍둥이 형제는 서로 형이 먼저, 동생 먼저를 반복하며 양보하며 뱃속에서 이 년을 보냈던 거고요. 그렇지 않았으면 그 부부에게는 이미 두 살이 된 아이들이 있었을 거예요."

정허우더의 이야기가 끝나자 차 안은 쥐 죽은 듯 조용했다.

머지않아 차가 목적지에 도착했다. 이후로는 다시는 누구도 "먼저, 먼저, 먼저" 하지 않았다. 모두 한 명 한 명 자발적으로 차에서 내렸다. 차에서 내린 후 모두들 웃음을 참지 못하고 다 같이 크게 웃음을 터트렸다.

한백옥 삼물조

후 국장은 원숭이띠이다. 그래서 그는 줄곧 원숭이를 경외했고 신처럼 숭배했다.

생각을 해보라. 지금 시대가 어느 때인데 그의 집에 걸린 서예대련은 아직도 "손오공이 여의봉을 들어 우주의 모든 티끌을 가라앉혔네"(마오쩌둥의 시 「만강홍, 궈모러 동지에게 화답하며」의 한 구절)라니. 게다가 그의 집 거실에서 가장 사람의 시선을 끄는 것은 유명 작가가 그린 〈백후도(百猴圖)〉였다.

후 국장은 술을 많이 마신 뒤 여러 차례나 혀를 통제하지 못하고 이렇게 말했다.

"이 원숭이는 신화 속 동물이야. 손오공은 제천대성을 할 수 있지만 나는 원숭이띠이긴 한데 제천(齊天)은 못해. 제현(齊縣, 현장)이나 제시(齊市, 시장)쯤은 될 수도 있겠지……."

후 국장이 일하는 곳은 꽤 권력 있는 기관이어서 그에게 아첨하려는 자들이 많았다. 어떤 사람은 그의 속내를 잘 알아서 그의 비위를 잘 맞추었다. 그래서 후 국장의 집에는 원숭이에 관련된 각종 공예품들이 너무 많아 전시회를 열어도 될 정도였다.

얼마 전 시 정부 수집협회와 문화국은 연합으로 러우청 민속 수집품 전시회를 개최했다. 처음에 후 국장은 이 일을 중요히 여기기는커녕 신경 쓰지도 않았다. 그는 초청장을 받았으나 개막식에 오지 않았다. 사무실 주임에게 대신 참가하라고 시켰다. 사무실 주임이 돌아와 그에게 전시회에 원숭이 세 마리의 옥 조각상이 있었다는 사실을 알려주었다. 전혀 생각지도 못했던 것이다. 이 사실은 그의 흥미를 자극시켰다. 관람객들은 이 전시품에 매우 큰 관심을 가졌고 평가도 꽤 높았다.

꽤 구미가 당긴 후 국장은 바로 차를 몰고 전시장으로 갔다. 원숭이 세 마리 옥 조각상은 과연 매우 재미있었다. 한백옥을 조각하여 만든, 앉아 있는 세 마리의 원숭이였다. 한 마리는 입을 가리고 있고 또 한 마리는 귀를 가리고 있으며 다른 한 마리는 눈을 가리고 있었다. 그 표정과 자태가 어수룩하고 익살스러워 보였다. 후 국장은 비록 이 조각상이 무엇을 뜻하는지 몰랐지만 매우 마음에 들었다.

후 국장이 알아본 바로는 이 원숭이 옥 조각상의 주인은 루씨 성의 은퇴 교사였다. 이 사람의 말에 의하면 이 조각상은 조상 대대로 물려 내려온 것이라고 했다.

후 국장은 이 귀여운 조각상을 사들이기로 결심했다. 그러나 루 선생이 칼같이 거절할 줄 생각지도 못했다. 후 국장은 조금 불쾌했다. '안 팔긴 개뿔, 가격을 높이려고 저러는 거 아냐? 좋아, 그럼 몇 푼 더 주면 되지. 이미 내 눈에 들었다구.'

사무실 주임이 돈을 들고 루 선생을 찾아갔으나 퇴짜를 맞았다. 후 국장은 굉장히 화가 났다. '좋은 말로 할 때 들을 것이지. 어떻게 되는지 한번 두고 보자구.' 그는 사무실 주임에게 루 선생의 개인적 사회적 위치와 평판이 어떠한지 뒷조사를 시켰다. 사무실 주임은 바로 후 국장의 뜻을 알아차렸다. 루 선생의 자식들이나 친척들 중 그의 관할 지역에 속하는 이가 있다면 골탕 먹일 속셈이었던 것이다.

루 선생은 화내며 말했다.

"당신이 이 원숭이 옥 조각을 알긴 알아? 개뿔도 모르면서 갖고 싶긴 한 가 보군. 당신의 입에서 옥 조각 얘기가 나와?"

이날 오후 시 박물관 관장이 전시를 관람하러 왔다. 그는 원숭이 옥 조각을 보자마자 눈이 땡그래졌다.

"삼물조(三勿雕)군요!"

시 박물관 관장이 전시회가 시작되고부터 지금까지 처음으로 이 옥 조각의 진짜 이름을 말한 것이었다. 루 선생은 마치 지음을 만난 것 같았다. 사실 루 선생도 이 옥 조각의 이름이 삼물조인 것만 알았지 도대체 왜 삼물조라고 부르는지는 몰라서 이유를 말할 수 없었다. 그러나 박물관 관장이 이 수수께끼를 풀어줄 줄은 생각지 못했다.

박물관 관장은 루 선생에게 말했다.

"눈을 가린 것은 예가 아니면 보지 말라는 뜻이고, 귀를 가린 것은 예가 아니면 듣지 말라는 뜻이며, 입을 가린 것은 예가 아니면 말하지 말라는 뜻입니다. 바로 『논어』에 나온 말이죠(非禮勿視, 非禮勿聽, 非禮勿言). 그래서 삼물조라고 부릅니다."

루 선생은 역시나 지식인이었다. 관장의 말이 끝나자마자 바로 알아차렸다.

"『논어』에는 예가 아니면 행동으로 옮기지 마라(非禮勿動)라는 말도 있는데 그럼 사물(四勿)이어야 되는 거 아닙니까?"

관장은 웃으면서 말했다.

"예가 아니면 행동하지 말라는 것은 조각으로 표현해내기 어렵잖아요. 게다가 중국인은 '사' 자를 안 좋아하니까 삼물조라고 한 거죠."

관장은 다시 루 선생에게 알려주었다.

"이런 삼물조는 산동 지역에 꽤 많은 편이에요. 특히 활석이 생산되는 라이저우시에 많이 있죠. 이 돌은 옥처럼 하얗고, 석질이 섬세하고 부드러워서 쓰임새가 한정되어 있어요. 그러나 이 돌의 가루는 지혈을 해주는 신기한 효능을 갖고 있지요. 그래서 옛날에는 대부호들이나 자녀가 많은 집에는 이런 활석 삼물조 한 개쯤은 있었어요. 만일 아이가 피가 나면 바로 그 자리에서 돌을 긁어 가루를 내어 지혈을 했다고 하더군요."

루 선생은 들으면서 넋이 나갔다. 이 관장은 역시 공부를 많이 한 사람 같았다. 루 선생은 이해가 가지 않는 듯 다시 물었다.

"그러나 이것은 옥 조각인데요?"

관장은 삼물옥조를 손 위에 놓고 살펴본 후 아주 기쁜 어조로 말했다.

"이것은 오래된 옥이 분명해요. 이미 오랜 시간이 지나 굉장히 윤기가 나잖아요. 아마 명대부터 있었던 것 같아요. 당신 성이 루씨죠? 게다가 완전한 러우청 토박이니까 명대 옥 조각의 대가 육자강(陸子岡)이 당신의 선조일지도 모르겠네요. 만약 검증을 거쳐 이것이 육자강이 만든 것으로 밝혀진다면 그 가치는 대단할 겁니다. 절대 보통 물건이 아닐 거예요."

루 선생의 족보는 문화대혁명 시기에 태워졌다. 그도 육자강이 자신의 조상인지 알 수 없었다. 루 선생은 조금 신성스러운 느낌이 들기 시작했다. 그는 박물관 관장에게 말했다.

"전시회가 끝나면 관장님께서 전문가를 초청해 검증 좀 해주십시오. 만약 이것이 조상 육자강의 유물이라면 내가 반드시 시 박물관에 기증하겠어요."

관장은 루 선생의 손을 꽉 잡고 악수했다.

후 국장은 루 선생이 팔지 않겠다고 고집부리고 오히려 시 박물관에 기증하겠다는 말을 듣자 화가 나 안색까지 변했다. 그는 투덜대며 말했다.

"너 말이야, 무슨 일로 나한테 걸리기만 해봐. 만약에 나한테 걸리기만 하면, 흥, 두고 보자구."

횡재

    절대 오해는 하지 마시라. 여기서 말하는 젠러우(撿漏)는 비가 새 들어오는 지붕을 수리한다는 말이 아니다. 다른 사람의 약점을 잡는다는 말도 아니다. 바로 골동품시장에서 쓰는 은어 같은 것이다. 다른 사람들의 관심을 끌지 못하는 값어치 높은 골동품들을 초저가로 사들이는 것을 말한다. 즉, 횡재했다는 뜻이다.

    러우청의 한림농에 사는 허 교수는 바로 횡재의 고수다. 그는 일찍이 50위안에 구십주(仇十洲, 명대 4대가 중 한 명)의 진적(眞跡)을 산 적이 있다. 횡재의 과정에 대해 오늘날 러우청 골동품계와 수집계에는 모르는 사람이 없었다. 이 일은 그야말로 허 교수를 대표하는 이야깃거리가 되었다.

    허 교수는 러우청 사범대학의 역사 선생이다. 그는 입담이 좋고 문장을 쓸 때 경전의 어구나 고사 인용하기를 좋아하여 사람들은 그를 우스갯소리로 '허 박사'라고 부른다. 시간이 지난 후 모든 사람들이 그를 박사라고 불렀다. 심지어 본인 자신조차도 이 별명을 반기는 듯했다. 어디를 가든 같은 박사 같은 행색으로 다녔다. 그러나 역시 박사는 박사다. 만약 박사 정도의 수준이 아니라면 어떻게 겨우 50위안에 구십주의 그림을 손에 넣을 수 있단 말인가.

    아마 요즘 사람들은 구십주가 어떤 인물인지, 어느 정도 유명했는지 잘 모를 것이다. 구십주는 명대 가정(嘉靖) 연간에 활동했고 당백호(唐伯虎), 심주(沈周), 문징명(文徵明)과 함께 '명대 4대가'로 불리는 대화가이다. 한 번 생각을 해보자. 450년 이상된 명화가들의 명작들이 잘 보존되어 전해 내려오는 것이 얼마나 어려운 일인지. 내가 헛소리를 하는 것이 아니다. 구십주의 진적이 오늘날 국제 경매장에서도 한 폭에 100~200만 달러에 팔려나가는 것이 결코 신기한 일이 아니다. 게다가 허 박사는 50위안에 그의 그림을 샀으니 엄청난 일 아닌가? 이것이 바로 학문이고 그의 안목이다. 다른 사람은 배우고 싶어도 배울 수 없는 것이다.

허 박사의 말에 의하면 그날은 장마철 어느 날 점심 무렵이었다. 짜증나게 만드는 장맛비가 부슬부슬 내리고 있었고, 거리의 행인들은 아주 적었다. 사람들의 발길이 잦아든 골동품시장은 더욱 적막했다. 드문드문 몇몇 노점들만 문을 열었다. 허 박사는 3일에 한번 골동품시장에 가서 물건들을 훑어보지 않으면 온몸이 다 간지러운 사람이다. 그날은 귀신이 곡할 노릇인지 어슬렁어슬렁 다니며 보는 둥 마는 둥했다. 반쯤 둘러보고 나서 그는 우연찮게 할머니 한 분이 천 보자기에 싼 그림을 돈 몇 푼과 바꾸려고 기다리는 것을 보았다. 허 교수는 그의 민감한 촉 때문에 그 안에 재미있는 것이 들어 있을 것이라는 생각이 들었다. 그는 일부러 내색하지 않고 물었다.

"할머니, 이게 뭡니까?"

할머니는 손님이 온 것을 보고 재빨리 보자기를 풀며 말했다.

"이것들 모두 아이들 아빠가 물려준 것인데 이것들을 돈과 바꿀 수 있을지 모르겠구만."

허 박사는 한 번 살펴보았다. 전부 보잘것없는 모사품들이어서 살 만한 가치가 없는 물건들이었다.

"좋은 물건들이네요. 그런데 저는 살 여력이 안 돼요."

그는 일부러 이렇게 말했다. 사실, 이때 허 박사는 이미 퇴색되어 누렇게 변해버린, 약간 파손된 고화를 발견했다. 이 그림은 청록산수화였다. 섬세하고 윤이 나며 그 기세가 거세고 날카로웠다. 딱 보니 필묵 기술이 절대 보통 인물이 그린 것이 아니었다. 그러나 이상한 것은 모든 그림에는 아무리 봐도 낙관이 없었다. 허 교수는 이 그림에서 남송 때 조백구의 풍격이 보이기도 하고 아마도 구십주의 진적이라고 추측했다. 구십주는 그릇 파는 곳에서 그릇에 꽃을 새기는 일을 했던 사람으로 신분이 낮은 편이었기 때문에 당시 작품에는 거의 이름을 남기지 않았다. 단지 식별을 위해서 돌 사이 혹은 나무와 나뭇잎 사이에 깨알만 하게 해서체로 '십주(十洲)'라고 쓴 글씨를 남겼다. 세심하게 보지 않는다면 그 서명을 발견하기는 아주 어렵다. 허 박사가 어떤 사람인가. 그는 몇 번 훑어본 후 노송 나뭇가지 마디에 희미하게 보이는 '십주' 두 글자를 발견했다. 이쯤 되자, 그는 많은 그림들 중 이 그림만이 가치 있고 값어치 높은 보물이라고 확신했다. 허 교수는 그 할머니에게 말했다.

"50위안밖에 안 가지고 있는데요. 이 그림들을 다 살 수는 없으니 그중 오래된 그림 하나만 가져가도 되겠습니까?"

할머니는 오래되어 훼손된 그림을 50위안에 팔 것이라고는 생각지도 못해서 이미 너무 만족스러웠다. 할머니는 그에게 다른 그림 한 점을 같이 줄 생각이었으나 허 교수는 사양했다.

대단하지 않은가? 싼 가격에 샀는데, 거기다가 파는 사람에게 듣기 좋은 말까지 할 수 있다니. 과연 누가 허 박사의 박사 직함이 가짜라고 할 수 있겠는가. 정말 인정하지 않을 수가 없다.

구정 전에, 허 교수는 또 큰 수확을 거둬들였다. 그는 명대 화가 능필정(凌必正)의 〈벽도사조도(碧桃栖鳥圖)〉〈취백선학도(翠柏仙鶴圖)〉〈모란쟁염도(牡丹爭艶圖)〉〈풍죽도(風竹圖)〉〈계산행장도(溪山行杖圖)〉〈추산효제도(秋山曉

霿圖〉〈산수선면(山水扇面)〉을 사들였다. 능필정은 비록 일류 화가에 속하지는 않았지만 그의 부친은 명대 병부상서였고 명성 또한 작지 않았다. 소문에는 이 그림들이 모두 후손들에게 흩어져 전해져 내려왔다고 한다.

누군가는 허 박사를 러우청 횡재 대왕이라고 부르기도 한다. 허 박사는 겸손하게 말했다.

"아이고, 아닙니다. 아니에요. 횡재 고수 정도로도 이미 충분합니다."

그러나 그의 어조에서 나름 득의양양함이 느껴졌다.

그러나 허 박사는 최근에 거의 활동하지 않았다. 알고 보니 능필정의 그림들은 전부 가짜였다. 모조품을 그린 사람은 이름도 알려지지 않은 아마추어 화가였다. 허 박사는 자책하며 말했다.

"눈이 멀었어, 내가 눈이 멀었지……."

이 일은 러우청의 서화 수집가들을 굉장히 놀라게 만들었다.

시다빈의 주전자

청명절이 지나자 온 땅도 따뜻해졌다. 복숭아꽃이 붉어지고, 버드나무도 푸르렀으며 유채꽃도 노래졌다. 봄소풍 가기에 딱 좋은 시기이다.

다퉁 은행의 마 부지배인은 아내와 아들을 데리고 나들이 갈 준비를 했다.

그가 막 문을 열었을 때 한 늙은 거지가 그 앞에 나타났다. 그 거지는 자사호에 담긴 차를 마시며 산가(山歌, 남방의 농촌 혹은 산촌에서 일을 할 때 부르는 민간 가곡)를 부르듯 흥얼거렸다.

"어르신, 좋은 일 좀 하시죠. 주는 대로 받겠습니다. 덕이 많이 쌓이면 복으로 돌려받으실 겁니다. 선심을 쓰시면 하늘과 땅이 다 알 테니까요."

마 부지배인은 굉장히 재수 없다고 생각했다. 기분 좋게 시작한 하루가 그 거지 때문에 다 망친 것 같았다. 그러나 그는 아내 앞에서 교양 없는 모습을 보여주고 싶지 않아서 잔돈 몇 푼 쥐여주어 그를 보내는 게 좋겠다고 생각했다.

이때 이 늙은 거지가 자사호를 입으로 가져가 차를 한 모금 마셨다. 이 순간 마 부지배인은 똑똑히 보았다. '뭐야? 이거 다빈호(大彬壺, 명청대 도자기 장인 시다빈[時大彬, 1573~1648]의 이름을 딴 자사호. 시다빈은 주전자를 만들 때 진흙에 모래를 섞어 만드는 방법을 창조해내었으며, 자신의 이름을 따서 다빈호라고 부른다)잖아! 맞아, 분명해.' 그는 주전자의 몸통, 흙 색깔 등 모두 십중팔구 다 빈호라고 생각했다.

마 부지배인은 가장 큰 취미가 바로 자사호를 수집하는 것이었다. 은행 부지배인의 월급은 적지 않았고 누군가가 항상 그에게 대출 관련 업무를 부탁한다. 그래서 그는 훌륭한 자사호를 수집할 능력이 충분하다. 그가 수집한 자사호는 여러 면에서 러우청에서 첫손가락에 꼽힌다.

마 부지배인은 거지의 손에 들려 있는 것이 다빈호인 것을 보고 매우 놀라 눈이 휘둥그레졌다. 그는 이미 시다빈이 제작한 편호(扁壺), 그 짙은 자색, 진흙과 모래를 섞은 것, 정교함, 세련됨, 뿜어져 나오는 정기(靜氣)와 문기(文氣)을 보고 나니 점점 그 자기가 더 사랑스러워졌다. 이때 이미 그는 교외로 나들이 가는 것을 잊어버렸다. 그는 거지를 집으로 불러들였다.

마 부지배인은 사람을 시켜 그에게 밥을 차려주라고 했다. 거지가 밥을 먹을 때 그의 두 눈은 다빈호에 완전히 고정되어 있었다. '아주 좋은 주전자야, 아주 좋아! 저 섬세한 완곡이 있는 주전자 주둥이, 그리고 고리 모양으로 생긴 손잡이! 마감처리도 끝내주고 아주 잘 어울려.' 시다빈이 주전자를 만들 때 금강사(鋼砂)를 섞었기 때문에, 주전자의 겉면이 은색으로 반짝거리고, 진주 입자들은 흙 사이사이에 숨어 있어서 보면 볼수록 고아해 보이면서도 소박했다.

마 부지배인은 거지가 밥을 먹는 모습에서 고상한 문인의 모습이 보이는 것 같다고 느꼈다. 분명히 어떤 사연이 있을 것이라고 생각되어 떠볼 요량으로 그 거지에게 물었다.

"내가 당신의 성은 모르지만 당신의 고상한 행동거지를 보니 예전에 분명히 대부호였던 같은데 맞죠?"

거지는 젓가락을 내려놓고 차를 한 모금 마시며 말했다.

"솔직히 말씀드리면 내 조상은 양황기(鑲黃旗, 청나라 때 황제가 직접 관리하는 군대 중 하나. 황족들도 이곳에 소속됨) 출신이에요. 할아버지 대에는 관직에도 올랐었는데……."

그는 말을 멈추었다가 조금 상심한 듯 말했다.

"아이고, 됐습니다. 이런 자질구레한 일들을 말해봐야 무슨 소용이 있겠습니까? 이미 다 옛날 일인데."

거지가 하는 말을 들은 마 부지배인은 어떻게 말을 이어나가야 할지, 어떻게 해야 이 거지에게서 그 주전자를 받을 수 있을지 궁리했다. 그는 높은 가격을 주고라도 그 주전자를 사고 싶었다. 이런 명주전자는 상당히 구하기가 힘들기 때문이다. 높은 가격이라도 기꺼이 살 수 있을 뿐 아니라 오늘 이렇게 만났으니 인연이라고밖에 할 수 없다.

거지는 배부르게 먹고 마신 후 다빈호를 마 부지배인의 면전으로 들이밀며 말했다.

"우리는 평생 일면식도 없는 사이인데 이렇게 후하게 대접해주시다니! 이게 다 저 때문이 아니라 바로 이 주전자의 대단함 때문 아니겠습니까. 저도 그냥 공짜로 배부를 수 없다는 거 잘 알고 있습니다. 이 다빈호는 어디서도 보기 힘든 아주 진귀한 주전자인데 보아하니 어르신께서 전문가이신 것 같은데 한번 좀 보시죠."

마 부지배인은 아주 놀랐다. 원래부터 이 거지는 이 주전자가 바로 다빈호라는 것도, 이 주전자의 가치가 얼마나 높은지도 알고 있었다. 보아하니 그 거지가 이 주전자를 마 부지배인에게 넘기는 것이 결코 쉽지 않아 보였다.

그래도 마 부지배인은 편호를 잡고 감상하기 시작했다. 그는 손가락으로 가볍게 주전자 몸통을 두드려보았다. 그 소리가 낭랑한 것이 듣기 좋았다. 보아하니 주전자의 두께가 상당히 얇은 것 같았다. 그는 주전자를 들어 아랫부분을 보았다. 아랫부분에는 '시다빈제(時大彬制)' 네 글자가 쓰여 있었고 글자를 새긴 기술의 내공이 깊어 보였다. 문헌에 기록되어 있는 시다빈 주전자의 특징과 완전히 맞아떨어졌다.

마 부지배인은 잠시 생각에 잠긴 뒤 말했다.

"어르신, 그냥 단도직입적으로 말할게요. 다빈호를 나에게 넘겨주면 나는 어르신에게 머무를 수 있는 거처를 마련해주겠습니다. 제가 어르신의 노후와 장례도 책임져 줄 수 있어요. 이렇게 하면 구걸하며 길거리를 헤매며 살지 않아도 되잖아요? 어르신 생각은 어떠신지?"

마 부지배인은 이 정도 조건이면 상당히 좋은 조건이라고 생각했다. 그도 그냥 거저 먹고 싶지 않았고 헐값에 물건을 들이고 싶지도 않았다.

거지는 웃는 얼굴로 다빈호를 들고 그에게 말했다.

"이 주전자는 내가 가장 아끼는 물건이 맞습니다. 하루도 떨어져 있을 수 없을 정도이지요. 만약 내가 팔려고 했다면 굳이 오늘까지 기다릴 필요도 없었겠지요. 그해에도 이 주전자를 떠나보낼 수가 없었어요. 그 간사한 놈에게 팔고 싶지 않아서 내 신세가 이렇게 되어버렸습니다. 지난날은 차마 생각하고 싶지 않네요."

거지는 주전자를 들고 몸을 일으켜 문을 나서며 작별을 고했다.

"만약 내가 어르신과 인연이 있다면 언젠간 또 만날 겁니다. 내가 언젠가 죽으면 그날 이 주전자는 어르신께 돌아갈 거예요."

좀 아쉬운 것은 그 거지가 돌아간 후 마 부지배인은 다시는 그를 만나지 못했다는 사실이다. 그 주전자의 행방 역시 알 수 없었다.

창포꽃의 죽음

장바이촨은 산수화가이다. 대자연을 본보기로 삼는 것은 그가 추구하는 바이다. 매년 한두 번 외지로 '채집'을 나간다. '채집'은 사실 명산대천을 둘러보고 변방의 깊은 산골마을로 들어가서 그림을 그리는 것이다. 한 번 가면 짧게는 열흘이나 보름, 길게는 한두 달쯤 걸린다. 그 자신조차 얼마나 많은 곳을 가고 얼마나 많은 시간을 돌아다녀야 집으로 돌아올지 확실히 모른다. 전부 자신의 흥미와 수확의 양에 달려 있다.

장바이촨이 매번 외지로 나갈 때마다, 유일하게 마음 쓰이는 것은 집에 있는 열몇 개의 창포 화분이었다. 이 창포꽃은 창포 중에서도 작은 품종에 속해서 매우 귀했다. 특히 그중 화분 두 개는 금변소창포(金邊小菖蒲)였는데 더욱 희귀한 품종에 속했다. 이 화분들은 장바이촨이 가장 아끼는 것이었다.

매번 외지에 나갈 때마다, 장바이촨은 여러 번 아내 성춘화에게 이 두 화분을 잘 보살피라고 당부했다. 그는 번거롭지도 않은지, 잘 보살피라는 당부 이외에도 찬바람과 서리 앉는 것을 막기 위해서 이른 봄이 아닌 늦은 봄에는 바깥에 꺼내둘 것, 여름 번성기에는 이파리 다듬는 것을 아끼지 말 것, 가을에는 물을 듬뿍 줄 것, 겨울에 서리가 내리면 실내에 둘 것을 당부했다. 성춘화는 정신을 판 데 두고 그의 말을 듣고 있었다. 그러다가 가끔 한마디 불쑥 내었다.

"알겠어요. 귀에 딱지 앉겠네. 저것들이 당신의 보물이잖아요. 황제 시중 들듯 해야만 만족하겠죠?"

확실히 그 열몇 개의 소창포 화분들은 새파란 것이 마치 화분에서 초록 물결이 흘러넘치는 것처럼 보였다. 장바이촨은 이 모습들이 너무 만족스러웠다.

장바이촨의 불만족은 작년 가을 윈난 여행에서 돌아왔을 때부터 시작되었다. 윈난에서 돌아온 후 장바이촨은 열몇 개의 소창포 화분에서 본래의 청록색이 사라지고 시들시들하고 생기가 사라진 것을 발견했다. 시들어진 노란 잎들은 하나하나 늘어났고 분토도 하얘졌다. 분명히 오랫동안 물을 주지 않은 것이다. 그러나 전에는 한 번도 이런 적이 없었다. 장바이촨은 가장 아끼는 창포의 목숨이 간들간들한 것을 보고는 몹시 괴로웠다. 그는 짜증 내며 아내에게 물었다.

"이것 좀 봐요. 이 화분들 잘 관리하라니까. 어떻게 이렇게 다 죽어가게 냅둔 거예요? 도대체 무슨 짓을……."

"당신 눈에는 이 창포들만 보여요? 마누라가 어떤지는 왜 묻지도 않아요? 난 안중에도 없어요? 설마 마누라가 이 화분들보다 못한 거예요?"

성춘화는 말하면서 문을 쾅 닫고 나가버렸다.

아내는 밤늦게 집에 돌아왔다. 보아하니 술을 꽤 많이 마신 모양이었다.

이튿날 장바이촨은 아내가 실직하고 다시 새로운 직장을 얻어 한 민영 회사에서 일하고 있다는 사실을 그때서야 알게 되었다.

장바이촨은 아내에게 말했다.

"실직하면 하는 거지, 뭐 하러 새로 일자리를 구한 거요? 내가 매일 그림 두어 폭 더 팔면 되지 않소."

"난 당신에게 모든 걸 떠맡기고 싶지 않아요."

장바이촨은 아내의 말투가 심상치 않음을 느꼈다.

이후 성춘화는 자주 늦은 밤 집에 돌아왔다. 그녀에게 물으면 그녀는 딱 한마디만 했다.

"나는 지금 일하는 중이잖아요. 그러니 사장의 말을 들을 뿐이에요."

장바이촨은 아내가 변한 것을 느꼈다. 원래 그녀는 정성으로 창포를 보살폈었는데 현재 그녀는 창포에게 눈길조차 한 번 주지 않았다. 그녀는 오직 자신의 머리 스타일, 자신의 옷차림에만 관심을 가졌다.

장바이촨은 최선을 다해 창포 화분을 살리려고 노력했다. 그러나 여전히 화분들은 하나하나 말라 죽어갔다.

상심한 장바이촨은 그 말라 죽어가는 창포 화분들을 대할 때 아무런 말도 없었다.

그는 아내와 잘 얘기해보기로 결심했다.

성춘화는 그다지 대수롭지 않게 여기며 말했다.

"당신, 짐작할 필요도 없어요. 나는 사장과 함께 있었어요. 그는 나를 특급호텔로 데려갔죠. 나이트클럽도 데려갔어요. 나와 함께 춤도 추었고, 나에게 예쁜 옷들도 사줬어요. 당신은 나에게 그런 것들을 사준 적이나 있긴 해요? 당신은 오로지 당신 그림과 창포 화분들밖에 모르잖아요. 당신은 당신 그림들이랑 살아요. 창포들이랑 살라구요!"

열몇 개의 창포 화분이 전부 저승으로 갔을 때 성춘화는 정식으로 이혼을 요구했다. 이유는 아주 간단했다. 부부 간의 감정이 이미 사망했다는 이유였다!

성춘화는 이혼 후 이런 말을 한 적이 있다고 한다.

"장바이촨은 여자를 하나도 몰라. 그런데 우리 사장님은 여자를 너무나도 잘 알지."

이혼 후 장바이촨은 10여 개의 소창포 화분을 새롭게 들였다. 그는 자신 혼자의 힘으로 이 보물들을 푸르게 키워보기로 했다. 그림을 그리는 시간 외에 그는 항상 혼자서 뚫어져라 창포 화분들을 쳐다보았다. 그 자신조차도 무슨 생각을 하는지 몰랐다.

양고기 잔치

러우청 요식업계에는 "봄이 시작될 때는 복어를 먹고 입동에는 양고기를 먹는다"라는 말이 있다.

러우청 양고기로 말하자면 청대 건륭제 때부터 이미 알려지기 시작했다. 러우청에서 양고기를 먹는 습관은 최소 약 250여 년의 역사를 가지고 있으며 러우청의 명물로 손꼽힌다. 단지 1960년대 이후 점점 쇠락했다가 90년대 들어서 다시 유행되었다. 그래서 최근 러우청 양고기는 그 명성이 새롭게 바깥으로 퍼져나가기 시작했다.

겨울이 되어 상급부서 간부들이 러우청으로 연구조사나 시찰, 심사, 회의 등을 하러 오거나 혹은 러우청을 지나갈 때면 어떤 이유든지 모두 현지 공무원들이 그들을 장볜진(江邊鎭)으로 데리고 가서 양고기 잔치를 벌인다.

그렇지 않아도 그날 성 교통청장이 러우청에 왔다. 샹 청장은 여러 번 구두로 통지했다. 그저 지나가는 길일 뿐이니 절대 시청 고위간부들에게 알리지 말고 최대한 사람들 모르게 하라고 말이다.

러우청 교통국의 민 국장은 한참 생각끝에 조직부의 마오 부장을 초청했다. 그는 자신과 같은 당 간부학교 동창이었기 때문에 의리로 똘똘 뭉친 사이였다. 그 외에 부국장 장다진을 불렀고 사무실 부주임 판첸첸도 함께

했다.

민 국장은 이렇게 생각했다. 조직부 마오 부장은 시를 대표하는 것이나 마찬가지였고 이렇게 하면 시의 주요 간부들을 더 부르지 않아도 되고 격식도 어느 정도 갖출 수 있었다. 판첸첸을 부른 이유는 예쁘고 술도 잘 마셔서 분명히 쓸모가 있을 것이라고 생각하였기 때문이고, 장다진 부국장은 만약 그가 오지 않으면 구설수에 오를 것 같았다.

그는 직접 차를 끌고 룽용성(隆永盛) 양고기식당으로 갔다. 이 집이 가장 오래된 집으로 인기가 가장 많았고 인테리어도 깔끔했다.

자리에 앉자마자 민 국장은 이 식당의 요리를 훤히 뚫어보고 있는 듯 소개를 시작했다.

"이곳은 말이죠, 양고기를 시키면 양 눈, 양설, 양뇌, 양 간, 양 심장, 양 콩팥 전부 나와요. 양 창자, 양 천엽, 양피, 양음경, 양 고환 등 다 있다니까요. 간장에 졸인 것, 담백하게 찐 것, 냉채, 볶은 것 등 요리법도 다양해요. 맛도 아주 특별하죠."

민 국장의 말을 듣고 있자니 감탄이 절로 나왔다. 샹 청장은 신나서 말했다.

"민 국장, 조만간 미식가가 되겠어."

샹 청장은 자신이 이 얘기를 할 때 장다진의 표정이 굉장히 괴로워 보이는 것을 발견하고는 바로 물었다.

"장 부국장, 왜 그러는 거요? 어디 불편하오?"

장다진은 샹 청장이 묻자 얼른 대답했다.

"아닙니다. 별거 아니에요."

사실은 장다진 본인은 잘 알고 있었다. 그는 어렸을 때부터 양고기를 좋아하지 않았다. 양 누린내만 맡으면 구역질이 났다. 민 국장이 부르지 않았다면 샹 청장을 접대하기 위한 것이 아니었다면 그는 분명히 이런 양고기 식당에는 오지 않았을 것이다.

장다진은 교통국으로 옮겨와 부국장이 된 지 얼마 되지 않아 민 국장에 대해 아는 것이 별로 없었다. 그는 사실 민 국장에 대해 알아야 할 가치를 느끼지 못했다.

민 국장은 양 머리, 양 다리, 양 음경, 선선보(鮮仙煲, 생선과 양고기를 뚝배기에 요리한 음식), 양고기 완자 등의 보양음식에 매우 관심이 있었다. 그는 특히 어느 부위를 먹어야 보양에 좋은지 강조하면서 양 눈과 양 고환을 각한 판씩 주문했다.

샹 청장은 양 간을 집어 입에 넣으며 말했다.

"양 간이 시력에 좋다는 말을 들었는데 진짜 이런 말이 있소?"

"양 간이 시력 향상에 좋지요. 이시진의『본초강목』에도 기록되어 있어요."

민 국장은 그의 말에 동의하며 말했다.

"시력에 좋다고 하니 얼른 먹읍시다. 들어요, 얼른."

샹 청장은 마치 자신이 초대한 것처럼 말했다.

마오 부장과 민 국장, 판첸첸은 거의 동시에 양 간을 집어 들었다. 유일하게 장다진만 황주 한 모금을 마시고 젓가락은 들지 않았다.

샹 청장은 장다진이 양 간을 먹지 않는 것을 보고 말했다.

"자네는 젊어서 시력이 좋은가 보군. 눈은 보충할 필요가 없겠어. 자자, 이걸 먹어보게. 양기를 보양해야지."

장다진은 샹 청장이 양 고환을 가리키는 것을 보고 황급히 말했다.

"아닙니다, 아니에요. 청장님께서 보충하시지요."

마오 부장은 장다진이 조금 내켜 하지 않는 것같이 보였다.

"청장님이 보충하라고 하지 않나. 좀 먹어보게."

판첸첸의 전공은 홍보 마케팅이다. 그래서인지 눈치 빠른 그녀는 장다진이 부국장의 체면을 깎을까 봐 얼른 술잔을 받쳐 들고 말했다.

"장 부국장님, 내가 한잔 마실 테니 부국장님은 양 고환 한입 어떤가요?"

민 국장도 이 기회를 틈타 장다진을 부추겼다.

장다진은 더 이상 거절하면 불편해질 것을 알았기에 눈 딱 감고 양 고환 한 점을 집어 들어 입에 넣었다. 먹지 않았을 때는 그래도 냄새가 덜 나는 편이었다. 그러나 양 고환을 씹고 있으니 냄새가 점점 심해졌다. 장다진은 눈을 꼭 감고 씹었고 얼마 지나지 않아 속이 울렁거리기 시작했다. 그는 위의 낌새가 좋지 않은 것을 느끼고는 곧바로 몸을 일으켜 토할 곳을 찾아 돌진하고 싶었으나 꾹 참았다. 그러나 그는 막 몸을 일으킨 후 더 이상 통제할 수 없어 토하기 시작했다. 그런데 하필 샹 청장의 몸에 토해버렸다.

민 국장은 이 상황을 보고 크게 화를 냈다. 그는 잿빛이 된 얼굴로 말했다.

"자, 자네, 정말……."

그래도 판첸첸이 눈치가 빨라 바로 휴지로 샹 청장의 옷을 닦아주었다.

샹 청장은 괜찮다고 말했으나 그 얼굴에는 조금의 웃음기도 없었다. 그는 자리를 박차고 일어나며 말했다.

"됐소. 그만 먹겠소. 여기까지 먹읍시다. 장 부국장이나 배웅합시다."

민 국장과 마오 부장은 어떻게 해야 할지 몰랐다. 샹 청장은 모든 입맛이 싹 사라졌다. 가장 화가 난 사람은 당연히 민 국장일 것이다. 원래 그는 판첸첸에게 샹 청장과 함께 몇 잔 기울이게 하며 판첸첸의 술접대 능력과 주량을 볼 생각이었는데 장다진이 이렇게 일을 망쳐버릴 것이라고는 생각도 못했다.

차에 올라탔을 때 마오 부장은 조금은 유감스러운 듯 장다진에게 말했다.

"자네 말이야, 스스로 자네의 정치 생명을 끝내려는 거야?"

장다진은 마음속으로 다시 한번 구역질이 날 것만 같았다.

삼복더위가 기승을 부리는 8월, 매년 이맘때가 1년 중 가장 더운 날이다. 한낮에 높게는 39도까지 치솟는 더위가 며칠 지속됐다. 한밤중 가장 낮은 온도도 30도를 넘어섰다. 때마침 독서로 피서를 즐기고 새로운 작품을 쓰며 여름을 보내고 있던 나는 마음속까지 뜨거워지는 좋은 소식을 들었다. 바로 한국 백석대학교 중국학 연구자 류영하 교수의 제자 음보라 선생이 1년여의 노력 끝에 나의 콩트(微型小說) 작품집『여전히 향기로운 계화나무(원제 : 過過兒時之癮)』번역을 끝마친 것이다.

이 작품집은 2005년 9월 중국 화산문예 출판사에서 출판되었다. 이 책은 '마음을 감동시키는 이야기 : 중국에서 가장 환영받는 콩트 작가의 명작' 시리즈 중 한 권으로 선정되었다. 이 책의 부제목은 "링딩녠 러우청 풍정소설(凌鼎年婁城風情小說)"이다. 소설에 사용된 소재들은 대부분 나의 고향 타이창(太倉)과 주변의 강남 물고을의 마을에서 가져온 것들이기 때문이다. 내 작품 속의 인물과 이야기, 배경들은 모두 러우청이라는 도시와 관련되어 있다. 러우청은 일종의 지리 개념이라고 할 수 있다. 좁은 의미에서 러우청은 내가 태어나고 자란 곳, 바로 타이창이라는 도시이며, 넓은 의미로는 타이창과 그 주변의 지역적 특색, 원주민들의 풍습과 생활방식, 그들의 애환, 그들의 일상생활 속 크고 작은 이야기이다. 나는 소설을 통해 타이창과 그 주번에서 살았던 사람들의 과거 모습들과 희로애락의 재현을 시도했다. 작은 이야기들을 통해 독자들이 내가 나고 자란 땅에서 일찍이 어떤 일들이 일어났고 어떤 사람들이 살았는지에 대해, 또 현재 어떤 일들이 있고 어떤 사람들이 살고 있는지에 대해 조금이나마 이해할 수 있기를 바란다. 또한 이 책이 후대들에게 역사기록과는 조금은 다른 형식의 참고자료로서 역할을 하기 바란다.

1975년 처음으로 콩트를 쓰기 시작한 후부터 지금까지 내가 써낸 콩트 작품과 발표하고 출판한 작품을 수량으로 따진다면 아마 전 세계에서 가장 많은 사람 중 한 명일 것이다. 중국에 출판한 열 권의 작품집을 제외하고 여러 언어로 번역되어 출판되기도 했다. 내몽골공업대학 외국어학원 장바이화 교수가 번역한 영문판『링딩녠 콩트집』이 2016년 10월 캐나다 KF Times Group Inc.에서 출판되었고, 일본 국학원대학 와타나베 하루오 교수팀이 번역한 일어판『다시 한번 젊어지기−링딩녠 콩트 작품선』이 2017년 1월 일본 DPT출판사에서 출판되었다. 호주 학자 정쑤쑤 선생이 번역한『오색찬란한 세계−중영대조 링딩녠 콩트작품선』은 2019년 2월 미국 Dixie W Publishing Corporation에서 출판되었다. 현재 정쑤쑤 선생은『기이하고 알록달록한 세계−중영대조 링딩녠 미형소설선』을 번역하고 있다. 캐나다 작가이자 번역가 쑨바이메이 선생은 현재 나의 콩트 신작을 번역하고 있는 중이다. 당연히 그 외에도 번역된 작품들은 많다. 모두 독일어, 프랑스어, 터키어, 태국어 등 10여 개의 언어로 번역되었다. 캐나다 토론토에서 황쥔슝 교수가 번역한『신편중국콩트선집』3부작은 최근 토론토 Bestview Scholars Publishing에서 출판하였고, 아마존에서도 발행되어 인터넷이 되는 곳이라면 전 세계 어느 곳에서도 구매할 수 있게 되었다. 이 3부작에 실린 콩트 작품들 중 나의 작품이 가장 많아서 아주 뿌듯하고 기쁘다.

나는 "만 권의 책을 읽고 만 리의 길을 가라"는 말을 가슴속에 새기고 실천하며 살아왔다. 이미 40여 개국을 가보았으나 가까운 이웃 나라 한국은 가본 적이 없다. 일찍이 한국에서 열린 행사에 초청을 받은 적이 있었으나 다른 일정으로 인해 시간이 맞지 않아 안타깝게도 한국행은 이루어지지 못했다. 이 일은 지금까지도 한으로 남았다.

아마도 새천년 전후인 것 같다. 나는 쑤저우대학의 한 교수를 우연히 만났다. 그는 한국에서 1년 동안 객좌교수를 마치고 막 돌아왔다고 했다. 그는 나에게 서울에서 중국어 연수 교재에 나의 콩트 작품이 실려 있는 것을 봤다고 했다. 그는 내가 이미 그 교재를 갖고 있는 줄 알고 따로 챙겨오지 않았다고 했다. 그 교재를 보지는 못했지만 나의 작품이 일찍이 한국에 알려졌다는 것은 분명 아주 기쁜 일이다.

나는 줄곧 해외의 많은 학자들과 교류하고 친분을 쌓아왔다. 특히 한국에서 내가 가장 존경하는 고 허세욱 교수와 김혜준 교수는 90년대에 편지를 통해 연락한 적이 있었다. 이 일들은 이미 오래전 일이 되었고 그 후 만나지 못했다. 최근에는 한국외국어대학교 박재우 교수가 중문학계에서 아주 활발히 활동하고 있다.

2015년 10월, 한국의 유명 작가들이 내 고향 타이창에 방문한 적이 있다. 방문단에는 김주영 선생, 한국중한작가회의 한국측 대표 홍정선 선생 등 한국 유명 작가들이 있었기에 타이창시 정부는 나에게 한국 대표단을 맞이해 달라고 부탁했다. 이렇게 여러 한국 작가들과 교류할 수 있었다.

알게 된 지 가장 오래된 사람은 바로 류영하 교수이다. 아마도 1990년대 국제 세미나 모임에서 처음 만난 것으로 기억한다. 나중에 그가 세계화문콩트연구회 행사에 참가한 적이 있어 다른 사람들보다 그와 더 많은 교류를 했다. 류영하 교수는 일찍이 중국 콩트 중 우수한 작품들을 한국 대학생들에게 소개해주었다. 나는 그가 나의 콩트 작품집을 번역해주길 바랐으나 그가 너무 바빠 그의 제자 음보라 선생을 소개해주었다. 음보라 선생은 류 교수의 수제자이자 중국인에게 시집을 온 중국 며느리다. 그녀는 현재 후베이성 우한시 화중사범대학에서 언어학 석사과정을 밟고 있다. 그녀의 중국어 실력 역시 훌륭하여 나는 마음을 푹 놓을 수 있었다. 음보라 선생의 남편, 좌유강 교수를 언급하지 않을 수 없다. 그는 한국 숭실대학교에서 중한번역학 박사를 졸업하고 현재 중국 핑딩산대학 문학원에 교수로 재직 중이다. 이 중국 학자의 도움이 있었기에 마치 번역에 날개를 달아준 것 같은 효과를 낼 수 있었고 서로 협력하고 보완하여 번역을 완성시켰다.

미국의 유명 번역가 하워드 골드블랫은 모두가 인정하는 중국 현대문학 번역가이다. 노벨문학상을 받은 모옌의 작품도 바로 하워드 골드블랫이 번역한 공로가 있다. 도서계에는 이런 말이 있다. "하워드 골드블랫의 번역이 훌륭한 것은 그의 중국인 부인과 관련이 없다고 할 수 없다. 아마도 중국인 부인의 해설과 도움이 있었기에 중국 문학작품에 대해 깊이 이해할 수 있었고 문자 뒤에 숨겨진 정수를 더욱 확실하게 이해할 수 있었을 것이다."

음보라 선생 역시 중국인 남편의 도움으로 번역은 의심할 여지 없이 한층 더 업그레이드되었다. 음보라 선생의 번역가로서의 앞날이 상당히 기대된다.

음보라 선생은 내 작품을 굉장히 열심히 번역해주었다. 번역하면서 모르는 것들에 대해 해석을 부탁한다며 나에게 여러 번 메일을 보내왔다. 단어나 문장, 요리명이나 문화 관련 전문 용어 등이었다. 모두 중국 최대 검색 포털사이트 바이두에서는 찾을 수 없는 것들이다. 나 또한 모두 자세히 설명해주었다. 이렇게 춘하추동 사계절이 다 지나가고 음보라 선생이 드디어 내 콩트 작품집 번역을 끝냈다. 정말로 감사하다.

많은 한국 독자들이 나의 작품을 좋아해주면 좋겠다. 또한 내 작품이 중한 양국의 문화 교류에 조금이라도 영향력이 미치기를 바란다. 이 책이 출판된 후 기회가 된다면 한국에 직접 가서 한국의 작가들과 만나 교류하고 절차탁마할 수 있기를 바라본다.

번역은 다 끝났고 이 책이 출판되기 전 이 글을 씀으로 이 책을 번역하게 되기까지의 모든 이야기를 기록하며 동시에 감사한 마음을 표현하고자 한다.

2019년 8월 2일
중국 쑤저우 타이창 셴페이자이(先飛齋)에서
링딩녠 씀

　나는 석사 생활 2년을 링딩녠의『여전히 향기로운 계화나무』와 함께 동고
동락했다. 나에게 주어진 번역 시간들은 사실 크게 제한이 없었는데 한 장
한 장 번역하면서 '석사 연구 생활과 이 번역을 동시에 무사히 잘 마칠 수 있
을까?' 하는 걱정과 조바심이 들기 시작했다. (심지어 나는 번역을 한창 하고 있
던 때인 석사 마지막 해에 딸, 이소를 임신하게 되었기 때문이다.) 왜냐하면『여전히
향기로운 계화나무』에 등장한 주제들이 다양하고 접해보지 못한 분야라서
내가 번역을 하고 있는 것인지 중국문화 심화과정을 공부하고 있는 것인지
헷갈릴 만큼 전문적인 지식이 너무 많았기 때문이다. 초반에 작업하면서 나
와 남편이 가장 많이 했던 말은 "이 작가, 진짜 미쳤다!"였다. 이 말은 엄청난
감탄의 표현이었다. 어떻게 이렇게 여러 전문 분야의 내용을 자세히 알 수
있을까 싶었다. 이 책에서 작가가 사용했던 표현을 그대로 빌려 말하면, 마
치 작가의 뱃속에 '백과사전'이 들어 있는 것 같았다.

　바로 이『여전히 향기로운 계화나무』를 쓴 작가는 세계화문콩트연구회 회
장인 링딩녠이다. 중국에서 콩트를 가장 많이 쓴 작가이기도 하다. 멋모르
고 번역을 수락한 책이 이런 대가의 책이었다니. 그리고『여전히 향기로운
계화나무』는 이미 미국, 캐나다에서 영문판으로 출간되었고, 한국에서는 중

국 콩트 작가의 작품으로는 처음으로 출간되는 것이라고 한다. 나에게는 아주 의미 있는 첫 번역작이 될 것 같다.

『여전히 향기로운 계화나무』와의 인연은 이렇다. 내가 중국에서 석사 생활을 시작한지 몇 달 되지 않았을 때, 모교 교수님의 연락을 받았다. "아주 짧은 글들을 모아놓은 것이라 장편소설만큼 어렵지 않을 것이며, 네 실력으로는 충분히 할 수 있을 것이다."라는 말씀에 크게 고민하지않고 수락을 해'버렸'다. 그때는 몰랐었다. 남편과 내가 반드시 합작을 해야만이 '짙은 중국 향이 나는' 이 책을 '온전히, 무사히, 잘' 번역해낼 수 있을 것이라는 것을. 다시 말하면 한국에서 한중번역학으로 박사학위를 받고, 10년 이상 중문학을 연구하고 현재 중국에서 중문과 교수로 재직 중인 중국인 남편과 함께 번역을 하지 않았더라면 이 책을 '온전히, 무사히, 잘' 번역해내는 것은 정말 어려운 일이었을 것이다. 이런 우리 부부의 배경은『여전히 향기로운 계화나무』를 '온전히, 무사히, 잘' 번역해내는 데 가장 중요한 역할을 했다.

『여전히 향기로운 계화나무』는 현재 중국 장쑤성 쑤저우 타이창 일대를 배경으로 하고 있다. 중국 강남 일대 문인들의 풍습, 생활방식 등이 담겨 있고, 일상 속의 크고 작은 이야기들과 애환들이 담겨 있다. 또 중국 문인들의 고지식함, 자만함 등을 풍자하는 내용이 담겨 있기도 하다. 이 소설에서 언급된 많은 인명과 예술작품명, 크고 작은 역사적 사건들이 사실을 바탕으로 기록되었다. 그래서 모두 다 하나하나 확인하고 자료를 조사해보는 데에도 꽤 많은 시간을 투자했다. 또 이 소설에 등장하는 많은 단어들에는 문화용어, 전문용어, 혹은 지금은 사라진 옛 단어들이 많아 중국 최대 포털사이트 '바이두'에서도 검색이 잘 되지 않았다. 그래서 연세 많으신 할머니들에게 물어보기도 하고, 분재 전문가, 전통악기 연주자, 서예가 등에게 자문을 구하기도 했다. 때로는 내가 고금을 다루는 연주자가 되어 어떤 느낌일지 상상해보기도 하고, 때로는 내가 고집스럽고 꼿꼿한 중국 문인이 되어보기도 했다.

『여전히 향기로운 계화나무』는 단편소설보다도 짧은 소설, 바로 콩트 작품집이다. 짧은 글 속에 유머와 기지, 풍자들을 담아놓았다. 부담없이 편하게 중국문화에 대해 알고 싶다면, 더 나아가 꽤 폭 넓게, 상식적인 수준보다 좀 더 심도 있게 중국 사회의 기질과 문화를 이해하고 싶다면 그 누구에게라도 적극적으로 권하고 싶다. 중문과 학생들, 나의 후배들에게는 필독을 권하고 싶은 책이기도 하다.

지금 이 후기는 번역을 마친 직후 쓴 것이 아니다. 당시에는 이 책을 '온전히, 무사히, 잘' 번역해내었다는 사실에 감격해, 또 논문과 번역, 출산과 육아, 이 모든 것을 동시에 다 해냈다는 것에 감격해 새벽 감성에 젖어 있었으므로 그때 끄적끄적 적어놓은 후기를 다시 보니 내 얼굴이 다 후끈 달아오르는 것 같았다. 그래서 스스로 '후기 삽입 불가' 판정을 내리고 책 출판을 앞둔 지금 후기를 다시 적고 있다. 출산의 고통에 비할 바는 아니지만 그 다음으로 힘들게 내가 머리와 손으로 낳은 내 새끼,『여전히 향기로운 계화나무』가 곧 세상의 빛을 본다니 감개가 무량하다.

앗, 이소가 우는 것 같다. 가봐야 한다! 이제 정말 내 손에서, 아니, 우리 '부부'의 손에서『여전히 향기로운 계화나무』를 떠나보낸다. 지금 이 책을 읽고 계신 독자님들 마음속에 계화 향이 솔솔 스며들기를 바라본다.

2021년, 복사꽃이 활짝 만개한 핑딩산에서
음보라, 좌유강

링딩녠은 세계 화문 콩트계의 지도자급 인물이다. 그는 세계 화문 콩트 문단에서 가장 많은 작품을 창작하고 발표하였으며, 수상 경력이 가장 많고, 외국어로 가장 많이 번역되었으며, 가장 많은 평론을 받았고, 선집에 가장 많이 수록되었으며, 교과서와 시험에 가장 많이 실리고 또 국내외 문학 활동에 가장 많이 참가한 콩트 작가이다. 그의 콩트는 소재가 다양하고 구조가 정교하며 다양한 수법을 사용하였다. 작품 구상은 매우 생생하고 작품에 내포된 뜻이 풍부하며 언어 표현은 아주 노련하다. 매우 가독성 있으며 소장할 만한 가치가 있다.

빙링(氷凌) 미국 노벨문학상 중국작가추천위원회 주석, 전미중국작가친목회 회장, New York Commercial Affairs 대표

링딩녠은 세계 화문 콩트 분야에서 큰 공적을 남긴 사람으로 일찍이 그의 명성을 들은 적이 있다. 올여름 드디어 본인이 이사장으로 있는 마카오의 세계한학연구회 주최 제3차 학술포럼에서 링딩녠과 만남을 가졌고, 그곳에서 나는 『여전히 향기로운 계화나무』 추천사를 부탁받았다. 책 속의 이야기 하나하나, 언어 표현 하나하나가 모두 굉장히 흥미로웠다. 그는 창의적

인 구성을 바탕으로 하여 남다른 안목으로 민간 깊숙한 곳에서부터 오는 간결하고 자연스러운 언어를 사용했다. 짧막한 길이로 함축되어 있으나 풍부한 내용을 품은 이야기들이 책을 손에서 뗄 수 없게 만든다. 이 책이 한국에서 번역되어 출판되면 분명 한국 중문학계의 관심 있는 분들로부터 주목을 받게 될 것이라고 생각한다. 또한 이 책이 한국 독자들이 중국 민간 사회와 문화를 이해하는 데 많은 도움이 될 것이라고 기대한다.

박재우 한국외국어대학교 중국언어문화학부 명예교수, 국제루쉰연구회 회장, 세계한학연구회(마카오) 이사장, 중국사회과학원 『당대한국』 한국 편집위원장

링딩녠은 중국 콩트계의 지도자급 인물이다. 이 작품은 독창성과 문학예술성에 있어 높은 평가를 받았다. 독자들은 짧은 글 속에서 특유의 쾌감과 매력을 느낄 수 있을 것이고 섬세하고 생동적으로 묘사한 인물들과 삶 속의 깨달음, 인생 경험들을 엿볼 수 있다.

김혜준 부산대학교 중문학과 교수

링딩녠은 '중국 콩트의 왕'이라고 불린다. 세계적으로 '콩트의 신'이라 불리는 일본 작가 호시 신이치와 어깨를 나란히 할 수 있을 정도다. 링딩녠은 풍부한 사회 경험과 광범위한 독서, 깊은 사고를 통해 민감한 통찰력과 문장을 마음대로 다루는 능력을 갖췄다. 이로 인해 그는 수천 편의 이채롭고 특색 있는 작품을 써냈다. 다양한 시각으로 역사와 현실, 사회와 인생을 소설에 반영시켰다. 우화와 풍자, 철학적 이치, 주제의 다양성 등은 그의 작품의 특징이다. 링딩녠의 미형소설은 마치 하나의 작은 만화경 같다. 소설을 통해 독자들에게 화려하고 다채로운, 다양한 세계의 현실을 보여주어 끊임없이 음미하게 만든다.

김문학 중일한국제문화연구원 원장, 일본 히로시마대학교 문화학원대학 특임교수